Jacob Friedrich Heerbrandt

Nähere Entwicklung der vornehmsten Streit-Fragen

Jacob Friedrich Heerbrandt

Nähere Entwicklung der vornehmsten Streit-Fragen

ISBN/EAN: 9783741184222

Hergestellt in Europa, USA, Kanada, Australien, Japan

Cover: Foto ©Andreas Hilbeck / pixelio.de

Manufactured and distributed by brebook publishing software
(www.brebook.com)

Jacob Friedrich Heerbrandt

Nähere Entwicklung der vornehmsten Streit-Fragen

Nähere Entwicklung der vornehmsten Streit-Fragen, die Ehen naher Blutsfreunde betreffend samt einem Vorschlag zur Vereinigung der Gegen-Partien.

Tübingen,
verlegts Jacob Friderich Heerbrandt. 1785.

Vorrede.

Es ist eine geraume Zeit her, in denen ältern und neueren Zeiten, über einige Fälle von Ehen unter nahen Bluts-Freunden, ein nicht geringer Streit geführet worden, wobey man sich nicht vergleichen konnte, noch wolte. Kein Wunder also, daß das *Matrimonial-System* so gar verworren aussiehet, und daß sich diese Verwirrung unter Theologen und Juristen, auch unter denen Theologen selbsten, in *Facultæten* und *Ministeriis*, noch immer äussert. Jüngst erst klagte darüber gar sehr Herr Prof. Schott zu Erlangen, in seinen *Observationibus de Legibus connubialibus, earumque necessaria emendatione*. Davon zeugen auch die zwey *Piecen*, welche mich zu dieser Entwicklung veranlasset haben. Die 1ste *Piece* führt den Tit. Gothaisches Bedenken über die

 Fra-

Frage: ob die Ehe mit des Bruders Wittwe erlaubt seye? samt desselben umständlicher Widerlegung 1752. Diese Widerlegung muß auch bey dem Publicum grosse Approbation gefunden haben, nach dem Zeugnuß des Herrn Rauschenbuschs in seiner *Diss. de Lege Leviratus, ad fratres non germanos, sed tribules referenda, ad Devtr. 25, 5.* Göttingen 1765. §. 3. p. 5. welche *Diss.* zwar gelehrt, und sinnreich ist, von dem Herrn *Præside* D. Walchen aber, so viel die Erklärung dieser Stelle selbsten betrift, in der Epistel nicht gebilliget worden, noch auch vom Herrn Ritter Michaelis, in seinem Mos. Recht *II.* Th. §. 98. in der *not. p. m. 147.* Die 2te *Piece* ist betit. J. F. W. Jerusalems Beantwortung der Frage: ob die Ehe mit der Schwester Tochter, nach denen göttlichen Gesezen, zuläßig seye? mit Anmerkungen erläutert von M. J. Fr. Gühling, *Archi-Diac.* zu Chemnitz. 1755.

Nun sind zwar diese beede *Piecen* nicht so gar neu, doch noch nicht untersuchet worden, der Streit selbsten aber noch so neu, als alt.

Herr

Vorrede.

Herr Klipfel, vormahliger Ober-Cons. Rath zu Gotha, behauptet im Bedenken die Rechtmäßigkeit der Ehe mit des Bruders Wittwe, mit 5. Gründen. Der 1ste ist, weil sie in dem Geseze Mosis, anstatt verboten zu werden, vielmehr geboten werde. Dann das Gebot im V. Mos. XXV. zeige an, daß das Verbot III. Mos. XVIII. und XX. von des lebenden Bruders Frau, wenn sie auch von Ihm geschieden wäre, verstanden werden müsse. Der 2te Grund: weil sie im N. T. weder von Christo, noch von den Aposteln verboten, sondern, bey gegebener Gelegenheit, durch ihr Stillschweigen, vielmehr gebilliget worden seye. Der 3te Grund: weil sie in der Kirche A. T. vor und nach dem Gesez, für eine Gott wohlgefällige Sache gehalten worden. In der Kirche N. T. aber erst in der Mitte des 4ten Sæc. auf der Kirchen-Versammlung zu Neo-Cæsarien verboten worden. Der 4te Grund: weil sie weder in dem Rechte der Natur, noch in einem andern allgemeinen göttlichen Geseze verboten worden. Und dann der 5te Grund: weil sie in der Evangelischen Kirche nicht nur vollzogen, sondern auch durch eingeholte Bedenken von hohen Schulen, und Zeugnisse vieler bewährten Gottes-Gelehrten, ausser allen Zweifel gesezet worden.

Des Herrn Abts Jerusalem Meynung gienge dahin, es seyen die III. Mos. VXIII. und XX. verbotene Ehen ein willkührliches göttliches Gesez, so viel die Seiten-Linien überhaupt betreffe; doch habe es auch gegen Christen noch seine volle Verbindlichkeit, weil doch auch dergleichen göttliche Geseze die Vollkommenheit zum Zweck haben, und dieses nicht, als etwas vorbildliches, durch die Würklichkeit des Christenthums, aufgehoben worden, oder schlechterdings an die Jüdische Staats-Verfassung gebunden gewesen seye. Es erstrecke sich aber diese Verbindlichkeit nur über die Personen, nicht über die Grade. Gott habe nicht so wohl die leibliche Vermischung der nahen Blutsfreundschaft, als vielmehr das verhindern wollen, daß durch die Ehelichen Verbindungen keiner der moralischen Respectuum, als Liebe, Eintracht, Hochachtung 2c. solte gekränket werden. Ja wann sich auch die Verbindlichkeit über die ähnlichen Grade erstreckte, so gehöre doch die Ehe mit der

der Schwester Tochter nicht unter diese. Sie seye auch weder in der Jüdischen, noch in der ersten christlichen Kirche für unzuläßig angesehen, und von Luthern selbst gebilliget worden. Endlich werde auch der Wohlstand der christlichen Religion dadurch nicht beleidiget.

Daß aber dieser Streit noch so neu, als alt seye, davon zeuget die erst kurz zu Hamburg, zwischen dem Herrn Exsenior Göze, und denen übrigen Gliedern des geistlichen *Ministerii*, über der Frage: ob die Ehe mit der verstorbenen Frauen Schwester zuläßig seye, oder nicht? entstandene grosse Verwirrung. Es wurde solche um so viel grösser, als sich die Sache ratione consuetudinis Ecclesiasticæ, dorten von 1771. an, gar sehr geändert hat. Man schlage davon nach die Erlangisch-*Prof.* Seilerische gemeinnüzige Betrachtungen ꝛc. auf das Jahr 1781. 2. Abth. 1. St. *p.* 193, und füge noch bey, was im Pred. *Journ.* im 2. St. des 13. B. *p.* 228. stehet von der *Past.* Winklerischen Schrift s. t. Antwort auf Herrn Gözens Gl. Bekenntniß, die verbotene Ehe naher Anver-

 wand-

wandten betreffend, von E. Mitgl. des *Ministerii* in Hamburg, 3. Bogen, allwo solche, als eine der gründlichsten und besten über diese Materie, empfohlen wird.

Warum liesse man aber diesen Streit zu Hamburg so heftig und weitläuftig werden? warum steuerte man nicht abseiten des Magistrats? der Magistrat bestehet gröstentheils aus Juristen. Nun hat zwar der Rechts-Gelehrte nöthig, Mosen zu verstehen, und zwar im Zusamenhang, besonders auch in dieser Rücksicht, wie Herr Ritter Michaelis geurtheilet hat in seinem Mos. Recht, im *I.* Th. §. *2. p. m. 6.* wann aber die Frage exegetisch ist, so muß die Sache doch einem Theologen überlassen werden. Wo aber damit hin, nachdem viele unter denen Theologen, auch auf Universitäten, die alten Grund-Säze verlassen, und andere dargegegen angenommen haben? ohne Kenntniß der Grundsprachen, der so sehr unterschiedenen Oeconomien A. T. und einer genauen Vergleichung derselben miteinander, und mit der Oeconomie N. T. und ohne richtige Zergliederung der Mosaischen Ehe-Geseze, ist das,

was

was man aus der Schrift davon weiß, gleichsam nur hypothetisch wahr.

So viel nun meine gegenwärtige Abhandlung betrift, so habe ich zwar die Haupt-Untersuchung der Gothaischen *Controvers*, zur Censur gehöriger Orten übergeben; es bliebe aber solche, weil ich zusehen wolte, ob die Sache nicht zu einer nähern Entwicklung und Entscheidung kommen möchte, im *Mspt* liegen. Da ich mich aber in meiner Hoffnung betrogen gefunden habe, so habe ich mein *Mspt* wieder hervorgesucht, und solches, doch mit Beybehaltung meiner ersten Säze, nicht nur mit Untersuchung der Jerusalem-Gühlingischen Controvers erweitert, sondern auch mich in andere miteinschlagende wichtige Materien eingelassen, und verschiedenes aus ältern und neuern Schriftstellern, besonders aus dem *XV. Tom.* der Gerh. *L. Th. Ed. Cott.* aus Herrn Ritter Michaelis Mos. Recht, aus Herrn Rast. Mosers *Vind. Grad. prohib.* und mehrern andern, gesammelt, und hinzugethan. Jedoch habe ich, um Weitläuftigkeit zu verhüten, ein manches, besonders die förmliche Antwort auf die Verdrehung der Schrift-

Schriftstelle *V. Mos. XXV.* in der Rauschenbuschischen *Disp. de Lege Leviratus &c.* Gött. 1765. weggelassen, und nur da und dorten davon etwas hingestreuet.

Die viele *Citation*en mögen nicht undienlich seyn, weilen die Vergleichung der Gedanken grosser Gottesgelehrten, in dieser schweren, zweifelhaften und delicaten Materie, das sicherste Mittel ist, der Sache besser auf den Grund zu sehen, wie es im Grössern gemacht hat Mehlhorn in der gr. Erklär. der H. Schrift A. T.

Herr D. Canz schreibet in *Disc. Mor.* §. *1354. p. 452.* von *Legibus humanis* also: cum verò nihilominus Legum accurata cognitione opus sit, idcirco periti Legum Interpretes sunt necessarii, qui, quæ Lex significet, cum aliis communicent &c. warum dann diß nicht vielmehr, wann von *Legibus divinis* die Rede ist?

Die Einmischung des vielen Lateinischen wird meine alte Gewohnheit entschuldigen.

CON-

CONSPECTUS
der ganzen Abhandlung.

Cap. I.

Wie die Theologen in Erklärung der Ehe-Gesetzen gar nicht einig sind §. 1. darauf folgen die Einwendungen der benamsten beeden Gegner, samt der Antwort hierauf. §. 2-6. hernach die Controvers von der Ehescheidung, und dem Scheidebrief, samt der Uebersezung der Stelle V. Mos. XXIV. auch Betrachtung des Ritter Michaelischen Mos. Rechts in dieser Sache. §. 7-12. weiters die unterschiedliche Meynungen von der Polygamie. §. 13. ferner das falsche Vorgeben des Aut. der Widerl. als wisse das Jus naturæ nichts von der Consanguinitæt, als einer Hinderniß der Ehe §. 14. it. was von denen Conjugiis fratrum & sororum. §. 15. und dann, was von denen übrigen Conjugiis in lin. collat. æqu. & inæqu. zu halten seye? §. 16.

Cap. II.

Betreffend das Conjugium cum defuncti fratris uxore in zwey Abtheilungen, 1) ob III. Mos. XVIII, 16. C, XX, 21.

ar. ein Lex naturæ, oder doch universalis, oder nur positiva particularis seye? §. 1-9. samt denen Gegeneinwendungen §. 10-14. 2) wie die bemeldte Schriftstellen mit V. Mos. XXV. zu vereinigen seyen? §. 15.

Cap. III.

Ob es rathsam seye, zu unsern Zeiten, wie überhaupt, also besonders auch hierinnen, von der gemeinen Meynung abzuweichen? §. 1. Rationes dubitandi. §. 2. wobey doch alles räthselhaft bleibet. § 3. darauf folget der Wunsch des Herrn Abts Jerusalem, nicht minder Herrn Ritt. Michaelis Meynung, und was derselben noch entgegen stehet, wie auch die Frage: ob die Grade zugleich verboten? und was solchergestalten überhaupt hiebey zu thun seyn möchte? wie man aber darum, bey denen verwaltenden Umständen, gewisse Haupt-Principia anzunehmen nöthig habe, und welche wohl die wahrscheinlichste seyn möchten? §. 4. 5. 6. da aber doch hierinnen die Ehe-Gerichts-Praxis bißher so ungleich geblieben ist, so solte sich die Evangelisch-Lutherische Kirche darüber vergleichen, wozu dann hier ein Mittel vorgeschlagen wird. §. 7. 8. 9.

Cap.

Cap. I.

§. 1.

Es ist in der Widerl. des Goth. Bed. und in den Gühlingischen Anmerk. die Lehre von der Natur, und denen Legibus naturalibus & positivis gar sehr verwirret worden, worinnen zum Theil Thomasius ein Vorgänger ware, dahero man die Sache auf eine ganz andere Art anzugreifen hat, um aus diesem Labyrinth zu kommen. Ich will mich aber mit jenem gegenwärtig nicht weiters abgeben.

Eine gute Erinnerung gibt Herr D. Zeltner zum Voraus, wenn Er in *Diss. de genuino conjugiorum prohibitorum fundamento p. 3.* überhaupt sagt: neque credendum est, sine singulari sapientissimi Numinis providentia, difficiliora intellectu facilioribus esse intermixta. In posterioribus hisce, difficultatem ferè insuperabilem moventibus pericopis non postremum occupare

pare mihi videtur locum *Cap. XVIII. Lev.* Und so muß denn die denen göttlichen Gesezen, mithin auch denen, die da stehen *III. Mos. XVIII.* schuldige tiefste Ehrerbietung der Grund seyn, bei Erklärung derselben. Aber eben daher kommt es auch, daß alte und neuere Theologen nicht einig sind, wenn sie diese Leges matrimoniales erklären sollen, weil ieder Theil derselben besorgt, er möchte hierinnen der Sache entweder zu viel, oder zu wenig thun. Ehemals ware es fast communis Theologorum sententia, als wären die *III. Mos. XVIII.* und *XX.* vorkommende matrimonia singula, eins wie das andere, Jure Naturæ verbotten, mithin denen Christen im N. T. so wenig erlaubt, als dem Volke Gottes im Alt. Test. wie denn Gerhard sich viele Mühe gegeben hat, solches mit vielen argumentis in Loc. Theol. L. de Conj. Edit. Cott. Tom. XV. p. 280. seqq. zu erweisen, worunter man denn auch ausdrüklich das Conjugium cum fratria zu sezen pflegte; hingegen haben hernach die neuere Theologen sich nicht mehr getrauet, solches, ohne Unterschied, zu behaupten, weswegen der Herr Verf. des Goth. Bedenkens p. 49. ganz recht gesagt: es werden heut zu Tag wenige Gottesgelehrte, und noch weniger Sittenlehrer gefunden, welche solches behaupten; wiewohlen erst 1714. Paulus Hulsius solches zu erweisen gesucht hat in *Historia Sacræ turpitudinis incestae.* Wellen denn nun, auf

sol-

solche Art, die ganze Sache mit der tractation de Gradibus prohibitis so gar verworren aussahe, welches auch anzeiget *Chr. Thomasii Diss. de fundamentorum definiendi causas matr. receptorum insufficientia. 1698.* so haben sich die Theologen auf eine andere Art zu helfen gesuchet. Denn da man doch gleichwohl unmöglich alle Leges matrimoniales, welche stehen *III. Mos. XVIII.* und *XX.* zusamen genommen, promiscuè & indistinctè, pro naturalibus halten kan, wie denn Gerhards Beysaz *l. c. p. 283. seq.* nisi circumstantiæ textus, & præceptorum materia contrarium evidenter ostendant, hier in allweg anschlägt, nicht minder die von dem Gerhard dorten angeführte argumenta & exceptiones Pontificiorum, besonders des Bellarmini, eine genauere Ueberlegung verdienen, dabey auch die Hauptquæstion de Legibus divinis positivis universalibus mit einschlägt, und in Wurf kommt, so haben sich Einige so erklärt, daß Sie von denen Legibus matrimonialibus *l. c.* solche, die man offenbar nicht pro naturalibus halten kan, zu positivis universalibus, andere hingegen dieselben zu positivis particularibus, iisque forensibus, solis Judæis datis, machen wollen, wovon des ehemahligen Canzlers zu Tübingen, Herrn D. Pfaffen *Diss. de non appropinquando ad carnem carnis suae. p. 2. seqq.* nachzuschlagen.

Will man aber ja davon abstrahiren, wie der Herr Verf. des Goth. Bed. p. 52. so ist doch ganz offenbahr und handgreiflich, daß einige Leges darunter sind *naturales*, andere aber nur *positivae*; da denn die leztere Herr Abt Jerusalem in der Beantwortung p. 35. also erkläret hat. Für ein willkührliches ist ein solches zu halten, das Gott, unter andern Umständen, ohne Verläugnung seiner Heiligkeit, auch nicht geben, oder auch auf mehrere, und wenigere Grade hätte ausdehnen und einschränken können. Weilen aber nocheine dritte Classe übrig ist, nemlich von solchen, die noch *dubiae* sind, wie eben dieser Lex de conjugio cum fratria. it. cum uxoris sorore &c. so sind die Theologen darüber in suspenso, ob ein solcher Lex mehr zu denen naturalibus, als zu denen positivis, oder vice versa zu zehlen seye, dahero verbinden es andere, und machen daraus entweder Leges positivas morales, oder Leges morales positivas, wie eben der Herr *Auct.* der Widerlegung gethan, oder fassen sie es noch kürzer, und sagen mit einem Wort, es seyen Leges morales. Hebenstreit schreibt in *Syst. P. III. Loc. IX. th. 8. p. 1437. f.* Lex divina *positiva* in se legem *positivam moralem*, legem div. *ceremonialem*, & legem divinam *forensem* includit &c. und §. 2. beruft Er sich auf den consensum *Dannhaueri* in *Hodos. Ph. VI. f. 468.* & *Scherzeri* in *Syst. Theol. Loc. IX.* §. 9.

Des-

dessen Worte also lauten: quæ lex ectypa ex solo sapiente Dei arbitrio oritur, ea divinitus dispensabilis est, sed quæ simul ex necessitate justæ ac sanctæ naturæ Dei derivatur, indispensabilis est. Ex quo fundamento inter *legem moralem*, *naturalem* ac *positivam* distinctio nascitur. Illa etiam divinitus indispensabilis est: contrà hanc nonnisi ab ipso Deo dispensari potest &c. und insgemein nennen die Theologen in dieser Verbindungs-Absicht den *Decalogum* einen *legem moralem*. Klausing in *Disp. adversus Hojerum* cit. §. 3. *p.* 7. macht diesen Unterschied: principio, sagt Er, Lex divina omnis est ante in *necessariam ac positivam* dividenda, quam in *naturalem & positivam* distinguatur. Necessaria deinde iterum dicenda est vel naturalis vel moralis strictè sic dicta ac revelata. *Positiva* Lex divina denuò vel *universalis* erit, vel *particularis* dicenda, *particularis* denique vel *ceremonialis* vel *forensis*. Deinde in *eodem hoc* §. 3. omnis Lex divina revelata dicitur esse positiva, cum tamen constet, dari etiam aliquam divinam legem revelatam necessariam, quæ propterea lex divina moralis dici solet. Add. *Rauschenbuschs Diss. de Lege Leviratus* §. 2. *p.* 3. Allein wie die Worte: lex *moralis naturalis*, tavtologisch, und die Worte: lex *moralis positiva*, contradictorisch sind, also kan man das auch sagen von der Benennung der legum matrimonialium

nialium *III. Mos. XVIII. & XX.* wenn solche der Herr Aut. der Widerl. des Goth. Bedenkens leges *morales positivas* nennet. Dann haben diese leges matrimoniales, wie der Herr Aut. selbsten bekennet, ihren Grund in der Natur des Menschen, mithin eine moralitatem objectivam, antecedenter ad voluntatem Dei, so können sie nicht ex solo Dei arbitrio entspringen, mithin auch nicht positivæ seyn.

Es ist also viel besser gethan, wenn man anfangs und 1) ehe man weiter gehet, den Unterschied zwischen denen legibus *naturalibus & positivis* zum Grund leget, da die objecta der legum *naturalium* entweder ex essentia Dei oder ex natura hominis fliessen, oder ihre rationem in societatis humanæ natura & nexu haben, die *positivae* aber nur ex arbitrio Dei fliessen, oder ihre rationem in particularibus cujusdam gentis circumstantiis haben, oder, wie Maichel in *Diss. de Moral. object.* §. 37. p. 57. f. geschrieben: differt lex naturalis a positiva *triplici* potissimum modo *a*) ex parte fundamenti in Deo, legis enim naturalis fundamentum proximum est essentialis Dei sanctitas atque justitia, positivæ autem liberrima Dei voluntas *b*) ex parte hominis, lex enim naturæ proximam & immediatam connexionem habet cum natura hominis rationali & sociali, ita, ut ex illius consideratione etiam facilè investigari possit, quod secus se habet in legibus positivis. c) Denique ex parte objecti. Lex enim naturæ versatur circà actus intrinsecè honestos vel turpes, leges autem positivæ circà actus, antecedenter ad illarum lationem indifferentes &c. Hernach aber 2) wenn man mit *Niemejer* sen. *Zeltner*, *Brückner*, und andern, die besonders recentiori ætate die Sache genauer zu evolviren gesuchet, behauptet, es seyen die *conjugia III. Mos. XVIII. & XX.* überhaupt diversimodè zu betrachten, so, daß zwar lege naturali verbotten seyen nicht nur die offenbare Flagitia *III. Mos. XVIII. 20 - 23.* sondern auch der incestus lineæ rectæ, tum ratione consanguinitatis, tum ratione affinitatis, wie auch in linea collaterali die conjugia inter fratres & sorores, doch mit diesem Unterschied, daß die conjugia inter parentes & liberos lege naturali absoluta, inter fratres & sorores aber nur lege naturali hypothetica verbotten seyen, multiplicato scilicet genere humano, da dann lex naturalis absoluta nullo tempore, nulla ratione dispensabilis oder variabilis seye, naturalis hypothetica aber sub certa conditione. Man schlage nach, was hievon Canz schreibet in *Disc. Mor.* §. *849.* wie dann auch hieher gehört, was stehet §. *872.* da es heisset: Lex naturæ ex rerum natura eruitur, naturæ vim metimur ex circumstantiis; circumstantiæ in variis, diverso tempore, diverso loco variant. it. §. *850.* Auf welche Art dann Canz auch die §. *870 - 872.* abgehandelte

Frage: utrum polygynia jure naturæ sit licita? hat beantwortet. Die übrige conjugia aber betreffend, so sagen Sie, sie seyen alle zusamen in linea collaterali æquali & inæquali, ratione consanguinitatis & affinitatis, jure divino positivo forensi verbotten, mithin alle diese Leges matrimoniales positivæ particulares, adeoque dispensabiles, vel variabiles, wiewohlen Zeltner in *Diss. cit. p. 14. f.* mit dieser Distinction nicht zufrieden seyn will. Auch, obgleich Canzler Pfaff in *Diss. laud.* es mit denen neuern hält, so füget er doch *p. 8.* bey: sed deficiente Legislatoris divini *interpretatione authentica*, nihil à nobis per interpretationem *doctrinalem* decisum volumus &c. Hingegen sagt Jerusalem in der Beantwortung der Frage: ob die Ehe mit der Schwester Tochter, nach den Göttlichen Gesezen, zuläßig seye? *p. 35.* Da also die Vernunft keinen unmittelbaren Grund anzugeben weißt, warum die Ehen in den Seiten-Linien dem eigentlichen Recht der Natur zuwider wären; so folgt auch daraus, daß das *III. Mos. XVIII.* & *XX.* dagegen gegebene Gesez, zwar allezeit die weiseste und heiligste Absicht zum Grund habe, aber dennoch, in so weit es diese Ehen betrift, für ein willkührliches d. i. für ein solches Gesez zu halten, das Gott unter andern Umständen, ohne Verläugnung seiner Heiligkeit, auch nicht geben, oder auch auf mehrere, und wenigere Grade hätte ausdehnen, und einschränken können ꝛc. Und diß ist denn eine interpretatio *dialectica*, welche hier sattsamen Grund hat. Eine Beistimmung mit dem Herrn Abt Jerusalem, lesen wir in der Allgem. *Theol. Bibl.* im 2ten Band p. 233. bey der Recension, und in der Beurtheilung der Beyträgen, die Streitigkeit von der Ehe mit der verstorbenen Frauen Schwester, nach der H. Schrift, wo möglich, beyzulegen, aufgesezt von *M. I. G. Waltern, Superint.* zu Neustatt an der Orla. 1 St. Leipzig 1774. wann der Herr *Recensent* also davon urtheilet: unserer Meynung nach, bleibt die ganze Sache eine petitio principii, so lang nicht erwiesen ist, daß klare göttliche Geseze des N. T. vorhanden sind, die diese von unzähligen Gottes- und Rechts-Gelehrten für erlaubt erkandte Verheyrathung mit dürren Worten untersagen, oder daß das auf diese Ehe gerichtete Interdict des A. T. zu den unveränderlichen Natur-Gesezen gehöre, die auch bey den Christen ihre Verbindlichkeit behalten. So lange dieses nicht gezeiget werden kan, und das ist Herr Walter vielleicht am wenigsten zu leisten im Stande, so lange hilft alles declamiren über die Heiligkeit der Geseze Gottes, und seine Ehre, über die Heftigkeit seines Zornfeuers, und dergleichen Dinge, so viel, als nichts ꝛc. Dieses sind nun wohl richtige principia, worauf der Grundsaz des Recensenten gebauet ist, sie sind es

 aber

aber nicht alle, noch ist die Heiligkeit der Geseze Gottes gänzlich dabey aus den Augen zu sezen, welches auch Herr Abt Jerusalem nicht gethan hat, und das Wort Blutschande, wovon der Recensent hernach geredet hat, wann Er gesagt: alle Arten der ehelichen Verbindungen, die nicht offenbare Blutschande sind, sind nach unserer Einsicht, dispensations-fähig rc. ist ein terminus vagus, der eine weitere Erklärung, und genauere Bestimmung erfordert; dahero ist auch das folgende, wann es weiter heisset: das ganze A. T. so fern es nicht allgemeine moralische Vorschriften, oder Glaubens-Lehren, enthält, hat für uns Christen nicht die mindeste Verbindlichkeit rc. allzugeneral. Denn die christliche Religion ist nichts anders, als eine verbesserte jüdische Religion. Und obgleich die Patriarchalische, Jüdische und Christliche Kirche gar merklich von einander unterschieden sind, nach dem Unterschied der Haushaltung Gottes, so stehen sie doch mit einander in einem genauen nexu. Wir glauben rc. *act. 15, 11.* Der Glaube aber muß sich zeigen in seinen Werken *Jac. 2, 18. 26.* Unter diese Werke aber gehört auch überhaupt der Gehorsam gegen denen Gebotten Gottes. Ob aber unter diese Gebotte auch das *III. Mos. 18.* enthaltene Interdict gehöre, oder nicht gehöre? das ist nun die Frage. Und so lang das nicht erwiesen ist, bleibt des Herrn *Recensenten* seine Meynung eine petitio principii. Darinnen

innen aber hat *Recensent* recht, daß man keine solche Schriftstellen anführen solle, die hieher nicht gehören. In dieser Absicht wirft er mit Recht Herrn Waltern für, es beweise die Stelle *Matth.* 5, 19. hier nichts, indem dorten von dem Moral. Gesez die Rede ist, welches bey denen Legibus matrimonialibus auch unter denen Christen seine Verbindlichkeit behält. Der Heyland sagt *v.* 17. mit ausdrüklichen Worten, Er seye nicht gekommen, die von Mose und denen Propheten vorgetragene allgemeine Moral-Lehre zu vernichten oder aufzulösen, welches ein gefährlicher Irrthum wäre, solches zu glauben. Hernach *v.* 18. daß der geringste Buchstab und Titul des Moral. Gesezes seine Verbindungs-Kraft nicht verlieren solle, bis zum Ende der Welt, und dann *v.* 19. daß derjenige, der das Gegentheil behaupten, und diesen Irrthum auch andern beybringen wolte, kein Christ, sondern von dem Christenthum gänzlich ausgeschlossen seye; hingegen gehet dabey der *Recensent* zu weit, wenn Er weiter also fortfähret: alles andere hat aufgehört, für uns Gottes Wille zu seyn. Und wer dieses nicht als Grundsaz gelten, und aus den tausendfachen Versicherungen Pauli (die Er uns von der gänzlichen Abschaffung des jüdischen Gesezes gegeben, ja durch die Er die Anhänglichkeit an dasselbe sogarzur Sünde, und zu einer Art von Untreue gegen das Christenstenthum gemacht hat Gal. 5) die Folgerung gelten lassen will, daß alle Verordnungen Gottes, die Er ehemals den Juden bekannt gemacht hat, und die nicht unmittelbar zur allgemeinen Tugend-Lehre gehören, aufgehört haben, verbindlich zu seyn, der kan mit eben den Ausflüchten, mit denen Er ein Jüdisches Gesez für nothwendig erklärt, auch mehrere Jüdische Geseze vom Sabbath, Reinigungen verbottenen Speisen, Fasten 2c. für nothwendig erklären 2c. Die Ursach ist, weilen sich von einer gänzlichen Abschaffung des Jüdischen Ceremonial-Gesezes nicht so schlechterdings auf eine gänzliche Abschaffung der Legum forensium, speciatim matrimonialium, schliessen lässet, indem 1.) die Leges ceremoniales den Messias, als zukünftig, Vorbildsweise vorstellen solten, welche vorbildliche Vorstellung aber nunmehr, nachdem der Messias wirklich gekommen ist, hat aufgehört. *Col.* 2, 16. 17. Welches man aber von denen Legibus forensibus, ausser denen, die auch mehr ceremonialisch waren, nicht sagen kan. Es will zwar I. M. Schulz in tract. symbola oblata ad Theol. typicam im 2. Th. kein eigentliches Vorbild l. c. finden, sondern übersezt es nur: es ist etwas unnüzes, ein leerer Schatten, nach vorhandener Gegenwart des reellen Körpers 2c. wie Er auch bey andern Vorbildern Zweifel erreget hat. Worauf aber vorher schon in Bibl. Brem. Vol.

Vol. 1. P. IV. §. 8. p. 565. ff. geantwortet worden ist. Und was 2) die Beschneidung betrift, wovon Paulus *Gal.* 5. redet, so ist solche ein Zeichen gewesen, aus welchem Geblüte der Messias kommen solte, mithin eine Versicherung seiner Zukunft aus dem Saamen der Juden, dessen sie sich dabei erinnern solten, darum solte auch solch Zeichen nicht länger währen, als bis auf des Messias Zukunft, weswegen die Behauptung der Nothwendigkeit derselben nichts anders seyn konnte, als eine Verläugnung unsers Jesu von Nazareth. Dahero wird auch in der Weissagung Mosis *V. Mos.* 30, 2-6. welche die Rabbinen selbst von der Zeit des Messias verstehen, nur der Beschneidung des Herzens gedacht, welche der Heyland auch getrieben, indem Er zur Liebe, zum Gehorsam, zur Demuth, zur Busse vermahnet hat, womit auch Paulus *Gal.* 5, 5. 6. einstimmet. Es führet aber auch 3) Paulus *Gal.* 5, 4. noch eine Ursach an, warum Er auf die gänzliche Abschaffung der Beschneidung am Fleisch so ernstlich gedrungen, weilen, nach *act.* 15, 5. die Pharisäer die Gerechtigkeit, nicht aus den blossen Ceremonien, sondern aus der Haltung des ganzen Gesezes, zu haben vermeynten, wobey die falsche Erklärung des Gesezes miteingemischt ware, wornach die Juden meynten, noch ein mehrers thun zu können, als Moses befohlen, indem Moses blos ein äusserlich-heiliges Leben fordere, welches deutlich erhellet aus

aus *Matth.* 19. 20. *Luc.* 18, 12. col. *Matth.* 5. durch das ganze Cap. hindurch. Und dieses wäre ein solcher falscher Grundsaz, woraus noch weiters diese ihre falsche Meynung flosse, wornach Sie glaubten, keinen Messias nöthig zu haben, ihre Sünden zu büssen, sondern Er solte nur ein weltlich grosses Reich aufrichten. Was aber 4) die Leges positivas matrimoniales insbesondere betrift, welche *III. Mos.* 18. aber in einer Vermischung mit denen Legibus naturalibus stehen, so ist es Vermessenheit, wann man im N. Bund, mit dem Herrn *Recensenten*, einen solchen Sprung darüber machen solte. Sind es gleich keine Leges naturales, sondern nur positivæ, so handeln sie doch von einer habilitate & inhabilitate morali in contrahendis conjugiis, ratione consanguinitatis & affinitatis, und zeigen so viel an, quid sit magis honestum, aut magis decorum, in der Absicht auf ein Volk, welches, als Gottes eigenthumliches Volk, von andern Völkern solte unterschieden seyn, welches nun das Christen-Volk auch seyn solle. Und waren gleich 5) die übrigen Leges judaicæ forenses positivæ allein auf den damahligen Zustand des Landes und Volks gerichtet, so ist doch, in Ansehung der Abschaffung derselben, dieser Unterschied zu merken, daß sie wohl, quoad jus, mit der Zukunft des Messias, nach 1. *Mos.* 49, 10. quoad factum aber, mit der Zeit, von sich selbsten, haben aufgehört, wenigstens

stens haben die Apostel die Abschaffung derselben nicht so starl betrieben, als die Abschaffung des Ceremonien-Gesezes. Ja wenn 6) das, was der *Rec.* behaupten will, wann Er sagt: alles andere hat aufgehört, für uns Gottes Wille zu seyn rc. so simpliciter solte angenommen werden d. i. wann die Abschaffung des Policey — mithin auch des positiven Matrimonial-Gesezes mit solchem rigore solte anzunehmen seyn, als die Abschaffung des Ceremonial-Gesezes, so, daß die Anhänglichkeit daran eine Art von Untreue gegen das Christenthum wäre; so wäre auch dem Landesherrn, wie doch gleich folget, nicht erlaubt, in solchen Fällen das nämliche zu verordnen, was Moses verordnet hat. Indessen wäre es doch 7) nicht zu billigen; wann man nach Zach. 9, 9. unter dem Esel, oder Eselin, und dem jungen Füllen der Eselin, der eigentlichen Bedeutung nach, gar keinen Unterschied machen wolte, welches geschehen würde, wenn man, bey wirklich erfolgter Ankunft des Messias, als eines Königs der Juden und Heyden, der uns so grosse Wohlthaten mitgebracht, worunter auch die von den Aposteln hernach geprediate Freyheit gehöret, die schwere Gesezes-Last, welche die Juden bisher getragen, auch dem jungen Füllen, nemlich denen Heyden, NB. ohne Unterschied, wieder auflegen wolte.

§. 2.

§. 2.

Aus der Widerlegung des Goth. Bedenkens merken wir hier an, daß die Säze des *Aut.* wenn Er spricht *p. 84. f.* die Geseze *III. Mos. XVIII. & XX.* seyen lauter *Leges naturæ*, welche zwar die Menschen aus eigener Vernunft, und Kraft, in so fern sie nemlich *consanguinitæt* betreffen, in ihrem dermahligen *statu depravato* nicht würden ausgefunden haben; doch aber zu derjenigen Ordnung gehören, nach welcher das menschliche Geschlecht vernünftiger, als das dumme Vieh, fortgepflanzet werden solle; it. es seyen lauter applicationes legis naturæ generalis rationalis ad casus speciliores, welche der Schöpfer seinen vernünftigen Geschöpfen, zu Erlangung mehrerer Einsicht, ausdrüklich hat beyfügen wollen; es seyen diese Geseze überhaupt ein *commentarius in legem naturæ, hanc materiam concernentem &c.* allerdings unrichtig sind, ja es wird damit zu viel und zu wenig gesagt. Es sagt dieser Satz zu viel, wenn, nach demselben, diese Mosaische Eheordnung lauter leges naturæ in sich fassen solle, da ipsa inspectio lehret, daß alle diese leges unmöglich unius ejusdemque indolis & naturæ seyn können, sondern daß viele darunter sind, welche ihre rationem nur in particularibus gentis judaicæ circumstantiis haben; dahero wie diese nur *positivae* seyn müs-

müssen und können, also müssen andere hingegen *naturales* seyn, weilen solche ihre rationem haben in societatis humanæ natura & nexu. Es ist demnach ein grosser Unterschied zu machen unter den legibus matrimonialibus *III. Mos. XVIII.* & *XX.* Zu dem Ende berufen sich die Theologen 1) auf significationem vocabulorum משפטים & חוקות *III. Mos. XVIII, 4. 5. 30. XX, 20. 23.* woselbsten diese judicia & statuta NB. denen legibus opponirt werden, mithin leges positivas particulares bedeuten; wie denn Gerhardt in *Comm. in V. Mos. IV, 1.* geschrieben hat: in hebræo duo conjunguntur, chükim & mischpatim, per prius intelliguntur leges ceremoniales sive ecclesiasticæ de sacris ritibus, & cultus divini circumstantiis, quæ sunt primæ Decalogi tabulæ appendices, per posterius intelliguntur leges forenses & politicæ de rebus civilibus & contractibus publicis, quæ sunt secundæ Decalogi tabulæ appendices. Notandum tamen 1, quod discrimen hoc non sit perpetuum, & 2. quod enumeratione harum duarum specierum lex moralis tanquam fundamentum & fons tum legum ceremonialium, tum forensium non excludatur &c. 2) auf diversitatem pœnarum, da die pœna capitalis nicht auf die Uebertrettung aller und jeder legum matrimonialium gesezet worden. 3) auch darauf, daß Gott sonsten nicht hätte können circa quasdam leges dispensiren, wenn alle gleich, mithin alle zusamen Leges naturæ wären, massen die Leges naturæ indispensabiles sind und bleiben, obgleich damit die exceptio necessitatis nicht geläugnet wird, den Unterschied aber inter dispensationem & exceptionem necessitatis hat gar schön gezeiget D. Maichel in *Diss. I. de Jure Necessitatis. §. 12 - 20. p. 16. ss.* wie hernach folgen wird. Die Ursach aber, warum Gott in dieser Mosaischen Eheordnung zu den Legibus naturæ, welche Er da wiederholen lassen, auch einige positivas particulares gethan, hat Niemeyer *Sen.* in *Diss. I. de Conj. prohib.* angezeiget, da Er gesagt: Deus Leges connubiales condendo genti suæ peculiari ex omnibus populis electæ. conf. *II. Mos. 19, 5. V. Mos. 7, 6. 1 Petr. 2, 9.* præter repetitionem Legum naturalium alias quoque merè positivas voluit addere, ut hæ naturæ Leges eò rectius & majori cum studio in illa gente observarentur. Hinc Leges illæ positivæ particulares fuerunt apud ipsam gentem quasi præmunimentum Legum naturæ, quarum ratio unicè in voluntate Dei est quærenda &c. daß aber Gott diese seine Eheordnung, in so fern solche aus Legibus naturæ & positivis bestehet, seinem Volk so sehr eingeschärfet hat, mag wohl die conjunctissima populi Israelitici cohabitatio eine Mitursache seyn, wie Zeltner in *Diss. cit. p. 39 - 44.* davon geschrieben, und daselbsten aus dem Josephus bewiesen, daß das gelobte Land mit

De-

Hebräern dergestalten angefüllet gewesen seye, daß öfters in unico pago über 15000 Innwohner gewesen. Weiter aber wird sich hieraus nicht schliessen lassen. Es sagt aber auch dieser Satz zu wenig, wanns heisset: es wissen die Menschen im præsenti statu depravato nichts mehr von den Legibus naturæ, welche sich in dieser Mosaischen Eheordnung befinden rc. indem die Exempel der Heyden das Gegentheil lehren. Es wendet zwar der Herr Aut. der Widerl. wie die Summa p. 82 dahin gehet, dargegen ein: wenn das Jus naturæ hierinnen etwas disponiren würde, so würde solches Jus Nat. commune auch unum idemque seyn bey allen Nationen, welches doch nicht seye, wie die daselbsten angeführte Exempel bezeugen, auch wie dergleichen *Moebius* in *Theol. Canon. Disp. IX. p. 211.* angeführt hat. Allein die Antwort ist leicht, wie solche auch bey dem *Moebio p. 212.* zu finden ist, da es heißt: aliud est ipsa Lex naturæ, aliud Legis usus & applicatio, Lex ipsa, quatenus est cordibus hominum inscripta *Rom. 2. 15.* apud omnes est una, & communis est omni nationi. Tantum ergò numero differt, specie non differt. Sicut enim omnes habent eandem specie animam, easdem facultates, & idem peccatum originale, sic & easdem notitias & eandem naturæ Legem. Quod verò Legis usum & applicationem spectat, magna hic oritur varietas. Quia enim non omnes æqualiter educantur, nec omnes in virtutis studio pariter currunt, inde fit, ut diversa sequantur judicia, actumque unum alii improbent, nonnulli approbent, non quod Lex naturæ in sese sit diversa, sed quia non æqualiter applicant, & diversimodè concludunt, non secus ac labes originalis apud omnes est una, non tamen uno eodemque modo in omnibus operatur, sed in aliis efficacius est, in aliis magis reprimitur & domatur &c. Hingegen sind auch andere heydnische Völker weiter gegangen, und haben nicht einmahl, wie auch der Herr *A.* der Widerl. sagt *p. 82.* des Bruders Tochter gestatten wollen, worüber dann *Hochstetter in Coll. Puf. Ex. IX. §. 14. not. e.) p. 409.* eine schöne Erklärung gemacht, und gesagt: cæterum multorum populorum Leges civiles quosdam gradus remótiores prohibuerunt, ad objiciendam velut sepem gradibus sanctioribus, ne ad hos temerandos ita facilè rueretúr &c. Ausser dem könnte auch hier applicirt werden, was Zoller sagt in *Diss. de notitia Dei naturali p. 24.* neque enim, quod est naturaliter cognitum, necesse est, quod verificetur pro quolibet individuo, neque etiam propensionem istam mentis in Deum irresistibilem esse, unquam statui, sed supprimi & impugnari posse, antea observavi &c. Daß *III. Mos. XVIII. & XX.* viele Leges naturæ stehen, und daß das, was davon in diesen

zwey

zwey Capiteln befindlich ist, sowohl pro interpretatione authentica harum Legum naturæ gehalten werden könne, als was der Heyland Math. V. zur Erklärung des Decalogi angeführet hat, oder auch sonsten in H. Schrift z. Ex. V. Mos. XXVII. stehet, hat seine vollkommene Richtigkeit, daraus aber folget noch nicht, daß alle Leges matrimoniales III. Mos. XVIII. & XX. seyen Leges naturæ, wie denn Niemejer sen. von III. Mos. XVIII, 19. in Diss. IX. gar wohl schreibet, daß das, was hier verbotten worden, wohl dem decoro civili, aber nicht der honestati naturali, zuwider laufe, dahero auch ohne Grund ist, was der Herr Aut. der Widerl. p. 85. weiter schreibet: es sind Leges, deren objectum die Natur ist ꝛc. Dann objectum Legum naturæ sind solche actus, welche eine convenientiam cum natura humana haben, dergestalten, daß sie per se honesti vel turpes sind. Es haben auch alle Menschen Blutsfreunde, wie es in der Widerl. l. c. weiters heisset, aber ob diese Leges matrimoniales Mosaicæ, und was sie ratione consanguinitatis & affinitatis disponiren, ohne Unterschied, alle Menschen, oder ob einige darunter nur die Israeliten angehen, davon ist eigentlich die Frage. Es fället auch auf solche Art das Argument hinweg p. 235. wenn es daselbst heisset: entweder müssen die Leges Mosaicæ matrimoniales Leges naturales oder ceremoniales seyn, da denn im leztern Fall alle Gebotte de incestibus ceremonialisch wären, und dürften die Eltern ihre Kinder im N. T. heurathen; hingegen kommt der Herr Aut. der Widerl. dem Zweck näher, wenn Er p. 104. schreibet: mithin muß entweder zwischen der jüdischen und christlichen Oeconomie in solchen Fällen ein Unterschied seyn, und das, was bey jenen gegolten, bey uns nimmermehr gelten, oder das sechste Gebott verliert alle seine Kraft rc. indem in Ansehung der Conjugiorum prohibitorum *III. Mos. XVIII. & XX.* in allweg auch ein grosser Unterschied ist zwischen der jüdischen und christlichen Oeconomie. Und dieses ist dann auch zu antworten, wann die Theologen aus dem Decalogo wollen in vorbemeldter Verbindungs-Absicht überhaupt einen Legem moralem machen, wohin dann gehöret, was stehet in Maichels *Diss. de Moral. obj.* §. *37. p. 58.* si quis autem, sagt Er, hic objicere velit, dari & Legem moralem, de qua agitur in systematibus theologicis, in promtu mox erit responsio. Lex enim moralis pro diversitate materiæ, quam tradit, reducitur ad alterutram ex illis speciebus, & in præcisione spectata est quidem conceptus latior istis, in statu autem reali Lex Dei moralis omnis est vel naturalis, vel positiva, positiva autem vel universalis, vel particularis, quæ rursus subdividitur in ceremonialem, tem, & forensem. Evidentissimum hujus rei exemplum præbet Decalogus, in cujus præcepto tertio, & Lex naturalis, & positiva invicem concurrunt &c. noch besser und deutlicher hat die Sache auseinander gesezt Herr D. Klemm in *Diss. de Judaismo Christianismo sublato.* Dann ob Er gleich daselbsten von dem Lege Mosaica in genere, und nicht præcisè, und allein vom Decalogo, und denen præceptis Decalogi, redet, und erinnert, daß, da der Lex Mosaica sonsten ganz recht in moralem, ceremonialem, & forensem abgetheilet werde, so sagt Er doch, es gehöre tota Lex Mosaica, sofern solcher Legem moralem, ceremonialem & forensem in sich fasset, mithin auch der Decalogus, zu der jüdischen Oeconomie, und dieser Lex Mosaica, NB. quà talis, eaque tota, seye fœderalis, typica, adeoque temporaria, nec perpetua, und in diesem gedachten Betracht seye er durch Christum nun erfüllet, und im N. T. abrogirt worden. *p. 14. 24. 29.*

§ 3.

Ganz gewiß ist es also, daß die drey Oeconomien hier wohl von einander müssen unterschieden werden.

Die erste Oeconomie betrift das testamentum *promissionis* vetustissimum, welches mit dem

 prot

prot-Evangelio angefangen hat, und hernach mit Abraham aufs neue bestätiget worden ist. Die andere Oeconomie betrift das testamentum *Mosaicum*, die dritte aber das testamentum *Christi*. col. *Gal. 3, 17. 18. 19. Cap. 4, 22. ff. Rom. 9, 4.* gr. t. Da dann das testamentum promissionis vetustissimum, und dann das testamentum Christi & expletionis, in der genauesten Verbindung miteinander stehen; welche Anmerkung aber einen grossen Einfluß hat in die gegenwärtige Abhandlung, massen Gott währender ersten Oeconomie sein Volk viel liberaler tractirt hat, als hernach, so lang die Mosaische Oeconomie gedauert hat, obgleich diese auch wenigstens implicitè eine typische Relation gehabt und behalten hat. Die vom Paulo Hebr. 7, 12. angemerkte Veränderung des Gesezes fasset vieles in sich. Dann obgleich damit vornemlich gesehen wird auf die grosse Veränderung des Gesezes solches Priesterthums, im expressen typisch- und antitypischen Betracht, so wird doch damit zugleich eingeschlossen die ganze jüdische Oeconomie, in Ansehung der jüdischen Kirchen- und Policey-Ordnung, weilen das Wort, Gesez, als ein General-Wort, simpliciter hier und p. 11. gebrauchet wird. vid. *Flacii Clavis P. 1. f. 1612. ff.* woselbsten es *f. 1614.* heißt: Quare scriptura V. T. & N. T. (quæ plerumque tantum duo Testamenta expressè, additoque numero, nominat, ac inter se confert) tantum ulti-

ultimum, seu Christi, testamentum cum Mosaico confert, Mosaicumque extenuat & abrogat, amplificato, collaudato, & confirmato isto Novo benedicti seminis Abrahami. Es ist zwar Christus, als Stifter, bey diesen drey Testamenten, anzusehen. Schon Irenäus scheint in dieser Absicht geschrieben zu haben, es habe Christus nicht nur mit Abraham und Mose geredet, und sich denen Vätern geoffenbaret, sondern Er habe auch das Alte Testament, wie das Neue, gestiftet. Libr. 4. adv. Hæreses. C. 17. 21. & 23. *Not.* *)

 So

Not. *) Man vergleiche nur mit einander V. Mos. 5, 2. 3. Jer. 31, 31. 32. Hebr. 8, 8. ff. C. 10. 15. ff. wornach der Sinaitische Gesez-Bund von dem mit den Vätern gemachten Bund, und dann der neue Bund des Messias von dem Sinaitischen Gesez-Bund deutlich unterschieden wird. Von der Wirklichkeit dieser neuen Verfassung S. den Hessischen Anhang über die Lehren ic. sechst. Absch. p. 178. seq. col. 1. überhaupt aber schreibet von dem grossen Unterschied D. Weismann in Instit. Theol. p. 965. also: certum est, Deum suam voluntatem, sive Legalem, sive Evangelicam, etiam sub ratione & nomine fœderis proposuisse: nec tamen ea, quæ hic occurrunt, in divinis, ad modum fœderum humanorum, nimis sunt exigenda. Commodè principales partes & periodi dispensationis divinæ, non solum ratione temporis, sed etiam ratione indolis, dividuntur in Patriar-

So viel demnach das Wort, Bund, betrift, so bedeutet solches zwar auch, nach der Schrift, manchmahlen eine jegliche denen Menschen gethane Zusage Gottes insgemein. Z. Ex. daß Gott den Noah in der Sündfluth erhalten wolle *1. Mos. 6, 18.* wie auch nach der Sündfluth, durch das Zeichen des Regenbogens, der zwar, an sich betrachtet, schon vorher ware, daß Er nemlich die Welt nicht mehr mit Wasser, auf solche Art, verderben

---

triarchalem, sive promissiónis, Mosaicam & Christianam: in Patriarchali eminuit fœdus Abrahamiticum in duplici suo respectu, quo prælusit Veteri & novo fœderi, probè discernendum. — Verum est, quod in V. T. ita considerato, fuerit schesis Legalis & Evangelica; sed hæc ipsa etiam schesis Evangelica ostendebat, V. T. ex se ipso illa bona, quæ figurabat, non habere, sed ea aliunde esse haurienda & accipienda — fuit enim non hujusmodi fœdus, ex quo hæc possint repeti, sed præparatorium saltem ad illud fœdus, vi cujus beneficia ista unicè possunt impetrari &c.

D. Klemm hat es in seiner Disp. Judaismus &c. l. c. noch genauer zu bestimmen gesucht, doch würde es schwer halten, einen Juden davon zu überzeugen.

Joh. Hecht in Lect. sup. Syll. p. 435. unterscheidet Bund und Testament also: Testamentum & fœdus, Scripturæ usu, non aliter differunt, quam quod illud mortem, fœdus confirmantem, involvat, hoc ab eadem præscindat.

derben wolle 1. Mos. 9, 12. ff. ferner IV. Mos. 25, 12. 13. den Pinehas betreffend. Insonderheit aber bedeutet dieses Wort eine solenne Handlung, eine grosse Verbindniß, mit besondern Umständen, wobey aber doch eine göttliche Handlung solenner wäre, als die andere. So machte Gott mit Abraham, Isaac und Jacob einen Bund, daß Gott ihren Saamen, wie die Sterne am Himmel, mehren, das Land Canaan ihnen geben, ja in ihrem Saamen alle Völker auf Erden seegnen wolte. Nun betrafe das leztere eben das Testamentum promissionis, den aufs neue angerichteten Gnaden-Bund col. 1. Mos. 3, 15. welcher denn durch die Beschneidung, als durch ein Siegel, wie auch nicht minder durch einen Eydschwur Gottes Hebr. 6, 13. 14. 17. bekräftiget worden ist, ohngeachtet doch Abraham neun und zwanzig Jahr vor seiner Beschneidung, den Glauben an den Messias gehabt hat.

Es will zwar Herr Ritter Michaelis im Mos. Recht behaupten, als wäre 1.) die Beschneidung kein Sacrament gewesen, von der Art, als wir im N. T. haben, dadurch eine geistliche Gnade mitgetheilt werden solte, ja es hätte 2.) Moses die Israeliten, durch die Beschneidung, nur dem Jehova gewiedmet rc.

Allein was wäre wohl Jos. 5, 9. die Schande Egyptens anders, als der bey verzögerter Einführung

führung in Canaan dem Moses und Gott selbsten von den Israeliten gemachte Vorwurf, als könnte Er sie in kein besseres Land führen, als Egypten wäre? und was wäre diese devolutio opprobrii, objective spectati, anders, als die remissio peccatorum, ejusque confirmatio, bey dem casu substrato, welche sie durch die Beschneidung erlanget? Eben darum heißt *Rom.* 4, 11. die circumcisio ein signaculum justitiæ fidei, welches ja auf das Alte Testament gehen muß, weilen wir solche im Neuen nicht mehr haben. In so fern waren zwar die *Sacramenta* A. Ts. nicht von der Art, als wir solche im N. T. haben, in so fern sie den künftigen Messias nur Vorbildsweise darstelleten. Allein obgleich die Sacramenta V. T. signa merè significativa & adumbrativa waren, *quoad Christum*, quem adumbrabant in sua passione & morte, so waren sie doch auch zugleich, *quoad nos*, media, organa gratiæ & salutis, signa collativa regenerationis & renovationis. Dieses hat Seb. Schmidt in *Tr. de Circumcisione P. III. C. 6.* nachdem Er die unterschiedliche Meynungen und Erklärungen *p. 443. ff.* angeführt, hernach *p. 448. ff.* gründlich bewiesen. Die andere Hypothesin des Herrn Ritters betreffend, sind denn nicht auch andere, und zwar heydnische Völker beschnitten worden, ohne daß sie dem wahren Gott und seinem Dienst gewiedmet worden wären? bey welchen es freylich kein

Sacrament, kein signum fœderis & gratiæ divinæ sondern eine nuda humana ceremonia nur wäre. Es heißt ja Jer. 9, 26. — Alle Heyden, nemlich ausser den Vorbemeldten ꝛc. Marsham, wie auch Spencer wolte behaupten, es komme die Beschneidung von den Heyden her, und seye von Gott unter den Juden nur geduldet worden. Darinnen aber gehet Marsham viel zu weit, und Herr Ritter sagt zu wenig, und die Meynung, als wäre die Beschneidung, blos an sich und als ein blosser actus und ritus betrachtet, vor Abrahams Zeiten gar nicht üblich gewesen, hat keinen Grund. Das Zeugniß des Herodotus ist zu deutlich. Es kan davon nachgeschlagen werden *Danzii Diss. de Baptismo Proselytorum*, obgleich Wernsdorf, Grapius und Deyling widersprochen haben. Vielmehr bezog sich also die Beschneidung Abrahams und der Israeliten auf den Messias, wodurch sie ein ganz anderes und höheres Ansehen bekommen hat, wovon nachzuschlagen, was Seb. Schmidt in *Tr. de Circumc. P. III. C. 1. p. 313.* geschrieben hat. Denn da der Messias aus dem Stammen Juda, und dem Geschlechte Davids, mithin aus dem Saamen des jüdischen Volks, herkommen solte, so wurde das Vorbildliche auch äusserlich genauer bestimmet, und deutlich vorgestellt durch den Zaun zwischen Juden und Heyden Eph. 2, 14. 15. 16. Damit mans wissen möchte, wann Er kommen wür-

würde, daß Ers wäre, und kein anderer, wozu dann diese besondere Geseze dienen sollen. Und darauf ware es auch abgesehen mit der Abtheilung der zwölf Stämme, mit der Abtheilung des Landes unter die Stämme, mit der Abtheilung eines jeglichen Stammes in seine Geschlechter, und eines jeglichen Geschlechts in Vätter-Häuser; wohin dann auch gehört das Gesez mit den Erstgebohrnen. Es haben auch die Juden ihre Stamm-Register und Tafeln noch gehabt zu den Zeiten Christi.

Ob nun aber gleich in den Zeiten A. T. überhaupt davon zu reden, alles noch dunkel wäre, indem es in lauter Schatten, Bildern, Weissagungen, und Verheissungen von entfernten Zeiten, und zukünftigen Gütern verhüllet ware, in der Vergleichung mit den Zeiten N. T. nach 2 Cor. 3, 18. So gienge doch alles auch im A. T. auf die Erkentniß und Verehrung des verheissenen Messias. Es waren auch die von Ihme darinnen angegebene Charakters deutlich genug. Darunter gehöret auch die Weissagung 1. Mos. 49, 10. Es kan dahero kein orthodoxer Theolog mit dem Herrn Ritter Michaelis recht zufrieden seyn, wann Er diese Weissagung, der chaldäischen Uebersezung ganz zuwider, nicht von Christo verstehen will, zu dem Ende, statt שילה, lesen will שלו, biß der kommt, deme es gebühret, und Ihm werden

den die Völker gehorchen ꝛc. Daß aber diese Leseart höchstunwahrscheinlich seye, und nicht könne angenommen werden, hat mit überzeugenden Gründen bewiesen Herr M. Linck in einer zu Giessen 1774. gehaltenen *inaug. Diss. de Schilo à Jacobo praedicto Gen. 49, 10. §. 7. p. 14. ss.*

Nun ist zwar diese Leseart des Herrn Ritters in den alten Zeiten nicht unbekannt gewesen; allein multitudo errantium non parit errori patrocinium. Wenigstens erwecket es grossen Verdacht, wenn man das unrichtige und ungewisse, dem gewissern, bey einem solchen Haupt-Vaticinio, vorziehen will, damit aber den Text bey andern auch ganz ungewiß macht, und ihm die Kraft zu beweisen benimmt. Ja wäre gleich im A. T. alles dunkel, so wäre doch die Zeit der Zukunft des Messias deutlich genug bezeichnet; wohin denn auch unter anderm diese Weissagung gehöret. Der Verstand dieser Weissagung wäre also dieser: es solle der Stamm Juda nicht ehe dieser Vorzüge beraubet werden, daß er, unter denen von ihme herstammenden Fürsten, seine eigene Geseze haben, und, nach diesen, die Gerechtigkeit handhaben werde, bis der Messias erscheine, und biß die Predigt der Gnaden denen Völkern auf Erden werde verkündiget werden ꝛc. nun wird zwar damit nicht gesehen auf eine unumschränkte Oberherrschaft der Nachkommen Juda, welche die Juden

den nach der Zeit ihrer Gefangenschaft nimmer gehabt, doch aber auch keineswegs nur auf eine blosse Verwaltung der bürgerlichen Gerechtigkeit in denen Händen einiger aus dem Stamm Juda. Das Scepter ist freylich verlohren gegangen, ehe der Heyland gekommen ist, es wird aber das folgende mechokek mit dem ersten, durch die part. vau, nec, aufs genaueste verbunden, da wir dann behaupten können, es schicke sich solches gar schön auf das von Gott selbst Deuter. 17. 8-13. zu Jerusalem niedergesezte hohe Gericht Sanhedrin, welches unter dem gemeinen Volk, mibbin raglav, aufgerichtet worden ist, wobey es auch hernach eine lange Zeit geblieben, wie dann der sogenannte Richter, nach der Zeit der Babylonischen Gefangenschaft, nachdem es wieder eingerichtet worden, nicht nur aus dem Stamm Juda, sondern auch aus dem Königlichen Hauß David, seyn muste, daher geschahe es auch, daß, als das Hauß David, zur Zeit, da Nebucadnezar Jerusalem eroberte, in der grösten Gefahr stunde, ganz und gar ausgelöschet zu werden, Jeremias seinen Brüdern den Trost gabe, welcher stehet Cap. 33, 17.

Noch solenner aber ware der Sinaitische Gesez-Bund, da Gott auf dem Berg Sinai öffentlich gezeuget hat, Er wäre ein starker, eifriger Gott, der ꝛc. *II. Mos. 19. C. 20. V. Mos. 5. C. 33, 2.* Dahero hin und wieder der zehen Worte te des Herrn, der Bundslade, in so fern die zwei Gesez-Tafeln darinnen lagen, gedacht wird, wie auch des Blutes der Besprengung, in der Absicht auf diesen Gesez-Bund *II. Mos. 24.* Nun solte bey dem neuen Bund, dem Bund des Messias, die Bundslade, welche bey den Juden das gröste Heiligthum ware, wohin auch alle Dinge bey dem jüdischen Gottesdienst gehörten, nach Jer. 3. 16. nicht mehr besucht werden, verlohren gehen, ja so weggethan werden, daß man ihrer nicht mehr gedenken solte; das Blut der Besprengung aber bildete ab das Opferblut des Messias, womit wir durch den Glauben besprenget werden. Hebr. 10. 19-22. wie denn auch durch seinen Tod der neue Bund, und das neue Testament bestätiget und befestiget worden ist. Hebr. 9, 15-18. Von dem Sinaitischen Gesez-Bund schreibet D. Klemm in *Disp. Judaismus &c. p. 14.* also: Legis Mosaicæ, absolutè dictæ, nomine veniunt illa præcepta omnia, quæ inde à populi Israelitici miraculoso exitu ex Ægypto, usque ad obitum Mosis, adeoque spatio quadraginta annorum, hujus viri ministerio in desertis Arabiæ posteritati Israelis à Deo immediatè sunt data, promulgata, & partim etiam lapidibus inscripta, quæ comprehensa quatuor posterioribus Libris Mosis, & in unum Corpus congesta & digesta, thora, *νομος*, Lex dicuntur. Atque de hoc Corpore Juris Israelitici loquuntur Scriptores sacri, & præ-

 sertim

sertim etiam Paulus, cum Legis simpliciter mentionem faciunt &c.

Der aller solenneste Bund aber ware der neue Bund, oder das neue Testament *Ier. 31, 31. ff.* welche Verheissung sich beziehet auf den Bund zwischen dem Messias und dem jüdischen Volk 1. Mos. 12, 3. wornach der Messias der Saame Abrahams werden wolte; doch ist dieser Bund erst durch des Messias wirkliche Ankunft, sein öffentliches Lehr-Amt, seine Lehre selbsten, nach *Ies. 2. 3.* seine Wunder und Zeichen *Ies. 35, 5. f.* förmlich aufgerichtet, und durch Johannes, seinen Vorläufer, der nur in der Wüsten, und nicht im Tempel, sein Amt geführet, und durch seine Jünger, recht solennisiret worden, nachdem diese, auf seinen besonders distinguirten Befehl, seiner sichtbaren Himmelfarth, und nach einer so solennen Ausgiessung des H. Geistes, sind in alle Welt ausgegangen, und haben allenthalben, wo Sie hinkamen, Christen gemacht durch Taufen und Lehren. *Matth. 28. Marc. 16. Rom. 10, 18. Col. 1, 23.* Was also neu ist, das ist zuvor nicht so gewesen, eine neue Lehre, eine andere Lehre, als das Gesez Mosis ware, welche Gott, zur Zeit des Messias, solte verkündigen lassen, ein neuer Bund, der dem alten Bund, als Er Sie aus Egypten geführet, und den Er mit den Israeliten gemacht hat, entgegen gesezet wird, indem der

alte

alte Bund bestunde im Gehorsam und Erfüllung des Gesezes, der neue aber in Vergebung der Sünden, und da also der alte Bund durchs Gesez, der neue aber durchs Evangelium gemacht, und durch den Tod des Messias bevestiget worden ist. Es ware also ein fœdus divinum merè gratuitum.

Es ist aber merkwürdig, daß, wann wir zurukgehen auf den Gesez-Bund, und solchen vergleichen mit dem neuen Bund, wir dorten auch den Evangelischen Bund antreffen, noch den Tag vorher, ehe das Gesez gegeben wurde. *Exod.* 19, 3-6. und daß also der Gesezbund erst darauf *v.* 10. *ff.* gefolget ist. Israel stunde damals bey Gott in Gnaden, Gott hatte Sie in Egypten, durch den Dienst Mosis, Aarons und Mirjams *Mich.* 6, 4. zu sich gebracht, Ihnen die getriebene Abgötterey vergeben, und um des versprochenen Messias willen, wieder zu Gnaden angenommen. Dis ware also der Grund des Evangelischen Bundes. Hernach aber, was den Gesezlichen Bund betrift, so ist dato noch nur von einer Haltung, und nicht von einer vollkommenen Erfüllung, nach dem ganzen rigore Legis, die Rede gewesen. *Exod.* 19, 8. *C.* 20, 19. 20. *C.* 24, 7. 8. *Deutr.* 29, 9. *C.* 30, 8. und diese Haltung wäre Ihnen auch in der Kraft des Glaubens an den Messias, nicht unmöglich gewesen. *Phil.* 4, 13. col.

 1. *Ioh.*

1. Ioh. 3, 23. womit auch einstimmet Ier. C. 11, 3-7. obgleich diese Worte im Pent. nicht stehen, wie dann das Wort, *Hakim*, v. 5. von dem complemento der Göttlichen Verheissungen zu verstehen ist. h. e. confirmabo &c. Rohe Sünder aber solten dardurch zur Erkenntnis ihrer Sünde, und zur wahren Busse geleitet werden. Wo aber dieses nicht geschahe, so lag Ihnen damals schon, wie noch, das ganze Gesez, nach seinem völligen rigore betrachtet, auf dem Hals, wie eine unerträgliche Last, nach dem gr. 1. Tim. 1, 8. 9. 10. col. Ier. 11, 8. und die dem Bund angehängte Drohworte. Von diesem rechten Gebrauch des Gesezes aber wolten die Jüdischen Lehrer nichts wissen, indem Sie lehrten, man müsse die Gerechtigkeit bey Gott suchen aus dem Gesez, und dem bloß äusserlichen Gottesdienst, ohne dabey einen Erlöser und Sünden-Büsser nöthig zu haben, wo es nur an einer äusserlichen Ehrbarkeit nicht fehlte, da doch das Gesez solte ein Zuchtmeister auf Christum seyn. *Gal. 3, 23. ff.* Weilen aber doch das Gesez auch denen Frommen und Glaubigen eine schwere Last ware Act. 15, 10. so seufzeten Sie nach der Erfüllung der Verheissung Ier. 31, 31. ff. wovon besonders Malachias C. 3, 1. geredet hat.

Wann wir also den Evangelischen- und Gesez-Bund miteinander vergleichen, so können wir zwar Coccejo keinen Beyfall geben, wann Er behauphaupten wolte, als hätte Gott die 10. Gebotte, nicht als ein Gesez, sondern als eine Formul des Gnaden-Bundes, kund thun lassen, massen ein grosser Unterschied zwischen beyden bleibet; doch ist der Messias, in beederseitigem Betracht, als ein Engel des Bundes, anzusehen, welchen Namen Ihme Malachias l. c. gegeben hat. Es will zwar Herr Prof. Rehkopf in seinem *Mich. Progr. ad h. l. Helmst. 1773.* lieber es übersezen: der Bundes-der Religions-Gesandte *Hebr. 7, 22.* in der Absicht auf die neuere Religions-Verfassung, die der Messias, durch seine Lehre und Leyden, stiften solte. Es ist aber diß zu wenig gesagt. Dann, in Ansehung seines Amts, wird Er erst *v. 2. 3.* als ein solcher Religions-Reformator vorgestellet, nachdem die Priester und Leviten, besonders vor seiner Zukunft, alles in Lehr und Leben verdorben gehabt. Als ein Engel des Bundes wird Er in Act. 7, 38. beschrieben.

§. 4.

Nun füge ich, nach meiner Absicht, etwas zum voraus bey von dem horrore naturali. Es scheint zu wenig gesagt zu seyn, was Herr Abt Jerusalem in der Beantwortung p. 16. f. theils von den Seiten-Linien überhaupt, theils besonders von der Ehe unter Geschwistern, und dann von der Ehe mit des Vaters, oder Mutter-Schwester geschrieben hat. Dann es ist zu general und unbestimmt,

stimmt, als daß man sich, wie Herr Gühling in der *not. p. 17.* angemerket hat, nothwendige Schlüsse daraus solte versprechen können. Es redet der Herr Abt wohl von einer Abscheulichkeit bey gesitteten Völkern, von gewissen Relationen, die aber nicht so wesentlich nothwendig seyn, daß die Vernuft auf eine Unnatürlichkeit daher schliessen könnte; dabey aber hat das Gewissen noch keinen sichern Grund zu dessen Beruhigung, bey Vollziehung solcher Ehen, nicht nur bey gesitteten, sondern auch bey ungesitteten Völkern. Der horror dafür ist wohl nicht moralis, wiewohlen das Ius primogenituræ, und der respectus parentelæ dabey nicht zu verwerfen ist, doch ist und bleibet dabey immer ein horror physicus. Man schliesset aber hiebey à majori ad minus. Ist die Unnatürlichkeit der Ehen in linea recta ganz offenbar, so zeiget sich doch auch eine Unnatürlichkeit, und ein natürlicher Abscheu bey denen Ehen quæst. obgleich nicht in gleichem Grad. Es kommt hier auf die unterschiedliche Vorstellung an, die sich die Seele davon macht. Die Vorstellung, die sich die Seele macht vermittelst der Sinnen und der Einbildungs-Kraft, ist zwar überzeugend, doch dunkel und obscur, ist aber der Gegenstand eine Sache, welche den Verstand angehet, wann solcher die Begriffe verknüpfen, oder von einander sondern, und dadurch einen Schluß machen kan, so wird die Vorstellung nicht nur überzeugend,

son-

sondern auch deutlich. Dieses geschiehet dann auch hier, wann von Ehen in der geraden- oder Seiten- Linie die Rede ist. Dann wann von Ehen in der linea recta die Rede, und dabey die Frage ist: ob nicht die wesentliche relationes der verschiedenen Stände dardurch aufgehoben würden? so ist das eine Sache des Verstandes, und entstehet daher und dafür ein horror moralis, der aber den physicum, welcher eine Vorstellung vermittelst der Sinnen und der Einbildungs- Kraft zum Grund hat, nicht ausschliesset. Ist aber die Rede von Ehen unter Geschwistern; so ist der horror physicus allein, und nicht in so grossem Grad, als bey Ehen in linea recta, davon hernach ein mehrers.

So ist auch die Erklärung des Herrn Abts l. c. über die Ehen unter den entfernten Graden der Verwandschaft, besonders mit des Vaters, oder Mutter Schwester nicht bestimmt genug, wann Er *p. 17.* von gewisen Relationen redet, welche die Ordnung und Sittlichkeit uns billig zu verehren gebieten. Dann wie man sonsten in andern Fällen denen generalitatibus andere generalitates leicht entgegensezen kan, so möchte es vielleicht hier auch geschehen können. Es stehet der Herr Abt ohne Zweifel auf den Respectum parentelæ vornemlich. Dieser hat zwar hier seinen guten Grund, nemlich in einem horrore physico

sico aliquali, nicht aber durch einen Vernunft-Schluß. Sind also gleich diese relationes, wie der Herr Abt sagt, nicht also beschaffen, daß die Vernunft die Hintansezung dieser Relationen für unnatürlich halten müste, so wird doch die Hintansezung, durch die Vorstellung der Seele, welche sie sich, vermittelst der Sinnen und der Einbildungs-Kraft, davon macht, und durch die daher entstehende natürliche Empfindung, unnatürlich, oder etwas unnatürliches. In so fern kommt zwar ein Vernunftschluß dazu, indem man à majori ad minus, von der Unnatürlichkeit der Ehen in linea recta, auf die Unnatürlichkeit der Ehen in der Seiten-Linie schliesset, und damit durch solche Schluß-Verbindung zulezt doch eine ziemlich deutliche Einsicht bekommt in den Zusamenhang dieser Wahrheiten, da eine aus der andern ungezwungen herfliesset. Auf solche Art kan dann das Gewissen, in dieser wichtigen Sache, zu einer certitudine & persuasione, dubitationi opposita, nach dem apostolischen Rath *Rom.* 14, 23. so fort zum Abscheu für der Sünde wider dieses Gebot gebracht, und für Vergehung darwider bewahret werden. Es gehet also einmal Herr Abt viel zu weit, wann Er, nach seinem Grundsaz bey denen Ehen unter den Seiten-Verwandten, die annoch gebliebene Empfindung von der Unerlaubtheit solcher Ehen, nach *p.* 18. allein noch von der Sittlichkeit und Autorität des menschlichen

chen Gesezes herleiten will, und dabey vorgibt, der Widerspruch der alten Weltweisen und Völker hiergegen seye nicht mehr so allgemein, solches auch durch Exempel der Athenienser und Egypter zu beweisen suchet, in Ansehung der Ehen zwischen Geschwistern; hingegen, in Ansehung der Ehe mit des Bruders Tochter, ein gegenseitiges Exempel bey den Römern von grosser Wichtigkeit anführet. Da aber diese Exempel unter den Heyden der hypothesi des Herrn Gühlings von einer Fortpflanzung des geoffenbarten Göttlichen Ehe-Gesezes zuwider sind, so bleibt Er zwar bey seiner Meynung, will aber die Ursach in einer Unterdrückung des Andenkens von diesem geoffenbarten Gesez, und die Quelle davon in einem Mißbrauch der Vernunft, in einem vermeynten bessern Geschmak der damaligen Zeiten unter den Heyden, und in einer blinden Folge so denkender scharfsinniger Männer suchen; welches alles aber nicht Stich halten will. Solte es dann nicht viel besser seyn, wann man von dem dissensu der Völker hierinnen, da einige die Ehen unter den Geschwistern für zuläßig gehalten, andere dagegen die Ehe mit des Bruders Tochter zu erlauben Anstand genommen, also urtheilen wolte, es seye diese ihre conscientia fluctuans ein deutlicher Beweis, daß sich zwar ihre natürliche Erkenntniß auch darauf erstrecket, und ein horror physicus sich dabey geäussert habe, daß Sie aber davon

 die

die limites & gradus nicht zu bestimmen gewust haben, noch den respectum propinquitatis.

Herr Ritter Michaelis hält zwar auch diesen horrorem naturalem in seinem Mosaisch. Recht II. Th. §. 104. p. m. 166. ff. für erdichtet, wiewohl Er solchen vorher §. 95. p. 128. in einer andern Absicht, bey der Ehe des Jacobs mit 4. Frauen nicht undeutlich eingestanden hat. Es gründet sich aber sein Saz auf einen falschen Begrif davon, indem Er solchen durch einen blossen Trieb, oder Abneigung, beschreibet, und hernach durch ein Exempel erläutert, wenn Er sagt: der Abschen vor gewisen übelschmeckeden, oder übelriechenden Dingen, unter welchen auch solche sind, die Arzneyen werden können, macht noch keine Verpflichtung, sie zu meiden, sondern hält uns nur ab, sie zur ordentlichen Nahrung zu machen. Es ist aber, wie wir schon vorher gezeiget haben, dieser horror nicht ein blos körperlicher Abscheu, sondern eine Vorstellung, die sich die Seele, bey ehelichen Vermischungen macht, vermittelst der Sinnen, und der Einbildungs-Kraft, welche zwar dunkel und obscur, doch überzeugend ist, weilen so gleich der Gewissens-Trieb, als eine gleichfalls innerliche Empfindung des Menschen, dazu kommt. Diese Vorstellung geschiehet also nicht erst durch einen Vernunft-Schluß, sondern ist schon antecedenter da, doch wird sie hernach auch ein Gegenstand der Betrachtung der Vernunft.

Ob

Ob also gleich die Vorstellung quæst. an sich betrachtet, obscur und dunkel ist, so ist sie doch überzeugend, zwar kein deutliches Gebot der allgemeinen Sitten-Lehre, wie Herr Ritter hier einwendet, doch ein sicherer Grund, worauf diese Vorstellung gebauet ist. Und wenn Herr Ritter weiter sagt: gesezt, es wäre keine Erdichtung, so wäre es doch weiter nichts, als daß vielleicht ein solcher natürlicher Abscheu, oder Zuneigung, uns unsere Pflicht zuerst entdecken könnte rc. so scheint es, als sehe Er den Wahrheits-Grund wohl ein, läugnet aber dabey, daß dieser horror die erste Ursach, oder für sich allein ein hinlänglicher Beweis dieser Pflicht seye. Allein solte solcher eine Entdeckung, und zwar die erste Entdeckung dieser Pflicht seyn, so wäre es doch keine Erdichtung; wann aber das dictamen conscientiæ & rationis dazu kommt, so wird diese Vorstellung alsdann auch ein Beweis der Pflicht.

Vielleicht wäre diß auch der Grund des Gewissens-Zweifels bey Heinrich *VIII.* König von England, davon die Geschichte Herr Ritter §. *101. p. m. 154. f.* angeführet hat, da der König zweifelte, ob die Päbstliche Dispensation könnte nicht nur Göttliche Geseze, sondern auch besonders diesen beglaubten natürlichen Abscheu aufheben, und ob Er seines Bruders Wittwe, Cathårina, die Er auf Päbstliche Dispensation geheyrathet hatte, ohne Sünde beywohnen könnte? ob

es

es aber nach blosser Gewissens-Scrupel bey dem König gewesen seye? machen seine andere Thaten noch zweifelhaft, wornach Er von seinen Gemahlinnen zwey verstossen, zwey enthaupten lassen, welches auch seinen beyden Canzlern wiederfahren, auch da Er sich hernach selbst zum Pabst der Englischen Kirche aufgeworfen hat. Genauere kurze Nachricht davon findet man in Herr Pr. Spittlers Gesch. der Christl. Kirche p. 348. f. Der Herr Ritter sagt §. *104. p. 167.* es seye deme, wie ihm wolle, so seye doch dieser horror naturalis unerweislich. Ein jeder, fährt Er fort, frage sich, ob Er ihn fühlt? und, wenn Er ihn zu fühlen meint, ob es nicht blos die Folge der Erziehung, oder der Verschiedenheit der Jahre ist? Allein damit siehet Er auf den actum secundum; welcher einen Gegenstand erfodert, der wirklich gegenwärtig ist, mithin fället auch das wirkliche Fühlen weg. Dann in actu primo betrachtet, ist es nur eine potentia proxima. Und wann von Christen die Rede ist, so denkt man freylich beym Licht der Offenbarung, und der geoffenbarten Göttlichen Ehe-Gesezen, nicht daran. Wann die Sonne scheint, braucht man keine Fackeln, doch bleibt das Fakel-Licht auch ein wahrhaftiges Licht. Aber in statu tentationis, bey einem entstandenen Gewissens-Scrupel, würde man das schon fühlen, woran man jezt nicht gedenket, und würde da weder Dispensation, noch die Vorspieglung,

als

uns wäre es ein falsches præjudicium educationis, etwas helfen können. Was aber gleich darauf folget von einer 50. jährigen, oder einer noch jungen Tante, ist Spötterey.

Es widerspricht aber, wie die weitere Einwendung l. c. lautet, die Geschichte des menschlichen Geschlechts dieser Lehre vom natürlichen Abscheu. So viele, grosse und cultivirte Völker des Alterthums, Phönicier, Egyptier ꝛc. pflegten in die allernächste Freundschaft zu heyrathen: und wenn man sagen wolte, diese cultivirten Völker hätten durch einen Missbrauch der Vernunft ihren natürlichen Trieb überklügelt, so gibt es auch ganze Völker von Wilden, bey denen doch wohl die natürlichsten Triebe am stärksten und ungeändertsten seyn möchten, die keine verbottene Grade haben, und es wohl gar zur Pflicht des Bruders machen, seine Schwester zu heyrathen. Das ganze America fanden die Spanier in einem solchen Zustande: und die Wilden in Nord-America, die doch wohl so sehr, als irgend ein Volk, im Stande der Natur sind, heyrathen ihre Schwestern, ohne jenen Abscheu zu empfinden ꝛc. Es gestehet zwar dabey der Herr Ritter, es seye freylich möglich, daß eine lasterhafte Leidenschaft einen natürlichen Trieb besiegt, aber nur bey einzeln wenigen individuis. Allein das ist kein blos natürlicher Trieb, sondern eine solche Vorstellung der Seele, wie wirs zuvor beschrieben haben, wobey es dann auf wahre Idéen ankommt, dahero es kein Wunder ist, daß bey den Heyden, deren cognitio naturalis de rebus agendis ex voluntate Numinis, in Fesseln und Banden liegt, nach *Rom. 1, 18.* ein so grosser Mangel auch hierinnen, die Sache in actu primo & secundo betrachtet, sich durchgängig zeiget, zumahlen wenn so böse Gewohnheiten einmal recht eingerissen, und von so langer Zeit her gedauert haben, wobey dann das Gericht Gottes nicht minder ganz offenbar ist, da Sie Gott dahin gegeben in einen verkehrten Sinn, zu thun, das nicht taugt. *Rom. 1, 28.* col. *v. 26. 27.* Diß ist dann die geistliche Trunkenheit, da man durch die schändlichsten Irrthümer in seinem Kopf gleichsam verrukt und bezaubert ist. *Ier. 51, 7.* wozu aber auch das äusserst lasterhafte Leben der unter den wilden Heyden lebenden Christen, überhaupt davon zu reden, gar vieles beyträgt. Was dieses, nebst ihren grossen præjudiciis, dißfals noch thun könne, davon zeuget die Ost. Ind. Miss. Geschichte. vid. kurze Fragen aus der H. Hist. N. T. 7. Th. p. 1144. 1149.

Mit der Ehe der beyden ersten Eheleuten col. §. *104. p. m. 168.* ist freylich etwas ganz ausserordentliches vorgegangen, so, daß es nunmehr heißt: der Mensch vom Weibe gebohren. *Hiob 14, 1.*

wie

wie auch hernach mit der Ehe ihrer Kinder. Genug aber, es wäre Gottes Wille. *Act.* 17, 26. und dabey seine Absicht, die Unzertrennlichkeit des vinculi matrimonialis, und die distinguirte Grösse der Liebe, die Eheleute gegen einander haben sollen, vorzustellen, so, daß sie noch grösser seyn sollen, als die Liebe der Eltern und Kinder untereinander, wiewohlen diese Worte 1. *Mos.* 1, 23. 24. nicht der Adam für sich, sondern, nach der Erklärung des Heylandes *Matth.* 19, 4. 5. Gott der Herr selbsten, oder der Geist Gottes durch den Adam, gesprochen hat.

Hingegen mag zur Erläuterung dieses horroris naturalis vor der ehelichen Vermischung der allernächsten Anverwandten dienen die Anmerkung des Herrn Ritters §. 102. *p. m.* 160. Daß nemlich ordentlich nur von der Mannsperson gesagt werde, sie decke die Blösse, die *arvah* s. pudenda, des andern Geschlechts auf, da Er dann den Grund davon suchet in der grösseren Schamhaftigkeit des andern Geschlechts ꝛc. und §. 119. *p. m.* 242. sagt der Herr Ritter: Vorsaz, Moral, ja beynahe möchte ich sagen, Religion sind, ohne diese Schamhaftigkeit, unsichere und leicht zu übersteigende Vertheidigungsmittel der weiblichen Keuschheit. Nun ist dieser pudor naturalis da, ohne Vernunft-Schluß, ob man ihn gleich nicht erklären kan, welcher dann besieget werden muß nicht so wohl durch den impetum naturalem anders derer seits, welchen der Mensch mit dem Vieh gemein hat, als vielmehr durch den Beruf zum Ehestand, nach Gottes Ordnung. So ist es dann auch beschaffen mit dem eingepflanzten horrore naturali gegen so nahe Verbindungen. Dann äusert sich ein solcher pudor naturalis auch bey wirklichen Eheleuten, so läßt sich noch vielmehr schliessen auf einen horrorem physicum vor der Ehe, in Ansehung der allzunahen Freundschaft. Ist dann an diesem nicht mehr gelegen, als an jenem? Der Ursprung aber des pudoris naturalis bey würklichen Eheleuten ist zu suchen *1. Mos. 3, 7.* vor dem Fall schämten sich die Protoplasti nicht, da Sie naket waren *1. Mos. 2, 25.* dann den Reinen ware damals alles rein; hingegen nach dem Fall schämeten Sie sich dessen, mit Empfindung und Fühlung böser Lüsten und Begierden. Da nun Adam *1. Mos. 5, 3.* einen Sohn zeugete *in similitudine & imagine sua*, so muß auch dieser pudor naturalis auf das ganze menschliche Geschlecht fortgepflanzet worden seyn. Es ware aber damahls bey Ihme ein status præternaturalis, mit diesem Erfolg, daß denen bösen Lüsten und Begierden Schranken zu sezen, und den Menschen zu verwahren nicht nur vor Vermischungen mit dem unvernünftigen Viehe, sondern auch vor Vermischungen mit andern Menschen aus einer allzunahen Freundschaft, Gott Ihme einen solchen horrorem physicum nicht nur eingepflanzet, son-

dern

dern auch fortgepflanzet hat; welches hernachmahls, in dieser Rücksicht, durch die Offenbarung bey denen Erz-Vätern, und dann hierauf durch die Mosaische Ehe-Geseze, weiters bestätiget wurde. Von jenem haben wir ein Exempel an dem Juda *1. Mos. 38.* in Ansehung der mit der Thamar begangenen Blutschande. Anfangs hielte Ers für eine simple scortation, deren Er sich schämete, nach *v. 23.* Als Ers aber erfahren, daß es keine simple scortation wäre, sondern eine wahre Blutschande, so wurde aus einem pudore naturali ein wahrer horror physicus, dann wann Er v. 26. sagt, die Tamar seye gerechter, dann Er rc. oder wie es Herr Ritter im *II.* Th. §. *98. p. m. 140.* übersezen will: Sie hat recht, und ich unrecht, weil ich Ihr meinen Sohn, Schela, nicht gegeben habe rc. wiewohlen das ם eigentlich einen comparativum anzeiget, dahero wir auch bey des Luthers Version bleiben, so zeugen dann diese Worte des Judas nicht nur von einem grossen Affect, sondern sind auch in der That eine Würkung des nunmehr in Ihme erst rege gemachten horrori physici, und eine Anzeige einer recht starken Buß-Reue über die begangene Blutschande, als wozu Er Ihro durch eine so lange Verweigerung seines dritten Sohns Gelegenheit gegeben, dahero Sie mehr Ursach gehabt, deswegen kraft des Levirenths-Rechts, an Ihme sich zu rächen, als Er Ursach gehabt, Sie zu beschlafen.

Womit auch sein Eifer über die Tamar, ehe Ihme die ganze Sache offenbar worden, übereinstimmet, wann Er verlanget *p.* 24. Sie solle verbrannt werden, als eine Verlobte, nach dem rigore Legis divinæ, der hernach *V. Mos.* 22, 23. *ss.* genauer bestimmet worden ist. Als einem Fremdling kame dem Judas keine sententia judiciaria zu, doch hatte damahls ein jeder in seinem Geschlecht, oder Familie, das Recht eines Haus-Vaters gebraucht; Solte aber saraph durch brennen, und nicht eben durch verbrennen, übersezet werden, so hätte es diesen Verstand, es solle die Tamar, als eine distinguirte Hure, gebrandmarkt werden, wiewohlen Herr Ritter *l. c.* die Uebersezung des Luthers beybehalten hat. Not. *)

§. 5.

Not. *) Wenn man nach 1 Mos. 5, 3. Adam ansiehet, so kan man sich ein Portrait machen von allen seinen Nachkommen, gleichwie man auch in denen Nachkommen Adams, Adam selbsten siehet. col. Act. 17, 26. Dann da Gott, nach diesen Worten, einmal beschlossen hat, daß Adam seyn solte caput & autor totius generis humani, so ist darinnen eine moralis unio voluntatis Adami & posterorum ejus zu suchen, so, daß wie D. Slevogt in Fasc. Disp. schreibet Disp. 6. de causa morali §. 32. p. 710. Das peccatum, quod physicè fuit Adami, moraliter est posterorum, ita, ut si nunc posteri Adami plectantur, non jam alienam culpam luant, sed suam &c.

Dan-

§. 5.

Ich seze auch zum Voraus, wie ein Theolog diese drey Stücke, nemlich das physicum, ethicum

Darauf gründet sich dann auch der Schluß des Heylandes Joh. 3, 6. daß, was die propagationem peccati betrift, alle Menschen, ohne Ausnahme, welche durch die natürliche Verbindung eines Manns mit einem Weibe, wodurch diese eigentlich ein Fleisch werden, auf die Welt kommen, Fleisch d. i. der sittlichen Beschaffenheit nach, ganz verdorben sind. vid. D. Knappen Pfingst-Progr. 1771. über diese Schriftstelle.

Wenn nun aber welters mit 1. Mos. 5, 3. verglichen wird, was stehet 1. Mos. 3, 7. 10. 11. so siehet man, daß da erst, nach dem Fall, und nicht vor dem Fall col. 1. Mos. 2, 25. der pudor naturalis, bey Adam und Eva, seinen Anfang genommen habe, wie auch daß dieser pudor nur ein consequens sive sequela peccati dabey aber auch nicht blos auf die partes pudendas sich beziehen müsse, sondern vornemlich auf den Gebrauch der Ehe, bey einer so nahen Natur- und Bluts-Verbindung, indem die Eva vom Mann genommen ware. So und nicht anders ware es unus sanguis, woraus Gott hernach totam hominum gentem, per humanam generationem, gemacht hat, nach Act. 17, 26. und das Wort, nackend, muß hier bey den Protoplastis einen relativischen Begriff haben, dieser aber kan kein anderer seyn, als daß es sich auf den Gebrauch der Ehe, bey einer so nahen Natur- und Bluts- Verbindung,

cum und theologicum in der Ehe mit Fleiß von einander unterscheiden müsse, dieses hat Elswich in *Tr. de Reliquiis Papatus Ecclesiae Lutheranae* teme-

---

beziehe. Dann wann nackend und bloß, ohne Kleider gehen allererst nach dem Sünden-Fall sündlich wäre, so müste man davon ein göttliches Gebot haben, auch müsten sich dardurch diejenigen Völker, die ohne alle Kleider gehen, grob versündigen; das relativische aber läßt sich mit recht schliessen aus 1. Mos. 3, 16. dann ware gleich dieses Wort ein hartes Straf-Wort für die Eva besonders, so fassete es doch zugleich einen herrlichen Trost in sich, daß Gott, um des Falls willen, diese ihre so nahe verbnndene Ehe nicht trennen wolte. Dahero erkennet dieses Adam ganz freudenvoll, nach 1 Mos. 3. 20. wann Er sagt: eò quod ipsa mater sit omnium hominum viventium. Warum stehet aber dieses erst hier, und nicht bälder? gewiß nicht ohne Ursach. Zu einer weitern Erklärung der Worte 1. Mos. 3, 7. 10. 11. col. v. 21. in Ansehung der Connexion, ist also folgendes zu merken. Sie erkannten, wurden gewahr, heißt es v. 7. daß Sie nacket waren. Wie aber die verba notitiæ öfters von dem effectu notitiam consequente zu verstehen sind, also ist es auch hier, der effectus aber ware wie überhaupt eine Empfindung unordentlicher und böser Regungen und Begierden, also besonders auch der Fleisches-Lust 1. Joh. 2, 16. bey der so nahen Bluts-Verbindung, dessen Sie sich dann jezt schämeten. Vor dem Fall wusten Sie zwar wohl, daß Sie nackend waren, aber modo per-

temerè afflictis p. 318. ss. gezeiget mit diesen Worten: primum spectat ad commixtionem viri & feminæ. Alterum præter commixtionem intendit

perfectiori, und ohne eine solche Empfindung böser Regungen und Begierden, nach dem Fall aber, und bey diesen Umständen, wurden ihre Augen, mit diesem Erfolg, geöfnet, daß Sie da vor ihrem Schöpfer stunden, mit Schimpf und Schande. Vor dem Fall machte Ihnen auch diese nahe Natur- und Bluts-Verbindung keinen Zweifel, noch Anstoß, sondern Sie hielten fest an Gottes beliebter Ordnung, und blieben in einem ungezweifelten Vertrauen darauf, dahero hatten Sie auch nicht Ursach, sich dessen zu schämen; nachdem aber, durch den Fall, eine unordentliche Fleisches-Lust in Ihnen entstanden, so entstunde dann erst auch Zweifel und Anstoß, den Sie genommen von dieser so nahen Natur- und Bluts-Verbindung. Eine vergebliche Auskunft, und Erfindung eigener Hülfe ware, nach v. 7. die Bedeckung, vermittelst eines Feigenblatts, welches so groß ware, daß es einen ganzen Menschen bedecken konnte, applicabant folium ficus, dann damit konnten Sie ihre Schande vor Gott nicht verbergen. Gott der Herr aber erbarmete sich über Sie, und bekleidete Sie nach v. 21. mit Röcken von Fellen, um Ihnen eine Art einer bequemen Tracht zu zeigen, zur Bewahrung ausserhalb dem Paradiß, bey ihrem gebrechlichen Leibe, gegen die Zufälle der Luft und des Wetters. Und dis ware schon eine Würkung der geschehenen Aussöhnung, kraft des Prot-Evangelii v. 15. Sind also gleich die Kleider eine Erinnerung der Sünden-

 Blösse,

dit vitæ commoda, sobolis procreationem, qua genus humanum, ac familiæ honos, augeri juxta ac amplificari potest. Tertium pro fine habet,

---

Blösse, und ein testimonium perfidiæ; so sind sie doch auch hier zugleich auf der guten Seite anzusehen, indem Gott diese Felle zu ihrer Bedeckung ohne Zweifel genommen hat von denen im Glauben an den Messias geopferten Thieren, welcher für die gefallene Menschen sterben würde col. 1. Mos. 4, 3. 4. Hebr. 11, 4. Sind gleich die Kleider ein signum primi pudoris, welcher unsern ersten Eltern zur Schande gereichet, so gedachte doch Gott, etwas gutes daraus zu machen, wie aus denen losen Händeln der Brüder Josephs, welche Er zugelassen. 1 Mos. 50, 20.

Da es nun also dabey geblieben, daß Gott das menschliche Geschlecht ex uno sanguine machen wolte, so ist dann nunmehr dieser pudor naturalis, in Ansehung der nahen Blutsfreundschaft, nicht mehr als eine blosse sequela peccati, sondern als etwas von Gott geheiligtes anzusehen, und, nach dem Willen Gottes, in denen Nachkommen Adams, bey dem ehelich werden, geblieben, als ein gewisses repagulum, wenn damit das Gefühl des Gewissens verbunden wird, und ist dahero nichts anders, als die Empfindung einer von Gott herrührenden Verbindlichkeit. Ein Special-Beweis davon ist die Schamhaftigkeit des sexus sequioris in einem höhern Grade, als bey dem männlichen Geschlecht, wovon zuvor geredet worden ist, und welche, ausser allem Zweifel, zur Ursach hat, weilen das weibliche Geschlecht ein schwaches Gefäß ist, und viel leichter verführet werden

habet sobolis procreationem, in Dei honorem & regni divini amplificationem educando. Quod ultimum facit, quod matrimonium nominemus sacrum,

---

den kan. 1. Petr. 3, 7. 2. 2. Tim. 3, 6. Und so betrachtet auch Sirach C. 42, 11. diese Schamhaftigkeit, als etwas natürliches, hingegen C. 41, 20. ff. den pudorem, in Ansehung der existimationis exfamæ, als etwas moralisches, wovon es heißt, non omnibus idem esse honestum & turpe.

Bey der Stelle 1. Mos. 3, 20. füge ich noch bey, daß bey dem ersten hemistichio nicht zu vermuthen seye, daß Eva erst jezt diesen Namen bekommen habe, sondern daß Sie schon vorher so geheissen, dahero vajikra im plusquamperfecto zu übersezen: vocaverat autem Adam nomen uxoris suæ Chava, Chava aber stehet anstatt Chaja, da das jod in vau verändert worden ist, weilen Chaja heisset bestia.

Zur Erläuterung aber der Stelle 1. Mos. 5, 3. selbsten, will ich noch etwas anhängen, betreffend die Worte; in seiner Gleichheit, in seinem Bilde. Man kans nicht wohl für eine blosse Figur halten, wornach eins von denen Synonymis vim adjectivi hätte, cum aliqua emphasi, welches weder die accentuation, noch construction leyden will, indem sonsten ein vau darzwischen stehen müste, wie dann auch die Worte 1. Mos. 1, 26. einen Unterschied anzeigen, der darunter ist. Es möchte also besser übersezt werden: nicht nur in seiner Gleichheit, sondern auch in seinem Bilde. Der Unterschied wäre also dieser, daß mit dem Wort, Gleichheit, gesehen werde auf das natürlich Gute, Vernunft ꝛc. worunter dann auch dieser

sacrum, nec cum contractu merè civili, qui in τω ethico admitti potest, contendi patiamur. — Quam ob causam nec Deus matrimonium hominis reliquit arbitrio, sed ipse matrimonium instituit, certisque legibus circumscripsit. In novo foede-

---

ser pudor naturalis gehöret, mit dem Wort, Bild, aber auf den Mangel des göttlichen Ebenbildes, doch so, daß solches, kraft des neuen Gnadenbundes, nach der Absicht Gottes, wieder erneuert werden solle. Ausserdem ist noch merkwürdig, wie überhaupt, daß Adam die ganze Zeit über, von dem Mord des Abels an, keinen Sohn gezeuget hat, biß auf den Seth, also auch besonders, daß die Worte: in seiner Gleichheit, und in seinem Bilde, nicht stehen beym Cain und Abel, sondern erst hier bey dem Seth. Die Ursach davon aber mag seyn, daß solches, bey der Ungewißheit, ob Abel auch eine Familie gehabt habe? in Ansehung des Cains und seiner Familie hingegen geschehen seye zur Detestation ihrer Gottlosigkeit; da hingegen Seth, mit seiner Familie, hernachmahls fromm gewesen, und einen Gottgefälligen Wandel geführet hat. Es ist aber auch vom Cain nicht unbemerkt zu lassen, daß damit, wenn Cain mit seiner Familie, nach der Ep. Jud. v. 10. 11. col. 2. Petr. 2, 10. 11. 12. 13. besonders als ein Beyspiel solcherley Leuten angeführet wird, welche da wandeln nach dem Fleisch, in der unreinen Lust, wie die unvernünftige Thiere, ohne Zweifel zugleich gesehen werde auf den pudorem naturalem, welchen Sie muthwillig haben aus ihrem Herzen verbannet, welches auch haben

fœdere ad hanc Ταξιν, à Deo factum, Liberator remisit homines, & Apostoli, quomodo sese gerere debeant conjuges, passim præeunt &c. Und wo dieses beobachtet wird, so wird man nicht so leicht, wie doch öfters geschieht, in dieser wichtigen Materie impingiren. Nur ein Exempel davon zu geben, so glaube ich nicht, daß man auf solche Art Ursach habe, denen Antistitibus Ecclesiæ, bey denen delictis carnis, die cognitionem causæ disputirlich zu machen, besonders wo es wirklich eingeführet ist, wie gleichwohl viele thun wollen, worunter auch der grosse Canz ist, welcher in *Disc. Mor.* anfangs gesagt, Er sehe nicht, warum die cognitio delictorum carnis mehr ad jura collegialia, als Majestatis gehören solle ꝛc. hernach aber auf die objection, matrimonium certis à S. Codice circumscriptum esse legibus &c. also geantwortet hat: & de furtis evitandis, de homicidiis, de calumniis fugiendis plurima tradit verbum Dei, nec tamen eorum peccatorum cognitio antistitibus adscribitur &c. und dan endlich beygefüget: totius doctrinæ de matrimonio

 idem

---

den gethan die Nicolaiten, auf welche Petrus l. c. besonders mag gesehen haben.

Woraus dann erhellet, daß der pudor, oder horror naturalis gegen so nahe Ehe-Verbindungen, weder erdichtet seye, noch eine ungewisse Muthmassung, sondern ein principium legitimum zum Grund habe.

idem esto judicium. Nulla ex lege naturali ratio allegari potest, cur inter causas, ut vocant, mixtas numerari debeat. — Certum est, opinionem falsam, quâ matrimonium sacramentis olim adscriptum fuit, in causa esse, quam ob rem &c. §§. 2836 - 2838. Dann daß die cognitio delictorum carnis mit allem Recht ad jura collegialia referiret werde, zeiget die Tanzische Definition selbsten an, wann es §. 2246. also heisset: illa facultas, quæ ipsi Ecclesiæ, secundum primam originem, convenit, omnia sic dirigendi §. 2173. ut ordo conservetur 1. Cor. 14, 40. appellatur jus collegiale &c. Dann bey der Application auf die quæstionem substratam zeiget es sich, wenn wir den göttlichen Befehl Hebr. 13, 4. col. Gen. 2, 21. betrachten, wornach das conjugium solle ehelich gehalten werden, omni honore & veneratione dignum habeatur, daß darinnen nicht nur eine die Eheleute selbsten angehende wichtige Pflicht enthalten seye, sondern auch zugleich der prima origo der der Kirche competirenden Macht, alles zu vorfallenden Ehesachen so zu dirigiren, ut ordo conservetur 1. Cor. 14, 40. Da denn die Kirchen-Vorsteher ratione directionis & inspectionis zu sorgen haben, ne in rebus huc spectantibus conscientiæ quicquam contrarietur col. §. 2173. a. Die gemachte instanz aber de furtis evitandis &c. beweiset nicht, was sie beweisen solle, indem dabey nicht die Frage ist von einem besondern, und beson-

besonders ehrwürdigen instituto divino, certis legibus circumscripto, wie hingegen dorten, da die Einräumung der cognitionis delictorum carnis, wenn solche denen Kirchen-Vorstehern miteingeraumet, und zu den caussis mixtis gerechnet wird, allerdings in honorem matrimonii geschiehet, wie es auch nach der Würtembergischen Ehegerichts-Ordn. *P. III. C. 3. circà fin.* zur Vertheidigung der Ehre des IV. Gebotts geschiehet, daß die Geistlichen der ersten Examination der von den Kindern an den Eltern verübten Thätlichkeiten anzuwohnen haben. Es will aber auch deswegen nöthig seyn, weilen sonsten die Nachläßigkeit, in Abstrafung der delictorum carnis, bey der weltlichen Obrigkeit allzugroß seyn würde, wenn diese rühmliche Verfügung nicht gemacht worden wäre, welche hingegen in Abstrafung des Mords, Diebstahls &c. nicht zu besorgen, indem sonsten keine societas bestehen könnte, wo diese Laster ungestraft blieben. Von dem origine dieser cognitionis aber noch ein Wort beyzufügen, so ist solcher viel älter, als Canz solchen machen will, und nicht in der opinione falsa, quâ matrimonium sacramentis olim adscriptum fuit, als welche erst im zwölften seculo stabiliret worden, sondern in der in den drey ersten seculis aufgekommenen audientia Episcopali zu suchen, welche dann nicht nur *Constantinus M.* sondern auch *Justinianus* confirmirt, doch mit dieser restriction, wie Ju-

Justinianus solche beygefüget, daß sie nur res, ad religionem spectantes, angehen solle. Nun weiß ich zwar wohl, daß eben dieses den römischen Päbsten zur Last geleget wird, daß Sie die causes matrimoniales auch zu denen rebus ad religionem spectantibus gezehlet haben. Allein, wenn wir die Sache recht betrachten, und das το theologicum in der Ehe ansehen, so müssen wir den Päbsten hierinnen recht wiederfahren lassen, wie dann auch Canz die rationem theologicam, wornach die eigentliche Beschaffenheit des vinculi conjugalis, die natura legis monogamicæ, und besonders die indoles personarum ad conjugium idonearum, nur allein aus der Schrift zu nehmen ist, hätte in allweg gelten lassen, und aus dem defectu rationis, ex lege naturali, nichts zum præjudiz dieser wichtigen Sache schliessen sollen, zumahlen da Christus selbsten in causis matrimonialibus, nach *Math. V. XIX. XXII.* und Paulus, nach *1. Cor. VII.* decidiret, hingegen der Heyland in negotiis merè civilibus solches zu thun sich geweigert, nach *Luc. 12, 13. f. Joh. 8, 11.* auch *Matth. 22, 17. ff.* in causa politica nur in so fern einen Bescheid gegeben, in so fern die Juden einen casum conscientiæ daraus machten. Uebrigens bleibet es bey dem Ausspruch unserer symbolischen Bücher, wenn von einem jure stricto die Rede ist, wovon der Gegensaz ist das jus humanum, privativè, & ratione exercitii, betrachtet,

let. Vid. *Aug. Conf. p. m. 39. f.* & *Art. Smalc. p. m. 354. f.* wiewohlen man auch hierinnen, nach der Canzischen Anweisung §. *2173. a.* inter directionem, & imperium, einen grossen Unterschied zu machen hat, wovon man aber freylich im Pabstum vor Zeiten nichts hat hören wollen. Indessen ist eben doch Gott, der Kirche, und dem gemeinen Wesen selbsten gar sehr daran gelegen, daß zwar das forum conscientiæ, Ecclesiæ, & Civile unterschieden bleiben, die casus aber, welche das forum Ecclesiæ & Civile zugleich angehen, auch gemeinschaftlich abgehandelt werden. Dann sonsten würde daraus die gröste Confusion entstehen, wie vorher bey der Popolæsaria, und der von den Bischöffen herausgenommenen exemtione omnimoda, dahero heißt p. 355. multæ sunt injustæ Leges Papæ, de negotiis matrimonialibus, propter quas Magistratus debent alia judicia constituere &c. wiewohlen damals das Recht des Magistrats sich weit erstrecket, worunter auch das Jus reformandi gehöret, als ein Territorial-Recht.

Ich habe aber nöthig, hier noch etwas anzuhängen, nachdeme mir jüngst erst in dieser critischen Materie eine gelehrte Schrift vor Augen gekommen, wovon Herr Prof. Schott zu Erlangen der Verfasser ist, unter dem Tit. *Observationes de Legibus connubialibus earumque necessaria emendatione.* Erl. 1782. wobey mir erlaubt

laubt seyn wird, etwas weniges zu erinnern. Nach Beschaffenheit der gegenwärtigen Zeiten in unserer Evangelischen Kirche, ist meine geringe Meynung, es seye das matrimonium kein negotium merè ecclesiasticum, aber auch kein contractus merè civilis, und so müsse man ferner die potestatem judiciariam, sive cognoscendi & decidendi, in matrimonialibus, von der potestate Legislatoria, wie auch das jus von dem exercitio juris mit Fleiß unterscheiden. Was das erste punctum und diese differenz betrift, so erkläret sich *Elswich de Rel. Pap. C. 8. §. 1. p. 318.* weiters also: contractus civilis eorum dissolvi potest voluntate & consensu, à quibus initus est. Sic igitur adulteriis, divortiis, polygamiæ, ac concubinatui lata aperitur porta. Integrum erit merito cum alia consuescere, si modo in id consentiat uxor, ad explendam, qua maritus æstuat, libidinem haud sufficiens. Et quid non sibi sumpserint viri principes, quibus potestas est, contractus merè civiles rescindendi! Fatendum quidem est, in contrahendo matrimonio aliquid contractus civilis invenire locum, totum tamen matrimonii negotium ad contractus merè civiles haud referendum est. In America denkt man freylich anderst. Weilen also das τo ethicum die societatem civilem angehet, so kan es auch kein negotium merè ecclesiasticum seyn, wie dann von der ratione connubii

bii ad statum civilem in dieser Prof. Schottischen Abhandlung §. 7. p. 20. ſſ. sehr gründlich gehandelt worden ist. Es schreibet auch der Herr Prof. §. 6. p. 20, überhaupt, man habe gemeinschaftlich darauf zu sehen, daß der connubiorum justus respectus erhalten werde, zur Verhütung des grossen Schadens, den die Kirche und Republic, bey weiterer negligenz, davon haben würde, cujus utriusque ideò conjuncta cura reformatio Legum connubialium quantocius instituenda. So viel nur in genere. Ob aber nicht sonsten in specie, da und dorten, das Recht der Kirche ein wenig zu viel geschmälert werde? ist eine andere Frage. Es fragt sich also: ob Gott, die Kirche, oder das gemeine Wesen, und welcher Theil mehr Ansprache an die Ehe zu machen habe? Ich meyne wohl, Gott dem Herrn gebühre der Vorzug, als dem Allerhöchsten Legislatori, der die Ehe-Geseze gegeben hat. Hoc τὸ theologicum, schreibt *Elswick l. c.* mit gutem Grund, ideò requirimus, quia non satis est, orbem repleri hominibus, sibi saltim viventibus. Opus est, ut Deum, revereantur, orbis conditorem, ejusque honorem, quantum in se est, promotum eant. Quam ob causam nec Deus matrimonium hominis reliquit arbitrio, sed ipse matrimonium instituit, certisque Legibus circumscripsit. In novo Fœdere ad — præeunt. Ex his consequitur, quod facta in matrimonium

con-

consensione, homines illud non suo arbitrio, sed ea inire ac agere ratione debeant, quam Deus (in V. & N. T.) definivit. — Matrimonium, etsi consensu expresso, de re, in potestate contrahentium constituta, fiat, juxta tenorem tamen Legis divinæ est ineundum. Attingitur saltim το ethicum, & το theologicum omittitur, quod augustius est, & matrimonium hominis Christiani, & ethnici distinguere debet &c. worüber dann die Kirche, mit ihren Dienern, zu wachen hat. Hernach aber, wann es die Kirche mit der Republik zu thun hat, so schlägt das suum cuique an. Der Satz, den der Herr Prof. *p. 11.* in der Absicht auf die potestatem civilem, behauptet, hat seinen guten Grund; wann Er aber *l. c.* zum Beweis dessen anführet: conjugium sua natura, & eò majori jure contractibus secularibus adnumerandum esse, quò magis præ reliquis &c. so kan man damit nicht wohl zufrieden seyn, wellen Er damit wieder läugnet, was Er vorher *p. 7.* eingestanden hat. Das matrimonium contrahendum & contractum ist freylich denen Legibus civilibus unterworfen, aber auch denen Legibus divinis, dahero auch das theologicum dabey nicht aus den Augen zu setzen ist. Es hat auch sonsten seinen grossen Einfluß in die societatem civilem, und ist andern contractibus secularibus vorzuziehen, aber wie? eben auch in Betracht des theologici; weswegen man nicht

wohl

wohl sagen kan, es seye an sich, und sua natura, ein contractus merè civilis. Eine Instanz zu geben. Die Religion selbst ist unstreitig für die stärkste Stüze und Grundsäule der Republik zu halten, um ihres grossen Einflusses willen in die societatem civilem. Solte sie aber deswegen dem blossen Gutdünken grosser Fürsten unterworfen seyn? So urtheilte wohl Hobbesius. Es suchte sich zwar der Herr Prof. damit zu verwahren, daß Er *p. 7. f.* einige notas & determinationes essentiales nahmhaft gemacht, wodurch Er das matrimonium von andern negotiis obligatoriis, præcipuè contractibus, mithin auch die dahin abzielende Leges connubiales von andern Legibus civilibus zu unterscheiden gesuchet hat. Es ist aber die Haupt-Determination, quod mutuo dissensu dissolvi nequeat, nulla alia accedente causa, ausgelassen worden. Es betreffen auch die angeführte determinationes eigentlich nur die externa, und nicht die formam internam, quæ essentiam rei constituit. Es solle zwar, wie Er *l. c.* weiters beyfüget, der finis Legum connubialium nicht nur auf die felicitatem civium externam, sondern auch zugleich auf die internam gehen, und das Fundament davon unicè in probitate & rectitudine morum zu suchen seyn. col. *p. 21.* Gleichwie aber ein grosser Unterschied zu machen ist inter civem bonum, & virum bonum, nach der Anmerkung *Buddei* in

Elem. Philos. Pract. P. 1. C. 1. §. 32. s. also ist auch, noch weiter zu gehen, ein vir bonus noch kein christianus. Socrates, Seneca &c. waren zwar viri civiliter honesti, aber keine christiani. Auf eine probitatem & rectitudinem morum mag auch wohl ein Numa Pompilius bey denen Römern, in seinen weisen und heilsamen Gesetzen gesehen haben, diß ist aber noch keine virtus christiana, keine animi vitæque sanctitas zu nennen, welche die Göttliche Gesetze in Ehesachen erfodern, mithin auch keine felicitas interna, theologicè betrachtet, da hingegen die Göttliche Gesetze denen Eheleuten eine Anweisung geben, wie sie sich zu verhalten haben, wann Sie in der Ehe ihre zeitliche und ewige Glükseligkeit nicht verschertzen wollen. Es will also das blosse ethicum, von dem theologico abgesondert, hier nicht zureichen. Es betrift zwar das conjugium, welches ad §. *5. p. 14.* zu notiren, die spiritualia nicht immediatè, sondern nur mediatè, doch ist es nicht nur an sich, sondern auch deßwegen honorabile, nach *Ebr. 13. 4.* weilen es ein typus ist unionis mysticæ fidelium cum Christo *Eph. 5. 32.* mithin ist es zugleich ein status sacer, deme eine sanctitas zukommt. *1. Cor. 7, 14.* Es ist daher die interpretatio sententiæ Augustini nicht zu tadeln. Diesem nach ist auch nicht genug gesagt, es gehöre, wie stehet §. *4. p. 10. s.* das negotium connubiale nur suo modo ad objecta

Reli-

Religionis. Nam quia de matrimonio (sind Worte des *Elswichs p. 320.*) ex Lege divina dispiciendum est, rectè ex Theologis exquiritur sententia, qui pro ratione muneris in Leges divinas inquirere, earumque interpretari sensum debent. Dahero suchen wir auch das theologicum nicht in dem äusserlichen ritu der benedictionis sacerdotalis, und der prævia publica declaratione, obgleich dieser ritus sehr alt, ja zu vermuthen ist, es haben solchen die Propheten schon gebrauchet, und er seye aus der jüdischen in die christliche Kirche gekommen (*Elswich* in *Rel. Pap. p. 337. ss.*) sondern in der institutione matrimonii primæva, Legibus divinis definita, und in denen Handlungen Christi und seiner Apostel. Jenes ist nur, als ein accessorium und consectarium anzusehen, worinnen das principale des theologici nicht zu suchen ist. Und haben gleich ferner der Heyland und seine Apostel (*p. 11.*) die Iura potestatis Legislatoriæ unberührt gelassen, wiewohlen der Eifer des Heylandes *Matth. 19.* die ganze Kirchen-Verfassung betroffen, so haben Sie doch in denen Ihnen vorgebrachten Ehesachen gesprochen, und damit bezeuget, daß Ehesachen in das forum theologicum miteinschlagen. Es ist also keine absurda sententia Doctorum (§. 4. *p. 10.*) wann sie behaupten, matrimonium jure divino inter negotia ecclesiastica referendum esse. &c. wie dann der Heyland

 der

der Kirche überhaupt in Sachen, welche die gubernationem & disciplinam Ecclesiæ betreffen, eine Gewalt eingeraumet hat. Seine Verordnung *Matth.* 18, 15 16. 17. mag zum Exempel dienen. Dann nachdem der Heyland v. 1. ff. von Kindern und ihrem Glauben geredet, welches Ioh. Winckler, sen. in der Vertheid. der Kinder-Tauffe C. 1. p. 60. ff. bewiesen, so handelt Er hernach l. c. von der brüderlichen Bestrafung, dabey aber auch von der Kirche eingeraumten Gewalt. S. Berl. Hebopffer 1. B. p. 708. ff. Dann was dorten anfangs eine causa privata ware, das wurde hernach eine causa communis, in der Absicht auf die ganze Gemeinde. Das *sit tibi* gienge also ein jegliches Membrum, mithin die ganze Gemeinde an. Hiesse es nun: höret Er die Gemeinde nicht, so mußte sie ja mit dem Beleidiger handeln. Wie dann? daß sie endlich, bey seiner fortdaurenden Hartnäckigkeit, offentlich erklärte, man solle fernerhin keine Gemeinschaft mehr mit dem excommunicirten Beleidiger haben. Dieses wird durch das *v.* 18. unmittelbar Folgende, noch deutlicher gemacht. Diß ist Wahrheit, ob es gleich denen Erbfeinden der Kirchen-Zucht nicht gefallen will. Die Kirche hat auch ihr Recht, von dieser Zeit an, erhalten, obgleich unter einigen Veränderungen und Abwechslungen, wovon zum Beweis dienen mag, was der Herr Prof. selbst §. 4. *p.* 10 - 14. augeführet hat. Bey dem

allem

allem aber konnte sich doch die Kirche niemals einer potestatis judiciariæ, minus plenæ, woben dann die Frage ist: ob nicht, bey solchen Umständen, da doch das matrimonium immer unter die negotia ecclesiastica gezehlet worden, und diese potestas die spiritualia nicht unmittelbar betrift, aus dieser diuturnitate possessionis bonæ fidei, eine præscriptio entstanden seye?

Wann aber in denen Ehe-Gerichten eine potestas Legislatoria ausgeübet wird, so gehöret zwar solche, besonders in dem Betracht, in so fern auch Theologi denenselben anwohnen, und die Kirche repræsentiren, zu denen Iuribus adquisitis, und ist ex beneficio Principum herzuleiten; doch ist die Ausübung dieser potestatis (*Elswich p. 321.*) schon zu Luthers Zeiten gewesen, und ist von dort an in der Evangelischen Kirche geblieben.

Der Vorwurf, als wäre das matrimonium ein Sacrament, und würde darum als ein status sacer angesehen (§. 5. *p. 14. ff.*) kan der Evangelischen Kirche nicht gemacht werden, nach der historischen Erzehlung des *Elswichs* in den *Rel. Pap. p. 338. ff.*

Zu denen Zeiten der Reformation haben die Reformatores gleichsam nur das Eis gebrochen, und

und haben sich fast nur in einem diluculo befunden, welches dann wider den D. Frörii sen. zu merken, dahero es Ihnen wohl zu verzeyhen, wann Sie auch hierinnen der Sache bald zu viel, bald zu wenig gethan haben. Hat gleich Luther gewünschet, daß Ehesachen der weltlichen Obrigkeit möchten überlassen werden, so hat Ihne *Elswich p. 320. s.* damit entschuldiget, daß Er mit Ehesachen so gar sehr überhäuft worden seye, füget aber auch gleich bey *p. 321.* ipse nihilominus causas matrimoniales, sæpe, iterumque, ac iterum rogatus, ex sacris literis decidit. Probavit etiam, quod in judiciis ecclesiasticis, quibus & Theologi intererant, illæ causæ tractentur &c. welches *Elswick* hernach historisch bewiesen hat. Genug, daß die causæ connubiales, wie Herr Prof. Schott §. 6. *p. 17.* selber schreibet, in unsern Symbolischen Büchern, tanquam ecclesiasticæ sind adoptirt, und publicè dafür erkläret worden. Daß aber unsere Evangelische Kirche sich darinnen ein grösseres Recht solle herausgenommen haben, als Ihro gebührte, müßte erst bewiesen werden. Dem Canonischen Recht ware Luther so abhold, daß Ers ja zu Wittenberg hat verbrennen lassen. Durch den Westphälischen Friedens-Schluß aber ist die Sache so weit gekommen, daß man nunmehr gelernet hat, wie die Collegialische Kirchen-Verfassung von der Catholischen Hierarchie eigentlich zu unterscheiden seye.

seye. Weilen es aber bey dem *V. Art. §. 31.* darauf ankommt, was durch die similia Iura verstanden werden müsse? so hat *D. Pfaff.* in *Disp. de Annexis exercitii Rel. Evang. ad h. l.* und zwar *§. 9. p. 6.* angemerket, und geschrieben: nullum dubium est, ad annexa primi generis spectare I. typum disciplinæ & jurisdictionis ecclesiasticæ in ordinationibus & Rescriptis ecclesiasticis stabilitum, etiam quoad matrimoniales causas. Da nun das Ius der Theologorum cognoscendi & decidendi in causis matrimonialibus, so viel das possessorium betrift, über das auch auf den annum normativum sich gründet, so sehe ich nicht, wie die Theologi hierinnen solten depossedirt, oder ihr Ius mehr eingeschränkt werden können. Auch nach dem allgemeinen Begriffe jeder gesellschaftlichen Verfassung, kommt z. Ex. bey einem Handwerk, denen Obermeistern die Beurtheilung und Censirung eines Ihnen vorgelegten Meisterstüks zu, ohne Nachtheil der obrigkeitlichen Gewalt. Warum dann nicht in diesem Fache denen Theologis das vorberührte Ius? zumahlen wann man dabey betrachtet die Entstehung und Natur dieser Kirchengewalt. Nun will ichs zwar dem Herrn Prof. Schotten gar nicht verargen, wann Er allenthalben klagt über das confuse matrimonial-Systema, über die daher entstehende incommoda, und viele Disputationes, obgleich alle Wissenschaften Streitigkeiten haben, welche nicht wohl zu verhüten, sondern anzusehen sind als ein Uebel, das der

Wahrheit anhängt, wie sich bey dem Licht auch immer Schatten findet. Allein wann Er p. 4. sagt: cui malo non aliter, nisi conjunctis Legumlatorum curis, & Iure Consultorum consiliis, medela adferri potest &c. so möchte ich noch dazu setzen: doch nicht inconsultis Theologis. Dann es möchte sonsten so weit kommen, daß es endlich hiesse: taceat in Politicis Deus! vid. Carpzovs Tug. Spr. p. 216. f. wie es aber insgemein etwas der Religion nachtheiliges ist, wann heut zu Tag die Herren Rechtsgelehrten die dahin gehörige, und die Einrichtung betreffende Sachen in die Hände der Grossen zu spielen suchen, dahero man darüber zu klagen Ursach hat, wovon eine schöne Stelle in der 3ten Forts. der kurzen Fragen aus der Kirch. Hist. N. T. in 12. p. 1031. f. stehet; So möchte wohl auch diese Klage bey der gegenwärtigen Gelegenheit gemacht werden können.

Als einstmahls Ioh. Gust. Reinbeck in einer Gesellschaft klagte über mannigfaltigen Tort, den Er von einigen in den Preussischen Landen selbst, wegen der Wolfischen Philosophie, leyden müße, und ein vornehmer Mann aus der Gesellschaft Ihme den Rath gegeben, Er solte sich damit an den König wenden, so antwortete Er: wir Gelehrten müssen auch grosse Herren nicht in unsere Händel mischen, noch unsere Streitigkeiten durch Machtsprüche entscheiden lassen. Das würde mit der Zeit in der gelehrten Welt, und in der Kirche

Got-

Gottes Schaden thun ꝛc. Die Consilia eines Stryckii, Thomasii sind nicht allezeit gut. vid. *Pfaff l. c. p. 12. s.* wann Sie nemlich aus dem Iure Principis circa Sacra, ein Ius in Sacra machen wollen.

Es ist die Iurisdictio ecclesiastica, quatenus talis, à Civili toto cœlo diversa. Uebrigens bekenne ich gerne, daß die ganze Prof. Schottische Abhandlung ein eben so gut ausgesonnenes und eingerichtetes, als gelehrtes Werk seye.

§ 6.

Ich muß aber auch noch die Frage beyfügen: ob der Lex nat. einer Dispensation unterworfen seye? Dieses will mit Gerhard L. Th. T. XV. p. 307. ss. bes. 310 Ed. Cott. der Aut. der Widerl. behaupten, und beruft sich auf das divortium, polygamie, auf die supplicia capitalia, annum jubilæum, und spoliationem Ægyptiorum, wovon *p. 104. ss. 107. ss. 237. 158. 231. ss.* nachzuschlagen, und sagt dann, die Veränderung, die dabey vorgegangen, seye in dem *objecto* geschehen, welches eine andere Gestalt angenommen, nicht aber in Gott, Gott bleibe der unveränderliche Gott, die *objecta* aber seyen veränderlich, und die regiere Gott, je nachdem es ihre Umstände erheischen ꝛc. Es confundirt aber hier der Herr Aut. die æquitatem & dispensationem miteinander ganz offenbahr, wovon Mai-

 chel

chel in *Diss. I. de Jure necessitatis*, bey Gelegenheit des casus violentæ defensionis, §. *13. p. 17. s.* also geschrieben: rectius verò æquitas dicitur, quod, præter necessitatem, dispensationi quandoque tribuitur. — Melius se habet altera definitio *Pufendorfii*, quâ dicitur, quod æquitas sit dextra legis interpretatio, quâ ex naturali ratione ostenditur, casum aliquem peculiarem sub lege non comprehendi, eò quod aliàs absurdi quid inde foret secuturum. it §. *12. p. 16. s.* neque dici potest, quod hic dispensatio quædam contingat. Primò enim dispensatio non datur, nisi in ordine ad actus, lege definitos; at verò de nostro necessitatis casu jam diximus, quod is sub lege non contineatur. Secundò jus necessitatis, quod asserimus, extenditur etiam ad leges naturales; at verò in his dispensatio omnis evanescit. it. §. *14. p. 18. s.* 1) æquitas est officium juris naturalis, dispensatio ad gratiam atque indulgentiam pertinet. 2) dispensatio tollit obligationem, quæ adest, æquitas monet, nullam adesse. 3) dispensatio excipit personam à lege, æquitas ostendit, illam sub lege non comprehensam esse. 4) dispensatio à solo Legislatore exercetur, æquitas ab omni & inferiori Magistratu, imò à quolibet privato præstari potest & debet. 5) dispensatio contrà Legem aliquid defert, æquitas ostendit, legem huc non pertinere. 6) dispensatio in legibus tantùm tum locum invenit, æquitas in omnibus negotiis, pactis, contractibus vim suam exserit &c. Wenn es demnach in der Application das Ansehen haben will, als liefe die Verordnung Gottes, nach welcher die Obrigkeit supplicia capitalia zu exerciren hat, wider das fünfte Gebott, die Verordnung vom Freyjahr aber sowohl, als die Beraubung der Egyptier wider das siebente Gebott, so zeiget die æquitas, daß diese zwei Gebotte hieher nicht gehören, mithin wird damit angezeiget, daß dieses kein objectum legis divinæ, noch darunter begriffen seye, wie Maichel weiters schreibet in *Diss. I. de Jur. Nec.* §. 15. p. 19. eadem occasione notari meretur insignis distinctio inter mutationem legis, & mutationem objecti, quam æquitas supponit. Quando in Decalogo dicitur, non occides, neutiquam sanè existimandum est, legem ipsam mutari, quando jus necessitatis asserimus in casu violentæ defensionis. Objectum scilicet hic mutatur, non lex. col. *Diss.* 2. §. 27. p. 51. *ss.* allwo der casus der Entwendung in der äussersten Hungersnoth angeführet wird; worauf es dann heisset: ob necessitatem furari non licet, cum hoc sit intrinsecè malum, sed ex intuitu summæ necessitatis, & reliquarum, quas suprà posuimus, conditionum, manente lege, objectum modò mutatur, ita, ut ablatio rei alienæ, invito licet Domino, ob circumstantias, quas supponimus, hic & nunc

non

non sit furtum, ac proinde casus in quæstionem veniens sub lege de non furando, planè non comprehendatur, neque eidem proinde adverse- tur &c. was aber die spoliationem Ægyptiorum betrift, so ist solche mehrern Schwierigkeiten unterworfen. Der Herr Verf. des Bed. meynt p. 50. f. es hätten die Egyptier eine harte Strafe, und die Israeliten eine Ersezung des Schadens verdient, den Sie erlitten, da dann die Israeliten nur das über die Egyptier ausgesprochene göttliche Urtheil hätten vollziehen müssen rc. Mit dieser Erklärung ist nun der Herr Aut. der Widerl. nicht zufrieden, sondern will dabey allerley inconvenienzien zeigen p. 231. ff. welche wir aber auf ihrem Werth und Unwerth beruhen lassen, und uns dißfalls nur berufen auf *Canzii Diss. de Jure Dei in res creatas*; hingegen glauben wir, es seye ein freywilliges Geschenke, abseiten der Egyptier, gewesen. Denn da sie besorgt, es möchte Ihnen allen noch so, wie ihrer Erstgeburth, ergehen, so waren Sie nicht nur froh, daß die Israeliten ziehen wolten, sondern gaben Ihnen noch auf den Weeg mehr, als Sie verlangten. Es kommt aber hiebey auf die Worte leyhen und entwenden an 2. *Mos.* 12, 36. Da dann das erste *vajaschilon* heisset petere faciebant eos s. offerebant eis, das Entwenden aber ist nur ratione eventus zu verstehen, da sichs die Egyptier, cessantibus plagis, haben

reuen

reuen lassen, daß Sie den Israeliten haben so viel geschenket, daher Sie es Ihnen wieder abnemmen und abjagen wollen, aber nichts bekommen, welches dann ein Entwenden heisset, eben wie von Laban stehet, daß Gott Ihme seine Schaafe entwandt und dem Jacob zugewandt habe. *I. Mos. 31, 9. 16.* Daß es aber eine solche donatio gewesen seye, beweiset der *38. vers*, nach welchem viele Menschen, und viel Vieh, mit den Israeliten aus Egypten gezogen, welches doch die Israeliten nicht haben verlanget. Und solchergestalten ist der Schluß Gerhards in *L. Th. T. XV. p. 308. s. Ed. Cott.* nicht fest gegründet, wenn Er dorten wider des *Bellarmini* thesin, Legem *Lev. 18, 16.* esse merè positivam ac judicialem, disputirt, und behauptet, es seye diese That der Israeliten ein von Gott besonders vergönntes und genehmigtes commodatum gewesen, und dann gesagt: nec tamen rectè ex eo colligitur, furtum non esse natum prohibitum &c.

§. 7.

Es will aber nöthig seyn, daß wir sowohl von der Ehescheidung, als der *polygamie* hier noch etwas hinzusetzen. Was die Ehescheidung betrift, so äussert sich freylich ein nicht geringer Anstand. Ich glaube aber, es habe einen guten Grund, was Rus in *Harm. Evang. T. I. p. 798. seqq.* davon geschrieben, da Er gezeiget hat, wie Gott

Gott die Ehescheidung niemals erlaubt, sondern allezeit ernstlich verbotten habe, und wie also *V. Mos.* 24, 1. 4. der casus divortii nur blos gesezet, und nicht gebilliget werde, massen *Ps.* 4. eine nur auf diesen existirenden, nicht aber gebilligten, Fall sich beziehende Decision gegeben werde, welche dahin gehet, daß, wann die Geschiedene nach der Ehescheidung ad secunda vota geschritten, von dem ehelichen Gesez mit dem andern Mann aber nun auch wiederum frey worden, dem ersten Mann nimmer erlaubt seyn solle, Sie zu heyrathen, woraus dann so wenig folge, daß Gott das Divortium erlaubet habe, als sich aus der Verordnung Gottes bey dem Casu des occisi furis II. Mos. 22, 2. schliessen lasse, daß das Stehlen und Morden erlaubt seye. Der Canzler von Mosheim gibt in *Diss. de Divortio* §. 6. *p.* 12. *sq.* noch eine instanz. Res, sagt Er daselbsten, illustrari optimè poterit exemplo crapulæ. Quando e. c. Magistratus politicus mandat, ut, qui ebrii sunt, abstineant injuriis alii inferendis, & tranquillè domum suam revertantur, licet ne tunc lege divina inebriari, si modò tranquillè absque ullius injuria domum secedas? Nequaquam. Es muß also der locus cit. *V. Mos.* also übersezt werden: wann jemand ein Weib nimmt, und ehelichet Sie, und es geschiehet alsdann, daß Sie nicht Gnade findet vor seinen Augen, um etwa einer Unlust willen, und Er

Ihro

Ihro einen Scheide-Brief schreiben, und ihr in die Hand geben, und aus seinem Hauß lassen wird. Alsdann wann Sie aus seinem Hauß gegangen ist — der Sie Ihm zum Weib genommen hatte. So wird der Casus formirt. Darauf folgt *Ps. 4.* das Decretum, und die Decisio divina: so kan Sie ihr erster Mann ꝛc. Eben diese Uebersezung lese ich auch in Herrn Ritter Michaelis Mos. Recht. *II.* Th. §. 119. *p. m.* 232. *f.* wobei Er *l. c.* diese Ursach anführet. Dann wolte man bey des Luthers Uebersezung bleiben, und die apodosin schon im *1. v.* suchen: wann jemand ein Weib nimmt, und ehelichet Sie, und Sie nicht Gnade findet in seinen Augen, um etwa einer Unlust willen: so soll Er einen Scheide-Brief schreiben ꝛc. so würde, nach dem hebräischen, auch das folgende, wie ein Gebot, zu übersezen seyn, wenigstens, wenn man nicht im Anfange des 2. *v.* eine ellipsin der part. wenn, annimmt: und Sie soll das Haus auch würklich verlassen, und einen andern Mann heyrathen, und dieser zweite Mann soll sie hassen, ihr einen Scheide-Brief schreiben ꝛc. Es ist aber das erste simplicius, und, ohne Noth, soll man keine ellipsin fingiren. Ueber diß müste *p. 1.* der *athnack* bey Dabar stehen. Es stimmet auch damit ein, was stehet *Jer. 3, 1.* In des *Tremellii* und *Junii* grossen glossirten Bibel heißt es zwar: *hæc verba à praecedentibus divelli est iniquissimum.* Es

Es hat aber Seb. Schmid wohl beobachtet, daß hier: *co amar Jehova &c.* müsse supplirt werden. Man schlage nach die Stelle *Jud. 16, 2, hen* heisset, *si*, nach *Danzens Int.* §. *104. IV. 2.* Si quis dimiserit uxorem suam, & illa abierit ab eo, ne amplius sit cum eo, & nupserit viro alteri, an reverteretur ad eam rursus? nonne insigniter contaminaretur terra illa? h. e. omninò. Nun folgt das andere hemistichium: tu vero, quamvis scortata sis cum amasiis s. amicis multis, tamen revertendo reverteris ad me (post *schoph* supplendum est *taschoph*. it. adhuc mihi accepta esses) sed juxta *v. 2.* perrexisti in peccatis tuis, neque ullis ferulis j. *v. 3.* ad me revocari potuisti. vid. *Trem.* Bibel *ad h. l.*

Was nun *Matth. 19, 7.* die Juden ein Gebott nennen, nennet der Heyland *v. 8.* eine Erlaubniß. Es wäre aber eine permissio minus plena & perfecta, quæ tantum impunitatem dat apud homines, minimè vero factum suadet, aut approbat, aut in foro poli s. conscientiæ licitum efficit, wie Rus sagt *l. c.* eine blosse connivenz, wie es auch von Gott selbsten heisset, in der Absicht auf die Heyden, Act. 17, 30. Es will auch der Heyland nur so viel sagen: posito, es hätte Euch Moses solches erlaubt, da es doch nicht ist, nach eurem Sinn, sondern Ihr habt nur die verba Mosaica *V. Mos 24.* ganz unrecht verstanden,

und

und verkehrt ausgelegt, so ist es doch von Anfang nicht also gewesen. Es befande sich also Moses damahls, wenn wirs recht genau nehmen wollen, gleichsam in statu violento, und was Er erlaubt, hat Er nolens volens gethan. Darinnen stimmet auch bey Herr Ritter Michaelis im Mos. Recht *II.* Th. §. *119. p. m. 232.* wann Er schreibet: allein ein Gesezgeber kan und soll nicht alles verbieten (d. i. der Obrigkeit auftragen, es mit Gewalt zu hindern) was moralisch böse ist. Und so hat auch Moses, wie Christus sich ausdrükt, wegen der Herzenshärtigkeit der Israeliten die Ehescheidung (bürgerlich) erlaubet. Diß stehet auch *p. 234.* denn da Christus sich mit Voraussezung des unter seinem Volk gewöhnlichen und bekannten Mosaischen Rechts, erkläret hat, es sey zwar, wegen der Herzenshärtigkeit des Volks, von Mose (bürgerlich) verstattet, aber doch, dem Gewissen nach, unrecht, die Frau von sich zu lassen, den Fall ausgenommen, da Sie Unzucht getrieben habe rc. col. *I.* Th. §. *5. p. m. 13.* Es scheinet zwar, als rede der Heyland auch von einem Gebot Mosis *Marc. 10, 3.* Es hat aber *Majus* in der *Harm. P. 5. C. 40.* gezeiget, es haben anfangs die Pharisäer dem Heyland das Ansehen Mosis entgegengehalten, darauf habe der Heyland die Pharisäer nach der Aussage Mosis gefragt, damit Er Gelegenheit haben möge, Sie aus ihrem Munde zu widerlegen. Darauf haben dann die Pharisäer erst von einem Zulassen *v. 4.* und der Heyland *v. 5.* von einem Gebot gesprochen, nemlich ex hypothesi judæorum; das Zulassen oder Erlauben aber, wenn sich der Heyland selbst so ausdrückt, ist nur secundum quid zu verstehen, nach der bekannten hermeneutischen Regel: multa dicuntur in S. S. absolutè, quæ intelligenda sunt secundum quid. Z. Ex. Paulus, wenn Er denen Weibspersonen in öffentlichen Versammlungen zu reden verbietet *1. Tim. 2, 11. 12. 1. Cor. 14, 34.* so redet Er absolutè; und doch hat Ers vorher *1. Cor. 11, 5.* erlaubt, nemlich nur secundum quid d. i. solchen Weibspersonen, welche das propheticum donum hatten col. *Act. 21, 9.* daher von den Idioten unterschieden waren, und zwar nur in privat-Versammlungen, die nicht allzu frequent waren. Auf die Frage aber: warum der Heyland nicht eines Aufruhrs wider Mosen und das Gesez beschuldiget worden seye? antwortet Herr Heß im Anhang über die Lehren rc. 9. Abschn. p. 289. ff.

Es veranlaßet mich aber die Ritter-Michaelische Ausführung, und Abhandlung von der Ehescheidung im Mos. Recht. *II.* Th. §. *119* & §. *120.* mich auch weiter hier einzulassen, doch mit Bezeugung aller Devotion.

Vor den Zeiten Mosis, welcher erst den Grund zum künftigen Regiment der Juden, durch Anrichtung kung guter Gesetze, legte, hatte ein jeder Haus-Vater in seiner Familie ein grosses Recht, welches Sie vielleicht auch wohl gar auf das Jus vitæ & necis haben ausdehnen wollen, wenigstens nehmen Sie sich damahls, da Sie noch keine eigene Oberherrschaft gehabt, sondern als freye Leute, auch nach Herrn Ritter Michaelis Beschreibung im Mos. Recht *I.* Th. §. *44. p. m. 164. seqq.* von einem Ort zum andern zogen, die Freyheit heraus, ihre Weiber eigenmächtig zu entlassen; doch nicht ohne höchstwichtige Ursachen, welche aber nimmer zu bestimmen sind. Es mag auch nicht zur Gewohnheit worden seyn, wie das Exempel des Abrahams mit der Hagar anzeiget. Als aber zu Mosis Zeiten eine eigentliche Republic entstanden, welche dann gedauert hat, biß auf den lezten König Zedekias, und Moses vorausgesehen den Leichtsinn, Frechheit und Härtigkeit des Herzens bey dem Volk, daß Sie sich nicht nur diese ihre Freyheit nicht nehmen lassen, sondern solche allzuweit extendiren würden, so hat Er zwar die Ehescheidung, an sich betrachtet, durchaus nicht billigen, sondern nur *V. Mos. 24, 1.* mit General-Worten, die nunmehr freylich eine explication nöthig haben, einschränken wollen, als ein treuer Knecht in dem ganzen Hause Gottes *Hebr. 3, 5.* welches prædicat Er nicht hätte behaupten können, wenn Er nur im geringsten etwas verordnet hätte, das Gott hätte missfallen können.

nen. Dann ob gleich Moses alles anordnen möchte, wie Er wolte, so eignete Er doch sich nicht, sondern Gott die höchste Gewalt zu, und bekannte, daß alles, was vorgienge, nach dem göttlichen Befehl und Urtheil, geschehe. Daß aber Moses hiezu befugt gewesen seye, erkennet Herr Ritter Michaelis selbst im *I*. Th. §. *5*. *p*. *m*. *13*. *s*. col. *II*. Th. §. *119*. *p*. *m*. *232*. und §. *120*. *p*. *m*. *251*. Nach der Connivenz Mosis, ware damahls V. *Mos*. *24*, *1*. *ervath dabar*, justa divortii causa, die Beweg-Ursach aber dieser Connivenz ware, nach der Erklärung Christi, des Volks Herzens-Härtigkeit. Nun gienge das Volk, nachdem die Gewohnheit immer mehr eingewurzelt, immer auch darinnen weiter; doch bliebe auch immer ein Widerspruch, abseiten der Rechtschaffenen *1*. *Cor*. *11*, *19*. die bey der Wahrheit und orthodoxie, besser blieben, und alles genauer untersuchten, wie sich solches noch zu Christi Zeiten, abseiten der Schule Schammai zeigte. Ob sich nun gleich, in Ansehung der nach und nach, in dieser Sache, eingerissenen Irrthümer, zurück von den Zeiten Christi auf die Zeiten Mosis, nicht schliessen lässet, so gibt doch der Streit zwischen der Schule Hillels und Schammai ein grosses Licht, welchen Streit gar schön beschrieben hat Herr Ritter Michaelis im *II*. Th. §. *120*. *p*. *m*. *244*. *seqq*. doch mit eingemischten einigen Unrichtigkeiten, nebst einem unverdienten Tadel besonders der

Geist.

Geistlichkeit. col. §. *119. p. 234. f.* Wie es dann auch ein unverdienter Tadel ist, wenn Er in der Abhandlung von den signis virginitatis, aus *Deut. 22, 13-21.* col *Math. 5, 31. 32.* im *II.* Th. §. *43. p. 117. ff.* unserm christlichen Kirchen- und Eherecht den Vorwurf macht, daß, in Ansehung der Ehescheidung, nicht auf diese Schriftstellen, und deren Vergleichung, zugleich reflectirt werde; dagegen seye eine unbillige Mischung der Moral Christi, und des Römischen Rechts, das keine Zeichen der Jungfrauschaft kennet, vorgenommen worden. Auf diese Weise aber seye aus der Moral Christi ein sehr unbilliges Eherecht entstanden für einen jungen Ehemann 2c. Nun muste und konnte dieses Mosaische Gesez, welches einen so edlen Zweck, nemlich die Keuschheit, hatte, zu den Zeiten Mosis, und hernach, nach der damaligen Zeit-Beschaffenheit, richtig beobachtet werden; in Ansehung dessen Beobachtung aber, von Mose an auf die Zeiten Christi, zu schliessen, ist gewiß ein gefährlicher Schluß. Dann vormahls waren es signa infallibilia, lang hernach aber nimmer, wie dann fast zu vermuthen, es habe solche infallibilitæt aufgehöret, mit dem Prophetischen Geist. Bedient sich also gleich der Heyland *Matth. l. c.* des allgemeinen Ausdrucks, *porneia*, Unzucht, Hurerey, so siehet Er damit auf ein adulterium vel in sponsum, vel in maritum, idque tam simplex, quam duplicatum, mithin auf ein factum probatum, aber nicht auf den modum probandi per signa virginitatis, ja mehr auf das Vergehen des Weibs, während der Ehe, nach *Math.* *19, 3.* wie es die Schule Hillels erkläret hat. col. §. *120. p. 244. 246.* Daß aber diese signa ihre infallibilitæt nunmehr verlohren haben, gestehet ja Herr Ritter selbsten §. *92. p. 103. 106. 109.* auch gehet dahin der Seegen bey den Juden, welchen der Bräutigam über das Hymen, als einen ungefehren Fund, nach dem Beyschlaf, spricht. Es muß dahero Herrn Rittern fast verarget werden, daß Er das, was der Heyland *Math. 5. & 19.* dem Buchstaben nach, in favorem des Weibs gesprochen, §. *93. p. 120. f.* verdrehet, und zu Gunsten eines jungen Ehemanns auslegt. Solte der Vorschlag des Herrn Ritters §. *93. p. 119. f.* befolget werden, wie viel Meineid würde man alsdann zu besorgen haben? wie viel Ehegerichts-Processe würde es alsdann geben? in was für ein Gewirre würde das Ehegericht gesezet werden? wie viel Ehescheidungen würde es alsdann geben, da doch, nach §. *93. p. 118.* die Leichtigkeit der Ehescheidungen ein sehr fürchterliches Uebel seyn solle? Ja eben dardurch würde unser christliches Eherecht viel strenger werden, als die Moral Christi. col. §. *93. p. 118.* Sehr gründlich ist sowohl von der Probatione virginitatis Mosaica, als auch von der Frage: an adhuc hodie locum obtineat? gehandelt worden in

denen

denen *Loc. Gerh.* Canzl. Cottaischen *Edit. Tom. XV. p. 120 - 122.* Es will zwar Dampier im 3ten Th. seines Werks p. 91. f. behaupten, daß das Eifer-Wasser auf der Gold-Küste von Guinea, durch den Priester, mit gleichem Erfolg, noch gebraucht werde. Das ganz ernstliche Verbott, und den grossen Eifer der Propheten darwider hat Rus in *Harm. Evang. Tom. I. p. 799.* besonders aus *Mal. 2, 16.* bewiesen, und gezeiget, wie es sowohl nach der Grammatic, als nach der Accentuation, eigentlich heissen müsse: Dann ich hasse die Ehescheidung ꝛc. dann solte es heissen: der lasse Sie fahren ꝛc. so müste nothwendiger Dingen stehen ישלח, mithin, sagt Rus, seye שלח nicht der imperativus, sondern der infinitivus, welcher hernach in ein nomen degenerirt, nach Danzen *Interpr. §. 88. membr. III.* wie solches auch Mosheim *l. c. p. 13. seq.* hat angeführt, und dabey auf *I. Mos. 21, 14.* geantwortet. Deme wir noch, was den leztern *locum* betrift, beyfügen, daß j. *v. 12.* Abraham die Hagar nicht habe wollen von sich lassen, biß es Gott extraordinariè befohlen. So ist auch vielleicht Abraham nur quoad torum & mensam von der Hagar geschieden worden, um der zwischen der Sara und Hagar entstandenen Uneinigkeit willen, mithin das vinculum doch geblieben. Ja wer weißt, ob Er nicht, nach dem Tod der Sara, Sie wieder zu sich genommen, und ob nicht

 I. Mos.

I. Mos. 25, 1. die Ketura eben diese Hagar gewesen seye? vid. Rus in *Harm. Evang. Tom. II. p.* 954 *seqq.* So hat auch Herr Ritter Michaelis in seinem Mos. Recht. *II.* Th. §. 119. *p. m.* 232. aus *Gen.* 2, 24. bewiesen, daß Moses von den Ehescheidungen nicht könne gleichgültig gedacht haben, nemlich die Frau verlassen seye eine noch schwerere Sünde, als Vater und Mutter verlassen rc. Not. *)

§. 8.

Not. *) Es wird dem geneigten Leser nicht unangenehm seyn, wenn ich noch, zur weitern Erläuterung, Mal. 2, v. 11. 12. 13. 14. 15. 16. kürzlich paraphrasiren werde, voraus aber seze, daß wenn die hypothesis des Sal. van Til in seinem Malachias illustratus richtig wäre, als handle die ganze Weissagung von den Zeiten, so kurz vor Christi Geburt vorhergegangen, so würde die Erfüllung dessen was stehet v. 13-16. in diesem höchst verderbten Zustand der Jüdischen Kirche, da die Lehre der Schule Hillels so allgemein worden ist, zu suchen seyn. Ich bleibe aber bey der gemeinen hypothesi, wornach der Prophet von den Zeiten handelt, so kurz auf die Erbauung des neuen Tempels erfolgten. Es hält nemlich der Prophet seinem Volk, und denen dazu schweigenden Priestern einen doppelten Greuel für.

Der erste Greuel ware, daß, da Israel solte, nach v. 11. 12. so lang ein eigen von den Heyden abgesondertes Volk seyn, biß der versprochene Weibes-Saame würde zur Welt gebohren werden, Israel dan-

§. 8.

Ich gehe aber wieder zurük auf Herrn Ritter Michaelis Abhandlung von der Ehescheidung. Die Anmerkungen des Herrn Ritters §. 119. n. 3. bis

---

dannoch wider das göttliche Verbott II. Mos. 23, 32. 33. C. 34, 12. 16. V. Mos. 7, 2. 3. 4. heydnische Weiber geheyrathet, und dadurch das Heiligthum Gottes d. i. die Stiftung des heiligen Ehestandes entheiliget habe. Es gedenket aber dabey der Prophet v. 12. nach Anzeige des in laisch befindliche ה articuli extrusi, welches meistentheils definitè gebrauchet wird, insonderheit eines gewissen, ohne Zweifel beym Volk in grossem Ansehen gestandenen Manns, als des damahligen ersten Urhebers, dessen Exempel dann viele im Volk gefolget. Nun hätte dieser Mann von dem Volk sollen in den Bann gethan werden col. 1. Cor. 5, 2. wenigstens hätten die Priester Ihn hart strafen sollen, welches aber nicht geschehen, wordurch Sie sich dieses Greuels theilhaftig und schuldig gemacht haben. Darüber kündiget dann der Prophet denen Priestern, Gottes Zorn und äusserstes Mißfallen an. Mit er veonach, welches Luther durch Meister und Schüler übersezet hat, wird gesehen auf das Amt der Priester, da dann zur Erläuterung dienen mag, was stehet Hebr. 13, 17. wodurch dann denen Priestern zu Gemüth geführet wird, wie diesem Mann seyen zu Wächtern gesezet worden, und dafür Gott Rechenschaft geben müssen. Der Verstand wäre also dieser: Gott verbanne diejenigen Priester, welche, da Sie diesem Mann zu

bis 8. stellen die Sache ziemlich deutlich dar, wie es mit der Jüdischen Ehescheidung möchte gehalten worden seyn; der Haupt-Grund aber, worauf Herr Ritter bauet in der 1. und 2 Anm.

p. m.

Wächtern gesezet worden, daß Sie solten Rechenschaft für seine Seele geben, dennoch kein Bedenken tragen, für Ihne, ohngeachtet Er doch in solchen Greueln lebet ein Speiß-Opfer dem Herrn der Heerscharen zu bringen ꝛc. wobey dann der singularis pro plurali stehet. Es fährt aber der Prophet fort, mit Nahmhaftmachung des andern Greuels v. 13. 14. 15. welcher dieser ist: Ihr macht, daß die durch unzeitige Ehescheidungen Gekränkte, den Altar des Herrn mit Thränen, Weinen und Seufzen bedecken. Daher es dann kommt, daß der Herr euer Speiß-Opfer nicht ferner ansehen, noch in Gnaden von eurer Hand annehmen kan. Fragt ihr: warum das? darum, weil der Herr seinen Unwillen wider den Mann bezeuget, welcher gegen seiner Ehegattin treulos handelt, als die Ihm zur Lebens-Gesellin gegeben, und deren Er vor Gottes Angesicht zugesagt hat, treu zu bleiben, biß in den Tod. Wellen denn nun mit dem Heyrathen heydnischer Weiber oft verknüpfet ware die boshaftte Verlassung der rechtmäßigen Eheweiber, wider dieses Unwesen aber die Priester nicht geeifert, so wird Ihnen hier die Ursach solches Seufzens zugerechnet, und Gottes Ungnade angekündet, daß Er die Darbringung ihres Speiß-Opfers nicht mehr in Gnaden ansehen werde. Es wird zwar v. 13. schenit insgemein adverbialiter übersezt, wird aber hier besser als ein adjectivum angesehen, und thoaphah supplirt.

Daß

p. m. 233. ff. ist nicht gar richtig. Denn solle sie ein grosses moralisches Uebel seyn, wie kan man sagen, Moses habe sie bürgerlich erlaubet? wie räumet sich das mit seiner Hebr. 3, 2. gerühm-

---

Daß aber die Israelitischen Weiber in dergleichen Fällen im Tempel ihre Noth vor Gott ausgeschüttet, davon haben wir ein Exempel 1. Sam. 1, 9. 10. 11.

Diß hielten nun die damahligen Priester für keine so schwere Sünde, wolten sich rechtfertigen, und sprechen: warum das? Ihr Grund ware ohne Zweifel ein Mißverstand der Stelle V. Mos. 24, 1, ff. darum suchet der Prophet solches v. 14. zu beweisen, und sagt: darum, daß der Herr zwischen dir und dem Weibe rc. worinnen Er sich dann berufet theils auf der Eheleute ihre promissionem reciprocam perfectam, wornach das Weib dem Mann zugesagt, seine Lebens-Gesellin bis in den Tod zu bleiben, der Mann aber auch, nachdem Er Sie in seiner Jugend lieb gewonnen, hinwiederum versprochen hat, Sie Lebens lang dafür zu erkennen, und Sie also nicht ohne Noth zu verstossen, theils auf die Göttliche Bekräftigung dieses Ehebunds, daß der Herr seye Zeuge gewesen bey dem Verlöbnuß, dahero die Untreue nicht ungestraft lassen könne. Dann was Er, als ein allwissender und heiliger Zeuge für sündlich erkenne, das müsse Er auch, als ein gerechter Richter, strafen. Es wird aber die secunda persona sing. num. gebrauchet, um damit allen und jedem Eheleuten desto ernstlicher ins Gewissen zu reden.

Nun

rühmten Treue? wie mit der Theocratie? Etwas bessers lesen wir im Heßischen Anhang über die Lehren ic. 8. Abschn. p. 265. seq. hingegen bey der Frage: ob Moses die damahlige Ehe-

schei-

Nun fangt mit dem 15. Vers eine grosse Schwierigkeit an. Einige wollen darinnen eine neue Objection finden, samt der Antwort darauf, und glauben, es werde damit, abseiten der objicirenden Priester, auf die Ehe des Abrahams mit der Hagar gesehen, und verstehen durch æchad den Abraham, und durch scheer ruach den Geist Gottes mit seinen ausbündigen Gaben, andere aber verstehen durch æchad den Isaac. Es ist aber diß sehr gezwungen. Es scheint dahero im Gegentheil diese Uebersezung dem context viel gemässer zu seyn: nonne (lo pro halo) æchad, unum, sc. unam carnem indissolubiliter à Deo conjunctam, marem & fœminam (1. Mos. 2, 24.) fecit? (Deus) quantumvis abundantior (scheer nach dem Gebrauch der Hebräer) spiritus ejus fuit. h. e. ob es gleich Gott wohl anderst hätte machen können, wenn es Ihme gefallen hätte. Cur autem unum sc. fecit? cur ipsi ita placuit? ut quærant semen Dei, da dann durch das semen Dei der verheissene Messias 1. Mos. 22, 18. zu verstehen, welchen Sie suchen solten in Busse und Glauben col. Ps. 51, 7. 9. oder es könnte auch verstanden werden der Saame des Messias Ps. 22, 31. d. i. die ächten und wahren Glieder der Kirche, mit denen man es nun halten solle, indem diese jenen nicht gefolget.

Darum

scheidung bürgerlich verstattet habe? steckt in dem Wort, *licere & licitum esse*, eine grosse ambiguitas. Ex usu loquendi communi, non solum illa dicuntur licere, quæ neque divina, neque humana Lex vetat, sed etiam illa, quæ in foro humano impunitatem habent. Hinc licitum est

---

Darum hütet euch für eurem Widerwillen, für dem Affekt einer efferventiæ principitis, daß der Mann nicht untreu werde dem Weib seiner Jugend.

Endlich folget v. 16. das epiphonema: nam odio ego prosequor (sagt der Prophet ex ore Dei) divortium, inquit Iehova, Deus triunus Israelis (Trem. & Iun. sibi odio esse dimissionem, ait Iehova, Deus Israelis) cooperit enim iniquitas illa vestimentum ejus, iniquè dimittentis, eundemque cingit undiquaque col. Hos. 7, 2. inquit ipse Iehova; hinc cavete vobis à spiritu vestro efferventiæ præcipitis, ut ne perfidè agatis sc. in sociam vestram. Es kan schalach der imperativus unmöglich seyn, daß es solte heissen: wer Ihr aber gramm ist, der lasse Sie fahren. Dann es müßte sonsten stehen je schalach, weilen des imperativi prima ac tertia persona durch ein futurum exprimirt wird. Es leydets auch der context nicht anderst, wie voran stehet. Nicht minder verbindet der munach, accentus conjunctivus, actu talis, die Worte: ci sane schalach, so genau miteinander, daß sie nicht divellirt werden können, wie es doch Luther gethan hat.

est vel propriè, ethicè, perfectè, vel impropriè, imperfectè, & politicè licitum. Non omne igitur, quod licet, honestum est, ut in Regibus, quia pœnis non sunt subjecti in foro humano e. g. *Ps.* 51, 6. d. i. niemand kan mich auf der Welt zur Strafe ziehen, als du, o grosser Gott! allein. Non omne, quod licet, decorum est. Non omne, quod licet, Lex permittit.

Unter die abusivè licita gehören dann nun, nach der Erklärung Mosis und Christi, die unter den Juden übliche Ehescheidung. Moses hat sie freylich nicht mit Gewalt gehindert, sondern nolens volens erlaubet, d. i. geschehen lassen müssen. Es ist also doch eine locutio minus accurata, sed abusiva, wenn man behaupten will, Moses habe die Ehescheidung bürgerlich erlaubt, bürgerlich erstattet, es seye ein bürgerliches Gesez col. *p.* 232. 234. 235. dann ein bürgerliches Gesez hat schon einen effectum juris, und supponirt eine intentionem Legislatoris, etwas zu gebieten, oder zu verbieten. Ob es also gleich Moses dem Volk verstattet, so wäre es doch kein bürgerliches Verstatten und erlauben, durch ein bürgerliches Gesez, sondern nur ein bloses durch die Finger sehen, wovon der Effekt wäre eine mera impunitas in foro soli, aber nicht in foro Poli. Ein Gebot der Menschen wäre es wohl, welches aber gehörte unter die jüdische Irrthümer.

thümer. *Tit. 1, 14.* dahero heißt es auch nur *Matth.* 5, 31. es ist gesagt rc. mithin wäre es so wohl eine falsche Glosse von den Alten, als jene *p. 43.* welches nirgends in der H Schrift stehet. Viel besser hat sich dahero der Herr Ritter erklärt §. 119. *p. 233.* mit diesen Worten: Moses habe die Erlaubniß zur Ehescheidung nicht eigentlich durch sein geschriebenes Gesez gegeben, sondern sie aus dem ältern Herkommen als bekannt zum voraus gesezt, nur aber so eingeschränkt, daß einigen Mißbräuchen, und sonderlich dem schändlichen Wiedernehmen der geschiedenen — an einen andern verheyrathet gewesenen Frau, vorgebeuget werden soll rc. Die rechte Meynung ist also diese, es habe Moses an dem Volk, bey der sich von demselben herausgenommenen licenz, eine so tief eingewurzelte Gewohnheit nur nicht bestrafen, sondern lieber durch die Finger sehen wollen, die unterbliebene Bestrafung wäre also das vorgegebene und vermeynte bürgerliche Gesez, abusivè also genannt. Dann da es Gott durch Mosen nicht nur per divortii libellum præscriptum, sondern auch durch die Bemeldung der causæ justæ eingeschränkt, und da nur die Ausnahme von Gott bey einem heydnischen Weib, auf den Fall, wann sie die jüdische Religion nicht annehmen wolte, gemacht worden, mithin es auch hierinnen bey der Regel bleibet: casus exceptus firmat regulam in casu non excepto; so ist nicht abzusehen, wie dieses Gesez ein blos bürgerliches Gesez seyn solte? wie dann die Sekte der moralisch. bessern Schule des *Schammai* dieses wohl eingesehen, und das Moral-Gesez hierunter erkannt, indem sie Mosis Ausdruk, *ervat dabar*, von schändlichen Handlungen erklärt, und haben wolte, Moses habe den Scheidebrief blos im Fall, daß die Frau unzüchtig wäre, gestattet.

So ist auch ohne Grund, wann Herr Ritter in der 2ten Anm. *p. 236.* behaupten will: die Ursachen des Scheidebriefs überläßt Moses bloß der Billigkeit, dem Gewissen, oder der Willkühr des Manns. Wenn sie Ihm nicht gefällt, und Er etwas an Ihr auszusezen findet, so kan Er sie von sich lassen, ohne jemanden zu sagen, was Er an Ihr auszusezen hatte ꝛc. Dann das Gegentheil finden wir in den Worten: *ervath dabar V. Mos. 24, 1.* diß ware nun eine genaue Einschränkung col. *p. 233.* welche deutlich anzeiget, daß Moses die Sache nicht blos der Billigkeit, dem Gewissen, oder der Willkühr des Manns überlassen habe. Damit stimmet auch ein der hernachmalige Eyfer der Propheten. Man betrachte nur, was stehet *Mal. 2, 16.* und *Mich. 2, 9.* col. *v. 8.* da dann, so viel die leztere Stelle betrift, nach der Connexion, Gott der Herr zeigen will, warum die Propheten nicht freundlich, sondern hart mit denen Israeliten reden müssen. Die Ursach

sach seye, weilen Sie schon so lange Zeit gottlos gewesen, wobey Er Ihnen dann v. 8. rapinæ studium vorhält, indem es da ärger hergehe, als im Krieg, und hernach v. 9. ein neues delictum nahmhaft macht, nemlich das divortium levissima de causa institutum. Indem aber der Herr hier zugleich redet von Weibern seines Volkes, so macht Er damit in dieser Sache eine exceptionem tacitam. Dann wo der Israelit ein fremdes Weib genommen, welches die jüdische Religion nicht annehmen wolte, so muste Er solche wieder entlassen, nach *V. Mos.* 7, 3. *Esr.* 10, 19. *Neh.* 13, 23. ff.

So hat auch der Scheide-Brief eine nicht blosse aussergerichtliche Handlung betroffen. Dann wann sich der Mann von seinem Weib, wegen wirklich begangener Unzucht, welches die einzige gültige Ursach ware, scheiden lassen wolte, so muste die Beschuldigung bewiesen werden. Nach der [illegible] Anm. §. 119. p. 236. konnte nur der Richteren [illegible] urtheilen, die Todes-Strafe erkennen, und exequiren lassen; welches dann deutlich zu verstehen gibt so wohl der Fall, wann das Weib nicht als Jungfrau erfunden, und die Anklage bewiesen worden, nach *V. Mos.* 22, 20. 21. als auch der Fall, wann die Anklage falsch wäre, nach *V. Mos.* 22, 18. Solte aber hernachmals, während der Ehe, das factum einer wirklich begangenen Unzucht selbsten nicht erwiesen, sondern nur sonsten eine unzüchtige Handlung, ein grosser Unzuchts-Verdacht, ein adulterium attentatum, abseiten des aggressoris, wobey das Weib doch könnte unschuldig seyn, auf das Weib gebracht, und, nach dem Sinn der Schule *Schammai*, Ihro ein Scheidbrief gegeben werden, so durfte der Israelit diß wiederum nicht selbsten thun, nicht etwan, weilen Er nicht schreiben konnte, sondern es mußte, damit die Sache solenniter tractirt würde, den Scheidbrief schreiben ein Richter, Priester oder Levite, nach der 3ten Anm. §. *119. p. 240.* welches also nicht nur eine obrigkeitliche Verordnung ware, sondern auch ein Beweis, daß bey der Ehescheidung die cognitio causæ nicht etwa nur vor das kleinere Gericht der Drey- und Zwanzigen, sondern vor das hohe Synedrium gehört habe, dessen vornehmste und beste Beysizer im Lande Canaan, die Priester und Leviten gewesen. Es schreibet *Maimonides*, nach *Ligthfoots* Bericht in *Hor. Hebr.* ad *Matth. 26, 3.* & ad *Luc. 20, 1.* daß im Obergericht Priester und Leviten seyn sollen, wie stehet *Deutr. 17. 9.* womit auch Abarbenel einstimmt, wann Er sagte: die meisten im Obergericht waren Priester und Leviten, die da dieneten vor dem Angesicht des Herrn. Und diß ist vieler Ursachen wegen geschehen, unter andern, weil Sie gute Zeit und Weil hatten — dahero Sie sich stets auf die Wissenschaft

senschaft des Gesezes, und desselben Rechte und Gerichte geleget, und sind vor andern dazu geschikt gewesen, daß Sie im Gericht sässen. ap. *Alting. Schilo L. 11. C. 8.* col. *Ier. 2, 8.* die Gelehrten d. i. die Leviten. Und so wurde auch ausdrüklich, und besonders vor dieses hohe Gericht nach dessen Beschreibung *Deutr. 17, 8-13.* gebracht, wann ein Weib, wegen Ehebruchs, bey ihrem Mann im Verdacht ware, und das bittere Wasser Num. 5. trinken solte, über welches bittere Eyfer-Wasser bey den Juden 1684. schöne Anmerkungen gemacht hat, der in orientalischen Sprachen ungemein erfahrne Prof. zu Breßlau, Andr. Acoluthus. Weilen aber bey diesem hohen Gericht sollen die Fürnehmsten gewesen seyn, der Præsident, der Gerichts-Vater, und dann der חכם, der Weise, so könnte es wohl seyn, daß dem Leztern besonders die cognitio causæ hierinnen möchte überlassen worden seyn. Dieses Gericht hätte auch seine Schreiber. Es bleibet auch noch heutiges Tags, bey den Juden, seit dem Sie im Golus sind, mithin weder Synedrium, noch ein anderes hohes Regiment, mehr haben, die Ehescheidung eine solenne Handlung, wovon *Bodenschazes* Kirchl. Verf. der heutigen Juden *IV.* Th. *Cap. 4. Sect. 3. p. 131-148.* nachzuschlagen. Es heisset zwar *V. Mos. 24, 1.* von dem Mann, als wann Er hätte den Scheidebrief schreiben sollen, hernach dem Weib in die Hand ge-

 ben,

den, und Sie aus seinem Hause lassen. Allein es ist diß nur eine historica relatio brevissima, welche aber 3. *distincte actus* in sich fasset, mit gewissen Umständen, und Bedingungen verknüpfet. col. Mos. [illegible] 19. [illegible] 37. welche aber Moses wegläßt, und nur die Hauptsache kurz berühret. Der erstere *actus* kame dem Richter zu, und supponirte eine bey demselben formirte Klage des Manns, worauf ein Ausspruch erfolgte. Wurde nun von dem Richter die Scheidung erkannt, so befahl Er, einen Scheidebrief zu schreiben, wie es z. Ex. heisset *Ioh. 19. 1.* Pilatus geisselte Jesum, h. e. liesse Ihn geisseln. Deßgleichen Joh. 3, 22. Jesus taufte, nicht in eigener Person, sondern durch seine Jünger. *C. 4. 2. it. Ioh. 19. 19.* col. *Matth.* [illegible] *37.* non propria manu, sed jussu & auctoritate sua. Quod enim quis per alium facit, id ipse fecisse putandus. Der andere und dritte *actus* aber kame dem Mann zu, doch wieder mit besondern Umständen verknüpfet. Allem deme aber, was dabey verwerflich ware, sowohl abseiten des Manns, der die Ehescheidung verlangte, als auch des Richters, der darein willigte, widersezt sich der Heyland *Matth. 5. 32.* mit den Worten, ich aber sage Euch ꝛc. Was den Magistrat betrift, so stehet ein casus similis *Matth. 5. 38. 39.* bey dem jure talionis, wobey der Heyland nicht so wohl auf privatos, und auf das studium vindictæ, ihrer seits, als viel

mehr

nicht auf den Magistrat, in Ansehung der hierinnen überschrittenen Schranken, gesehen hat, mit den Worten: ich aber sage Euch ꝛc.

Es hat *Alethaeus* im 71. Vers. der Gr. Erl. *p. 644. ff.* eine schöne Vorstellung gemacht von dem grossen Unterschied des Alters und der Zeiten der Kirche Gottes, und deren Oeconomien, unter Betrachtung des äussern und des innern Vorhofs, und dann des Heiligen des Tempels zu Jerusalem. Dieses aber ist von dem Herrn Ritter ausser Augen gesezet, und anfangs die zwey ersters periodi, vor und nach der Aufrichtung der Jüdischen Republik, mit einander confundirt worden. Dann wann im ersten periodo nur wenige Exempel vorhanden waren, das wurde im andern periodo, nach und nach, ganz gemein. Diß ware dann die *causa occasionalis* des Mosaischen Verbotts, interpretative talis, *V. Mos.* 24, 1. Diß erkennet Herr Ritter selbsten, wenn Er *p.* 237. von einem ältern — als bekannt zum vorausgesezten Herkommen redet; wobey aber auch zu merken, daß es, in Ansehung des ersten periodi, worinnen ein Hausvater eine so grosse Macht und Gewalt hatte, die Ehescheidung, in diesem Betracht, eine richterliche Handlung gewesen seye, weilen Er eine Ober-Herrschaft über seine Familie exercirt hat. Dann das, was in dem andern periodo im Grossen ware, das ware im ersten periodo im Kleinern, und der Unterschied betrift nur die *formas accidentales.* Das Gesez, die Ehescheidung betreffend, bliebe zwar in dem andern periodo, wie in dem ersten, ein auf die primævam institutionem sich beziehendes Göttliches Gesez, wurde aber per accidens ein *Lex indulgentiae,* ein auf die Jüdische Republik sich erstreckendes — durch eine Connivenz *V. Mos. 24, 1.* um etwas weiter ausgedehntes Gesez, nicht aber ein bloß von dem freyen Willen der Obrigkeit abhangendes bürgerliches Gesez, sondern ein moral — und auf das forum conscientiæ sich beziehendes Gesez. Heranach ists auch, auf den dritten *periodum* des Messias zu kommen, nicht zu billigen, daß Herr Ritter, in der Vergleichung der Zeiten Christi mit den Zeiten Mosis, bey der *Matth. 19.* zwischen Christo und den Pharisäern abgehandelten Frage von der Ehescheidung und dem Scheidebrief, die Sache, nach denen falschen suppositis, mithin ganz verkehrt, vorgetragen hat, wann Er *§. 120. p. 246.* schreibet: Christus ist eingeständig, daß Moses in seinem bürgerlichen Gesez die Gebung des Scheidebriefs bloß der Willkühr des Mannes überlasse, und sagt, Moses habe diß wegen der Herzenshärtigkeit der Israeliten gethan: folglich erklärt Er Mosis Gesez so, wie die Schule *Hillels* es verstand — denn hätte Moses die Ehescheidung bloß wegen Unzucht verstattet, so könnte ja Christus nicht sagen, daß Er etwas beym

Anfang

Anfang der Welt unerlaubtes, und dem Gewissen nach zu meidendes, wegen der Herzenshärtigkeit des Volks, erlaubt habe rc. Allein vor Gott, und nach dem Ausspruch des Gewissens, sagt Er, sey der Scheidbrief nicht anders erlaubt, als wegen Unzucht der Frau rc. Was also Moses, nach der weitern Erklärung des Herrn Ritters, hierinnen bloß der Willkühr des Manns überlassen, das habe hernach Christus bloß dem Gewissen des Manns überlassen, nach *p.* 253, da es heißt: nach Christi Moral sündiget der Mann nicht, der seiner Frau, wegen Unzucht, einen Scheidebrief gibt: alles kommt hier blos auf sein eigenes Gewissen an, und Er hat nicht nöthig, von den Vergehungen seiner Frau einen Juristischen Beweis zu führen rc. Diß sind einmal sehr laxe principia, von sehr üblen Folgen; wovon ein Exempel zu lesen im Pred. Journ. 13. B. 3tes St. p. 307. ff. Eine eben so gründliche, als weitläuftige Widerlegung derselben ist zu lesen in *Loc. Gerh. Ed. Cott. T. XVI. p. 267. seqq.* unter dem *tit. de modo divortii.* Wir wollen es aber hier kurz fassen. Vor allem ist zu merken, daß es eine Versuchung der Pharisäer gewesen, wann Sie *Matth. 19, 3.* dem Heyland die Frage vorlegen: ists auch recht, daß sich ein Mann scheide von seinem Weibe, quavis ex causa? mithin reden sie nach dem Sinn der Schule *Hillels*, daraus aber machen Sie nun eine Gewissens-Sache, nemlich auf der andern Seiten, nach dem Sinn

Sinn der Schule *Schammai*, wie es die Pharisäer *Matth.* 22, 17. auch gemacht haben. Dann hätten die Pharisäer keine Gewissenssache daraus gemacht, wie es in der That auch ware, so hätte der Heyland Ihnen so wenig eine positive Antwort darauf gegeben, als dorten *Joh.* 8, 10. 11 *Luc.* 12, 13. 14. Demnach antwortete der Heyland den Pharisäern, aber mit der grösten, hier auch höchst nöthigen Behutsamkeit. Dann hätte Er schlechterdings ja gesagt, so würden fromme Herzen und Ohren dadurch sehr geärgert worden seyn, als ob Er die grosse Leichtsinnigkeit und böse Gewohnheit für gut hielte; hätte Er aber mit nein schlechterdings geantwortet, so hätte Er auf der andern Seite gehabt, den Haß des leichtsinnigen Volks, und den Vorwurf, als unterfienge Er sich, etwas wider das Gesez Mosis zu lehren. Es sind dahero bey dieser Versuchung Christi die Austritte mit Fleiß zu unterscheiden. Auf die Frage *p.* 3. läßt sich der Heyland, in seiner Antwort, nicht specialiter ein, sondern verweiset seine Feinde nur generaliter auf die primævam conjugii institutionem, und ziehet daraus v. 6. nur diese Folge: was nun Gott zusamen gefüget hat, das rc. hierauf folgte erst die von der Auctoritæt Mosis genommene Pharisäische Einwendung, nemlich *v.* 7. und wann wir damit vergleichen, was stehet *Marc.* 10, 4. so wollen die Pharisäer das, was Sie hier ein Gebot genannt,

nannt, nur als ein blosses Zulassen und Verstatten, angenommen und verstanden haben. Darauf aber erklärt sich der Heyland erst näher v. 8. woselbsten Er dann auch selbst von einer blossen Indulgenz, abseiten des Moses redet, zur Ursach aber dieser Mosaischen Indulgenz angeführet die Herzenshärtigkeit, abseiten des Volcks, welches zwar die Gewohnheit sich zu scheiden, aus dem ersten periodo in den zweyten periodum gebracht, aber nach und nach, viel zu weit extendirt hat, wie Moses selbst vorausgesehen. Dann es ware das jüdische Volk ein grosses und sehr zahlreiches Volk, wie sich solches nicht nur, bey ihrem Ausgang aus Egypten, sondern auch, und noch mehr in den folgenden Zeiten z. Ex. 2. *Chron.* 26, 11. ff. gezeigt hat, daher aber ein halsstarriges, rebellisches Volk, deme Moses so oft und viel etwas übersehen mußte *II. Mos.* 32, 9. *C.* 33, 3. *Ies.* 48, 4. ein Volk, welches auf die Erhaltung seiner Freyheit, Privilegien, und alten Gewohnheiten sehr verpicht ware, wie dann auch Pilatus *Luc.* 23, 17. dißfalls nachgeben mußte. So lange Josua, und nach Ihm, Gottsförchtige Aeltesten und Richter dem Volk vorstunden, so hielte es noch über dem Gesez des Herrn; nach ihrem Tod aber, und so lange keine Königliche Regierung angeordnet ware, lebte es nicht nur in grösser Freyheit, sondern mißbrauchte auch solche höchst schändlich *Iud.* 17, 6. und bey denen hierauf erfolgten grossen Veränderungen wurde es immer halsstärriger und frecher, und zeigte sich von Zeit zu Zeit ein zunehmendes Gesezloses Wesen, auch in Ansehung der Ehescheidung, bis auf die Zeiten Christi. Ueberhaupt aber ist von dem grossen Verderben des jüdischen Volks zu den Zeiten Christi selbsten, nachzuschlagen in dem Heßischen Anhang über die Lehren — unsers Herrn 7. Absch. p. 226. seq. Was nun Moses *V. Mos. 24, 1.* aus connivenz, auf *ervath dabar*, eingeschränket hat, und damit eine sehr unzüchtige Handlung des Weibs, einen grossen Unzuchts-Verdacht, oder auch ein adulterium attentatum, abseiten des aggressoris, wobey doch das Weib hätte unschuldig seyn können, als eine justam divortii causam, gelten lassen wollen, das wurde dann in dem grossen Zeit-intervallo von Mose an, bis auf Christum, zulezt auf quamvis, levissimam quoque causam, ausgedehnt. Ja nicht nur das, sondern es unterstunde sich endlich auch der Mann, dem Weib eigenmächtig, doch in Gegenwart zweyer Zeugen, quavis levissimaque ex causa, einen Scheidebrief zu geben, daß Sie hernach wieder heyrathen konnte, wann, wie und an wen Sie wolte, welches besonders *Buxtorff* in *tr. de Synag. Iud.* und in *Diss. de Spons. & Div.* wie auch *Ligthfoot* in *Hor. Hebr.* bezeugen. Wann aber das eigenmächtige Scheiden seinen Anfang genommen haben möchte, kan nicht bestimmt werden.

werden. Man streitet ja noch sehr darüber, auf was Weise das Regiment des Jüdischen Volks, nach der Babylonischen Gefangenschaft, seye geführet worden? wovon nachzuschlagen Joh. Müllers *Iudaismus p. 161. ff.* die gröste Veränderung mit dem Volk gienge zu den Zeiten der Macc. vor, als *Aristobulus* und *Hyrcanus* um das Regiment und Hohepriesterthum miteinander zankten, worüber es unter die Römische Bottmäßigkeit gerathen, in den folgenden Zeiten aber wars noch ärger, da *Herodes* 1. die Hohenpriester, nach Belieben, bald ein — bald absezte.

So viel die Zeiten Christi betrift, so giebt eine Erläuterung die Geschichte Josephs *Math.* 1. 19. (col. v. 18. oppignorata sed nondum ad domum sponsi ducta.) welches das Wort, rügen, im gr. Text anzeiget d. i. Er wolte Sie nicht, als eine Schwangere, vor dem Synedrio öffentlich angeben, sondern Sie lieber heimlich, durch einen libellum repudii, doch vor zwey Zeugen, entlassen. Eben dieses finden wir auch in den *Loc. Gerh.* Canzl. Cottaischen *Ed. Tom. XV. p. 117.* in der not. und dann von dem Wort gerecht, daß es auch heisse, æquanimis, bonus, misericors, im griech. und hebr. wobey man sich auf *1. Joh. 1, 9. 2. Petr. 1, 1.* und auf den *Vorstium de Ebraismis N. T. V. I. p. 45. ff.* berufen hat. Auch hat noch Spuren von dem

erſten

ersten angemerkt Herr Ritter §. 179. In der dritten Anmerk. p. 239. daß nemlich Muhammed (welches Er ohne Zweifel aus des Persischen Juden, den Er bey sich gehabt, seinem Aufsatz von seiner Religion genommen) erinnert habe, bey Entlassung der Frau, Zeugen zu nehmen; auch seye die Trennung bisweilen gar mit einem Eide geschehen rc. Zu den ältesten Zeiten, schreibt Bodenschatz in der Kirchl. Verf. der heutigen Juden IV. Th. [illegible] Cap. 9. Sect. [illegible] p. [illegible] hätten die Juden, wie ehedessen, biß auf den R. Levi ben Gersonis diese böse Gewohnheit gehabt, daß Sie sich um leicht einer Ursach willen von ihren Weibern scheiden lassen. Denn zu den Zeiten Christi gieng die Ehescheidung sehr im Schwang, weswegen auch die Rabbinen ihrem Talmud einen besondern Tractat einverleibet, welcher den Titel: *Massechath Gittin* führet, in welchem diese Lehre umständlich abgehandelt ist rc. Jedoch fehlt es uns hierinnen, wie auch in andern Sachen, an einer sichern Geschichte. Nach den Propheten ist keine besondere Geschichte mehr gestellet worden, und Esra und Nehemia suchten nur die Rechte des Tempels und der Stadt Jerusalem, nach ihrem Aufnehmen, vorstellig zu machen. Wenn der Uhrzeiger fortgerückt ist, so kan mans wohl sehen, aber, wenn er jezo fortrücket, wer siehet und bemerket das? So gienge es dann auch hier stufenweise. Dahero man hier-

innen

dinien von den Zeiten Christi auf die Zeiten Mosis nicht schliessen kan, noch weniger also von den Zeiten Muhammeds an, obgleich das Arabische Herkommen, worauf sich Herr Ritter §. 115. p. 137. ff. berufen hat, als ein geringes Ueberbleibsel, doch in ein und andern Stücken, in Ansehung gewisser Umstände und Bedingungen, einige Erläuterung geben kan. Wir bleiben aber hier bey den Zeiten Mosis stehen, da sich schon damahls, nach der Erklärung Christi, ein grosser Widerstand, und eine Herzenshärtigkeit gezeiget hatte, indem Er zwar bey der ersten Einsetzung bleiben wolte, und doch conniviren muste, wiewohl mit einer Einschränkung auf *ervath dabar*; und hierinnen ist Herr Ritter selbst ein Vertheidiger des Mosis in der Hauptsache. V. Th. §. 5. p. 123. Hören wir nun, wie billig, in dieser Sache den Heyland an, und betrachten seine weitere Erklärung hierüber, wenn Er Matth. 19, 9. spricht: Ich sage Euch aber, wer sich von seinem Weibe scheidet, es seye denn um ꝛc. so bleibt Er stricte bey der institutione primaeva, ratione indissolubilitatis conjugii, und füget bey, daß auf den Fall einer anderwärtigen Verheyrathung, diese in mehrerem Betracht, in foro poli, ein Ehebruch seye. Nur nimmt der Heyland eine scortationem consummatam, nemlich ein adulterium tam simplex, quàm duplicatum, aus. Damit aber widersezt Er sich, nicht dem Mose, sondern

den

der bösen Gewohnheit der Juden. Ja es ist kein Zweifel, es müssen dieses die Pharisäer auch so verstanden haben, nach dem, was wir davon *Joh.* 8, 3. 4. lesen, wiewohl diese Geschichte die Copisten in einigen Codicibus ausgelassen haben, aber ganz vermessen, wie schon Selden davon geurtheilet hat. Die authentiam aber hat gründlich vertheidiget Joh. Ad. Osiander in Diss. Hist. Mul. adult. non adulterina. Tub. 1751. Nun die Antwort des Heylandes *v.* 10. 11. zeiget freylich deutlich an, daß Er sich in keine weltliche Gerichts-Händel habe einmischen wollen, welches auch hernach seine Apostel gethan. Jedoch aber ist sehr wahrscheinlich, daß noch eine andere Lehre darunter verborgen seye. Denn da *v.* 5. von der Todes-Strafe die Frage ist, der Heyland aber *v.* 11. gesagt: so verdamme ich dich auch nicht, gehe hin, und rc. so scheinet es allerdings, daß Er bey diesem Fall, die Todes-Strafe in dem neuen Bund nicht billige, ob fragilitatem sexus sequioris col. 1. *Petr.* 3, 7. In Ansehung der im N. T. abgeänderten Todesstrafe, haben wir ein gleiches Exempel *V. Mos.* 13, 13. *ss.* verglichen mit *Math.* 13, 30. *Tit.* 3, 10. Diese Erklärung der Antwort Christi *Math.* 19, 9. in so fern die darinnen enthaltene propositio exceptiva mit *Joh.* 8. verglichen wird, daß zwar eine scortatio consummata eine justa divortii causa seye, die darauf im A. T. gesetzte Todes-Strafe aber in dem N. T.

auf-

aufhören solle, will auch der Umstand haben, weilen ohne diese Erklärung sonsten ein absurdum daraus folgen würde, indem, wo es bey dem alten Gesez bleiben solte, kein Scheide-Brief nöthig wäre, massen nach erwiesener Unzucht, die Todes-Strafe folgen, folglich der Tod scheiden würde, ohne Scheidebrief. Dieses absurdum aber wird verhütet, wenn die Worte *Math.* 19, 9. nach Beschaffenheit des neuen Bundes, so erklärt werden, wie voransteheț. Eben wie auch, beym dritten Gebot in Ansehung der Sabbaths-Feyer, der rigor dieses Gesezes im N. T. aufgehöret hat.

§. 9.

Es sucht aber Herr Ritter der Sache eine andere, und völlige Gestalt also zu geben. Er sagt nicht nur §. *120. p. 246. f.* der Heyland seye eingeständig, daß Moses in seinem Gesez die Gebung des Scheidebriefs blos der Willkühr des Manns überlasse, folglich erkläre Er Mosis Gesez so, wie die Schule Hillels es verstand ꝛc. sondern es fähret auch Herr Ritter *l. c.* fort, und spricht: Denn hätte Moses die Ehescheidung blos wegen Unzucht verstattet, so könnte ja Christus nicht sagen, daß Er etwas beym Anfang der Welt unerlaubtes, und dem Gewissen nach zu meidendes, wegen der Herzenshärtigkeit des Volks, erlaubt habe. Allein vor Gott, und nach dem Ausspruche des Gewissens, sagt Er, seye der

Schei-

Scheidbrief nicht anders erlaubt, als wegen Unzucht der Frau. Er bedienet sich des allgemeinen Worts, *porneia*, das die Unzucht im ledigen und verehlichten Stand unter sich begreifet, schließt also den Fall mit ein, wenn die Frau in der ersten Hochzeitnacht nicht als Jungfer befunden wäre. Hielt sich nun der Mann von der Unkeuschheit seiner Frau für überzeuget, so hatte Er zwey Wege vor sich: entweder sie zu verklagen, und alsdenn ward sie, wenn die Klage erwiesen werden konnte, gesteiniget. Oder den gelindern, daß Er Sie, ohne Sie zu beschimpfen, und zur Strafe zu ziehen, durch einen Scheidebrief von sich ließ. Schlägt der Mann diesen lezten Weeg ein, der freylich der menschlichste, und den Lehren Christi der gemässeste ist, so erklärt Christus den Scheidebrief für völlig erlaubt, nicht blos im bürgerlichen Gericht, sondern auch im Gericht des Gewissens. Dabey hatte aber der Mann nicht nöthig, die Unkeuschheit seiner Frau andern, oder wohl gar einem Gerichte zu erweisen, sondern seine eigene Ueberzeugung von der Untreue seiner Frau war genug, den Scheidebrief zu rechtfertigen 2c.

Allein dieser gelindere Weeg fand in dem andern *Periodo*, bey dem rigore Legis Mosaicæ, bey der Strenge in den Gerichtshöfen der Juden, 2. *Mos.* 21, 23. *ff.* auch, in Ansehung der

der Legum forensium particularium *V. Mos. 25, 7. ff.* conf. Mos. Recht 2. Th. §. *98. p. 145. f.* bey ihren Beschwörungen und Verfluchungen *III. Mos. 5, 1.* wobey schweigen, und dem Bösen beystimmen, einerley wäre, keineswegs statt, sogar, daß auch die Eltern, nach *V. Mos. 21, 18. ff.* verpflichtet waren, einen leiblichen Sohn, wenn er eigenwillig und ungehorsam wäre, der Obrigkeit, zur Erstehung der Todesstrafe, zu überliefern, da dann *v. 21.* dabey stehet: daß es ganz Israel höre, und sich fürchte. Die Stelle *III. Mos. 19, 16. ff.* ist nicht entgegen, wie stehet im Mos. Recht *VI.* Th. §. *290. p. 70.* dann *v. 14.* werden heimliche, und *v. 16.* öffentliche Verläumdungen, da man des Nächsten ehrlichen Namen gleichsam feil bietet, nicht aber die pflichtmäßige Anzeigen verboten, vielmehr eine ernstliche Bestrafung des Nächsten *v. 17.* geboten, wo man sich nicht fremder Sünde theilhaftig machen wolle, mithin sind wohl eben die gradus correctionis gemeynt, die stehen *Math. 18, 15. ff.* Was die indulgenz des Mosis betrift, so entschuldiget solche wohl der Heyland, nach den Umständen der damaligen Zeit mit der Herzenshärtigkeit des Volks, aber das Nachgeben Mosis beweiset noch keine gänzliche Ueberlassung der Sache der Willkühr des Manns, vielmehr beweisen die Worte, *ervath dabar, V. Mos. 24, 1.* das Gegentheil. Aus diesem Grund ist es dann nicht möglich, daß der Heyland

land Mosis Gesez solte so erklärt haben, wie die Schule Hillels es verstanden hat. Es sagt zwar Herr Ritter: dann hätte Moses die Ehescheidung blos wegen Unzucht verstattet, so könnte ja Christus nicht sagen, daß Er etwas beym Anfang der Welt unerlaubtes, und dem Gewissen nach zu meidendes, wegen der Herzenshärtigkeit des Volks, erlaubt habe 2c. Damit aber confundirt Herr Ritter die Auftritte bey der Versuchung Christi. Dann bey dem ersten Auftritt, da nach v. 3. die Frage wäre: ob die Ehescheidung, nach dem Sinn der Schule Hillels, quavis ex causa, erlaubt wäre? antwortet der Heyland *v. 4. 5. 6.* diese Antwort enthielte nun wohl etwas beym Anfang der Welt ganz unerhörtes, unerlaubtes, mithin auch, dem Gewissen nach, äusserst zu verwirrendes. Dieses aber hat Moses nicht so schlechterdings erlaubt, zur Antwort des Heylandes aber gehöret hingegen das, was Herr Ritter zur Confusion miteingemischt hat, nemlich die Herzenshärtigkeit des Volks, bey dem andern Auftritt aber, nachdem die Pharisäer dem Heyland das hohe Ansehen Mosis entgegen gehalten haben *v. 7.* beruft Er sich *v. 8.* nochmals auf die primævam matrimonii institutionem, damit aber bestrafet Er nicht Mosen, sondern das Volk, welches Mosen gezwungen, einen Schritt von der institutione abzuweichen, indem doch *ervath dabar* noch keine consummatam scortationem s. adulterium consumsummatum anzeiget. Es betrift also das Gesez Mosis so wohl, als der Ausspruch Christi die Moral, wie die Sache vor Gott angesehen werde, nur aber daß die Moral Christi, der institutioni gemäß, strenger ist, als die Moral Mosis, in diesem Fall. In thesi eins, aber in hypothesi zeigte sich einige Alteration, wegen der Herzenshärtigkeit des Volks. Es ware also die Ehescheidung an sich und in abstracto betrachtet, etwas beym Anfang der Welt unerlaubtes, und dem Gewissen nach, zu meidendes, es solte auch etwas unerhörtes bleiben. Wo aber hernach, in der folgenden Zeit, Unzucht vorgienge, so fragte sichs, wie man sich da zu verhalten habe? um begangener Unzucht willen gestattete Moses und Christus die Ehescheidung, nur aber Moses mit einer mehrern indulgenz; hätte aber Moses bey gestatteter Ehescheidung etwas der ersten Ehestiftung, und der göttlichen Ordnung bey Fortpflanzung des menschlichen Geschlechts, ganz zuwider, nicht nur durch ein Gesez erlaubet, sondern auch dabey alles der blossen Willkühr des Manns überlassen, so wäre das Mosi, als Gesezgeber, etwas höchstsündliches, und von Ihme, als einem getreuen Knecht in dem Hause Gottes, ganz unerwartetes gewesen. Eine weitläuftige Abhandlung vom Divortio im N. T. denen causis divortii, lieset man in denen *Loc. Gerh. Ed. Cott. Tom. XVI. p. 125. seqq.*

Wir müssen aber hier noch etwas beyfügen aus dem Hessischen Anhang über die Lehren, Thaten und Schicksale unsers Herrn. Zürich 1782.

Einen kurzen, aber schönen Abriß der Jüdischen Vorurtheile lieset man im fünften Abschnitt p. 143. ff. da es dann p. 152. heisset: der ehlichen Verbindung hat ein jeder die Freyheit sich zu entziehen, so bald ihm etwas an seiner Frau mißfällt; Er ist Ihr weiter nichts, als einen Scheidebrief schuldig. Diß im Geseze selbst gegründete Vorrecht darf sich der Israelite nicht nehmen lassen rc. und in der Note: dieses behauptete die Schule Hillels im strengsten Sinn: die Anhänger des Schammai hingegen beurtheilten es mehr nach dem Sinn des Herrn; aber jene Schule war die herrschende.

Wann aber die Frage ist: ob und in wie fern der Heyland der herrschenden Vorurtheile gehöret habe? so erklärt sich Herr Heß p. 171. darüber, nicht nur, was Er unter dem Wort schonen, verstehe, sondern füget auch bey, daß der Heyland solcher Vorurtheile, in so fern sie das Wesen dieser Lehrbegriffe ausmachten, in diesem Sinn keinesweges geschonet habe rc. wozu noch gehöret, was Er im folgenden weiters hinzugethan hat. Einen Beweis davon finden wir bey dem gegenwärtigen Casu, wenn der Heyland Math. 19, 9. sagt:

saget: ich sage aber Euch rc. Diß ist ein Gegensaz, der weiters erkläret worden ist im 4ten Abschn. p. 100. womit zu vergleichen, was stehet im 3ten Absch. p. 72. seq. Was den Umgang des Heylandes mit den H. Schriften betrift, so ist lesenswürdig, was im 7den Abschn. *p. 228. f.* davon stehet, wobey dann Herr Heß zugleich diese Anmerkung macht, daß aus dieser einzigen Quelle des gründlichen Wissens die Rabbinen viel seltner, als aus dem trüben Wasser ihrer Schullehrer geschöpfet haben rc.

§. 10.

Nun kommt es also auf eine genauere Untersuchung der Schriftstelle *V. Mos. 24, 1.* selbsten an. Herr Ritter macht aus den Worten von *vehajah* an bis *dabar* zwey propositiones simplices: wenn sie Ihm nicht gefällt, und Er etwas an Ihr auszusezen findet rc. nach §. *119. 2.* Anm. *p. m. 236.* Allein es werden uns im hebräischen Text diese propositiones ganz anders vorgestellt, nemlich in einem nexu causali, welches die particula, *ci*, deutlich anzeiget, da dann die erste proposition mit ihrer part. *im*, den casum vorstellet, die andere proposition aber, mit ihrer conjunctione causali, *ci*, die Ursach des Mißfallens anzeiget. Die erste proposition: si non invenit gratiam in oculis ipsius &c. übersezt Herr Ritter: wenn sie Ihm nicht gefällt, wenn sie

Ihm etwan nicht schön genug ist ꝛc. und in der Not: *chen* ist gerade das Wort, so von der Schönheit gebraucht wird ꝛc. Allein das ist viel zu wenig gesagt. Eben diese phrasis wird mit den nemlichen hebräischen Worten 1. *Mos.* 6, 8. von Noah gebraucht, in der Rücksicht auf Gott: *Noah invenit gratiam in oculis Jehovae &c.* womit dann auf keine äuserliche Schönheit, sondern auf eine Schönheit des Gemüths und Wandels gesehen wird. Dann weilen Er ein frommer Mann ware, so fande Er Gnade vor Gott, wegen des Glaubens an den Messias. Und so wird denn auch hier, in dem folgenden, die Ursach des Mißfallens angezeiget, nicht in dem Mangel der äusserlichen Schönheit, sondern in den Worten: *ervath dabar.* Es ist auch die Uebersezung: nicht gefallen, dem indoli verborum nicht gemäß. Das Blosse, gefallen, oder nicht gefallen, wird sonsten öfters im Hebräischen, mit Verbindung des Worts טוב und עין ausgedruckt. Z. Ex. *Ier.* 26, 14. *facite mecum, prout bonum est in oculis vestris.* h. e. quemadmodum vobis placet. it. 2. *Sam.* 11, 25. Das Wort, *chen*, aber behält hier seine eigentliche Bedeutung, *gratia*, und bedeutet, nach der hermeneutischen Regel: verba negativa quandoque pro contrariis affirmantibus ponuntur e. g. *Ps.* 5, 5. col. *Zach.* 8, 17. überhaupt den Effect eines heftigen Hasses, eine Detestation. Dann es beziehet sich auf das vorhergehergehende Wort, *baal*, mithin auf den accursum reverentialem *1. Mos. 3, 16.* damit aber auf den Mangel einer solchen Ehrfurcht, und ehrfurchtsvollen Liebe. Die specielle Ursach aber stehet in der folgenden proposition: quia invenit in ea *ervath dabar*. *Dabar* bedeutet bekanntlich nicht nur verbum, orationem, pluribus verbis constantem, sondern auch rem, negotium e. g. *2. Sam. 11, 18. omnia verba belli* h. e. omnia gesta belli, omnes res belli. Auch bedeutet hier solches, als das substantivum rectum, genitivi casus, die causam materialem, einen Handel, der durch das vorhergehende Wort, *ervah*, bestimmet wird, welches Wort, *ervah*, dann vim adjectivi hat. Es heißt aber auch das verbum *dabar*, im Arabischen: *consilio fecit rem*, it. *adversatus fuit &c.* welches auch hier eine Erläuterung geben kan, indem es eine *rem consilio factam* bedeuten würde, einen dem andern zum Nachtheil und Verdruß geschehenen Handel. Soviel aber das Wort *ervah* betrift, so wird damit auf das *objectum hujus rei* gesehen, auf die *verenda utriusque sexus, minimè nudanda*: col. *III. Mos. 18, 6.* Nun wird zwar dieses Wort in unterschiedlichem Verstand gebraucht. Es bedeutet *1. Mos. 42, 9. 12. ervath haaraez, tegenda regionis, faciles aditus*, da denn so viel daran gelegen ist, solche vor dem Feind verborgen zu halten. Ferner *Jes. 20, 4. ervath mizraim,*

 rem

rem apud Ægyptios inprimis ignominiosam. Überhaupt aber bedeutet *ervath dabar* 1. Mos. 23, 14. *quamcunque turpitudinem, nauseam & aversationem creantem.* col. 1. *Sam.* 20, 30. Aus welcher Vergleichung dieser Schriftstellen denn erhellet, daß es hier, bey dem casu substrato, eine *turpitudinem maximè ignominiosam, ratione objecti spectatam,* mithin ein *factum pudendum* anzeigen müsse. Davon aber bleibt die Erklärung des Herrn Ritters §. *119.* in der *2.* Anm. *p. 236. s.* col. §. *120. p. 245. s.* weit entfernt, wenn es dorten heißt: jezt merke ich nur an, daß die beyden hebräischen Ausdrücke gar nichts von Unzucht, oder sonst von einem Verbrechen sagen. Der eine wäre buchstäblich; sie findet nicht Gunst in seinen Augen, und zwar so, daß Er noch dazu, nach dem Hebräischen, den besondern Fall ausdrücklich genug mit einschließt, wenn sie Ihm etwan nicht schön genug wäre; und der andere: Er findet an ihr die Blösse einer Sache d. i. irgend einen Mangel, oder etwas auszusezen ꝛc.

Existirte nun also würklich der casus, so qualificirte sich die Sache zu einer gerichtlichen Untersuchung, wie dann bey einer jeden wichtigen Sache solche vorangehen muste; dahero auch derjenige, der nicht durch ordentliche Gerichte, sondern blos durch einen Macht-Spruch des Königs, oder sonst eines Grossen im Lande zum Tod verdammet

met ware, bey einer Freystädte Schuz fande. col. Ex. 21. 12. ff. vid. Aleth. Erl. im 79. Vers. p. 413. f. bey dem gegenwärtigen casu kame es also auf Zeugniß an. Klagte der Mann das Weib an, als hätte Er sie nicht als Jungfrau funden, so ware die göttliche Vorschrift *V. Mos.* 22. ganz deutlich, und zwar auf beede Fälle, so wohl, wenn sich die Sache so verhielte, wie stehet *v.* 13. 14. 20. 21. als auch beym Gegentheil *v.* 15-19. wobey denn der Mann, nach *v.* 19. an keine Ehescheidung gedenken durfte sein Lebtag, den erwiesenen würklichen Ehebruch ausgenommen. Betrafe aber das Bezücht des Manns einen währender Ehe von seinem Weib würklich begangenen Ehebruch, so gienge *v.* 22. das göttliche Decisum dahin, daß reus & correa solten getödtet werden, da denn freylich, wie §. 119. in der 1. Anm. p. 236. stehet, der Tod schiede; aber vor dem Ausspruch des Todes-Urtheils, muste doch eine gerichtliche Untersuchung vorangehen. Dann wurde dorten eine gerichtliche Untersuchung erfordert, dem deutlichen Buchstaben nach, also auch bey dem andern casu, ex analogia, atque paritate rationis, welches denn aus dem vorhergehenden zu suppliren ist, wie auch aus der General-Regel *V. Mos.* 17, 6. d. i. nach Redensart der H. Schrift e. g. Hiob 33, 29. Neh. 13, 20. 1. Theff. 2, 18. mehrerer Zeugen, mithin nicht exclusivè col. *Cap.* 19, 15. *ff.* da es heisset: *pre-*

ulla iniquitate, aut pro ullo peccato, ex omnibus peccatis &c. Je grösser nun das Verbrechen ware, je eine genauere Untersuchung wurde noch v. 17. 18. von dem Richteramt erfodert. Hatte aber jemand nur einen Zeugen auf Erden, so konnte Er auch einen himmlischen Zeugen anrufen, welches durch einen Eyd geschahe, oder Er konnte auch eine ausserordentliche Hülfe oder Zeugniß verlangen. Um aber die erfoderte Genauigkeit und Pünktlichkeit bey einer gerichtlichen Untersuchung anzuzeigen, geschiehet immer in den Talmudischen Schriften dreyer Zeugen Erwehnung. Und darinnen muß man auch das Zeugniß der alten Juden gelten lassen, weil es *rem facti* betrift. Klagte nun der Mann das Weib an wegen einer wirklich begangenen Unzucht, so wurde ohne Zweifel eine probatio plenissima erfordert, durch zwey, oder drey Zeugen, weilen die Todesstrafe darauf gesezt ware; betrafe aber die Anklage nur eine muthwillige, freche unzüchtige Handlung des Weibs, so mochte eine probatio minus plena zureichend seyn, weilen nur die Ehescheidung darauf erfolgte. Es ist also ohne Grund, wenn Herr Ritter §. *119. 2.* Anm. *p. 236.* behaupten will, der Mann habe das Weib, nach der Vergünstigung Mosis, von sich lassen können, ohne jemanden zu sagen, was Er an Ihro auszusezen hätte rc. Es stunde freylich, in diesem Fall, bey Ihme, und in seiner Willkühr, die Ehe-

scheidung

scheidung zu suchen, oder nicht, aber, wenn Ers suchen wolte, konnte Er nicht judex in propria causa seyn. Von einer Einschränkung der Freyheit des Manns wird geredet *V. Mos. 22, 19.* So auch, wenn Er wirklich geschieden seyn will, wird seine Freyheit eingeschränkt durch die bestimmte limites *V. Mos. 24, 1.* Es muste also das Bezücht eine *ervath dabar* zum Gegenstand haben, eine rem imprimis ignominiosam, eine turpitudinem, nauseam & aversationem creantem, eine schändliche Handlung, in einem relativischen Betracht, indem sie sich auf Baal, den Ehemann, mithin auf die Ehe bezogen. Es ist also nicht nur parallelismus da, sondern auch contextus, samt der Erklärung des Heylandes *Matth. 19, 9.* Solte aber die würkliche Ehescheidung erfolgen, so muste die Unzucht bewiesen werden. Als eine Bestätigung des Mosaischen Gesezes, von Zeugen und ihrer Aussage, mag auch angesehen werden, was stehet *Math. 18, 16. Joh. 8, 17.* Den moralischen Betracht, in Ansehung der Ehescheidung, hat Herr Ritter an sich gar schön beschrieben *§. 119. p. 232.* Es ist auch lesenswürdig, wann die Schule Schammai nicht zugeben wolte, daß ein Mann sich um jeder Ursach willen, welches hingegen die Schule Hillels behaupten wolte, von seiner Frau mit gutem Gewissen scheiden könnte. Nicht minder ist daran nicht zu zweifeln, daß, zu den Zeiten Christi, die Gewohnheit,

sich

sich eigenmächtig, levissima de causa, vom Weib zu scheiden, sehr gemein müsse gewesen seyn. Allein wir reden hier vom Lege, und nicht von der Uebertrettung des Legis, und von der wider das Gesez sich so frech angemaßten licenz, so eben die Schule Schammai getadelt hat. Dieser Schule macht zwar Herr Ritter den Vorwurf §. 120. p. 245. seq. daß sie den Fehler begangen habe, ein bürgerliches Gesez zur Erkenntniß-Quelle der Moral zu machen rc. Gewiß aber ohne Grund. An sich sind ja das keine asystata. Denn es wird eins von dem andern nur unterschieden, ut pars à toto. Und wer wolte dieses Gesez für ein blos bürgerliches Gesez halten, da es den ältesten Stand, mit dem ersten göttlichen Seegen, da es das Seminarium humani generis, das fundamentum reliquorum statuum, in statu integritatis institutum, in ipsa autem institutione, post lapsum, haud mutatum, betroffen? Es ist auch der Ehebund, besonders ratione indissolubilitatis, von einem contractu merè civili gar sehr unterschieden, weilen der Heyland in Ehesachen einen Ausspruch gethan, sonsten aber nicht. col. *Luc.* 12, 13. 14. Dahero gehörte die Beobachtung des Ehescheidungs-Gesezes vor ein forum mixtum, der Fall eines wirklich begangenen Ehebruchs aber mehr vor ein weltliches Gericht. Einmal dem Stand, den Gott durch seine heilige Geseze besonders geheiliget hat, gebührt eine höhere Achtung.

tung. Ja dieser so oft und viel behauptete Saz von einem blos bürgerlichen Gesetz sezt den Herrn Ritter in den Verdacht, nicht gar weit entfernt zu seyn von der Meynung des Middletons, eines Englischen Theologen zu Cambridge, und Anhängers des Tindals, welcher 1731. geschrieben, es wäre Moses blos ein solcher Gesezgeber, der die Kunst gewust, seine Erfindungen zu ewigen Gesezen zu machen.

§. 11.

Ich gehe aber weiters, und komme nunmehr auch auf die Anwendung des Urtheils, oder eigentlich auf die weitere Betrachtung der Sittenlehre Christi, auf das unter Christen heut zu Tag übliche und gewöhnliche Eherecht, nach Anleitung des Herrn Ritters, §. *120. p. 250. ff.*

Er sagt *l. c.* man pflegt in unserm Eherecht (nach den Pflichten eines christlichen Ehe-Gerichts) zum Grunde zu sezen, die Ehescheidung könne nicht verstattet werden, als blos in denen Fällen, in denen das Neue Testament (Christus, *Math. 5.* und *19.* und Paulus *1. Cor. 7.*) sie für erlaubt erkläret hat ꝛc. Diß ist thesis, in hypothesi aber zeigen sich einige Abfälle. Diß ist die christliche Moral, welche bey der Ehescheidung zu beobachten ist. Der Herr Ritter rathet auch dabey mit gutem Grund, man solle dabey lieber *trans rigorem*

gorem gehen, als cis rigorem bleiben. §. 120. p. 250. 251. Er beweißt aber auch solches sattsam. p. 250. 252. Aber die dabey aufgestellte General-Säze kan ich nicht simpliciter, ohne eine genauere Bestimmung, billigen, wenn Er p. 251. sagt: diese Strenge, nach der Moral Christi, wolte ich nicht, als eine Schuldigkeit, die uns die christliche Religion auflegt, angesehen haben ꝛc. und vorher schon: aus den Worten Christi folget noch nicht, daß ein christlicher Gesezgeber schuldig sey, die Ehescheidung in allen den Fällen zu verbieten, in denen Christus sie für sündlich erkläret hat ꝛc. Das Urtheil Christi stehet Math. 5, 31. 32. Cap. 19, 3-9. Marc. 10, 2-12. col. §. 120. p. 246. Dieses recht zu verstehen, so ist 1) zu wissen, daß wir Math. 19. drey Theile eines Gesezes finden, nemlich procemium & rationem Legis v. 4. 5. hernach v. 5. ipsam Legem, und dann v. 9. sanctionem pœnalem, nemlich, daß derjenige, der sich auf eine so unrechtmäßige Art geschieden, sowohl, als die abgeschiedene Frau, und der die Abgeschiedene freyet, imputativè & in foro poli für einen Ehebrecher gehalten werden solle; fast auf gleiche Art, wie II. Mos. 20. da procemium & ratio Legis enthalten ist in dem v. 2. Lex ipsa mit Gebot und Verbot v. 3-5. und dann sanctio pœnalis v. 5. Dann ich, der Herr, dein Gott bin ꝛc. Es ist aber auch 2) zu merken, daß sich der dritte

perio-

Periodus Messiæ s. Nov. Test. von dem zweyten periodo Mosaica gar merklich unterscheide, so, daß nach *Hebr. 3.* Moses nur, als ein Knecht, dabey aber als ein treuer Knecht in dem Hause Gottes, Christus aber, als ein Sohn und Erbe darinnen col. Cap. 1. 2. anzusehen wäre. Wie nun das Volk, das Moses regierte, in einem knechtischen Zustand, und unter einem schweren Joch allerhand strenger Verordnungen, ware, also hat hingegen Christus, als ein Sohn und Erbe des Vaters, und als ein Herr über alles, das Haus seines Vaters schon mit einer grössern Freyheit regieret. Daher kame es dann 3) daß der Heyland und seine Apostel insgemein nur gewisse, allgemeine Regeln gegeben haben, und keine besondere Umstände angezeiget, in Ansehung der Moral, der Kirchen-Verfassung, der gottesdienstlichen Handlungen und Uebungen rc. Z. Ex. *Math. 22, 21. Math. 7, 12. Math. 18, 20. 1. Cor. 14, 26. 40. 2. Cor. 10, 8. Hebr. 13, 17.* Diese Regeln sind nun so allgemein, daß sie sich erst alsdann auf mancherley besondere Fälle appliciren lassen, wobey dann die Application, und weitere Ausdehnung der Kirche, und denen, die in der Kirche die Macht und Gewalt dazu von Gott empfangen haben, überlassen bleibet, wobey denn nachzuschlagen, was stehet *Math. 18, 17. Ps. 82, 1.* Was besonders die Stelle *Hebr. 13, 17.* betrift, so hat der Abgang einer genauern

Be-

Bestimmung dieser allgemeinen Regel, wie Sixt. Amama *in Antibarb. Bibl. Orient. I.* erzehlet, einem gewissen rechtschaffenen Geistlichen sehr viel zu schaffen gemacht, wann dieser dorten schreibet: præcipua pars veri Ministerii hactenus mihi est incognita — scil. quid sit vigilare pro animabus gregis, tanquam rationem redditurus? qualis, & quàm particularis illa vigilia esse debeat, tum respectu personarum, tum respectu actionum? &c. Allein eine genauere Bestimmung bleibt der Kirche, und dem Gewissen eines treuen Ministri überlassen. Und so verhält es sich denn auch 4) mit dem unter den Christen gewöhnlichen Ehe-Recht, wobey man zwar von der allgemeinen Regel des Heylandes *l. c.* und des Apostels *1. Cor. 7, 15.* nicht abweichen darf. Dieweilen es aber eine allgemeine Regel ist, so ist freylich die Application, und weitere Ausdehnung derselben, auf so viel- und mancherley besondere Zufälle, auch vielen Schwierigkeiten unterworfen. Doch ist bey einer allgemeinen Regel mehrere Freyheit, als bey besondern und engern Verordnungen, dergleichen Mosis Ehe-Gesetze, wiewohlen hier nur überhaupt davon zu reden, waren. *Math. 5, 32. Cap. 14, 9.* fasset die propositio Christi exceptiva noch zwey andere propositiones nicht nur Zueignungs- sondern Auslegungs-Weise in sich, nemlich in Ansehung einer würklichen Unzucht, so wohl auf den Fall, wenn eine würklich

began-

begangene Unzucht völlig erwiesen worden ist, als auch auf den Fall, wenn sie nicht hat plenè erwiesen werden können, wobey dann, in praxi, alles dem Gewissen des Richters überlassen bleibet. Dann, nach dem *v.* 8. welcher mit *v.* 9. in der genauesten Connexion stehet, bedeutet *ervath dabar V. Mos.* 24, 1. eine unzüchtige Handlung, wenn sie auch nicht hat erwiesen werden können, der Ausspruch Christi hingegen *v.* 9. supponirt, vi oppositi, eine erwiesene Scortation, wobey aber das breviloquium nichts bestimmet, in Ansehung des Beweises.

Es wollen aber auch unsere Theologen diese propositionem exceptivam, in Ansehung des Gebrauchs der conjunctionis *ει μη*, auch *exclusivè* verstanden haben, und zwar nicht latè, sondern strictè in sensu rigeroso & strictissimo. So schreibt z. Ex. Rus in *Harm. Evang. T.* 2. *p.* 959. de genuina vocularum *ει μη* significatione hic multis disputatur, aliis *adversativè* eas accipere volentibus, uti *Apoc.* 9, 4. *Cap.* 21, 27. (add. *Math.* 12, 4. occurrunt; aliis autem *exceptivè*: pro quibus posterioribus militant, quod nulla hic ante *ει μη* negatio deprehendatur, quemadmodum illa cernitur in locis citatis, extrà quem verò casum *semper exceptiva* venit exaudienda. Cumque ab exceptiva ad exclusivam valere consequentiam, Logici norint, duo hinc fluunt ultro. Primum quidem: ob adulterium & fornicationem licitè partem innocentem instituere posse divortium; alterum: sed nullam ob causam aliam. Man kan auch nachschlagen, Gerhards *L. Th. T. XVI. p. 126. ff. Ed. Cott.* allwo Er das Argument, womit Er die exceptionem beweisen will, nimmt à contrariis immediatis, quorum natum hæc est, ut quod de uno affirmatur, de altero negandum sit, & vice versa, quod de uno negatur, de altero sit affirmandum. Die Ursach aber, die Rus anführt, daß ει μη hier nicht könne *adversativè* genommen werden, ist gültig. Allein da sich der status der christlichen Kirche, in der Vergleichung mit der jüdischen Kirche, sehr geändert hat, indem die eigenmächtige Ehescheidung, welche unter den Juden, zu den Zeiten Christi, üblich ware, nimmer gestattet wird, und wir keine Hilleltaner mehr vor uns haben, welche die Ehescheidung für erlaubt hielten, wenn etwa die Frau nur das Essen verbrennt hat, oder wenn der Mann eine andere schönere gefunden, so scheint es allerdings, es habe die Sache auch eine andere Wendung bekommen. Es bleibt also ein grosser Zweifel übrig, ob hier die conjunctio ει μη quamcunque aliam causam, etiam gravissimam, excludire, mithin ob sie in sensu strictissimo zu verstehen seye?

Nicht

Nicht nur der *parallelismus* zeiget an, daß solche latè genommen werden könne, sondern auch der *contextus* stimmet damit überein. Was das erste betrift, so sagt der Heyland *Math. 13, 57.* non est Propheta inhonoratus, nisi in patria sua, & domo sua. Solte sich aber darum, zur selbigen Zeit, unter den Anwesenden gar keiner gefunden haben, welchem die weißheitsvolle Lehre, und die grossen Thaten, des Heylandes einen grossen und starken Eindruck in das Herz solten gemacht haben? dieses würde sich mit *v. 54.* nicht reimen. it. *Math. 15, 24.* woselbsten von dem immediato Officio Christi prophetico die Rede ist. Hat aber der Heyland nicht auch denen Samaritern und Heyden geprediget? Dieses beweiset ja das nemliche Exempel des Cananäischen Weibs. A potiori enim fit denominatio, doch werden wenige nicht ganz ausgeschlossen. Aber auch der *contextus* ist bey unserm loco nicht entgegen. *1)* Die Disputation Christi mit den Pharisäern *Math. 19.* betrift eine justam divortii causam. Die Pharisäer reden in genere *v. 3.* de quacunque, etiam levissima, causa. So muß dann also auch die Antwort des Heylandes *v. 9.* worinnen Er den Pharisäern widerspricht, in genere eine causam divortii gravissimam, ex opposito, in sich fassen, und die benamßte *Scortation* eine *genericam convenientiam* cum aliis causis gravissimis tacitè supponiren. Denn das will das

 inter-

interrogativum & redditivum haben. Wenigstens sind das adulterium, und die von unsern christlichen Ehe-Gerichten ausser dem adulterio, annoch weiters angenommene causæ divortii, keine solche opposita, da eins des andern negationem involvirte, vielmehr zeigt sich, ratione gravitatis, eine similitudo essentialis. So ist auch hiebey 2) das breviloquium Christi v. 9. wofür es auch Rus hält l. c. p. 962. in eine besondere Consideration zu ziehen. Dann es fasset einen Legem generaliter conceptam in sich, dessen natura & indoles so beschaffen ist, daß solcher, obgleich nur das adulterium, dem Buchstaben nach, excipirt und excludirt wird, wohl auch noch andere crimina exceptiva & exclusiva, welche dem adulterio gleich zu achten sind, admittiren kan, dem Sinn des Legislatoris nicht zuwider. Und dieses will auch 3) haben die æquitas, welche da anzeiget, daß dieser, jener Fall unter dem Gesez, würklich auch nicht begriffen seye. Ueberhaupt verbietet das Gesez Christi die Ehescheidung col. *Marc.* 10, 11. 12. nun macht zwar der Heyland selbsten dabey eine ausdrückliche Ausnahme, mit dem adulterio, man kan aber ex legitimis principiis schliessen, daß dem Sinn Christi und seiner Worte nicht zuwider seyn könne, wenn auch noch dieser, jener Fall ausgenommen wird. Und dieses ist hier æquitas. Eine solche æquitatem legt der Heyland selbst zum Grund, bey dem Exempel des Sab-

bath

baths *Marc.* 2. wenn Er die falschen Glossen der Pharisäer widerlegt, und *v.* 27. sagt: Der Sabbath ist um des Menschen willen gemacht, und nicht der Mensch um des Sabbath willen ꝛc. welche Worte D. Maichel *in Diss. II. de Jure Necessitatis* §. *12. p. 28.* gar schön also erkläret hat: quid hoc aliud ostendit, quàm Deum in ferenda ista Lege non destructionem, sed potius conservationem hominis pro fine habuisse, adeoque & ea media homini indulsisse, quæ ad istum finem per se requiruntur, neque proinde hunc rigorosum ejus Legis sensum esse voluisse, ut isto die non integrum fuerit homini, amoliri ea, quæ ipsi nocitura occurrebant, atque ad interitum ejus vergere, videbantur. Und vorher in *Diss. I.* §. *10. p. 15.* schreibt Er: patet, in Legibus ritè adplicandis identidem requiri, ut, adhibita dextra interpretatione, earum vis atque potestas inquiratur, atque genuinus illarum sensus cognitus ac perspectus habeatur. Quodsi igitur circumstantiæ, quarum sanè in moralibus magna vis, ac subinde habenda ratio est, ita ferant, ut, si pressius velimus insistere Legis literæ, ejusque rigorem sequi, sensus inde prodeat, minus decens sapientiam Legislatoris, minusque congruus naturæ indolique subjectorum, Legumque requisitis essentialibus, idemque ab istius etiam, de qua hic & nunc agitur, ratione & scopo alienus, rectè colligitur, casum specialem, qui jam in quæstionem venit, sub lege ista generaliter concepta non contineri, vel tacitam hic subesse necessitatis exceptionem, unde & repetitur fundamentum istius juris, quod hic quærimus atque investigamus. Leges enim, in salutem civium datæ, non debent in ipsorum odium, detrimentum atque ruinam detorqueri; quod in Legibus Divinis æque ac humanis usu venire, palam est. Die Application dessen, läßt sich machen aus *v. 10. Math. 19.*

Es scheint zwar hier entgegen zu seyn der ganze und daheim mit seinen Jüngern hierüber gehaltene und continuirte Discurs des Heylandes *Math. 19, 10. 11. 12.* col. *Marc. 10, 10. ſſ.* wovon wir eine schöne Erklärung bey dem Rissen *l. c. p. 962. - 969.* finden. Es hat sich auch der Heyland sonsten gegen seinen Jüngern deutlicher erklärt, als gegen seinen Feinden, wovon wir ein deutliches Exempel haben *Math. 13, 10-14.* wornach sich die Juden nur mit Gleichnissen behelfen musten, da hingegen den Jüngern solche auch erklärt wurden, weil Sie es begehrten. Allein es bleibt doch der Heyland bey dem allgemeinen Ausdruck seines Ausspruchs, und zulezt überläßt Er auch diese Sache, wovon Er weiters mit seinen Jüngern gesprochen, überhaupt, und ohne eine genauere Bestimmung, einer klugen Ueberlegung derjenigen Personen, welche sich in den Umständen

den quæst. befunden, nach der unterschiedlichen Beschaffenheit des doni continentiæ. Es wäre die Einwendung, welche die Jünger hier *v. 10.* auf gut pharisäisch machten, wichtig, denn es wäre ein argumentum indirectum, wordurch Sie den Heyland ad impossibile führen wolten, da dann diese Einwendung Rus *l. c. p. 964.* also erkläret hat: Si ita est, profectò non expedit, uxorem ducere, sed longè præstaret, cœlibem agere vitam, quàm rixosam, petulantem, prodigam, temulentam, milleque aliis vitiis molestam retinere. At vero Deus enunciavit *Gen 2, 18.* disertè, non esse bonum, si sit maneatve homo solus, deditque hinc ei adjutorium, non, si ita loqui fas est, destructorium, aut turbamentum, conjugem. Ad levanda ergò vitæ humanæ tædia, jus omninò & fas erit, malè moratam repellere, & magis virtuosam in ejus locum ducere. Dubium hoc certè, fährt Er darauf fort, satis est grave ac speciosum, quod hodienum multos vexat, qui jurgiosam, rusticam, ebriam, deformem, stultam, sterilem, & quacunque demum ratione gravem cuperent abdicatam &c. Die Antwort des Heylandes aber *v. 11.* lautet also: non omnes capiunt verbum hoc, sed quibus datum est. Und dann *v. 12.* qui potest capere, capiat. Worüber dann auch ein Streit entstanden ist. Es gefällt mir aber am besten die Erklärung Hülsemanns und Calovs, welche

welche es de capacitate intellectus erklärt haben: quomodo nimirum eunuchia quædam consistere possit cum vinculo connubiali, & obligatione, non dimittendi uxorem; fast wie dorten Paulus in einer andern und wichtigern Materie 1. *Cor.* 10, 15. ff. einer klugen Ueberlegung der Communicanten es überlassen hat, wie man das H. Abendmahl vor Christi sein gestiftetes Opfermahl col. *III. Mos.* 7. klüglich halten könne? So bleibt es dann auch einer klugen Ueberlegung überlassen, wie man die propositionem Christi exceptivam & exclusivam *Math.* 19, 9. klüglich zu erklären habe? Sein Gesez ist dieses: ausser einer würklichen Unzucht, ist die Ehescheidung ein Ehebruch. Ob aber dieses sein Gesez so zu verstehen seye, daß dadurch andere höchst wichtige Fälle solten ganz ausgeschlossen seyn z. Ex. wenn das Weib dem Mann nach dem Leben trachtet, wenn das Weib eines solchen criminis sich hat schuldig gemacht, daß sie des Landes verwiesen wird ꝛc. davon ist dann nunmehro die Frage. Es scheinet aber nicht unbillig zu seyn, wann ein christliches Ehe-Gericht solche und solcherley Casus speciales so ansiehet, als wären sie sub Lege ista generaliter concepta mit enthalten, und es stecke darunter eine tacita necessitatis exceptio so wohl, als die expressa, welche sich gründet auf 1. *Mos.* 2, 18. als welcher *vers* mit *v.* 23. 24. in der genauesten Verbindung stehet.

Es ist davon pro & contrà vieles disputirt worden. Man schlage davon nach den 1722. gedruckten *Tract. Controversiae circa jura divortiorum editis opusculis agitatae.* Es scheint aber allerdings, es seyen dabey zwey extrema zu verhüten, eines Theils wann man, ausser der Scortation, schlechterdings gar keine crimina exceptiva & exclusiva, adulterio vel æqualia, vel etiam majora, andern Theils aber multò quoque minora, als Ehescheidungs-Ursachen, annehmen wolte; dahero seye der Moral Christi nicht entgegen, daß ein christliches Ehe-Gericht, nachdem sich der status der Kirche, wenn unsere christliche Kirche gegen der jüdischen Kirche hierinnen gehalten wird, sehr verändert, bey solchen und solcherley vorfallenden wichtigen casibus specialibus, die vom Heyland excipirte Scortation nunmehr, als ein Exempel, ansehe, um sich darnach richten zu können. Wie dann in dem Herzogthum Würtemberg, nach einem Gen. Rescript. dd. 14. Nov. 1713. 11. N. 6. inimicitia capitalis und summa sævities dißfalls in besondere Consideration gezogen wird. Indessen ist es doch an den Theologen zu loben, daß Sie das Gesez des Heylandes immer, dem Buchstaben nach, so strictè & rigorosè erklären, daß Sie keine andere Exception gelten lassen wollen, weilen die Schule Hillels leicht möchte wieder aufstehen, und das Haupt auch in unserer Kirche empor heben, welches

ches sonsten zu beförchten wäre; dahero dieser Widerspruch, nach Beschaffenheit unserer Zeiten, anzusehen ist, wie der Widerspruch der Schule Schammai zu den Zeiten Christi, welche der Schule Hillels immer widersprochen hat.

Geschieht es aber, daß man auch, in unserer Kirche, in principiis nicht einig ist, so ist alsdann schwer zu enscheiden, ob diejenigen z. Ex., welche die Ehescheidung auch bey einer erwiesenen Unzucht, simpliciter verworfen, nach dem *Conc. Trid. Sess.* 24. *C.* 7. col. *Sess.* 7. *C.* 1. quoad hunc passum, tadelhafter sind, als die, welche, aus angenommenen andern irrigen principiis allzu lax sind? Daher die Erinnerung des Herrn Ritters §. 120. *p.* 250. von grosser Wichtigkeit ist, wenn Er sagt: ich tadele den Abscheu der Geseze von Ehescheidungen gar nicht, und ich will würklich lieber, daß sie hier auf der strengern Seite zu weit gehen, als auf der gelindern rc. Es ist auch wohl dabey zu bedenken, was Er vorher schon gesagt hat §. 120. p. 244. seq. Aus diesem Grund ist es denen Griechischen Christen keine Ehre, daß die Ehetrennungen bey Ihnen so gar gemein sind, zumahlen da Sie doch den Ehestand für ein Sacrament halten, auch bey der Copulation das Glas an Stein zerschmeissen. Doch wurde diesen eigenmächtigen Trennungen, in der Rußischen Kirche, in den neuern Zeiten durch das Geistliche Regle-

Reglement, gar merklich gesteuert, überhaupt gehören auch hieher die Monita des Herren Prof. Schotten in den Observ. de Leg. Connub. p. 31. s.

So ist auch bisher über dem Wort, *porneia*, *Math.* 5, & 19. und dann über 1. Cor. 7, 15. viel gestritten worden. Man schlage hievon nur nach Gerhards *Loc. Th. T. XVI. p. 180. ss. Ed. Cott.* wie auch ferner *p. 214. seq.*

Auf die Frage aber 5) ob dann Christus ein *novus Legislator* seye? zu kommen, so hat man sich dabey zu verwahren wider die irrigen Lehren der *Antinomorum*, der *Socinianer* und *Melch. Stengers* auch des Grotii und J. Webers zu Giessen, den zwar J. C. Gerhardt widerlegt, andere aber entschuldiget; in welchem Verstand aber der Heyland doch so genennet werden könne? hat schon *Alb.* zum Felde gezeiget in seiner *Politica Sacra p. 254. seqq.* und *D. Feuerlin* in *Diss. de Christo novo Legislatore &c.* hat, quoad hunc passum, gar wohl also geantwortet: Christus Leges morales, quoad substantiam, novas non dedit, nisi respectu Legis Mosaicæ, quæ divortia, (quomodo autem, & quâ ratione? ist vorher gezeiget worden) propter quamcunque caussam permiserat, & respectu errorum Ecclesiæ Judaicæ, illis temporibus regnantium. Dedit tamen Leges morales novas, quoad circumstantias

tias secundarias. Add. Hessischen Anhang über die Lehren unsers Herrn. 4. Abschn. p. 99. it. Gerhards *Loc. Th. Tom. XVI. p. 169. seqq. Ed. Cott.*

Nun will Herr Ritter unsern heutigen Ehe-Gerichten den Schluß von der hebräischen Ehescheidung, auf unsere Gerichtliche Ehescheidung, durchaus nicht gelten lassen. Er sagt, man wüßte sich in eine alte Zeit, und ein ganz anderes Recht nicht hineinzustellen, daher denn Mißdeutungen, und wichtige Zweifel in dem Ehe-Recht, auch wohl gar in der Theologischen Moral entstehen müssen ꝛc. §. 119. 1. Anm. p. 234. f. Es schickt sich aber in der That gar wohl, wenn man nur Sachen, die voneinander unterschieden sind, nicht mit einander confundirt. Es beruft sich ja Herr Ritter *l. c.* selbst dabey ausdrücklich auf das Urtheil Christi, in so fern Er eine Gewissens-Sache daraus gemacht, dabey aber doch das unter seinem Volk gewöhnliche und bekannte Mosaische Recht vorausgesezt. Nun aber ist es ganz offenbar, daß die christliche Religion nichts anders seye, als eine verbesserte jüdische Religion. Wie so dann, quoad hunc passum? der Lex, den der Heyland hierinnen gegeben hat, und welcher stehet *Math. 19, 6.* was Gott zusamen gefüget hat, das ꝛc. bleibet, es wäre also kein Lex nova, quoad substantiam, welches das vorstehende *proœmium nium & ratio Legis* anzeiget. Wie aber die *sanctio pœnalis*, welche v. 9. also lautet: ausser dem Fall einer erwiesenen Unzucht, ist es vor dem Richterstuhl Gottes, und des Gewissens, ein Ehebruch ꝛc. nunmehro, zu unseren Zeiten, zu verstehen, und zu appliciren seye? ist zuvor gezeiget worden. Wo aber der v. 9. ausgenommene und nun existirende Fall also beschaffen ist, daß die Frau würklich Unzucht getrieben hat, so bleibt die Ehescheidung, an sich betrachtet, quoad *solennia*, wie zuvor, eine Gerichtliche Handlung. Die *Circumstantiæ secundariæ* hingegen, deren der Herr Ritter in der 3ten Anm. *p.* 237. überhaupt gedenket, und zwar insonderheit, daß der Mann der abgeschiedenen Frau den Scheidebrief selbsten übergeben muste, daß ferner der Scheidebrief erst mit ihrem Gang aus dem Hause seine volle Kraft erhalten, welches schon zu denen Zeiten Mosis geschehen, daß auch weiters beede Theile, nach völlig geschehener Trennung, sich wieder vereinigen, und den Ehebund erneuren konnten ꝛc. fallen bey Beobachtung dieses allgemeinen Gesetzes des Heylands von selbst weg, und sind gänzlich abrogirt, nicht nur, weilen sie in den Schriften N. T. nicht wiederholet worden, sondern auch, weilen sich die Zeiten ganz geändert haben.

So hat auch, nach meinem Gutdünken, Herr Ritter nicht Ursach, in der 1. Anm. §. 119. *p.* 235.

von

von allerley hieher nicht schicklichen, und mit einer gelehrt-ängstlichen Geberde aufgeworfenen Fragen, zu reden, worunter Er dann besonders die heutige Ehescheidung, wegen der vorsäzlichen Verlassung, mit diesen Worten rechnet: wie es mit Christi Worten zu reimen seye, daß man, und diß auf Pauli Wort, die Ehescheidung wegen dieser, oder anderer ihr völlig gleichen Ursachen erkennet? die Frage gehörte gar nicht hieher rc. und dann §. 120. p. 247. sagt Er: man nennet als eine in dem Ausspruch Christi vermißte, und vergessene Ursache der Ehescheidung die boshafte Verlassung, die doch Paulus 1. Cor. 7. als uns von der Ehe entbindend ansiehet rc. Ungelehrt aber sahe die Sache an Willenberg zu Danzig, wann Er, zur Behauptung seines Sazes, daß die Vielweiberey in göttlichen Gesezen nicht verboten seye, mit T. Arcuario, das adulterium per malitiosam desertionem definiret hat. Wie man aber seine Definition nicht habe wollen noch können gelten lassen, bezeuget das vom Tribunal 1715. ausgesprochene Urtheil, wornach Ihme, nebst öffentlicher Verbrennung seiner Schriften durch den Scharfrichter, Strick und Feuer zuerkannt wurde. So viel aber die Sache quæst. betrift, so ists wie es sich mit Christi Worten reime, wenn die Ehescheidung auch um anderer höchst wichtigen Ursachen willen erkannt wird, zuvor in eben diesem §. gezeiget worden, wobey ich dann wieder-

hoh-

hohle, daß, da die Pharisäer in genere, quamcunque, etiam levissimam, causam, zur Ursach der Ehescheidung angenommen haben, so habe der Heyland Ihnen darinnen, auch nur in genere, mit Anführung der primævæ institutionis, hernach aber erst mit Anführung einer causæ divortii gravissimæ, nemlich des Ehebruchs, widersprochen, und zwar auf die von denen Pharisäern herrührende Veranlassung, da Sie Ihme die Auctoritæt Mosis entgegengehalten; weswegen dann das interrogativum & redditivum erfoderte, diese und keine andere Ursach anzuführen doch mit Einschränkung. Wann aber mit dem Ausspruch Christi die Worte Pauli 1. Cor. 7. verglichen werden, so kann, um der bemeldten General-Ursach willen, die vorsätzliche Verlassung nicht, als etwas in dem Ausspruch Christi Vermißtes und Vergessenes, anzusehen seyn; wie dann auch Paulus, in Ansehung des leichtsinnigen Ehescheidens, nach der eigentlichen Erklärung 1. Tim. 5, 9. mit dem Ausspruch Christi vollkommen übereinstimmet, wann Er da bezeuget, wie solches Gott und der Kirche so verhaßt seye, und wie dahero ein solches Weib, welche dem ersten Mann, leichtsinniger Weise, einen Scheidebrief gegeben, auf gemeine Kosten nicht erhalten werden solle; da hingegen doch eine boshafte Verlassung, nach 1. Cor. 7, 15. eine rechtmäßige Ursach der Ehescheidung bleiben kan. Dazu kommt noch, daß Christus

damahls

damahls die boshafte Verlassung noch nicht, als eine justam divortii causam, habe anführen können. Dann damahls kame nur der Adventus Christi inchoatus in Betrachtung, welcher von dem Adventu Christi consummato wohl zu unterscheiden ist. Es mag zum Beyspiel dienen die Beschneidung, welche ja der Einsezung nach ein Sacrament ware, nach und nach aber anfangs etwas indifferentes, und dann hernach gar etwas abergläubisches worden ist, welche Anmerkung schon zuvor im 1. Th. §. 23. gemacht worden ist. So viel demnach den durch Paulum, seinen Apostel Gal. 1, 1. hernachmahls gethanen Ausspruch Christi betrift, so fasset solcher wohl etwas neues in sich, aber gerade nach damahliger Beschaffenheit des neuen periodi. Dann, weilen sich vormahls, nach dem Gesez, der Israelit von einem unglaubigen Weib trennen mußte, wo Sie die jüdische Religion nicht annehmen wolte, solches aber hernach in dem 3ten *Periodo* des Messias post adventum ejus consummatum, nimmer geschehen durfte, nach *1. Cor. 7, 13. 14.* col. *Eph. 2, 14-18.* so ware dann Christus darinnen, als ein novus Legislator, anzusehen, nach dieser Paulinischen Erklärung. Indessen bleibt es doch bey dem Lege Christi *Matth. 19, 6.* was Gott zusamen gefüget hat, das rc. Gleichwie aber Christus *v. 9.* den Fall einer begangenen Unzucht, ausgenommen, also hat auch Paulus

i. e. den Fall einer malitiosæ derelictionis ausgenommen, welches sich auch gründet auf des Heylandes procemium, massen zur primæva institutione auch gehöret, was stehet 1. *Mos.* 2, 18.
omnino, certè (diß bedeutet das *kaph* in *keneg-
do*) respondens ipsi. Fället nun, durch die de-
relictionem malitiosam, das mutuum adjutorium,
ja das ganze fundamentum Contractus matrimonialis weg, so bringt es, bey dem casu substrato, indoles Contractus mit sich, daß eine Ehescheidung hier statt finde, nicht zwar nach einer
der indissolubilitati entgegenlautenden willkürlichen,
sondern apostolischen Erklärung. Dieses Urtheil
des Apostels aber ist, und bleibet ein allgemeines
Urtheil, welches sich hernach von denen, die die
Macht dazu haben, nicht nur auf malitiosam desertionem, sondern auch überhaupt auf andere
gleiche Fälle, ex analogia, ex paritate &c. appliciren und ausdehnen lässet. Dann die H. Schrift
hat einen sensum amplissimum, wovon B. E. Lö-
scher im Breviario Theol. Proph. Proleg. C. 3.
§. 6. p. 14. diese Anmerkung gemacht: etiamsi
certum sit, sensum Scripturæ amplissimum, &
neutiquam restringendum esse, ubi ipsum verbum Dei restrictionem non imperat, tamen ad
aliquid certi determinandus ille est ex ipso textu &c. welches auch hier gilt. Bey dem Fall
quæst. aber ist eine gerichtliche Erkenntniß, um
allerley üblen Folgen, Unordnung und Misbräu-

chen vorzubeugen, höchst nöthig. Dann gibt gleich der Mann, bey einer malitiosa desertione, nach unserer Verfassung, der Frau, die Ihne boshaftig und vorsäzlich verlassen hat, keinen Scheidebrief, sondern die Frau verläßt ihn, und trennet die Ehe, so hat doch der Mann, um vorbemeldter Ursachen willen, einen Scheidebrief von dem Ehegericht nöthig, und die Erlaubniß, zur zweiten Ehe zu schreiten, welches auch der honor, statui matrimoniali debitus, das honorabile *Hebr.* 13, 4. nicht nur in allen Stücken, nicht nur von allen christlichen Eheleuten, sondern auch von allen Christen, besonders von denen, die custodes Legum divinarum heissen, erfodert. Andere gleiche Fälle aber sind, nachdem sich die Umstände bey den Christen, in Ansehung der Ehen mit heydnischen Leuten geändert haben, wann z. Ex. die Frau auf ewig ins Zuchthaus kommt, oder des Landes verwiesen wird; wenn ferner die Frau dem Manne die eheliche Pflicht verweigert. it. wenn die Frau dem Mann nach dem Leben stehet rc. §. 120. p. 248. s. von Num. 2-7. jedoch mit der Ritter Michaelischen Verwahrung, in Ansehung der Strenge. Ueberhaupt sind die Erinnerungen besonders N. 4. 5. 6. der Billigkeit gemäß, doch ist bey N. 6. von einer unversöhnlichen Feindschaft, die Erläuterung p. 251. beyzufügen. Daß aber N. 7. grobe Fehler in der Haushaltung und Kinderzucht solten eine vor

Gott

Gott und dem Gewissen rechtmäßige Ursach der Ehescheidung seyn, läugnet Herr Ritter mit Recht. Wird aber das Weib eines würklich begangenen adulterii bezüchtiget, so wird allerdings dabey, nach der Moral Christi, und nach Beschaffenheit der Sache selbsten, Beweiß erfordert, welcher zwar freylich gemeiniglich schwer hält, wie stehet *p.* 253. doch kommt es, was den gradum probationis betrift, hierinnen auf die Erkenntniß des Ehe-Gerichts und der Consulenten an.

§. 12.

Endlich komme ich auch auf das Theologische *Responsum* §. 120. *p.* 253. *f.* Der Casus, welcher von dem *Consistorio* der Theologischen *Facultæt* vorgelegt wurde, wäre dieser: ob ein Mann von seiner Frau, die, nach vielen andern verdächtigen Scenen, endlich gar nackend bey einem andern Mann im Bette gefunden worden, geschieden werden könne? zwey wesentliche Umstände waren dabey, daß es nemlich an einem juristischen Beweiß, entweder durch eigenes Geständniß, oder durch Zeugen, die den würklich vollzogenen Beyschlaf mit angesehen, und rem in re bemerket hätten, fehlte, und dann daß die Strafe des Schwerds auf dem Ehebruch in diesem Lande gestanden. Wellen nun kein vernünftiger Mann bey solchen Umständen anders glauben konnte, als die Frau sey unzüchtig, machte die Theologische Facultæt zum Entscheidungs-Grunde, daß Moses die Ehescheidung erlaube, wenn der Mann an seiner Frau *ervath dabar* fände: *ervath dabar* aber heisse so viel, als etwas schändliches: nackend nun bey einem andern Mann im Bette zu liegen, sey gewiß etwas schändliches, folglich sey die Ehescheidung erlaubt rc. Darwider wendet nun Herr Ritter ein, es habe diß Responsum ganz entgegengesezte Dinge vermischet: das anfragende Consistorium sezte die Moral Christi zum Grunde, und wolte wissen, ob nach ihr die Ehescheidung erlaubt sey? die zwischen Vorurtheilen und Billigkeit in der Klemme steckende Theologische Facultæt antwortete aus dem bürgerlichen Recht Mosis, von dem Christus ausdrücklich sagt, es erlaube die Ehescheidung wegen der Herzenshärtigkeit der Israeliten auch in solchen Fällen, in welchen seine, Christi, ja Mosis eigene, Gewissenslehre und Moral sie verbiete rc. Allein es wird hier zum voraus ohne Grund angenommen, als wenn das Gesez Mosis *V. Mos. 24, 1.* ein blos bürgerliches Gesez gewesen wäre, indem ja das Gesez Mosis sowohl, als der Ausspruch Christi die Moral betroffen, dann der Gegenstand wäre *Scortatio*; dorten in einem noch nicht bestimmten Fall, hier aber in einem bestimmten Fall, hier strenger, als dorten, nemlich wegen der Herzenshärtigkeit der Juden, welcher Moses

nicht

nicht anders begegnen und steuren konnte. Bey dem vorgelegten Casu selbsten ware demnach die erste Frage: ob man nicht berechtiget gewesen wäre, auf die Todes-Strafe anzutragen? worauf dann dieses zur Antwort dienen möchte. Hätte der Heyland mit der Ausnahme des Ehebruchs *Math.* 19, 9. zugleich gesehen auf *V. Mos.* 22, 22. und damit dieses Mosaische Gesez wiederholen wollen, so hätte die Frau so wohl auf Leib und Leben angeklagt werden können, und einen Criminal-Proceß ausstehen müssen, als die Eltern ihre Kinder anklagen musten, wo diese jenen fluchten, weilen das Gebot *II. Mos.* 21, 17. von dem Heyland *Math.* 15, 4. wiederholet worden, nach der Erklärung *Franzii*, und anderer Theologen, zumahlen wenn damit conferirt wird, was Herr Ritter §. 119. p. 232. von dem genauen und festen Eheband geschrieben hat. Weilen aber diese Wiederhohlung nicht geschehen, auch der Heyland bey einem würklich und völlig erwiesenen adulterio, hievon entfernet zu seyn scheinet, so fragt sichs dann ferner: ob dann nicht, weilen doch eine Frau bey einem andern Mann nackend im Bette finden, in allweg *ervath dabar*, dictu pudendum, eine res ignominiosissima ist, die Ehescheidung mit Recht erkannt werden könne? auch mit Recht erkannt worden seye? Ratio affirmandi ist, weilen doch consensus probatus da ware. Dann siehet man sonsten, bey einem Homicimicidio, so sehr auf die Intention, welche den Unterschied macht inter homicidium dolosum & culposum, warum denn nicht auch hier? Solle dann der Mann gezwungen werden, wie Herr Ritter *p.* 253. selbsten sagt, die Frau, von deren Untreue Er gering überzeuget ist, dem wesentlichen Zweck des Ehestandes zuwider, so lange zu behalten, bis der Tod die Ehe trennet. Ist diß gut? und was Moses *p.* 251. auf Befehl Gottes gethan hat, wird doch wohl nicht zur Sünde werden, wenn ein menschlicher Gesezgeber es nachahmt — gegen den Vorwurf der Sündlichkeit scheint Ihn Mosis Vorgang sicher zu sezen ꝛc. ꝛc. Ob sich also gleich, nach einem richtigen Schluß, ein christlicher Gesezgeber, in Ansehung der Ehescheidung, nicht mehr in solchem Zwang findet, wie Moses, so mag doch die ratio Mosis bey einem solchen Casu, wie dieser ist, noch gelten, weil die Schändlichkeit hier *ervath dabar* fast noch übersteiget. Die von jeder Lüge, als einer gleichfalls schändlichen Sache, *p.* 254. genommene Instanz ist also hier weit nicht zureichend. Eine Instanz kan auch wohl widerlegen, aber nicht überzeugen. Ueber diß gibt die Antwort Christi *Math.* 19, 9. deutlich zu verstehen, daß die Worte Mosis *v.* 8. von einer Sache zu verstehen, welche das vinculum conjugale unmittelbar angehet, welches man von jeder Lüge nicht sagen kan. Es gibt ja auch falsiloquia, erlaubte Haus-Lügen, den Mann

zu

zu besänftigen. Die Sache selbsten also betreffend, nach der Erklärung des Heylandes, so bleibt zwar die thesis feste stehen. Der Heyland erfodert in seinem Ausspruch eine würklich begangene Scortation, das factum ipsum, und ein erwiesenes adulterium consummatum. Jedoch, was die Probation betrift, und ob in diesem Fall allemahl eine Probatio plenissima erfordert werde? dabey kommt es auf die Anwendung der allgemeinen Regel Christi an, mithin auf eine Gerichtliche Erkenntniß. Von dem Wort porneia *Math.* 5, 32. *Cap.* 19, 9. noch ein Wort anzuhängen, so hat man sich bey Anwendung dieses Worts auf die Fälle unserer Zeiten, viele Mühe gegeben, da man bald den Text verändern, bald dem Wort eine andere Deutung andichten wollen. Von dem ersten hat Herr Ritter §. 120. *p.* 255. *f.* ein merkliches Exempel angeführt, auch gründlich darauf geantwortet.

Von dem andern haben geschrieben Selden in *Ux. hebr.* und Joh. Mich. Lange, *Theol. Alt.* in *Diss. de Nuptiis & divortiis.* Dieser beruft sich auch auf die Worte: im Frieden hat uns Gott berufen 1. *Cor.* 7, 15. woraus Er beweisen wolte, der Mann dörfe sich von seinem Weib wohl scheiden lassen, wenn Er im beständigen Unfrieden leben müsse. Es verdienet auch nachgelesen zu werden, was Rus in *Harm. Evang.*

T. I. p. 891. von dem Wort πόρνεια wider Selden angemerket hat. Ich wiederhole also nochmahls, man habe dieses alles nicht nöthig, wo man nur beobachtet, daß die Regeln Christi und Pauli, allgemeine Regeln sind, welche hernach einer christlichen Obrigkeit zur Special-Application bey den vorfallenden Fällen, überlassen bleiben, doch mit Voraussetzung der Ritter Michaelischen Cautelen Es bleibt also zwar dabey vieles der Freyheit der Götter in der Gemeinde Ps. 82, 1. überlassen, aber auch zugleich viel und grosse Verantwortung vor Gott, besonders nach Luc. 12, 48. können auch die Bewegungs-Gründe, wie bey allen freyen Handlungen, nicht völlig determiniren, so sollen sie doch geneigt machen überhaupt zur Beweisung aller Amts-Treue 1. Cor. 4, 2.

§. 13.

Von der Polygamie gehet die Meynung des Herrn Aut. der Widerlegung dahin, daß Er p. 107. seqq. behauptet, alle Polygamie seye der ersten Einsezung des Ehestands schnurgerad entgegen, sie werde I. Mos. 4, 19. als ein Cainitisches Werk angemerkt, und seye nach I. Cor. 7, 4. ohne Ehebruch nicht zu concipiren, indessen habe doch Gott bey denen Patriarchen und dem Israelitischen Volk hierinnen connivirt, und damahls als eine Schwachheit getragen, was Er jezt nicht mehr

mehr tragen würde, nachdem sich die Einfalt in lauter Bosheit verwandelt bey der heutigen Welt ꝛc.

Nun ist diese Materie sehr delicat, und meynt Canz in *Disc. Mor.* §. *868 - 872.* es seye selbige lege naturæ, doch nur, wann wir seine Erklärung kurz zusamen fassen, lege naturali hypothetica, verbotten. Und weilen Roesler in Diss. *de Consiliis naturæ, Tub. 1716. hab.* die abstinentiam à polygamia, unter die Consilia naturæ gerechnet hat, so schreibet gedachter Canz *l. c.* §. *872. c)* Sic V. Testamenti hominibus consilium naturæ potuit esse, ut à polygamia abstinerent, nobis id est legis ad instar, penes quos ratio illa singularis, Messiam respiciens, & in jure naturali ordinario dispensans, seu potius jus sublimius constituens, cessat &c. mithin hat Er die Meynung des Zeltners gehabt, welche Er in *Diss. de Typo polygamiæ in N. T. abolito 1719.* vorgetragen; hierüber aber, daß Gott bey dem Israelitischen Volk die Polygamie gestattet hat, erklärt sich Canz *l. c.* §. *816.* beyläuflich also: etsi mariti hebræi cum cælibe coeuntes pro adulteris habiti non sunt, id tamen tolerantiæ potius divinæ, quæ & in aliis probata fuit, Math. 19, 8. quàm innocentiæ facti, ex lege naturæ adscribendum est. Gleichwie es aber besser gethan zu seyn scheinet, wann man mit Hülsemann, Meisner, Osiander, Dieckmann und Wernsdorf die polygamiam pro licita hält jure naturæ, indem die Erfahrung in dem so grossen Türkischen Reich dem, was Canz §. 869. angeführt, widerspricht, das übrige aber §. 871. 872. mehr die Frage betrift, quid consilii sit, als legis? worinnen dann der Mensch seine Freyheit hat col. §. 872. f. fast, wie bey der Frage von dem Heyrathen überhaupt: ob man heyrathen wolle oder nicht? ohngeachtet die Juden aus *I. Mos. 1, 28.* gar ein strenges Gebot machen, auch ohngeachtet aus dem hierinnen fundirten instinctu naturali ein jus & obligatio matrimonium ineundi folget, damit aber institutio status & facti, jus absolutum & respectivum, obligatio absoluta & respectiva confundirt werden, wie dann Niemejer sen. in *Diss. I. de Conjug. prohib.* gar wohl schreibet: sicut necessitas hypothetica rerum contingentiam non submovet, ita etiam necessitas matrimonii hypothetica indifferentiam & libertatem voluntatis tollere haud potest. Also scheint es auch, es kommen diese am besten zurecht, welche unter dem A. und N. T. distinguiren, und die Polygamie wohl im N. T. vor verbotten halten, keineswegs aber in dem A. T. wie Quistorp, Hofmann, und Rus davor gehalten. vid. *Rusii Harm. Evang. Tom. II. p. 789. seqq.* da es dann *p. 791.* heißt: profectò quemadmodum tolerantia vix consistere

potest

poteſt cum familiaritate Dei, quæ piis Patriarchis, Abrahamo præſertim & Jacobo, polygamis, cum ipſo interceſſit, locisque ſuprà productis neutiquam ſatis facit: ita piſpenſationis, quam hodie plerique urgent,. manifeſta ſatis nondum reperire potuimus veſtigia, ubi, quando & quibus illa ſit facta, ſupponitque potius & hæc legem ſatis claram, qua vetita fuerit polygamia, quam probare & producere nequeunt. Von der *Polygamia ſimultanea* iſt beſonders auch gehandelt, der ſeel. Luther vertheidiget, und der hiſtoriſche Streit über dieſe Materie in den neuern Zeiten angeführt worden in den *Loc. Gerh.* Canzl. Cottaiſchen *Edit. Tom. XV. p. 194. ſeqq.* Was die inſtitutionem primævam betrift, welche wider die Polygamie ſtreiten ſolle, ſo will zwar Weickmann in *tr. 1714, ed. Juſtitia cauſæ in controverſia de polygamia ſimultanea &c.* zu behaupten ſuchen, als hätte Gott denen Patriarchen, wegen der Polygamie, Diſpenſation ertheilt; hingegen will man aber auch, mit *Chryſoſtomo*, die Worte *I. Moſ. 2, 24.* Sie werden ſeyn ein Fleiſch, לבשר geben: ad unam carnem ſc. ad unam ſpeciem producendam, mithin de ſobole non ex uno, ſed utroque parente ſuſcipienda erklären, wie aber ſolches wider den uſum loquendi apud Hebræos receptum ſeye, und eigentlich ſo viel heiſſe, als *erunt una caro, ſive homo, morali æſtimatione, & quoad vinculum* con-

conjugale, hat Rus ex *Danzii Interpr.* §. 87. *m. 1.* gezeiget in seiner *Harm. Evang. Tom. II. p.* 953. hingegen wird in *Loc. Gerh. T. XV. p. 204. una caro* propriè genommen. Indessen ist genug, daß die Väter die primævam Institutionem ganz anderst verstanden haben; daher muß solche, quoad hunc passum, dunkel seyn, da doch Lex obligans deutlich seyn solle. So haben auch die Propheten alle Leges Dei explicirt, die primævam Institutionem aber nicht, da Sie doch so oft dazu Gelegenheit gehabt hätten.

Ob aber *Lameck* der erste Polygamus gewesen seye, wofür Ihne auch Herr Canzler Cotta gehalten *l. c. p. 201.* in der *nota*, auch ob Er noch dazu ein so gottloser Mann gewesen seye? ist noch nicht gewiß. Dann es ist ein argumentum negativum, welches hier nicht viel gilt. Es folgt nicht, es wird vor Ihme keines andern Polygami gedacht. E. ist Er der erste Polygamus gewesen. Was aber die Ihm angeschuldete Gottlosigkeit betrift, so geben die Worte *I. Mos. 4. 23.* auch noch keinen sichern Beweiß, indem sie besser möchten interrogativè gegeben werden: habe ich wohl einen Mann erschlagen? obgleich, ausser dem, wahr ist, daß, mit seinen Kindern, die Beschreibung der Cainitischen Familie beschlossen worden. Solte aber auch beydes wahr seyn, so folgt noch nicht, daß die Polygamie ein Cainitisches Werk gewesen seye.

Be-

Belangend aber den locum *1. Cor. 7, 4.* so beweiset solcher nur so viel, daß die Polygamie im N. T. verbotten seye, welches nicht geläugnet werden kan, worinnen dann freylich ein Unterschied zwischen dem A. und N. T. ist, wie sich auch ein solcher Unterschied anderswo zeiget, wann man nemlich *V. Mos. 13, 5.* und *Matth. 13, 30. Tit. 3, 16.* wie auch *Esr. 9, & 10.* und dann *1. Cor. 7, 12.* gegeneinander hält. *Not.* *)

Eine Toleranz hat statuirt Hülsemann in *Brev. ext. Cap. 21. §. 8.* da Er gesagt hat: Patriarcharum Polygamia tolerata fuit à Deo, tanquam nævus, cujusmodi plura deerant perfectioni notitiæ illius ætatis. *Hebr. 7, 19. Cap. 11, 40.* hingegen eine Dispensation wolte behaupten Wernsdorf in *Disp. Acad. Vol. I.* mit diesen Worten: Deum circà eam, utpote non naturali Lege, sed positiva tantùm universali prohibitam,

Not. *) Es wird Esr. 9, 1. 2. auch der Ammoniter und Moabiter, welche doch nicht stehen I. Mos. 15, 19. ff. Jos. 3, 10. C. 24, 11. besonders gedacht, und welche nach Jer. 25, 9. ff. mit in und aus der Babylonischen Gefangenschaft gekommen sind, indem und in so fern Sie sich dorten mit dem heiligen Saamen haben vermischet; womit dann gesehen wird auf III. Mos. 20, 24-26. damit aber auf eine gänzliche Absonderung von allen heydnischen Völkern, ohne Unterschied. Dieses ist dann zu merken wider das Mos. Recht. II. Th. §. 100. p. 151. seq.

hibitam, aliquando in V. T. gravibus de caussis dispensasse, dispensationem autem non fuisse universalem, & ad omnes promiscuè Israelitas, nedum Gentes, extensam, vel etiam, Regulæ instar, in Rempublicam Judaicam receptam; sed ad paucos restrictam, adeoque Salva Lege, & prima Conjugii institutione intelligendam. *p. 307. 336.* Herr Ritter Michaelis hat diese Materie besonders schön und gründlich abgehandelt in seinem Mosaischen Recht *II.* Th. §. §. *94. 95. 96. 97. p. 121 - 138.* Seine Hauptabsicht ist, zu beweisen, daß Mosis Geseze verstattet haben, mehr als eine Frau zu haben, auch daß die Vielweiberey an den frommen Patriarchen, und Königen des alten Bundes nicht bestraft worden seye. Daß aber die Vielweiberey auch schon in der Zeit, in welcher Moses lebte, und seine Geseze gabe, müsse sehr gewöhnlich gewesen seyn, beweißt Herr Ritter §. *94. 2. p. 124. seq.* Diß ist freylich nur ein historischer, mithin wahrscheinlicher Beweiß für die Polygamie A. T., doch nicht überflüßig, sondern vielmehr stark, weilen er einen starken Eindruck in das Gemüth des Lesers macht. Aber einen demonstrativen Beweiß davon lesen wir theils *II. Mos. 21, 9. 10. V. Mos. 21, 15 - 17.* col. §. *94. p. 125. seq.* wornach Gott der Herr die Vielweiberey im A. T. erlaubt hat, theils aber *V. Mos. 25, 5. seqq.* da sie dann in diesem Fall gar gebotten worden ist. Wenn aber Herr Ritter

diese

diese Beweise hält gegen die Beweise der Monogamie §. *95. p. 127. f.* wobey Er sich besonders auf des Premontvals Monogamie berufen col. §. *94. p. 126. f.* so verfällt Er zulezt doch, mit Hülsemann, auf eine Toleranz, und behauptet mit dem D. Canzen, Moses habe die Polygamie blos erlaubt, wegen der Herzenshärtigkeit der Israeliten col. *Math. 19, 8.* es habe Moses solche nicht gern verstattet, welches Er zu beweisen sucht §. *95. p. 128-131.* Aber eben damit kommt Herr Ritter selbst zwischen den hergebrachten Säzen der Theologen, und denen so deutlich in die Augen leuchtenden Exempeln, und andern Beweisen, in ein solches Gedränge, daß Er bey entgegengesezten Dingen nicht ganz ohne Anstoß durchkommen kan, zu reden mit Ihme, bey einer andern Gelegenheit §. *123. p. 253.*

Wir machen also dabey folgende kurze Anmerkungen und sezen dabey nur dieses voraus, daß die unterschiedene Auslegungen nur Zweifel erwecken, wovon ein Wahrheitsliebender die Wahrheit zu befreyen suchet. *1)* Eine Dispensation ist nicht erweißlich. Wo kein Lex ist, findet auch keine Dispensation statt. Dispensatio enim non datur, nisi in ordine ad actus, Lege definitos. Es ist kein Lex naturæ, dafür gibt es auch Wernsdorf nicht aus. Was die primævam matrimonii institutionem anlangt, so hat solche wohl nunmehr,

mehr, wenigstens in der Absicht auf das divortium, vim Legis, nach der Erklärung des Heylandes *Math.* 19, 4. 5. col. *v.* 9. diese Erklärung aber gehört in den 3ten Messianischen *Periodum*. Daher haben weder die Väter, noch die Propheten die Polygamie für einen statum moraliter malum gehalten, wie schon zuvor erinnert worden ist. Hingegen behauptet Wernsdorf, es seye die Polygamie contrà Legem positivam universalem, oder wider ein solches Gesez, das Gott nicht ohne Ursach, aber doch ohne besondere Verknüpfung mit der moralischen Natur, und dem Endzweck des Menschen, folglich nach seiner Willkühr, denen Menschen solle gegeben haben, so, daß es alle Menschen zu allen Zeiten verbinde. Allein auch hier fehlt es am Beweiß, in Ansehung der Polygamie, wenn man auch gleich diesen Saz überhaupt gelten lassen wolte, wie er denn auch nicht schlechterdings geläugnet werden kan. Solcherley Geseze haben Theologen, Juristen und Philosophen vertheidiget, hingegen verworfen Thomasius in den *Fundam. Jur. Nat. & Gent. L. I. C.* 5. Boehmer in *Diss. de Jure Principis circà divortia. Cap.* 2. und Ev. Otto in seinen Anmerkungen über *Pufendorfii* Buch *de Offic. hom. & civ. p.* 49. Ein Gegner möchte also schliessen: so lang man hierinnen, in Ansehung dieses Grundsazes, nicht miteinander übereingekommen ist, so lang kan man auch kein

Argu-

Argument daher nehmen, pro dispensatione circà hanc Legem V. T. Man findet auch, wie Rus *l. c.* wohl erinnert hat, keine data, keine Spuren davon in der Schrift-Historie A. T. ubi, quando, & quibus illa sit facta? Nach der 2aten Anmerkung aber, die Polygamie der Patriarchen unter solche nævos zu rechnen, welche Gott nur tolerirt haben möchte, ist noch bedenklicher. Etwas ganz anders beweiset die grosse Familiaritas, worinnen Sie mit Gott gestanden, besonders Abraham und Jacob, welche doch polygami waren, nemlich eine völlige innocentiam facti. So wird auch Herrn Ritters Vorgeben, wenn von Ihme eine Herzenshärtigkeit der Israeliten hier vorgegeben wird, nach §. *96. p. 133.* und §. *95. p. 127.* nicht bewiesen. Es redet zwar der Heyland davon, in der Absicht auf das divortium, und Mosis Nachgeben, in dem andern Periodo, keineswegs aber in der Absicht auf die Polygamie. Zu läugnen ist zwar nicht, daß sich einige Muthmassung darinnen zeige, daß, nachdem Gott denen Patriarchen, im ersten *Periodo*, die Polygamie hat verstattet, hernachmahls die Juden auch im zweyten *Periodo*, darauf möchten beharret haben, besonders in Ansehung der herrlichen Verheissungen Gottes, nemlich der verheissenen grossen Vermehrung ihres Volks, auch in Ansehung des verheissenen Messias; allein diß ist nur ein Schluß, der eine nudam accommoda-

 tionem

tionem zum Grunde hat, und ist noch kein logicalischer Beweiß. Es suchet zwar Herr Ritter die vorgegebene *Toleranz* damit zu beschönigen, daß Er §. 95. p. 127. behaupten will, bey dem allem scheine es doch nicht, als hätte Moses die Polygamie gern, als eine gleichgültige Sache, verstattet. Allein der darauf folgende Beweiß ist nicht zureichend. Die ganz besondere Ursach, warum Gott dem Adam nur eine Frau gegeben, stehet *Act.* 17, 26. und eben diese Ursach gelte auch bey dem Noa und seinen Söhnen vor dem Einbruch der Sündfluth. Eine Nebenursach ware der Raum des Schiffes, welches ohnehin unaussprechlich groß seyn muste, weilen für acht Menschen, sieben Paar von reinen Thieren, und zwey Paar von unreinen Thieren, so viel Nahrung und Futter darein genommen werden solte, daß es auf ein ganzes Jahr zureichend seyn konnte; auch die Proportion zwischen dem reinen und unreinen Vieh zeiget an, daß Gott seine besondere Absichten auch in Ansehung der Vermehrung, dabey müsse gehabt haben col. *I. Mos.* 8, 20. Der Zweck Gottes, wie weiters urgiret wird, bey der noch fortdaurenden Gleichheit und Proportion des männlichen und weiblichen Geschlechts col. §. 95. p. 127. und §. 96. p. 131. *ff.* gehet nur überhaupt auf die Erhaltung und Fortpflanzung des menschlichen Geschlechts, da dann die Monogamie ein bequemes Mittel dazu, auch der Weisheit

heit Gottes gemäß ist. Es ist aber auch ein aus der Abhandlung von den Eigenschaften Gottes genommener wichtiger Saz, daß es gefehlet wäre, wenn man zu der Weißheit Gottes auch dieses rechnen wolte, daß Er allezeit die besten Mittel zur Erhaltung seines Endzwecks erwehle, sondern es kommt dieses auf die willkührliche Bestimmung Gottes an, welche uns verborgen bleibt. So auch kommt das Gesez von den Verschnittenen *V. Mos.* 23, 1. col. *III. Mos. 22, 24. §. 95. p. 128.* in keine Vergleichung mit der Polygamie, weilen die mutilatio membrorum corporis dem Recht der Natur zuwider ist, die Polygamie aber nicht. Das stärkste *Argument* aber für die erlaubte Polygamie im A. T. ist dieses, daß Gott selbst in gewissen Fällen, wie voranstehet, die Polygamie hat gebotten, wie auch Joh. Musaeus davor gehalten hat, dem David aber unter die göttlichen Beneficia gerechnet worden ist. *2. Sam. 12, 7. 8.* col. *2. Sam. 5, 12. 13.* da dann bey der ersten ganz deutlichen Stelle, Nathans Absicht ware, dem David die Grösse der Sünde des begangenen Ehebruchs recht deutlich unter die Augen zu stellen. In dieser Absicht beruft Er sich dann auf die Grösse der empfangenen göttlichen Wohlthaten. Er sagt *v. 7.* Gott habe Ihn zum König gesalbet, und aus der Hand Sauls so wunderbarer Weise errettet. Er habe Ihme *v. 8.* das Frauenzimmer Sauls an seinem Hof (dann diß

 bedeu-

bedeutet das Wort *naschim*) in seinen Schooß d. i. zur Ehe gegeben. Solte aber das, was *v. 8.* stehet, zu wenig seyn, so wäre Er bereit gewesen, Ihme noch mancherley, noch so viel, noch einmahl so viel, *cahenna vecahenna*, zu thun 2c. da dann die repetitio pronominis demonstrativi distributionem, ja gar universalitatem rei significatæ, die repetitio des præfixi *caph* aber, *sicut*, *sic*, bedeutet, wobey also das in der Mitte stehende, nemlich die Polygamie, unmöglich anders, als eine Wohlthat Gottes, angesehen werden kan. Man excipirt zwar, wie z. Ex. Fecht, es heisse in den Schooß Davids geben col. *Luc. 6, 38.* nur so viel, als in die Gewalt Davids. Allein talia sunt prædicata, qualia sunt subjecta. Andere wollen die Worte auf eine andere Art construiren, wie davon nachzuschlagen die unschuldige Nachrichten *1713. Ord. I. N. 10. p. 39. ff.* in der Degenfeldischen Bigamie-Streitigkeit, ad Arg. *VII. p. 7.* und zwar so, als wenn *bechekæcha* sich nicht nur bezöge auf *nesche adonæcha*, sondern auch auf *bet adonæcha*. Nun aber wäre David nicht erlaubt gewesen, sich mit Sauls Weibern und Töchtern, welche unter dem Wort, *bet*, zu verstehen, ehelich einzulassen. Es hat aber Rus in *Harm. Evang. T. 2. p. 790.* deutlich gezeiget, daß solches der positus accentuum nicht zulasse, hingegen ist vor *veæt nesche*, das verbum, *natan*, quoad sensum zu suppliren. Es scheinet zwar entge-

entgegen zu seyn das Gesez *V. Mos.* 17, 17. die Ursach dieser Einschränkung aber stehet dabey, und zeuget eines Theils von einer besondern Vergünstigung gegen David col. 2. *Sam.* 12, 7. 8. andern Theils aber, an sich betrachtet, ist es ein deutlicher Beweiß für die erlaubte Polygamie im A. T. Die 3te Anmerkung betrift den Periodum des Messias, welcher auch dazu gekommen ist, die jüdische Religion zu reformiren, und derselben eine geistlichere Gestalt zu geben. Die Christen solten nicht mehr Kinder der Magd, sondern Kinder der Freyen heissen, und die Hagar ausgestossen werden. *Gal.* 4, 30. 31. mithin solte diese Geschichte einigermassen auch etwas vorbildliches seyn auf die im N. T. wieder einzuführende Monogamie. Das in dem neuen Bunde grössere und reichere Maaß der Erkenntniß, der Gnade und der Gaben des H. Geistes solle uns auch zu desto grösserer Reinigkeit und Heiligkeit verbinden, da dann der Christ, als Monogamus, als eine reine Jungfrau 2. *Cor.* 11, 2. in allweg einen höhern Grad der Reinigkeit und Heiligkeit erreichen kan, als der Polygamus im A. T. col. 1. *Cor.* 7, 32-34. So giengen auch im A. T. da Gott mit den Glaubigen umgienge, wie mit minderjährigen Kindern *Gal.* 4, 1. *ff.* die Verheissungen von leiblichen Wohlthaten gar stark, worunter auch dem David die Vielweiberey gerechnet wurde; Christus aber ist eines bessern Testaments Ausrichter, welches auf bessern Verheissungen stehet *Hebr. 7, 22. C. 8, 6.* col. *Eph. 1, 3.* Dieses Vorzugs sollen dann Christen bey aller Gelegenheit ingedenk seyn, sich desto begieriger nach dem geistlichen Seegen in himmlischen Gütern bezeugen, und vergessen ihres alten Volks, und der Weise ihrer Väter *Ps. 45, 11.* und hierinnen haben wir dann den Heyland, als einen novum Legislatorem, anzusehen, der die Vielweiberey im N. T. per Legem positivam particularem, verbotten hat. Bey der Ihme von den Pharisäern vorgelegten Frage von der justa divortii causa *Matth. 19, 3.* antwortet Er hernach weitläuftig. Wäre also gleich damals von einer ganz andern Sache die Rede, so ist doch das *prooemium & ratio Legis* also beschaffen, daß wir daraus auf ein Verbot, in Ansehung der Polygamie, durch eine Consequenz und Folge, richtig schliessen können, welche ja ein so starker Beweiß ist als ein anderes Zeugniß mit ausdrücklichen Worten, nach denen vor Augen liegenden Schrift-Exempeln. Es wollen zwar Einige auch aus dem *9. v.* ein Argument ziehen, auf folgende Art: quicunque, ante legitimum & coram Deo ratum divortium ab uxore factum, aliam uxorem ducit, is est adulter. A. polygamus id facit, manente nimirum vinculo cum una &c. E. vid. Rusen *Harm. Evang. T. 2. p. 789.* Es könnte aber ein Joh. Lyser, ein Willenberg antworten, Majorem prop. ita limitando: quicunque

cunque — uxorem ducit, primaria repudiata, is est adulter. A. polygamus &c. & sub hac limitatione Minorem negando. Dann diß wäre damahls der status controversiæ. Noch deutlicher aber ist dieses Verbott enthalten *1. Cor. 7. 2. 4. 1. Tim. 3, 2.* Es haben sich dahero auch die ersten Christen von der Vielweiberey enthalten, nach dem Zeugniß des D. Lütkens in seinem *Tract.* von der *Polygamie* und Concubinat &c. 1723. In unserm Messianischen Periodo ist sie auch bey denen Juden nicht mehr gebräuchlich, so, daß Rabbi Gerson, der ohngefehr um das Jahr 4830. gelebet, den Bann auf die Vielweiberey gesezet hat, aus Ursach, weil sie nur zu Zank und Streit Anlaß gebe. Daß sie aber schon im 2ten *Periodo*, mit der Zeit, möchte sehr abgenommen haben, und ungewöhnlicher worden seye, hat Herr Ritter §. *95. p. 130.* wollen behaupten. In unsern Zeiten ist auf die Bigamie die Todes-Strafe gesezet worden. Vor etlichen Jahren wurde zu Leipzig eine *Disp.* gehalten: *de Conjugio cum secunda Conjuge contracto, priore non repudiata*, und darinnen behauptet, daß der aus dieser zweyten Ehe erzeugte Sohn nicht Erbschaftsfähig seye. Es hat auch diesen Casum schon Cicero vorgetragen.

§. 14.

Wann der Herr Aut. der Widerl. vorgibt, daß das Jus naturæ nichts von der Consanguinitæt

nitæt wisse, als einer Hinderniß der Ehe d. i. der Mensch könne durch den blossen Gebrauch seiner Vernunft, ohne das Wort Gottes zu Hülfe zu nehmen, nicht so weit kommen, daß Er bey seinem Vorhaben, ehelich zu werden, wissen könnte, was, in Ansehung der Freundschaft, vor Gott recht, oder unrecht? erlaubt oder nicht erlaubt wäre? wenn nur die Endzwecke des Ehestandes erreichet werden rc. wovon nachzuschlagen, was stehet *p. 79-82. 88.* so ist solches Vorgeben eben so irrig und falsch, als der Grund, worauf Er solches gründet und bauet. Ganz anders belehret uns also Niemejer sen. in *Diss. I. de Conj. proh.* quia matrimonium, sagt Er, juxtà Hebr. 13, 4. honorabile est, nec non totius Reipublicæ, & generis humani interest, ut debita ratione colatur & ineatur, hinc patet, Conjugium etiam rebus moralitatis capacibus esse adscribendum, in quibus homo se rectè gerere & peccare potest, quapropter circa Matrimonia, ipsum Jus Naturæ nonnulla determinat, nonnulla Jus positivum divinum, tam commune, quam proprium, nonnulla autem Jura positiva humana, partim Civilia, partim Ecclesiastica &c.

Wie nun solches von Matrimoniis ineundis & contrahendis vornehmlich zu verstehen ist, also kommt dann dabey auch, und zwar zuerst, die Consanguinitas in Consideration, besonders

aber

aber der nexus sanguinis inter Parentes & Liberos.

Wie aber dabey zu præmittiren ist, was D. Canz in *Disc. Mor.* §. 837. geschrieben hat, mit diesen Worten: in Linea igitur adscendente ac descendente per infinitum, ob easdem semper recurrentes causas, prohibita Jure naturali intelliguntur Conjugia &c. Also ist auch wohl zu merken, daß die Worte אב & אם, בן & בת *III. Mos. XVIII, 7. 8. 10. 15. 17.* nicht nur von Vater und Mutter, Sohn und Tochter anzunehmen, und zu verstehen sind, sondern auch von Groß- und Ur-Großvater ꝛc. Großmutter und Ur-Großmutter ꝛc. Enkel und Ur-Enkel ꝛc. Es schreibt D. Maichel in *Diss.* de *usu mor. obj.* §. *35. p. 50. seq.* in doctrina de Conjugio multa offeruntur, in quibus identidem redit moralitas objectiva — Sic non quidem Conjugia fratrum & sororum, benè autem illa, quæ in linea recta inter ascendentes & descendentes, Parentes puta & liberos ineuntur, intrinsecam habere vitiositatem, jurique naturali adversari, statuimus adducti rationibus solidis, iisque moralitatem objectivam arguentibus &c. womit auch einstimmet Klausing in *Diss. cit.* §. *V. p. 11. seq.* haben die Heyden erkannt, nach *1. Cor. V, 1.* daß es nicht erlaubt seye, seine Stiefmutter zu heyrathen, so müssen Sie noch vielmehr erkannt haben, daß es Gott verbotten habe, seine rechte Mutter zu heyrathen. Exempel hievon, wie die kluge, ehrbare Heyden haben davor einen Abscheu gehabt, hat Cornelius à Lapide angeführt. Add. Klausing in *Diss. cit.* §. V. *p.* 15. §. *IX. p.* 25. *seq.* Die allgemeine Empfindung von der Unnatürlichkeit dieser Ehen, heißt es in Jerusalems Beantwortung der Frage: ob die Ehe mit der Schwester Tochter, nach den göttlichen Gesezen zuläßig seye? p. 12. seq. wird auch durch die Uebereinstimmung aller Völker bestätigt, die die Heyrathen zwischen Eltern und Kinder durchgehends für abscheulich gehalten haben. Nach vielen Zeugnissen der Alten werden sie zwar den Persern Schuld gegeben; aber da diese Zeugnisse von den Griechen kommen, so ist es allemahl etwas wahrscheinlich, daß Sie nach ihrem Haß gegen diese Nation, die *Brutalitæt* einzelner Personen der ganzen Nation zur Last geleget haben. Wenigstens war es bey ihnen nicht einmal gesezmäßig, nur seine Schwester zu heyrathen, welches die niederträchtige schmeichlerische Antwort beweiset, die dem Cambyses von seinen Bedienten gegeben wurde, wie Er sie deswegen befragte. Es müste dann seyn, daß die Unzucht unter Ihnen nachher erst so unmenschlich geworden wäre, welches ich nicht untersucht rc. Parentes & liberi sind schon una Caro propter generationem. E. non amplius una Caro fieri possunt per copulam carnalem, zumahlen da es heisset I. Mos. 2, 24. die Kinder sollen bey ihrer Verehlichung Vater und Mutter verlassen ꝛc. wie solches auch Niemejer sen. gezeiget hat in *Diss. II. de Conj. prohib.* & Klausing *l. c. p. 29.* Insonderheit gehöret hieher pudor naturalis, reverentia parentibus debita eaque liberis connata, & confusio officiorum atque obligationum, ipsi sanæ rationi adversa, wovon nachzuschlagen Maichel *l. c.* Klausing *l. c.* Hochstetter *in Coll. Pufend. Exerc. IX. §. 13. & 14. p. 403. & 406. seqq.*

§. 15.

Was die Conjugia fratrum & sororum betrifft, so erhellet aus I. Mos. 12, 13. & Cap. 20, 2. item Cap. 26, 7. daß auch die Heyden, nach ihrer Erkenntniß ex lumine naturæ solche pro incestuosis haben halten müssen, sonsten Abraham die Sara, und Isaac die Rebecca nicht vor ihre Schwestern ausgegeben hätten, dann daraus haben diese Heyden schliessen sollen, daß sie nicht können ihre Weiber seyn, es mag hernach die Sara, nach I. Mos. 20, 12. in der That des Abrahams Stief-Schwester, oder die Isca, I. Mos. 11, 29. oder eine soror adoptiva, gewesen seyn, wovon Pfaff in *Diss. de non appropinq.*

pinq. p. 5. wie auch Gerhard *in L. Th. T. XV. p. 300. ff. Ed. Cott.* nachzuschlagen. Not. *)

§. 16.

Not. *) Daß Sara nicht könne Abrahams leibliche Schwester gewesen seyn, kan mit gröster Wahrscheinlichkeit bewiesen werden. Dann daß Sie nicht seye eine soror uterina gewesen, stehet deutlich I. Mos. 20, 12. Sie ware aber auch nicht eine soror consanguinea, oder eine Schwester ex Patre, welches die Vergleichung mit I. Mos. 11, 31. anzeiget. Dann sonsten müste es heissen: Tharah nahm seine Tochter Sarai, seines Sohns Abrahams Weib ꝛc. eben, wie es vorher heisset von Abraham und Loth: Tharah nahm seinen Sohn Abraham, und Loth, seines Sohns, Harans, Sohn. Weilen nun 1) dieses von Mose bey dieser genealogischen Accuratesse nicht geschehen 2) nur ein General - Wort, nurus, gebraucht wird 3) das appositum, n u r u s, überflüßig wäre, indem gleich darauf folget: seines Sohns, Abrahams, Weib, mithin ein appositum otiosum, citra rationem adjectum, oder tautologisch wäre 4) weilen es harmonirt mit der Ueberzeugung dieser Völker l. c. und mit dem Bewußtseyn des Abrahams davon; so wird dahero 5) nicht ohne Grund behauptet, es seye die Sara eigentlich die Jska gewesen, eine Schwester der Milca, und eine Tochter des Harans v. 29. weilen die Sara wenigstens zehen Jahr jünger ware, als Abraham, weilen der Jska gleich darauf nimmer, sondern nur der Sara gedacht wird, und weilen diese unmittelbar auf den Loth folget; hingegen 6) wäre es keine Tautologie, wann das Wort,

nu-

§ 16.

Belangend nun aber die übrige Conjugia in linea collaterali æquali & inæquali, ratione con-

---

nurus, eine andere Relation bekommen, und sich beziehen würde auf des Harans zweyte Tochter. Wie nun 7) Loth Abrahams Bruder heisset I. Mos. 13, 8. Cap. 14, 14. also mag auch Abraham Cap. 20, 12. die Sara in diesem Betracht seine Schwester geheissen haben. Und dieses hat auch 8) nebst vielen, wo nicht den meisten, Juden, angenommen Hieronymus.

Und damit wäre wohl Sara eine soror Abrahami mediata gewesen vom Vater, aber nicht von der Mutter her gewesen, auf den Fall, wenn Sara aus der zweyten Ehe des Tharah entsprossen wäre, wenigstens muß der von dem Abraham Cap. 20, 12. ausdrücklich gemachte Unterschied etwas solches zu bedeuten haben; auch zeiget die prolepsis historica, wenn es Cap. 11, 31. heisset: Von Ur, aus Chaldea, deutlich an, daß etwas auch hierinnen, quoad sensum, supplirt werden müsse. Dann Ur lag nicht in der Chaldäer Land, sondern in Mesopotamia. Als aber Moses dieses geschrieben, so hatten es damahls die Chaldäer erobert gehabt, und besessen. So werden auch Bruder und Schwester in der H. Schrift ohnehin öfters, im weitläufigen Verstand, für die nächsten Anverwandte, genommen. Und wer wolte Ruth. 1, 13. leibliche Töchter unter den Benannten verstehen? Eine solche Veränderung der Nahmen

aber,

consanguinitatis und affinitatis, so sind selbige alle zusamen, wie oben stehet §. 3. jure divino positivo forensi verbotten, mithin alle diese leges ma-

aber, wornach Sara auch Isca solte genannt worden seyn, ware nicht minder, nach Anzeige der H. Schrift, nicht ungewöhnlich. Davon zeuget das Exempel des Abrahams und Sara selbsten I. Mos. 17, 5. 15. des Mosis II. Mos. 2, 10. Dann daraus ist zu schliessen, daß Er vorher schon einen Nahmen müsse gehabt haben, da dann die Juden sagen, Er wäre von seinen Eltern Jojakim genannt worden d. i. Gott stehe auf, und rette dein Volk rc. des Josua IV. Mos. 13, 17. welcher vorher Hosea, ben Nun, filius adoptivus geheissen. Dann Nun est adoptare col. Ps. 72, 17. ein filius adoptivus aber ware Er, indem Ihn Moses zum Nachfolger erwehlet in dem Regiment, zu welchem Ende Er Ihme alle seine Geheimnisse anvertrauet hat. Und so könnte es dann auch möglich seyn, daß Sara eine filia adoptiva des Tharah gewesen wäre, oder auch eine Stief-Schwester des Abrahams.

Das Wort, wahrhaftig, anlangend, so hat G. Calixtus in tr. de Sacrificiis, mit vielen Exempeln bewiesen, daß es auf verschiedene Artin der H. Schrift gebraucht werde. So heißt es z. Ex. redlich Joh. 1, 47. und Joh. 15, 1. sagt der Heyland daß Er in gewissem Betracht ein wahrhaftiger Weinstock seye, in so fern Er nemlich der Seele mehr Kraft gebe, als ein Weinstock mit seinen Früchten dem Leib des Menschen. Und so mag auch Abraham hier sagen, es seye die Sara wahrhaftig, certo respectu, seine Schwe-

matrimoniales positivæ particulares, adeoque dispensabiles, weilen hier kein fundamentum turpitudinis incestæ angeführt werden kan. Es schreibt

---

Schwester, welches die part. gam, anzuzeigen scheinet. Wo nun aber die Sara nicht des Abrahams soror consanguinea, sondern nur eine neptis ex fratre gewesen ist, so schliesset man freylich falsch, aus jenem falschen supposito, auf die matrimonia in remotioribus gradibus, wovon nachzuschlagen in Herrn Past. Mosers tr. Vindiciæ Graduum prohibitorum. §. 14. p. 101. ff. hingegen, wenn das Argument so, wie voranstehet, gemacht wird, so wird es ein argumentum in contrarium. Er wendet zwar p. 103. ein, Abrahamum Saram multò ante Legem latam, uxorem duxisse. Allein diß beweiset das Gegentheil. Paulus unterscheidet Gal. 3. & 4. das Testamentum Abrahami von dem Testamento Mosis ganz deutlich, mithin waren es drey Testamenta, nempe Abrahami, aut etiam Adami, antea cum Adamo sanciti, Mosis & Messiæ, quorum tamen primum sc. promissionis, & ultimum sc. expletionis, idem sunt, wie Flacius geschrieben in s. Cl. S. S. P. I. f. 1612. Nun kan man also schliessen, wie Gott sein Volk im ersten Periodo dißfalls viel liberaler tractirt hat, als im zweyten Periodo, post Legem latam, in statu servitutis, also müsse dieses gelindere Tractament auch im dritten Periodo, des Messias, statt finden. Genug aber ist es, daß Herr Past. Moser p. 101. selber sagt: Deum matrimonium hoc benignissimè beavisse; ferner daß, nach diesen loc. Gen. Gott der Herr seine Providenz darüber

schreibt zwar Canz in *Disc. Mor.* §. 842. quæ conditio est parentum & liberorum eadem quoque est eorum, qui loco parentum & liberorum sunt

darüber ganz ausserordentlich bezeuget habe, wie auch daß Er Abraham und Sara zum Exempel allen Glaubigen beyderley Geschlechts vorgestellet Rom. 4, 11. 1. Petr. 3, 5. 6. Wann aber Herr Moser p. 104. weiter einwendet, es seye Abraham damahls, als Er die Sarai geheyrathet, noch ein Idololatra gewesen, so ist zwar diß communis sententia, es haben aber widersprochen Franzius, Walther und Witter, und behauptet, es seye Abraham schon vorher, ehe Er aus Ur gezogen, bekehrt gewesen. Dabey aber kommt es auf die Stelle Neh. 9, 7. 8. an, ob nemlich das treue Herz vor Gott, welches Er bey Ihme gefunden, eine resipiscentiam ad veram in Deum pietatem, oder nur eine pietatem naturalem, & cor flexile bedeute? Ausser dem ist auch zu merken von der Erscheinung Gottes I. Mos. 12, 1. wann diese Stelle mit Act. 7, 2. verglichen wird, daß man das verbum vajomer, im plusquamperfecto zu übersetzen habe: dixerat verò sc. jam ante 5. annos, cum adhuc in Ur versaretur. Noch eine Einwendung p. 105. f. der Schluß von der Ehe Abrahams auf damahlige und folgende Zeiten wäre eben: ac si quis argumentari vellet, quia Deus ex incestu Judæ cum Thamare Messiam voluit ortum suum habere, incestum illum planè etiam probavit &c. Allein Gundling, nebst andern hat geläugnet, daß eine solche demonstratio indirecta die Wahrheit deutlicher machen, und beweisen könne. So steht auch

Da-

sunt i. e. patrui, avunculi, materteræ & amitæ. Allein die angehängte Drohung III. Mos. XX, 19. Sie sollen tragen ihre Missethat h. e. derselben Strafe, als welche hiermit einer willkührlichen Determination ausgesezt worden, zeiget an, was von der Beschaffenheit dieser Geseze selber zu halten seye. Und da dem andern Theil das Exempel Amrams im Weeg stehet, welcher seine Amitam, die Jochebed, geheyrathet hat, nach II. Mos. II, I. VI. 16-20. so will Canz darauf antworten §. 846. non obstat exemplum hebræi Amram, qui Amitam duxisse legitur II. Mos. VI, 20. partim enim id factum non approbatur, partim incidere potuerunt varia, jam nobis ignota, quæ necessitatem admittendæ à regula exceptionis suaserunt, andere hingegen negiren es gar, daß die Jochebed des Kahaths Schwester gewesen seye, sondern wollen sie lieber vor

David, obngeachtet Er ein Mörder und Ehebrecher ware, Math. 1. in der Genealogia Christi. Darunter aber sind rationes mysticæ verborgen, da dann diese Exempel der Bekehrung beweisen sollen, daß Christus gekommen seye, Juden und Heyden, wie dann die Thamar nicht aus der Familie Abrahams, sondern eine extranea ware, seelig zu machen. Math. I, 21. Jes. 11, 6. 7. 10. Es ist also diß ein unerlaubter Sprung ins Reich der Gnaden, mithin extra sphæram suam, und die Consequenz ist falsch.

vor des Rahaths Bruders Tochter halten, wie Niemtjer sen. in *Diss. II. de Conj. prohibitis.* Allein wie dieses der locus IV. Mos. 26, 59. da die Jochebed heißt eine Tochter Levi, nicht gestatten will, wovon weiters nachzuschlagen Hackspan in not. phil. theol. ad Ex. VI, 20. also ist es auch Approbation genug, daß Moses aus dieser Ehe gezeuget worden, an dessen generatione legitima doch niemand zweifelt. Solte aber eine exceptionis necessitas hier, wie bey der Ehe liberorum protoplastorum, statt haben, so wäre nicht genug zu sagen, incidere potuisse varia &c. sondern es müste auch solches, und zwar eine ratio naturalis angezeiget werden, wie bey diesem casu speciali zuvor angezeiget worden ist. An dem Klausing aber muß man sich wundern, daß Er hier behaupten will, die Conjugia cum patruo, amita, matertera seyen jure naturæ verbotten, von den conjugiis fratrum & sororum aber vorgibt, sie seyen nur lege divina positiva universali verbotten, da Er doch selbsten sagt *p. 22.* accedit hoc, quod ex Gen. 37, 27. constet, quod fratres & sorores non solum sint unius carnis, loquendo in casu obliquo, sed & una caro, in casu recto, und da hingegen von denen erstern gar wohl und ohne Widerspruch gesagt werden kan, sie seyen unius carnis, in casu obliquo. Allein eben daher kommt es, wann solche Widersprecher, wie Hojer, der Herr Aut. der Wi-

derl.

Verl. und andere sind, sehen, daß man abseiten der Orthodoxorum alles über einen Kamm scheeren will, daß Sie hernach auch alles übern Haufen werfen. Es gehet zwar Canz noch weiters, und sagt §. *843. b. & c.* sunt igitur patrui, avunculi, materteræ, amitæ conjuges affines. His cum eandem reverentiam debeamus, ac ipsi patruo, avunculo &c. consequitur, jure naturali matrimonia cum his affinibus omnia illicita esse &c. womit auch einstimmet Klausing *l. a.* §. *8. p. 23.* Allein kan man dieses nicht behaupten von dem patruo, avunculo, matertera, amita selbsten, noch viel weniger von den Conjugibus derselben, da ja in affinitate der respectus nicht so naturalis & propinquus ist, als in consanguinitate. Und was Canz §. *854.* gesagt: hic non tam graduum analogia, quam rationum paritas est respicienda &c. das gilt auch hier, wie sich dißfalls *Alethæus* in denen gründlichen Erläut. 59. Vers. *p. 577. seqq.* ganz recht berufen hat auf die besondere Erklärungen, mit welchen das XVIII. Capitel hernach diese unterschiedene Genera unterscheidet. Dann wann es von denen Consanguineis heißt: Deine Schaam, oder deine nächste Blutsfreundin ꝛc. so heißt es im Gegentheil in affinitate gar anders v. 9. quia propinquam (non suam) sed patris vel matris &c. denudavit v. 19. Cap. XX. Lev. und dann in der nota X. heißt es: ita reddendum est ex hebræo

&c. Ja es heißt auch in *Canzii Disc. mor.* §. *845.* ut igitur jure naturali matrimonia omnia in linea recta, tum descendente, tum ascendente prohibita sunt, sic eodem jure naturali, in linea obliqua inæquali similiter conjugia vetita sunt. Allein hier stehet des Othniels Exempel im Weeg Jud. I, 13. C. III, 9. Jos. XV, 17. da Othniel seines Bruders Calebs Tochter, die Achsa, zur Ehe genommen, wiewohlen Luther den letztern locum nicht recht übersetzt hat, indem Ers, wie auch *Gerh. in L. Th. T. XV. p 302. Ed. Cott.* gegeben: des Bruders Caleb, sondern es soll heissen: der Bruder Calebs ꝛc. welches die Accentuation ganz deutlich anzeiget, welches schon Rus angemercket hat in *Harm. Evang. Tom. I. p. 37.* massen sonsten, wann אחי fratris, und nicht frater heissen solte, kenas mit achi sowohl cohæriren würde per appositionem, als Othniel mit den kenas, folglich könnten diese accentus unmöglich hier stehen, die doch würcklich stehen, nemlich es könnte weder *kenas* den *tiphcha*, als der der gröste Accent in der ditione *atnachi* ist, noch Othniel einen Conjunctivum, noch *vajilcida* den *tebhir* haben; hingegen müste wenigstens der *sakephkaton* über dem Wort, Othniel, stehen; wiewohlen auch einige die rechte und ächte Uebersezung, nach der Accentuation, wollen anderswo in denen scriptis Lutheri gefunden haben. Es ist zwar diese genealogische Schwierigkeit nicht gering, zing, dahero auch Einige *Jud.* 1, 13. und *Cap.* 3, 9. sowohl, als *Jos.* 15, 17. übersezen: *filius Kenasi, fratris Calebi*, wie solches auch gethan hat Herr *Past.* Moser *in Tract. Vindiciæ Graduum prohibitorum* §. 14. *p.* 106. *f.* Es kommt aber die Schwierigkeit daher, weil Caleb nicht nur ein Sohn Jephunne *IV. Mos.* 14, 6. sondern auch ein Sohn Hezron 1. *Chron.* 2, 18. und Othniel 1. *Chron.* 4, 13. ein Sohn Kenas heisset. Ein Weeg zur Hebung dieser Schwierigkeit ist, daß man glauben, oder doch vermuthen kan, es habe Hezron, nach des Jephunne Tod, dessen Wittib geheyrathet, da dann aus dieser andern Ehe der Othniel entsprossen, Hezron aber habe noch einen Beynahmen, nemlich den Nahmen Kenas, gehabt, wovon auch das Exempel Mosis, Hosea, nebst andern, in der H. Schrift vorkommt. Darauf zielet auch Rus *l. c.* mit diesen Worten: — cujus ager & pagi cesserunt Calebo, filio Jephunne, Othnielis, ex matre fortassis, fratri, cui elocavit Achsam filiam in uxorem per *Jos.* 15, 17. si in consilium adhibeatur accentuatio, & conferatur *Jud.* 1, 13. *Cap.* 3, 9. Eine Wahrscheinlichkeit macht der Unterscheidungs-Beysaz *loc. Iud. cit.* es seye der jüngere Bruder gewesen, welches auf Othniel, als die Haupt-Person in dieser Sache, sich besser schicket, als auf den Kenas, so, daß Othniel seye des Calebs jüngerer Bruder gewesen. Mich. Beck in seinen *Disquis. Hermen.* über

Jud. 1, 13. p. 91. sagt: etsi enim vox, minor, non cohæreat syntacticè cum altera Calebi, respicit tamen illa præcedens vocabulum, frater, h. m. frater Calebi, frater inquam minor (mithin stünde dieses in parenthesi, parenthesis autem majore cum distinctione clauditur, quàm inchoatur) Accedit, quod textui magis congruat, exponere, cujas Othniel, quàm quis Kenas fuerit? planè, ut vox, naphi, Jes. 37, 2. ff. ad ipsum potius Prophetam, quàm ejus parentem, Amozum, refertur h. m. Jesaias, filius Amozi, Propheta, non Prophetæ &c. Add. I. Mos. 36, 2. woselbsten das Geschlecht-Register von Ahalibama stehet, und so zu übersezen ist: Ahalibama, die Tochter des Anac, die Tochter (h. e. Sohns-Tochter) Zibeons, des Chiviters. Dann Ana ware ja v. 24. ein Mann, und kein Weib, ja es müste auch sonsten dieser Ana eine Tochter von Zibeon werden, da Er doch des Zibeons Sohn ware. Wobey dann Lightfoot *in Hor. Hebr.* über *Luc* 3, 23. *ff.* wohl angemerkt hat, daß in Stammtafeln das Wort, *ben*, oder *bat*, nicht in casu obliquo, sondern recto, zu wiederholen seye. Eine Gewißheit gibt also die Accentuation in beyden vorstehenden Stellen. Dann wann es, *fratris Calebi*, heissen solte, so cohærirten nicht nur alle Worte, sondern es stünden auch besonders Kenas und Acht in dem grösten nexu mit einander, mithin könnte Kenas von Acht, nicht durch

durch den *sakephkaton* divallirt seyn, als den distinctivum maximum in ditione athnachi, auch müste dieser distinctivus auf Othniel stehen, und der *tebhir* auf Kenas, als der subdistinctivus des tiphcha; hingegen aber, wo es *frater*, in casu recto, übersezet wird, so cohærirt zwar Othniel mit *achi* sowohl, als mit *ben Kenas*, per appositionem, dieweilen aber hernachmahls, bey der Theilung der Worte, als wornach sich die accentus richten müssen, eine grössere distinction fället auf Kenas, als auf Caleb, so bekommt Caleb nur den *tiphcha*, Kenas aber den *sakephkaton*; wiewohlen Beck in der Accentuation, bey *Jud*. 1, 13. & *Cap*. 3, 9. diesen Beweiß für die Uebersezung: *frater Calebi*, nicht so genau zu finden meynt, als wie bey *Jos*. 15, 17. doch hänget Er noch p. 92. so viel an: Judæi verò, in Versione sua novissima, in omnibus tribus locis, eodem reddunt modo: Athniel, der Bruder vom Caleb. Es hat aber dieser aus der Accentuation genommene Beweiß, wenigstens dato noch, keine geringere und schwächere Kraft, als wann ein Beweiß, in einer strittigen Güter-Sache aus einem alten Lagerbuch, geführt wird. Ich meyne nemlich den alten Masorethischen Text, mit seinen vocalibus & accentibus, wobey dann die D. Kennicottische *Varianten*-Sammlung demselben keinen Nachtheil bringen kan, deswegen, weilen Herr Kennicott die vocales & accentus gar weggelassen hat.

Es gehet aber Herr Past. Moser in seinem Tract. *Vindiciæ Grad. proh.* §. 14. p. 107. *seq.* weiter, und will von Amram und Jochebed *Ex.* 6, 20. *Num.* 26, 59. so viel behaupten: non est verisimile, Jochebed filiam Levi suisse, atque hinc *Amrami*, amitam, quia necesse esset, Levim eam genuisse, 100. & 30. amplius annos natum. Allein der Chaldaeus nennet sie ausdrücklich *sororem Patris.* Es wäre auch keine inhabilitas physica. Und Dachsel in *Bibl. accent. p.* 247. merket an, daß, ohngeachtet *umeat* könnte den merca haben, so habe es doch den distinctivum *tiphcha* bekommen, ad indicandam emphasin, in longævitate quærendam. So gehet es auch in genealogicis nicht an, wenn Herr Moser ferner sagt: *bat Levi IV. Mos.* 26, 59. non sonat *filia*, sed *neptis Levi.* Darüber eyfert dann Hackspan in *Not.* ad *Exod.* 6, 20. p. 321. und sagt: id nimis licenter factum, præcipuè in tam accurata Historiæ tractatione. Et ubi tandem consistet illa ratio torquendi vocabula? Ja so könnte man nicht einmal wissen, ob der Vater der Jochebed der Gerson, oder der Merari gewesen wäre. col. 1. *Chron.* 6, 1. *s.* Noch kan auch die ambiguitas vocis, *dodah. II. Mos.* 6, 20. col. *Jes.* 5, 1. it. *Jer.* 11. 15. allwo das jüdische Volk, seiner eitlen Einbildung nach, ein Freund Gottes heisset, wiewohlen es einige von Christo verstehen wollen, im Weeg stehen.

hen. Dann Amama in *Antib. Bibl.* ad *Jes.* 5, 1. merket an: Vox, *dod*, indifferens est ad *patruum*, & *dilectum.* Hier aber will den ersten Significatum der Context haben, mutatis mutandis. Dieses ist auch zu merken wider den Gerhard in Loc. Theol. Tom. XV. p. 298. seq. Ed. Cott. Darinnen aber, daß dieses matrimonium ante Legem latam existirt hat, sucht man, andererseits, den stärksten Beweiß. Dann diese Leges divinæ positivæ particulares gehören zu dem Jugo importabili. Act. 15, 10. col. Gal. 5, 3. wovon das Volk Gottes im ersten Periodo so wohl frey wäre, als die Christen im dritten Periodo. Aber auch an der generatione legitima des Mosis und Aarons, welche aus dieser Ehe gezeuget worden, zweifelt niemand, wie schon erinnert worden ist.

Cap. II.

§. 1.

Dieses nun vorausgesezt, kommen wir dann auch auf die Frage: **was von der Ehe mit des verstorbenen Bruders Weib zu halten seye?** Solche aber zu entscheiden, so mag es, nach unserem geringen Urtheil, darauf ankommen. *I.* Was von dem *Lege III. Mos. XVIII, 16.* zu halten seye, ob es seye ein *Lex naturæ*, oder *positiva universalis*, oder *positiva particularis*. Und dann wie das leztere zu erweisen? *II.* Wie dann *III. Mos. XVIII.* und *XX.* mit *V. Mos. XXV.* zu vereinigen seye?

§. 2.

So viel nun das I. betrift, so hat sich davon Varentus in *Dec. Bibl. in Devtr. Dec. VII. Loc. IX. §. 11. p. 169.* also ausgedruckt: es seye zwar der Lex Leviratus V. Mos. 25. ein Lex ceremonialis vel forensis Mosaica & temporaria, obli-

obligans solùm Israelitas in illa veteri republica, Der Lex III. Mos. XVIII, 16. XX. 21. aber ein Lex naturalis, moralis, perpetua omnesque omninò nationes & gentes ac semper obligans, etiam extra Rempublicam Israelis, omnes inprimis Christianos, sic, ut nullus magis circa hanc, quàm cæteras illas in Cap. XVIII. leges, locus relinquatur dispensationi. Es hat aber hier das Gegentheil mit Recht behauptet Canz in *Disc. Mor.* §. 853-857. So urtheilet auch der Herr Verfasser des Goth. Bedenkens *p.* 49. *seq.* davon ganz recht, wann Er sagt: es gründen sich 1) alle natürliche Geseze auf die göttliche Eigenschaften und die Natur der Dinge. Nun ist aber biß daher noch niemand gewesen, der sich unterstanden hätte, eine natürliche Ursach anzugeben, warum die Ehe mit des Bruders Wittwe eine natürliche Schändlichkeit mit sich führte. 2) Bey natürlichen Gesezen findet weder eine Ausnahm, noch *Dispensation* statt; (das Wort Ausnahm aber möchte wegbleiben) Nun aber hat Gott der Herr Devt. 25. gebotten, daß der Bruder seines Bruders Wittwe heurathen sollte, folglich kan es in dem unveränderlichen Gesez der Natur nicht verbotten seyn ꝛc. Gleichwie nun also hieraus erhellet, daß das Verbott III. Mos. XVIII, 16. keine turpitudinem intrinsecam, folglich auch keinen legem naturæ zum Grund habe, sondern

sondern daß es es ein lex positiva seyn müsse, also können wir auch keinen legem positivam universalem daraus machen. Es ist freylich viel hievon disputiret worden, doch sind wir nicht der Meynung des Herrn Verf. des Bed. *p.* 52. sondern halten dafür, daß diese Doctrina ihren guten Grund habe, und dabey folgende signa generalia, woraus ein lex positiva universalis erkannt werden könne, nemlich 1) ut actus sit in S. S. præceptus vel prohibitus, dann sonsten wäre es kein Lex. 2) ut non possit ostendi ex dictamine rationis, sonsten wäre es ein Lex naturæ. 3) ut omnes obstringat & obliget. Canz schreibt in *Disc. Mor.* §. *3462.* me judice, si quæ lex talis revera datur, tum hos effectus vel gignet, vel genitos arguet. Primò quatenus lex est, obligat, & certo nobis præscribit officia, libertatem agendi restringendo. Præterea quatenus positiva est, non nititur quidem rationibus ex natura rerum, ut nobis cognita est, petitis, sed tamen tertiò, quoniam divina est, non omni ratione objectiva carebit &c. welches Er dann §. *3463.* hat gezeiget. Und der §. *3468.* heißt: Lex positiva universalis igitur, media inter naturalem & divinam particularem interjacet. Quatenus habet rationes à natura universali, sed nobis sine revelatione incognita, desumtas, eatenus differt à naturali. Quatenus verò legis hujus rationes in unius aut alterius populi indole

ac

ae natura non sitæ, eatenus discrepat à lege ceremonjali atque forensi. So gut nun aber der Grund dieser Lehre ist, so wenig halten wir dafür, daß der Lex prohibens conjugium cum defuncti fratris uxore, ein lex positiva universalis seye, sondern da die rationes hujus legis, wie es zuvor geheissen, in populi judaici indole & natura liegen, so ist es vielmehr ein lex divina particularis eademque forensis, als unter welche rationes dann gehöret, ut populus hic Deo præ reliquis singulariter charus, wie Niemejer sen. schreibt in *Diss. VIII. de Conj. proh.* tantò majori cum solicitudine leges naturæ observaret, atque ita inter reliquas gentes singulari sanctitate emineret &c. Ja es solten dergleichen Leges bey dem Volke Gottes ein munimentum Legum naturæ seyn, wohin dann auch das bekandte dicterium der Rabbinen gehöret: *fac legi tuæ sepem &c.* und das ist dann überhaupt die Ursach, warum Gott die nuptias cum fratria, cum sororia, verbotten, ohne aber weiters schuldig zu seyn, eine rationem specialem zu geben, wie der Herr Aut. der Widerl. *p. 156.* haben will.

§. 3

Daß aber II. dieser Lex de non ducenda fratria, kein Lex naturæ seye, hat Canz §. *856.* gar wohl also bewiesen. Non obstat, sagt Er daselbsten, præceptum Lev. 18, 16. quo, ne quis fra-

fratriem ducat, cautum est; absolutè enim id vetari à Deo non potuit, aliter Jus Leviratus apud Judæos valere non potuisset &c. welches argugumentum à Jure Leviratus desumtum dann das 1) Argumentum ist. vid. Aug. Varenius in *Decad. Bibl.* ad *Devtr. 25, 5. ff. Loc. 9. §. 11. p. 169.* da es heisset: ex ipsa restrictione ad Israelem, ex mentione fratrum, unà habitantium, ex mentione portarum, judicum &c. wie nun aber dieser Lex V. Mos. 25. beschaffen ist, so ist auch der Lex selbsten III. Mos. 18, 16. beschaffen, wenigstens weil am erstern Ort das Gegentheil nicht nur erlaubt, sondern auch gebotten worden, wie solches Varenius selbsten auch gesagt *p. 162.* quod Lev. 18, 16. interdicitur, illud Devt. 25. non solum conceditur, sed & imperatur &c. so kan dann hier III. Mos. 18, 16. der Lex prohibitiva nicht naturalis, moralis, omnes nationes & gentes ac semper obligans seyn. Die Gleichheit aber und gleiche Beschaffenheit dieser beeden Gesetze suche ich darinnen, daß beede zu dem Testamento s. fœdere Mosaico gehören, welches aber von dem fœdere promissionis s. Abrahamitico sowohl, als dem fœdere impletionis s. Messiæ gar sehr unterschieden ist, wie solches Flacius in *Clave Scr. s.* ad *voc. Testamentum p. 1612. seqq.* und D. Klemm zu Tübingen in *Diss. de Judaismo Christianismo subluto*, besonders *p. 24. ff.* sehr gründlich gezeiget haben. Gerhard will auch aus *Lev. 18, 16.* einen

einen Legem naturalem machen, und doch gestehet Er in *L. Th. T. XV. p. 307. 309.* Legem *Devtr.* 25, 5. soli populo judaico esse propositam, in der Absicht auf den Messias. Daraus aber ist zu schliessen, daß beede Leges zu dem fœdere Mosaico gehören, weil Legis generalis & exceptionis specialis eadem ratio ist. Da man nun gegnerischerseits das Gewicht dieses Arguments gar wohl fühlet, so sucht man sich auf eine andere Art zu helfen, wie solches jüngst erst gethan Rauschenbusch in *Diss. de Lege Leviratus ad fratres non germanos, sed tribules referenda ad Devtr.* 25, 5. welche Er zu Göttingen unter dem Præsidio des Herrn D. Walchen 1765. gehalten. Der Herr Aut. gestehet zwar ein §. *10. p. 17. s.* daß die Leges causarum matrimonialium pro arbitrariis & dispensabilibus gröstentheils gehalten werden können, füget aber bey: sed tamen per se patet, summam, quæ in Deo est, legum ferendarum sapientiam non pati, ut sine gravissimis causis legem semel datam mutet, vel ab illa recedat &c. und vorher §. *1. p. 2.* — ut facile sit intellectu, nihil minus ex eo loco (Devt. 25.) peti posse, quàm demonstrationem, leges matrimoniales hodienum magni momenti non esse, & dispensationem circa eas nostris temporibus, cum certa causa tempore veteris fœderis Deus ipse in iis jam dispensaverit, eò facilius concedendam esse &c. Er gestehet auch, was besonders

den

den Legem III. Mos. 18, 16. betrift, §. 3. p. 5. ein, es seye ein solcher Lex, quam purè naturalibus accenseri res & ratio non patiatur, hingegen gibt Er sich alle Mühe, diese Stelle V. Mos. 25, 5. ff. zu verdrehen, und alles zu verwirren, wovon Er die Ursach §. 1. p. 2, selbsten anführet, nemlich wie Er bekennen müsse, daß das aus V. Mos. 25. in contrarium genommene Argument ein argumentum præcipuum & ratio maxima seye. In dieser Absicht sucht Er dann dem Legi Leviratus eine ganz andere Gestalt zu geben, ja solchen zu den Legibus divinis æternis perpetuisque zu zehlen §. 7. p. 9. wann Er sagt: officiisne autem Legislatoris, cui æternas perpetuasque leges suæ civitati populoque rogare animus est, satisfecisset? verè non satisfecisset. So sprechen aber die Juden, und nicht die Christen, welche wohl wissen, daß dergleichen jüdische Geseze nur so lang dauren solten, als die Juden ein besonderes Geschlecht, und das Volk Gottes seyn solten, nach I. Mos. 17, 9. 12. Es ist aber auch sehr anstößig, wann der Herr Aut. den Mosen in seiner Diss. bald einer Negligentiæ, bald einer Inconstantiæ, bald einer Imprudentiæ beschuldigen, ja Ihme die Theopneustiam und allen Fidem absprechen will, auf den Fall, wenn seine Erklärung der Stelle V. Mos. 25. nicht richtig seyn solte. Das 2) Argumentum ist, weilen die Comminatio divina auf den Uebertrettungs-Fall

III. Mos.

III. Mos. 20, 21. nicht ist capitalis, wie hingegen III. Mos. 20, 10. 11. 12. 14. sondern eine pœna mitior, mithin muß auch eine solche fœditas in conjugio hoc prohibito nicht zu finden seyn, wie in solchen, worauf die pœna capitalis gesezt worden ist. Dazu kommt 3) daß auch nicht einmahl darauf die exstirpatio ex gente judaica, atque exclusio à pacto Abrahamitico & Mosaico, wie III. Mos. 20, 17. auf den violatorem sororis, und I. Mos. 17, 14. auf die Unterlassung der Beschneidung, gesezet worden, als welches eine blosse comminatio iræ divinæ & excommunicatio wäre, wovon Abarbanel eine ganze Diss. geschrieben, die Buxtorf seinen *Diss. philol.* hat angehänget; sondern es wurde nur 4) accuratioris observationis gratiâ, eine pœna civilis, arbitraria, emergente demum casu determinanda, darauf gesezet, wobey es dann heisset: es seye eine schändliche That, *niddah*, so lang nemlich dieser Lex particularis währen solte, es repugnire wohl dem decoro civili, nicht aber der honestati naturali, wie solches aus III. Mos. 18, 19. C. 15, 18. 19. 25. 28. & Thren. 1, 17. erklärt werden kan, da eben dieses Wort vorkommt, wiewohlen es das Bedenken *p.* 25. nach der einmahl angenommenen hypothesi ganz anderst erklären will, auch der Herr Aut. der Widerl. meynt *p.* 178. daß Thren. 1, 17. ein moralischer Unflath dardurch angezeiget werde, aber wider den Context, indem Gott der

Herr damit vielmehr anzeigen will, daß Er sich seines Jerusalems in diesem feindlichen Gedränge so wenig annehmen wolle und werde, als ein Mann einer menstruatæ, so lang ihre menses währen, anzunehmen pfleget. Und dahin gehet auch die Stelle Ez. 36, 17. welche Herr Rauschenbusch in seiner *Diss.* §. *10. p. 20.* allegiret hat, welches die Consequentia v. 21. ff. deutlich anzeigen. Es werden zwar auch die Idola Esr. 9, 11. und 2. Chron. 29, 5. worauf sich Herr Rauschenbusch *l. c.* zugleich berufen, also genannt, doch werden solche erst per conceptum mentis & cultum religiosum ein moralischer Unflath wie dann Esr. l. c. das Wort *niddah* dem Wort *betoaphotehem*, welches die eigentliche Sünden-Greuel waren, ausdrücklich contradistinguiret wird. Was aber die Strafe selbsten betrift, so heißt es יהיו ערירים, da dann eine sterilitas vel physicè, vel moraliter talis darunter zu verstehen ist, vermuthlich aber nicht so wohl eine sterilitas physica, als solten Sie gar ohne Kinderseegen seyn, sondern moralis, es sollen nemlich die Kinder entweder auf keinen grünen Zweig kommen, oder nicht pro legitimis, genealogiis adscribendis gehalten werden. vid. Rauschenbusch *Diss.* §. *10. l. d.*) *p. 21. f.* Das 5te Argumentum ist, weilen nach III. Mos. 18, 18. in simili casu, das Conjugium cum uxoris sorore, nach jener ihrem Tod, vergönnet ist. Casus enim exceptus firmat

mat regulam in casu non excepto; wie dann auch jüngst erst Baumgarten im *I. Th.* seiner Theol. Bedenken *p. 179. f.* die Ehe mit der verstorbenen Frau Schwester für zuläßig gehalten hat; daß aber die prohibitiones connubiales III. Mos. XVIII, & XX. wie in linea recta, welches von keinem Theil geläugnet wird, also auch, in linea collaterali, ad similes vel æquè distantes gradus zu extendiren seyen, ist communis ferè Theologorum sententia, wie dann auch Aug. Varenius *l. c. p. 169.* in eadem hac causa sich auf die analogiam cæterarum legum matrimonialium berufen hat. Wann aber die Theologen von Gradibus reden, so ist die Frage nicht von den Gradibus selbsten, und ihrer Benennung, sondern von der Computatione graduum, und ob die Æquidistantia & analogia graduum dabey zu attendiren seye? welches dann hier wegen der Gühlingischen Anmerkung in Jerusalems Beantwortung *p. 42. f.* zu notiren. Und da im Gothaischen Bedenken die Æquidistantia & analogia graduum *p. 21. n. 2.* ebenfalls zum Grund geleget worden, so fället gegnerischerseits die Beschuldigung, wie solche in der Widerlegung *p. 98. 101. f.* zu finden ist, von selbsten weg. Indessen da sich der Herr Aut. der Widerl. des Bedenkens mit denen recentioribus, die das Gegentheil behaupten, was nemlich, bey der Computatione graduum, die lineam collateralem betrift, so gar viel, und zwar *p. 70. 97-102. 145.* zu schaffen macht, so will ich mich auch hierüber erklären. Es sind vortreflich schöne Gedanken, welche davon in Jerusalems Beantwortung rc. *p. 43-82.* zu lesen sind. Es ist aber meinem Scopo nicht gemäß, mich hierüber weitläuftig einzulassen, und meine Gedanken so wohl darüber, als über die darunter stehende Gühlingische Einwendungen zu eröfnen, sondern ich will nur bey der Widerlegung des Gothaischen Bedenkens ein wenig stehen bleiben, und so viel zeigen, daß die Meynung der Recentiorum nicht so boshaftig-einfältig seye, wie der Her Aut. der Widerl. *p. 97.* solche davor ausgegeben. Einmahl die Meynung, welche den Luther selbsten zum Vertheidiger gehabt, wird hoffentlich nicht so beschaffen seyn. Es will zwar Elswich *in Tract. de Reliqu. Pap. &c. p. 346.* behaupten, als hätte Luther diese seine Meynung revocirt, Er kans aber nicht beweisen. Des Speners Zeugnuß in seinen lateinischen *Consiliis*, worauf sich Jerusalem in der Beantw. *p. 108.* berufen, ist auch von grosser Wichtigkeit. Es sind aber auch die Argumenta in contrarium in der That von nicht geringem Gewicht, wann nemlich die neuere eines Theils die nimiam Mosis prolixitatem in recensendis personis ad matrimonium vi legis divinæ inidoneis urgiren, wo noch andere personæ & generationes, nach der Absicht Mosis, darunter zu verstehen wären, andern Theils aber auch behaupten, es seye die Computatio graduum so schwer, auch nicht einmal hinlänglich, und viel zu neue, und es komme solche nicht ex jure Mosaico her, sondern ex jure merè humano, partim civili, partim canonico. Der Beweiß wäre aber dieser 1) quia in Genealogia Christi *Math I. Luc. III.* solummodo generationum fit mentio, non graduum 2) quia computationem graduum alia ratione instituerunt Civilistæ, quam Canonistæ. Wäre sie nun originis divinæ, so würden beyde Theile sie als göttlich beybehalten haben. Es ist auch unläugbar, daß die licentia in contrahendis matrimoniis, vor denen prohibitionibus Mosaicis, viel grösser und freyer gewesen, welche licentia dann durch diese Leges correctorias eingeschränket worden, ein lex correctoria aber & restrictiva, wie dessen natura es mit sich bringt, ist nicht latè, sondern strictè zu interpretiren, mithin nicht weiters zu extendiren, als es der Buchstabe mit sich bringt. Es können freylich auch, wie es heisset in der Widerl. des Goth. Bed. *p.* 98. bey denen göttlichen Gesezen nicht alle mögliche Fälle angeführet werden, und die daraus *legitimè* gezogene Folge ist so wohl göttlich, als der Buchstabe selbsten, aber das ist es eben, wovon hier die Frage ist: ob die aus denen Legibus matrimonialibus gemachte Folgerungen richtig seyen, oder nicht? indem nicht zu begreifen, wann man nicht bey denen personis nominatis bleiben müste, sondern æquidistantia & paritas graduum statt haben solte, warum Gott überhaupt so einen prolixum catalogum personarum gegeben hätte, besonders aber, was es des Ueberflusses bedörft hätte, v. 18. eben das wieder zu verbieten, was doch v. 16. schon verbotten worden, indem ja beede Verse den ersten Grad der Schwägerschaft betreffen? auch da dem Herrn Aut. der Widerleg. bey der sententia communi eher ein ausmessen, und ein mehr wissen wollen, als Gott geoffenbahret hat, vorgeworfen werden kan, als denen Recentioribus bey der gegenseitigen Meynung. Der Nahme des Vaters, Bruders, Schwester, Söhnerin ist zu allen Zeiten bekannt, und der daher rührende nexus niemahl disputirt worden; daraus aber folgt noch nicht, daß die Computatio graduum nicht solte ein neues inventum seyn. Man sagt zwar freylich es seye *III. Mos. XVIII, 6.* eine *prohibitio generalis* enthalten, welche hernach durch das folgende nur exemplificiret werde und anzeige, daß auch solche Personen, welche *simili ratione* von dem *carne carnis participiren*, nicht ehelich werden können, es ist aber das, nach denen deutlichen Schriftstellen 2. Sam. 5, 1. IV. Mos. 27, 11. viel zu general, und eine Argumentatio incerta, daher heißt und beweißt hier das caro carnis nichts:

Eine

Eine so deutliche, als gründliche Erklärung dessen lieset man im R. Mich. Mosaischen Recht *II.* Th. §. *102. p. 160. ff.* Er sagt bey der Stelle *Num. 27. 11.* es ist klar, daß hier *Scheer* auch solche Verwandte unter sich begreift, die noch nach den Vaters Brüdern folgen. Noch weiters füget Er bey *Lev. 25, 48. 49.* und bemerket, daß *Scheer basar* folge, als ein Nahme entfernterer Verwandten auf Brüder, Vaters Brüder, und Vaters Bruders Kinder — nach dem Arabischen bedeute *Scheer* einen Verwandten, und bey den Hebräern seye *basar* so viel, als Leib. *Gen. 29, 14.* d. i. mein naher Verwandter rc. So sagt man auch ferner: ubicunque est eadem ratio legis, ibi eadem quoque legis dispositio. A. in paritate graduum eadem est ratio legis. E. eadem quoque legis dispositio. e. g. expressè prohibitæ sunt amita & matertera. E. pari ratione, eodemque jure divino prohibiti sunt patruus & avunculus. Und darauf scheint es hier allerdings allein anzukommen, wie dann auch Canz schreibt in *Disc. Mor.* §. *289.* non est sequenda nuda graduum analogia, sed rationum maximè paritas spectanda est. Si in gradibus non expressis eadem ratio occurrat, quæ in expressis, tum idem præceptum valet. Sin minus, non est, cur præceptum, ob nudam gradus æqualitatem, vim habere dicas, &c. Allein dieser Schluß: ubi eadem est ratio legis, ibi eadem quoque

 est

est legis dispositio. &c. ist 1) nicht allemahl durchgängig richtig. Eine Gegen-Instanz kan uns III. Mos. 11, 44. gemacht werden auf solche Art: Si eadem est legis dispositio, ubi eadem est ratio legis, seq. eâdem lege prohibitoria, quâ Deus prohibuit ejusmodi pollutionem: ne polluiste vos ulla reptili, quod reptat super terram &c. quâque Israelitæ fuere constricti, nos quoque in N. T. esse constrictos. A. posterius non est. E. nec prius. Ratio, quia Deus in N. T. æquè sanctus est, ac fuit in V. T. 2) Da es nun hier darauf ankommt, ob der Legislator divinus bey diesen prohibitionibus connubialibus auf eine solche identitatem rationis bey anderen casibus non expressis würklich und wahrhaftig gesehen habe, so merke ich folgendes noch an. Der Voluntas Legislatoris wird auf zweyerley Art und Weise erkannt. Einmahl wann der Legislator solchen expressè erkläret hat, wie hier geschehen quoad personas nominatas, hernach aber, wann man das, was Er gewollt, erst per argumentationem & conclusionem legitimam herausbringen, und solches erkennen muß ex generali negotii natura, oder aus dem fine à Legislatore sibi proposito, oder aus anderen indiciis. Und diß sind dann solche præsumtiones & conjecturæ, per quas demum suppletur, quod indefinitum reliquit Legislator. Wie man aber bey diesen præsumtionibus & conjecturis, überhaupt davon zu reden, gar

leicht

leicht irren kan, wie dann deswegen nebst *Thomasio*, *Alefeldt* in *Diss. I. de Jure Majest. in vitam civium ob delicta* §. 14. p. 25. nicht viel darauf halten wollte, also besonders hier bey diesen prohibitionibus connubialibus Mosaicis, da es so viele und vielerley casus speciales betrift? Daß aber deme also seye, bezeuget nicht nur die *Past.* Mosersche Uebersezung des 19. *v.* neque tu uxorem & sororem ejus (col. *v.* 17.) ducito. Ducere verò eas simul, multò etiam magis nefas est, quia ex tali conjugio meræ, dum uxor adhuc vixerit, rixæ ac Zelotypia inter eas consequentur &c. sondern es zeiget solches auch an das Gothaische Bedenken, wann der Herr Aut. desselben *p.* 21. also schliessen will, da *Lev. XVIII*, 16. und 18. einerley Verbötte in einerley Grad der Schwägerschaft sind, und eines davon ausdrücklich auf den Umstand, daß es nur bey Lebzeiten gelten solle, eingeschränket ist, so folget, daß das andere, welches in allen übrigen Stücken mit dem ersten übereinkommt, auch auf den Umstand, bey Lebzeiten eingeschränket seye rc. allein wann ich die Wahrheit sagen darf, so hiesse das nicht von einem von Mose bestimmten casu speciali richtig urtheilen, und davon auf den andern schliessen, und eine paritatem gradus in casibus similibus suchen, sondern casus, nach seinem Gefallen, selbsten erst bestimmen. Und wann dann das gelten solte, so könnte ich auch aus Lev. 18, 18. col. Devtr. 25, 5. schliessen, daß einem Mann nach dem Tod seines Weibs, auf den Fall, seine sororiam zu heurathen gebotten wäre, wann aus der Ehe mit seinem verstorbenen Weib kein Kind vorhanden. Es würde auch überdas, wann der Umstand, weil sie noch lebt, in dem 16. Vers, wie im 18. mit zu verstehen wäre, weder similitudo & paritas casuum & personarum, noch identitas rationis hier statt finden, sondern die Disparitas wäre ganz offenbar. Dann wo beede Verse, einer wie der andere, auf den Umstand, bey Lebzeiten, einzuschränken wären, so würde der 18. Vers nur einen casum specialem nunc restrictæ, antea autem liberioris licentiæ im Heurathen in sich fassen, von welcher liberiore licentia wir ein deutliches Exempel an dem Jacob haben, der 16. Vers aber einen casum adulterii vorstellen, welches dann Vers 20. generaliter, hier aber Vers 16. specialiter, so fern nemlich von der Fratria die Rede ist, verbotten wäre. Dieses ist also nicht einmahl eine nuda analogia; hingegen glaube ich, ich werde in der Absicht auf mein Vorhaben besser also schliessen: wie Gott damit, da Er kraft des Gegensazes erlaubt hat, *uxoris defunctæ sororem* zu heyrathen, angezeiget hat, daß dieses *interdictum* an sich betrachtet keinen *legem naturæ* in sich fasse, also zeige auch

Devtr.

Deutr. 25. 5. *seqq.* an, daß der *lex Lev.* 18. 16. kein *lex naturæ* seye. Es excipiret zwar der Herr Aut. der Widerl. 1) es haben die Worte v. 18. im Hebräischen einen ganz andern Verstand, und gebe, wie Er solches p. 146 – 155. weitläufig zeigen will, das *bechajæha*, weil sie lebet, nicht auf *lo tikkach*: du sollt nicht nehmen ꝛc. sondern auf das prædicatum, mithin auf *ligror alæha*: Sie zu plagen ꝛc. oder auf *legallot ærwatah*: Ihre Schaam zu blössen ꝛc. und werde folglich damit nur angezeigt, wie des Weibs Schwester durch die Heurath mit ihrem Schwager auf ihr Lebtag unglücklich gemacht, oder von Ihm vermittelst ehelicher Beywohnung ihr Lebtag gequälet werden könne ꝛc. allein es muß ja der Herr Aut. der Widerl. p. 148. selbsten bekennen, daß es schwer halte, solches recht und mit Bestand der Wahrheit, zu erklären, welches das folgende verificirt, da Er zu Behauptung dieser seiner neuen Uebersezung gezwungen wird, auf eine recht seltsame Weise, aus denen Israelitischen Weibern lauter gewissenhafte, Gottesfürchtige, und dabey höchstgeplagte Weiber, aus denen Männern aber solche unhöfliche, unzüchtige, gewaltthätige, brutale Leute zu machen, denen Gott mit diesen Gesezen Zäume und Gebiß ins Maul legen wollen, da doch nicht zu zweifeln, es werde damals unter denen Israelitischen

Wei-

Weibern auch Lilisæ Töchter gegeben haben, nach Lavermanns Beschreibung in seiner Predigt von dem schwer-zu bekehrenden Weiber-Herzen, es widerspricht sich auch der Herr Aut. der Widerleg. selbsten, wann Er p. 139. seq. den casum sezet, und sagt: entweder war die Frau schuld an der Ehescheidung, weil der Mann ihres unartigen Wesens halber nicht mit ihr haussen konnte ꝛc. Es ist wohl wahr, was Er p. 110. von dem Israelitischen Volk schreibt, es seye ein unartiges und ungeschlachtes Volk gewesen, aber das ist von denen Weibern, wie von denen Männern zu verstehen. Ja man glaubt, IV. Mos. 12, 1. 2. habe zum Grund, daß sich die Zippora, als die Haupt-Person unter denen Israelitischen Weibern, im Stolz vergangen, und wegen des Vorzugs ihres Manns bey Gott, sich zu viel herausgenommen, und dieses Murren veranlasset habe. Daß aber das Israelitische Volk nicht nur ein so widerspenstiges, sondern auch tummes Volk gewesen seyn solle, hat der Herr Aut. der Widerlegung wohl p. 109. aber fälschlich vorgegeben, indem das Gegentheil und die Sagacitatem Israelitarum Deyling zu Witteberg in *Oratione inaugurali* sattsam erwiesen. Nichts davon zu gedenken, wie Er deswegen p. 149. so vielerley Dinge zusamen suchen muß, sondern man siehet auch gleich primo intuitu, daß diese neue Ubersezung und Erklärung der v. 18. enthaltenen

pro-

prohibitionis, welche die weitere Verhütung der Plagen und Marter des ohnehin so sehr geplagten Israelitischen Weiber-Volks, abseiten Gottes, zur Absicht haben solle, obtorto collo hieher gezogen werde, und eben so gezwungen seye, als die Heurath mit dem Sororio, des Herrn Autors Vorgeben nach, zumahlen wann der Grund-Text recht inspicirt wird, da nicht nur die Accentuatio, sondern auch die Constructio grammatica dieser neuen Version ganz zuwider ist. Dann solte *bechajæha* auf *legallot ærvatah* sich beziehen, so würde ja ganz natürlich die distinctio nach *ærvatah* grösser seyn, als nach *alæha*, mithin müste auch *ærvatah* an statt des tebhirs der sakephkaton stehen, sollte aber *bechajæha* mit *lizror alæha* combinirt werden müssen, wie auch Hackspan will in *not. phil. theol. ad Lev. 18, 18. p. 447.* auch Niemeyer sen. und Pfaff angemerket haben, so stünden die Worte *legallot ærvatah* in parenthesi, und gienge es alsdann nach der Regul: parenthesis majore cum distinctione clauditur, quàm inchoatur, folglich müste abermahlen auf *ærvatah* der sakephkaton stehen; was aber constructionem grammaticam betrift, so heißt wohl die particula על an sich *contrà*, aber wann solche mit צרר construirt wird, so wird die particula hernach in expositione ausgelassen, und regirt alsdann blos einen accusativum, nach des *Danzii Int. §. 85. 1. edit. min.*

hin-

hingegen kommt die gemeine Uebersezung mit denen accentibus positis vollkommen überein, indem auf solche Art die in der ditione des tiphcha stehende vier Worte, worinnen freylich der tiphcha mit dem rebhia verbunden bleiben muß, durch eben diesen accent, als den grösten in der ditione des Silluki, von dem *bechajæha* abgeschnitten worden, und damit angezeiget wird, daß sich *bechajæha* auf *tikach* beziehen müsse, dahero alles andere, *p.* 147. nichts heisset, indem man solchergestalten nicht über den athnach gehet, sondern da dieser ganze Vers nur aus einer propositione bestehet, so muß der athnach da stehen, wo die gröste distinctio nach dem Silluk sich findet. Es ist auch alles so deutlich, daß nicht abzusehen, warum, anstatt des pronominis, ipsum nomen stehen solte. Dieses ist auch wieder den Herrn *Past.* Moser *in Vind. Gr. proh.* §. 13. *p.* 88. & 91. *f.* zu merken. Es excipirt 2) der Herr Aut. der Widerl. *p.* 151. *seq.* mit Anführung der Worte *Basilii* und des *Zanchii Tr. de sponsal.* wann man auch gleich die gemeine Uebersezung beybehalte, so folge nicht, daß der Schwager die *sororem uxoris defunctæ* heurathen dörfe, weilen *v.* 16. dabey stehe: weil sie lebt. Es gehet aber hier nach der oban geführten Regul: casus exceptus &c. wenigstens ist diese Restrictio nicht vergebens hier beygesezt, sondern hat offenbar zur Absicht die evitationem æmulationis, wie solches Wagenseil im Beden-

ken,

ßen, ob die Schrift zwey Schwestern nach einander zu heurathen erlaube? insonderheit urgiret hat; und obgleich der Einwurf so viel beweiset, daß dergleichen particulæ in affirmativis universaliter affirmiren, und in negativis negiren, wie solches auch Pfaff in *Diss. laud. p. 17.* angeführet hat, so hat doch *Glassius* wohl angemerket, daß solches nichts gewisses, noch beständiges seye, sondern erst alsdann statt habe, wann bey dem Gegentheil ein inconveniens daraus entstehen würde. vid. Niemejer sen. *in Diss. VII.* Es wendet zwar hier Herr Gühling in denen Anmerkungen zu Jerusalems Beantw. *p. 22.* ein, und sagt, man könnte auch so schliessen: weilen des Weibes Schwester darum nicht zugleich neben Ihr geehlichet werden dörfe, weil es dem Eheweib zuwider seye, so folge, daß, wann es dieser nicht zuwider seye, und Sie darein willigte, zwey Schwestern neben einander zu haben, gar wohl erlaubt seye, als davon der Beysaz: ihr zuwider, klare Maasse gebe. 2c. Es zeigt sich aber ein grosser Unterschied zwischen dem ersten und lezten Beysaz. Dann der lezte Beysaz: weil sie noch lebt 2c. ist ein wesentlicher Umstand des von dem Legislatore bestimmten Casus, der erste aber: Ihr zuwider 2c. ist nur eine ratio Legis, welche sich auf diesen wesentlichen Umstand beziehet, wobey sich dann nicht schliessen lässet, wenn die ratio

tio Legis bey einzelnen Personen cessiren kan, so cessiret ipsa Lex. Das Gegentheil lehret die Ehe Jacobs. *I. Mos.* 30, 1. 8. und von der Heftigkeit des Hasses unter Geschwistern zeuget die Erfahrung.

Es excipirt aber auch 3) der Herr Aut. der Widerl. *p.* 154. *f.* es müsse der 18. *v.* nicht præcisè & in specie de sororibus simul ducendis erkläret werden, sondern man könne ihn auch verstehen de polygamia simultanea überhaupt, da dann *achot* so viel hiesse, als *altera:* unam ad alteram non capias &c. welche Uebersetzung dem Genio der hebräischen Sprache ganz gemäß seye. Dieser hebraismus hat nun vielen von unsern Theologen gefallen, worunter gehören Flacius, Tremellius, Hafenreffer, Tarnovius rc. auch hat solches D. Pfaff angemerket in *Diss. cit.* *p.* 16. *f.* Es hat aber Danz in *Interpr. ed. plen.* §. 32. *p.* 43. solidè also geantwortet: isch, ischa, relatum ad præcedens aliquod substantivum, in oppositione ad ach, achot, elegantius latinè redditur unus vel alter, vocum verò oppositarum quælibet alius vel alter &c. neutiquam verò, wie es in der not. o) heisset, huc pertinet *Lev.* 18, 18. & mulierem ad sororem suam non accipies, quasi idem esset, ac mulierem unam ad alteram non capies, ac prohiberetur polygamia simultanea. Exinde certè hic sensus neutiquam eli-

elicitur, cum substantivum nullum, ad quod *ischah* referri posset, sit expressum; quin potius duæ sorores simul ductæ hic interdictæ sunt. Es meynet zwar Herr Gühling in den Anmerk. zu Jerusalems Beantwortung ꝛc. *p.* 25. *f.* es seye diese Danzische Antwort, daß an andern Orten allemal ein Substantivum z. Ex. Bret, Flügel ꝛc. vorhergehe, wenns so, wie voranstehet, übersezt werden solle, von keiner Erheblichkeit, immassen *III. Mos. XVIII.* in allen vorhergehenden Versen schon, wie im gegenwärtigen, von Weibern die Rede seye ꝛc. Darauf aber zu antworten, so ist zum voraus zu merken, daß dieses Verbot die *ischa* betreffe, in so fern sie mit *achotah* in einem Verhältniß stehet, da dann die Frage ist, ob man Ursach habe, von der proprietate etymologica abzuweichen, und auf einen sensum verborum figuratum, extra ordinem applicandum, zu verfallen, und ob es dem Genio der Hebräischen Sprache gemäß seye, wenn man die Worte hier per mulierem unam ad alteram übersezen will, obgleich in diesem 18. Vers kein Substantivum, wie z. Ex. 1. *Mos.* 13, 11, vorangegangen, worauf sich *ischah* beziehen könnte und solte? dieses zu erhärten, müste Herr Gühling Exempel anführen, welches Er aber nicht kan; dagegen findet sich ein merkliches Exempel *Ex.* 26. Dann obgleich *v.* 2. das Substantivum *Ieriah* dreymahl stehet, so wird es doch *v.* 3. 6. nicht

sup-

supponirt, sondern expresse wiederholt, noch weniger kan es hier *III. Mos. 18, 18.* nur supponirt werden. Ja wenn man auch die Gühlingische Erklärung hier gelten lassen wolte, mithin das Substantivum aus denen vorhergehenden Versen, wo von Weibern die Rede ist, nehmen, und supponiren, so würde nur so viel daraus erwiesen werden können, daß der *18. v.* nicht von Brettern, Flügeln, Teppichen col. *Ex. 1, 9. 23. C. 3, 13.* sondern von Weibern zu verstehen seye. Und nicht nur das, sondern es müste gar von einer der vorstehenden Weibern selbsten præcise verstanden werden, welches alsdann wieder ein absurdum wäre. Es verlieret auch das argumentum probans, daß, da alle *III. Mos. XVIII.* angeführte Nahmen der Personen in eigentlichem Verstand zu nehmen sind, auch in diesem *18. v.* kein figürlicher Verstand angenommen werden könne, nicht durch die Confusion, die Herr Gühling *p. 25. f.* zu machen suchet. Er will nemlich erweisen, daß diese Redensart nicht nur überhaupt: eins ans andere, eins mit dem andern rc. bedeute, sondern auch eigentlich sprüchwörtlich seye. Allein ein Sprüchwort משל *Ezech. 17, 2.* ist ein Bild, das die Aehnlichkeit eines sinnlichen Gegenstandes mit einer andern Sache vorstellet. Ich frage also: worinnen ist dann dieses Bild zu suchen? Es wäre wohl hier eine similitudo individuorum, aber keine Aehnlichkeit mit

einer

einer ganz andern Sache, vielmehr eine diversitas positiva, mithin kein Sprüchwort, wenigstens würde die Aehnlichkeit dardurch, weilen von ganz gleichen individuis in diesem vermeynten Sprüchwort, wanns ein Sprüchwort heissen solte, die Rede wäre, sehr schwer gemacht werden. So ist auch der Ausdruck: *mulierem non accipies &c.* dem Ausdruck im andern hemistichio des *17.* Verses ganz gemäß, und die Soror *v. 18.* ist eigentlich die uxor mariti. Nun wendet zwar Herr Gühling hier ein *p. 24.* es heisse nicht *achot ischtecha*, sondern *ischah el achotah*. Es sind aber beede Redensarten einerley Innhalts, und Verstandes, welches hier das suffixum fœmininum des Worts *achotah* anzeiget, massen die suffixa cum objecto, ad quod referuntur, in eodem genere & numero conveniunt, non autem cum voce, cui affiguntur, folglich ist es eine Schwester, welche mit der *Ischah* in einem schwesterlichen Nexu stehet, mithin der Sensus: ein Weib, mit deren Schwester du bereits in der Ehe lebest, sollst du nicht nehmen rc. Daß aber ein General-Wort, *Ischah*, hier gebrauchet wird, ist in diesem Systemate conjugiorum prohibitorum, nichts ungewöhnliches, wie dann *III. Mos. 20, 21.* auch ein solch General-Wort איש, Jemand, stehet. col. *Jer. 3, 1.* Wann aber der Herr Verf. behaupten will, als wann mit dem *18. v.* eine ganz andere Classe von verbotenen

Sünden wider das 6. Gebot anfange, so ist der Beweiß davon von keiner Erheblichkeit; vielmehr scheint es, als wann mit dem 19. v. ein neuer Anfang gemacht werde. Er beruft sich zwar [illegible] auf der Rabbinen *Setumot* im Hebräischen Text, und will damit beweisen, daß Sie bey diesem Vers nicht fortfahren, woraus Er dann den Schluß ziehet, als würde hier überhaupt verboten, mehr, als ein Weib zu nehmen. Es beziehen sich aber die Buchstaben פ & ס, *petucha & setumah*, auf gewisse portiones des Gesezbuchs Mosis, welche gelesen werden musten, wobey dann ein dreyfacher Unterschied unter denen Lesern gemacht worden, daher kame es dann zulezt, ex accidente, daß diese Buchstaben eine vim quandam distinctionis erlanget, daß das ס einen textum obscurum, & mystici sensus, das פ aber einen textum planum, qui non egeat operosa explicatione, anzeigen solte. Es hat davon gehandelt *Opitius, filius*, in einer zu Leipzig gehaltenen *Diss. de Sectionibus apertis & clausis in S. Codice.* Womit dann hier die Rabbinen vermuthlich auf die Ungewißheit gesehen, ob der *18.* Vers nur von einer Halbschwester, oder von einer Schwester von beeden, zu verstehen seye? wie dann die Juden bey *I. Mos. 20, 12.* davor gehalten, es seye wohl eine Schwester vom Vater, aber nicht von der Mutter her, zu heurathen erlaubet. Oder aber

wol.

wolten die Rabbinen damit anzeigen, die nachfolgende Verbote seyen mit denen vorhergehenden, überhaupt davon zu reden, nicht unius ejusdemque rationis, wie dann diese divisionis moræ zum Unterschied der Præceptorum Decalogi gebraucht werden in den besten Codicibus Manuscriptis. Die Haupt-Sache aber betreffend, so erklären ja die Juden diesen 18. Vers also: der Frauen Schwester, ist verboten nach dem Gesez, so lang, als seine Frau lebt, wenn aber die Frau gestorben, so ist Ihm sodann ihre Schwester erlaubt zu nehmen. vid. Bodenschazens Kirchl. Verf. der heutigen Juden, *IV.* Th. 4. *Cap.* *1. Sect. p. 104.*

Hernach beruft sich der Herr Verf. *l. c.* darauf, daß alle vorhergehende Verse im hebräischen mit *Ervat* sich anfangen, der *18. v.* aber nicht, welches auch etwas besonders seyn solle. Es ist aber genug, daß dieses Wort mitten im Vers stehet. Diß wäre also ein Argument, der Juden ihrem güldenen Affen nicht ganz ungleich. Von gleicher Beschaffenheit ist es auch, wann Er *l. c.* eine besondere emphasin in der particula *vau* suchen will, indem ja solche omnes conjunctionum species pervagatur, und pro varietate contextus bald diese, bald jene Bedeutung hat. Und wann sich der Herr Verf. *p. 21.* gleich denen Theologen, in causa Goez. Kettneriana, auch dem Ittig in in *Hist. Syn. Pillav.* auf die General-Regul berufen will, nicht in allzunahe Freundschaft zu heurathen, nach Lev. 18, 6. so ist die Antwort an einem andern Ort zu finden. Das hierauf angeführte Exempel des Jacobs aber beweiset just das Gegentheil, so viel die Sache selbsten betrift, hingegen ein Betrug, wie bey dem Jacob, ist nimmer zu beförchten, weilen man, nach damahliger Gewohnheit, die Braut, vom Bräutigam abgesondert, mithin sie bey andern Weibspersonen gesessen, welche dann, ohne Licht, mit verhültem Angesicht, dem Bräutigam zugeführet worden ist. Indessen ist so viel gewiß, daß der Legislator bey diesem *18.* Vers, auf des Jacobs polygamiam simultaneam mit zwey leiblichen Schwestern, gesehen habe, wobey dann eigentlich die Frage ist: ob der Innhalt des *18.* Verses nur eine blosse Erinnerung, oder vielmehr eine Einschränkung, in der Rücksicht auf des Jacobs Ehe, indem diese Ehe eine Ehe mit zwey lebenden Schwestern ware, in sich fasse? Es zeiget aber 1) der Zusaz: weil sie noch lebt rc. ganz deutlich eine Einschränkung an. 2) Da Gott die Ehe der Lea und Rahel gesegnet, nach *I. Mos. 29, 31.* und *C. 30, 22.* und zwar besonders der Lea, ohngeachtet der Betrug mit Ihro gespielt worden, und damit hernach bezeuget, daß Ihm diese Ehe Jacobs doch nicht mißfallen habe, so hätte diese Geschichte, in der Folge der Zeit, von andern gar leicht mißbraucht, und zum Exempel vel angeführt werden können. Diesem aber vorzubeugen, hat Er *III. Mos. 18, 18.* eine solche polygamiam simultaneam mit zwey lebenden Schwestern verbieten wollen; und zwar 3) um der zwischen diesen zweyen Schwestern entstandenen Dissidien willen, welches der Beysaz: ihr zuwider rc. anzeiget 4) harmonirt es hernach desto besser, und vollkommen mit *V. Mos. 25. 5.* übrigens führt der Herr Verf. die Stärke des aus dergleichen Beyspielen genommenen Beweises wider die Allgemeinheit der Verbote *Lev. 18.* ohne Unterschied der Zeiten, gar wohl, dahero drehet Er sich *p. 32.* hin und her. Allein sollte es nicht denen unterschiedenen Oeconomien gemässer seyn, zu glauben, es seyen auch darunter Leges positivæ forenses, welche denen Vätern in der ersten Oeconomie unbekannt gewesen, und seyn müssen, weilen sie damahls noch nicht gegeben waren? wenigstens möchte ich nicht so weit gehen, wie der Herr Verf. *p. 27.* nemlich die vorgebrachte Gründe, als solche Wahrheits-Gründe anzugeben, über welche man, als Kohlen, nicht werde gehen können, ohne die Füsse zu verbrennen. Dann es ist genug gesagt, wenn man vorgibt, es seye ein exegetisches Problem. Daß also hier nicht die Polygamie insgemein, sondern eine Polygamie mit zwey lebenden Schwestern, ganz bestimmt, verboten seye, ist daher erweißlich, weil ja augenscheinlich von der besondern Verwandschaft durchaus die Rede ist, nach der D. Zeltnerischen Anm. in der Alt. Bibl. ad h. l. Hackspan aber führet diesen Beweiß in not. ph. theol. ad h. l. p. 442. Moses, sagt Er, gradatim procedit: & cum v. 17. dixisset: uxorem & filiam ejus ne jungas tibi, pergit & infert v. 18. neque etiam duas sorores simul ducere licet. Quodsi à recepta explicatione abeas, & novam capitis partem, ut Junius aliique faciunt, inchoes, nulla gradatio, nec cohæsio amplius futura est. Auch vorher, p. 441. f. Si Mosi, qui hic tanquam Legislator voces strictè sumit, & sine æquivocatione, animus fuisset, in universum prohibere polygamiam, potuisset alias formulas usurpare, quas alibi Scriptura adhibet, quando de foeminis, præcisa consanguinitate, sermo est, e. g. Exod. 11, 2. Jer. 9, 20. Zach. 8, 21. Sed hic nihil tale occurrit. Er fährt auch p. 442. fort: accedit, quod universalis prohibitio polygamiæ Judæis ignota sit, nec in V. T. occurrat &c. welches Er hernach und im folgenden mit gültigen Argumentis beweisen, und auf die Argumenta in contrarium, besonders des Tarnovii, gründlich geantwortet hat. Es kan auch hievon nachgelesen werden, was Herr Pastor Ammon im 2. Theil seines Auszugs aus denen unschuldigen Nachrichten p. 380. f. angemerket hat, wiewohlen gedachter Herr Past. Ammon l. c. p. 374. seqq. diese Stelle III. Mos. 18, 18. über-

haupt

haupt ganz anderst übersezt haben will, als es Luther übersezet hat. Es sind aber dreyerley Uebersezungen, welche Er dorten dem Leser vor Augen leget. Die erste Uebersezung lautet also: und dein Weib sollt du in Gegenwart deiner Schwester nicht nehmen, dich mit Ihr genau zu vereinigen, nemlich aufzudecken ihre Schaam, neben Ihr (der Schwester) in deren lebendigen Beyseyn. Die andere Uebersezung: und deines Weibs Schwester sollt du nicht heurathen; es würde dir zur grösten Beängstigung, Qual und Strafe gereichen, aufzudecken Ihre, der Schwester, Schaam, nach Ihr, (nach deiner Frauen Absterben) oder auch bey ihren Lebzeiten. Die dritte Uebersezung: und was dein Weib, nebst ihrer Schwester betrift, sollt du diese nicht nehmen, nemlich zur genauen ehelichen Verbindung, aufzudecken ihre Schaam, nach Ihr, deiner Frauen, Absterben, und bey ihren Lebzeiten. Ich gestehe aber gern, daß ich keine davon vor accurat halten kan, weder denen hebräischen Worten nach, noch auch nach der Accentuation. Dann *lizror*, welches der Herr Pastor in der ersten und lezten Uebersezung von einem coitu maritali erklären will, kommt in dem ganzen Codice nirgends in diesem Verstand vor, sondern bedeutet mehrentheils, wie Er selbsten bekennen muß, einen ängstigen, quälen etc. Es heisset wohl manchmahlen etwas anbinden, anfesseln, dieser Significatus aber kan hier nicht statt haben, und wo es ja conjungere se heissen sollte, so müste *othak* dabey stehen col. III. Mos. 15, 18. 24. hingegen die Beybehaltung der gemeinen Uebersezung dieses Worts, wann es ängstigen, zuwider leben heisset, will die Ehe Jacobs haben, und die grosse Æmulatio, die sich dabey geäussert, nach I. Mos. 30, 1. 8. welches dann überhaupt ad p. 378. zu notiren, Hernach wäre es auch in jenem Verstand tavtologisch, in der Absicht auf die folgende Worte, welche eben dieses besagen, und wovon man kein Exempel hat in dem ganzen Catalogo conjugiorum prohibitorum. Und so wenig *bechajæhak* in deren lebendigem Beyseyn heissen kan, so wenig will sich auch reimen, was stehet p. 375. indem bey dem ersten Fall ein pudor naturalis communis, nach der Bedeutung des Worts *arvah*, welcher aber hier nichts besonders besagen würde, bey dem andern Fall aber die nahe affinitas der Grund wäre. Und da bey der ersten Uebersezung alle Worte vom Anfang an, biß auf *alæha* excl. in einem nexu stehen, so müste dann bey *ærvatah* der athnach stehen, mithin müste es heissen: und aufzudecken ihre Schaam, nemlich (wie gedacht) neben Ihro (der Schwester) in deren lebendigem Beyseyn. Was aber die andere und dritte Uebersezung betrift, da der Herr *Pastor* die leztere Worte dieses Verses übersezet setzet hat: nach Ihr (nach deiner Frauen Absterben) oder auch, und bey ihren Lebzeiten, so heisset wohl *al*, post, aber es müste das Wort Tod dabey, wie auch das Leben vor dem Tod stehen, ja es müste das *vau* nicht nur einmahl ausgedruckt, sondern auch repetirt seyn col. *Danzii Interpr.* §. *149. m. 11. n. 7. p. 193. edit. min.* So müste auch ferner nach der andern Uebersezung *lizror* in tempore finito stehen, könnte auch nicht heissen: dir zur grösten Beängstigung rc. sondern, Ihro rc. und was die Accentuation betrift, so müste auf beeden Worten *ærvatah* und *lizror* der sakephkaton stehen. Nach der dritten Uebersezung aber müste der athnach bey *achotah*, und hernach in allen folgenden Worten ganz andere accentus erscheinen, als die in textu positi sunt. So viel davon.

Ich muß aber hier noch etwas nachholen aus Herrn *Past.* Mosers *Vind. Grad. prohib.* Er setzet bey Gelegenheit des interdicti *III. Mos. 18, 18.* §. *13. p. 85.* diese Uebersezung voraus: & uxorem ad sororem ejus ne ducito, Zelotypiam movendo, detegens nuditatem ejus juxta eam, dum vixerit. Hierauf sagt Er dann *p. 88. bechajaka* necessario ad *achotah* referendum est i. e. dum vixerit soror ejus, uxor tua; quia, si ad *ischah, uxorem,* referretur, in cassum diceretur: dum vixerit, puta, uxor illa superinducta in matritrimonio. Und n. 91. f. vox *bechajæha*, quod *ex accentibus* colligere licet, non ad *tikach*, ducito, neque ad *legabot arvatah*, sed ad *lizror*, Zelotypiam movendo, referenda est. Nun zeigt sich freilich hier eine Schwierigkeit; Allein, da der Vers nur aus einer Proposition bestehet, so ist anfangs zu sehen, wo der sensus absolutior zu suchen seye? offenbar aber ist dieser zu suchen in denen vocibus *veischa* biß *tikach*, welches auch der *athnach*, als der gröste accentus nach dem sillok, bey dem Wort *tikach* anzeiget. In dem andern *hemistichio* aber, da sich eine diversa vocum relatio zeiget, enthält *bechajæha* einen haupt- und wesentlichen Umstand, die Worte aber *lizror* biß *alæha* fassen nur einen Nebenumstand, und eine Beweg-Ursach in sich, nemlich die Zelotypiam evitandam bey der *ischah*, *uxore viri*, cum ipse rem haberet cum sorore ejus. Nun ist bey dieser diversa vocum relatione die Frage: worauf sich dann *bechajæha* beziehe? Es gibt sich aber von selbsten, daß, weilen dieses Wort einen wesentlichen und Haupt-Umstand, nemlich vivente uxore, sororem ejus zu heyrathen, betrift, die folgende Worte aber nur einen Neben-Umstand, und dabey eine causam moventem specialem in sich fassen, so müsse sich also *bechajæha* auf *tikach* beziehen, und weilen dorten der sensus perfectior ist, auch der *athnach* stehen. Da aber die folgende Worte in einem Nexu, biß auf *alæha*

incl.

incl. stehen, so muß dann der silluk der voci proxime praecedenti distinguendae den tiphcha imponiren, welches Wort ist alaha; der tiphcha aber ist so grösser, als der rebhia auf lizroz. Solchergestalten hat man dann nicht Ursach, zu sagen: in cassum diceretur, dum vixerit, scil. ischa; uxor mariti. Ein gleiches Exempel von einer solchen diversa vocum relatione, obgleich nicht idem accentuum positus ist, noch seyn kan, gebet mir hierbey aus I. Mos. 15, 13. wobey dann die Frage ist, worauf sich die Worte: arba meot schanah, beziehen? die meisten Ausleger wollen sie deuten auf das dienen und plagen der Israeliten in Egypten. Allein diß ist sowohl wider die Historie, als wider die Accentuation. Dann auf solche Art, und nach des Luthers Uebersezung, wird der sakephkaton auf lahem grösser gemacht, als der athnach bey otam; hingegen kommt es mit der Historie, und der Accentuation überein, wenn mann die 400. Jahre nicht auf das nächste, nemlich Dienst und Plage, sondern auf das entferntere, nemlich die Peregrination, ziehet, als in welcher, aber hier unbestimmten Zeit, Sie auch gar sehr sollen geplagt werden. Viel mehrere dergleichen Exempel hat Glassius angemerket.

Auf solche Art, wie voranstehet, hat auch R. Abarbanel in seinem *Comm. in Pent.* die Schriftstelle *III. Mos. 18, 18.* erklärt, und daraus

die-

diese Folge gezogen. Er sagt, das Wort, *zarar*, hat den sensum affligendi & angustandi, nach dem Tod aber ist keine Zelotypia mehr zu förchten; dahero ist es auch erlaubt, nach dem Tod die Schwester der verstorbenen Frau zu heurathen.

Diesem aber widerspricht Herr *Past.* Moser §. *13, p. 93.* und sagt, der Canon: cessante causa cessat etiam effectus. i. e. cessante causa interdicti, cessat etiam interdictum, seye hier nicht applicabel. Man könne nicht also schliessen — perinde enim esset, ac si quis ita vellet ratiocinari: ex rapinis ac furtis, quæ inspectantibus rerum Dominis patrantur, rixæ & cædes consequi solent. Ergo licet alienam rem surripere, si Dominum rei id lateat. Eine andere Instanz folget gleich darauf, welche genommen ist von der matre uxoris defunctæ. Allein wann dieser Canon nicht applicabel seyn solte, so wäre ein anderer desto leichter zu applicieren, nemlich: casus exceptus firmat regulam in casu non excepto. So viel aber die Sache selbsten betrift, so hat bey beyden Instanzien, die Diversitas gradualis zum Gegenstand actiones per se malas, in se turpes, & Lege morali prohibitas, welche, in Ansehung ihrer Schändlichkeit, gleichsam characteres indelebiles mit sich führen. Diß aber kan man nicht sagen von dem Conjugio cum defunctæ uxoris sorore, indem solches weder Jure natu-

naturæ, noch Jure divino positivo communi sive universali verboten ist, alias enim Jacobus Patriarcha ex speciali Dei gratia excidisset, sondern nur Jure divino positivo particulari, ad Rempublicam Israeliticam unicè pertinente verboten wäre, wenn auch das Verbot erwiesen werden könnte, welches doch bißher nicht erwiesen worden ist. Solle die Polygamia in V. T. erlaubt gewesen seyn, wie Herr *Pastor* §. *13. p. 89.* ausdrücklich sagt, da sie doch mit der primæva matrimonii institutione incompatibel zu seyn scheinet, warum dann nicht das Conjugium cum defunctæ uxoris sorore? Man kan also schlechterdings nicht urtheilen indiscriminatim von denen Conjugiis *III. Mos. 18. & 20.* prohibitis, biß dieser Unterschied der Legum divinarum, per Mosen latarum, quæ demum promulgationem Mosis vim suam obligandi nactæ fuerunt, überhaupt davon zu reden, genau erörtert, und bestimmet worden ist. Ist, nach der wahrscheinlichen Leseart Rom. 7, 6. col. v. 2. 3. ipsa Lex moralis, certo respectu, demortua, so könnte man daher noch viel mehr schliessen auf die Leges pos. part. forenses, daß sie ganz abolirt seyn müssen, wordurch Gott, bey dem jüdischen Volk, nur ihre societatem domesticam & civilem hat formiren wollen. Vorher aber *p. 91.* schreibt der Herr Verfasser: si vir spem concipiat, uxorem suam viventem nihil Zelotypiæ adversus sororem suam habi-

habituram esse, fieri posse, ut cum uxoris suæ sorore vel matrimonium contrahat, vel certè furtivis amoribus indulgeat; ne dicam, eum incitari etiam animo posse, ut, quo sorore uxoris suæ eò facilius & citius potiatur, vel uxorem repudiet, vel, quod pejus esset, veneno eam tollat. Judicandum igitur est, interdicto hoc, ad præcavendas quoque istas libidines & facinora, non solum matrimonio cum duabus sororibus simul, verum etiam cum altera, post alteram, prorsus interdictum esse. Allein das sind nur Casus debiles, welche freylich bey äusserst lasterhaften Männern möglich sind. Diesem aber ist durch das fünfte und sechste Gebot gesteuert worden, nach deren wahren Sinn, welchen der Heyland *Matth.* 5, 21. 22. 27. 28. wieder hergestellet, und intra antiquos suos limites, wie es heißt *p.* 97. gebracht hat. Und wann Herr *Pastor p.* 96. *f.* sagt: Conjugii etiam cum duabus sororibus succedanei nullum amplius in S. Lit. V. F. exemplum legi &c. so ist das nur ein Argumentum negativum, welches in diesem Fall entweder nichts beweiset, oder auch das Gegentheil beweisen kan, nach dem gegenseitigen Zeugnuß der Juden bey Erklärung dieser Schriftstelle, zumahlen wann solcherley Exempel sehr gemein gewesen sind. Es ist uns auch die Schrift nur dazu gegeben, daß wir die Dogmata ad salutem necessaria daraus lernen sollen, nicht aber zu einer

blossen

blossen historischen Nachricht. Das Haupt-Argument aber nimmt, nebst andern Theologen, der Herr *Pastor* §. *13. p. 90.* aus der Propinquitate carnis, *III. Mos. 18. 6-18.* welche Er also verstanden haben will, daß alle solche Personen, welche von dem carne carnis participiren, nicht ehelich werden können, worunter dann auch die soror uxoris defunctæ gehöre. Ich habe aber bereits schon zuvor darauf geantwortet, daß dieser hebräische Ausdruck, nach 2. *Sam. 5, 1. IV. Mos. 27, 11.* viel zu general, mithin eine Argumentatio incerta seye. Soror sororem quidem proximè attingit, wie stehet in den *L. Gerh. T. XV. p. 265. Ed. Cott.* aber nicht sororis maritum, womit auch *Brentius* einstimmet. *L. Gerh. T. XV. p. 289.* Gar schön hat alles Herr Ritter Michaelis im Mos. Recht 2. Th. §. *102. p. 160. ff.* evolvirt, und dann *p. 162.* noch angehänget: weitere Geheimnisse, oder Sach-Entscheidungen stecken nicht in der Derivation, und welche Ehen Moses erlaubt, oder befohlen habe, kan man nicht aus dem weit über seine Ehegeseze hinausgehenden *scheer basar*, sondern man muß es aus seinen eigenen deutlichen Verordnungen, in denen Er saget, welches *scheer basar*, d. i. welche Verwandte verboten sind, ausmachen.

Endlich füget Herr *Pastor p. 97.* noch bey: major etiam tum animi, tum corporis puritas

 à Chrià Christianis sub N. F. postulatur (v. §. 5.) adeò, ut certò judicandum sit, matrimonium cum duabus sororibus etiam succedaneum sine omni dubitatione à Christo, aut Ejus Apostolis, si modo eis occasio oblata fuisset, improbatum ac damnatum fuisse &c. An sich betrachtet ist diß nur ein Argumentum negativum, und beweiset in diesem Fall, wann es überhaupt genommen wird, nichts. Wann wirs aber umkehren, und sagen, Christus und die Apostel haben dieses matrimonium cum sorore uxoris defunctæ nicht improbirt, da Sie doch öfters dazu Gelegenheit gehabt hätten z. Ex. *1. Cor. 7, 39.* so bekommt es erst alsdann eine vim probandi contrarium. Wenigstens bleibt es noch in suspenso. Das von der majore castitate & puritate Christianorum in N. T. genommene Argument aber, an sich betrachtet, hat einen grossen Schein. Allein da hier nur von der promtitudine subjecti, dem Gesez zu gehorchen, geredet wird, so muß die Sache vorher, in Ansehung des Legis divinæ ipsius ihre Richtigkeit haben. Dann Castitas est virtus, appetitum veneris Legi divinæ attemperans, mithin muß man zuvor wissen, ob alle die Leges Mosis matrimoniales, welche dem Volk Israel, und nicht andern Völkern, gegeben worden, nunmehr auch, in dem Periodo Messias, alle Völker verbinden sollen? das grössere Maaß der Gnade, und der Gaben des Geistes, das neue

Wesen

Wesen des Geistes Rom. 7, 6. erfodert freylich auch ein grösseres studium pietatis, castitatis & puritatis, es solle aber solches nicht willkührlich, oder gesezlos seyn. Ueberhaupt könnten auch Walters Beyträge, diese Streitigkeit beyzulegen, nachgeschlagen werden. Aber auch überhaupt von diesem matrimonio succedaneo zu reden, so zeiget sich dabey der usus abstractionis in moralibus ganz deutlich, wann uns *bechajœha* auf den Fall des Todes der *ischa*, schliessen lässet, nicht nur aber da, sondern auch insgemein bey denen Legibus matrimonialibus *III. Mos. 18.* & 20. wornach man mit Fleiß zu separiren hat die Leges accessorias, ad Rempublicam Israeliticam unicè spectantes, von denen Legibus, welche eine moralitatem objectivam in sich fassen, und solche matrimonia verbieten, quibus inest intrinseca turpitudo. Diese gelten zu allen Zeiten, und haben ihre vim obligandi nicht verlohren, sind aber hier, melioris observationis gratia, wiederholet worden, wie der Lex naturæ im vierten Gebot wiederholet worden ist. Jene aber, die diversæ rationis & indolis sind, sind abrogabiles. Unter diese abrogabiles aber gehöret der casus matrimonii cum sorore uxoris defunctæ deswegen nicht, weilen solches vorher schon, kraft des Mosaischen Gesezes, erlaubt ware. Was aber die übrige durch einen Legem pos. particularem würklich verbottene casus matrimoniales betrift, so will

 dabey

daben eine Abstractio allerdings nöthig seyn. So viel ist gewiß, daß diese Leges aliqualem moralitatem in sich fassen, und daß der in der Vergleichung mit und untereinander sich zeigende Unterschied schwer zu bestimmen ist, besonders in Ansehung der Frage: Ob? und was für einen Gebrauch eine christliche Obrigkeit davon machen wolle? Vergleichen wir andere Leges partic. forenses mit denen ceremonialibus, so will diese Vergleichung ein neues Argument auch hierinnen für die Freyheit einer christlichen Obrigkeit an die Hand geben. Dann da es mit der abrogatione Legum ceremonialium, nach und nach, stufenweise gegangen, nach dem Exempel der Beschneidung, welche mit der Zeit etwas *indifferentes* *Act.* 16, 3. hernach aber etwas abergläubisches ware. *Gal.* 5, 2. 3. aus Ursach, weilen die Synagoga judaica cum honore solte begraben werden; so lieset man hingegen bey der abrogatione Legum partic. forensium nichts dergleichen davon, ausser einigen wenigen, von dem Heyland wiederholten Gesezen. Die Christen wurden schlechterdings nur auf ihre Obrigkeit und den Gehorsam gegen derselben verwiesen. *Rom.* 13, 1. *ff.* 1. *Petr.* 2, 13. 14. Die Heyden wurden bey ihren Gesezen gelassen. *Math.* 8. *C.* 15. *Act.* 10. Ja Paulus hat sich gar, nach *Act.* 25, 10. *ff.* auf die Leges Romanas berufen, aus Ursach, weilen im N. T. eine christliche Obrigkeit hierinnen eine ungebungebundene Hand haben solte. Und davon möchte man dann auch in specie schliessen auf die Leges matrimoniales abrogabiles. Was die Leges matrimoniales morales betrift, so haben wir wohl Exempel von einer Wiederholung im N. T. Math. 5, 27. 28. Marc. 6, 18. 1. Cor. 5, 1. ff. In Ansehung der Legum posit. particularium aber, welche erst durch die Promulgation Mosis eine vim obligandi bekommen haben, lieset man im N. T. nichts dergleichen. Nur das ist etwas besonders, daß die im A. T. erlaubte Polygamie nunmehr in dem N. T. nach *1. Cor. 7, 2. ff.* ausdrücklich verboten ist, wie nun aber sonsten die in alle Welt, in der Absicht, daß Sie allenthalben Christen machen solten, ausgesandte Apostel, in Ansehung des Gottesdienstes, nur gewisse allgemeine Regeln, zur Ordnung und zum Wohlstand desselben gaben *1. Cor. 14, 26. 40. 2. Cor. 10, 8.* also auch in Ehesachen *1. Cor. 7, 39.* nur daß es in dem Herrn geschehe. Nun aber lassen allgemeine Regeln die Menschen in mehrerer Freyheit.

§. 4.

Dazu kommt das 6) Argument, welches darinnen bestehet, daß dergleichen Conjugia müssen sehr gemein gewesen seyn, ante legem latam, ja gar zu einem Gesez worden, wann der Bruder keinen Saamen hinterlassen, wie aus I. Mos. 38, 6. seqq. erhellet, woraus dann zu schliessen, daß, wann im Gegentheil der Bruder Saamen hinterlassen, es alsdann in der Freyheit des hinterlassenen Bruders werde gestanden seyn, die Fratriam zu heurathen, oder nicht zu heurathen, wie *Alethæus* im 59. Vers. der gr. Erl. *p.* 576. die Stelle Devtr. 25. hat erklären wollen, weilen aber diese Freyheit per legem III. Mos. 18, 16. C. 20, 21. restringirt worden, wie die licentia selbiger Zeiten, nach Gen. 29, 27. 28. zwey Schwestern zugleich in der Ehe zu haben, per Legem Lev. 18, 18. eingeschränkt worden, so muste doch Lev. 18, 16. allezeit so verstanden werden, daß der Casus, wann der Bruder keinen Saamen hinterlassen, ausgenommen seye, wie I. Mos. 38. und V. Mos. 25. ausweiset. Daß aber diese licentia wohl restringirt, nicht aber gar aufgehoben worden seye post legem latam, zeiget insonderheit an der locus Math. 22, 23. seqq. deme auch der Heyland nicht widersprochen. Daß nun aber die Ehe mit des Bruders Wittwe in der Kirche A. T. vor dem Gesez nicht nur für eine erlaubte, sondern auch Gott wohlgefällige Sache gehalten worden seye, hat der Herr Aut. des Bedenkens *p. 37.* gezeiget, und beygefüget: Sie glaubten nicht nur, daß der Bruder des Bruders Wittwe heurathen dürfte, sondern Er wäre auch hiezu in seinem Gewissen verbunden gewesen, nach *I. Mos. 38.* auf die Einwendung aber, als wäre es ein Irrthum gewesen,

sen, den Gott bey denen Vätern habe tolerirt, hat Er geantwortet *p. 38.* In des *Tremellii & Junii Bibl. lat.* heißt es in nota ad Gen. 38, 9. non erat jus à Jehuda recens invectum, sed mos jam diu receptus, ac proinde juveni Onani cognitus. Ja einige behaupten, wie Niemejer in *Diss. VI. de Conj. prohib.* angemerket hat, consuetudinem levirationis ab Adami temporibus esse arcessendam. &c. Nun excipirt Gegentheil *p. 198.* der Beweiß von der Kirche A. T. vor dem Gesez seye lauterlich auf das Exempel eines einigen *Membri* derselben ganzen Kirche gegründet, und von dieser einzeln *Action* werde auf eine hieraus folgende allgemeine Gewohnheit, welche Gott nicht habe mißfällig seyn können, geschlossen. rc. Allein es wäre eine längst vorher eingeführte Gewohnheit, welche wenigstens vim Legis hatte. Im 59. Vers. der gr. Erl. *p. 575.* heißt es: indem das Exempel Onans, den Gott eben deswegen gestraft, weilen Er seines verstorbenen Bruders Weib, die Thamar, nicht nehmen wollen, zur Genüge weiset, daß des verstorbenen Bruders Weib zu heurathen nicht nur erlaubt, sondern auch *vi alicujus præcepti divini* nöthig gewesen, gleichwie es auch *V. Mos. 25, 5.* nochmahls eingeschärfet wird, so kan man schwerlich glauben, daß Gott hier des verstorbenen Bruders Weib zu heurathen,

 wie-

wiederum habe verbieten wollen. Die Meynung Gerhards *in L. Th. T. XV. p. 298. Ed. Cott.* ist diese: egit Judas secundum Legem *Devtr. 25, 5.* Lex autem hæc est planè specialis, & ad solos Judæos pertinet (warum aber nicht auch andere Leges matrimoniales positivæ?) Nec est, quod Legem illam nondum fuisse scriptam dicas, quia multa Lege Mosis sancita etiam ante Legem scriptam in usu fuerunt. Es hat zwar Philo, judæus, gemeynt, als hätte die Ehe mit des Bruders Wittib damals ein bürgerliches Gesez der Cananiter zum Grund gehabt, Marsham aber wollte ein Gesez der Egyptier daraus machen, es hat aber *Buddeus* in *Hist. Eccl. V. T. P. I. p. 315. seq.* gezeiget, daß es ein göttliches Gesez gewesen seye, welches zwey Ursachen gehabt, davon die erste politisch gewesen, und die Erhaltung der väterlichen Erbschaft bey jeder Familie betroffen, die andere aber seye typisch gewesen, da Gott das Recht der Erstgeburt mit dem ihm beygefügten Seegen in der Familie fortgesezt wissen wollte, zum Vorbild des Messias, als des Erstgebohrnen unter vielen Brüdern. Es ist auch der Text selbst I. Mos. 38, 9. 10. 11. 24. 26. an sich klar und deutlich, indem nach dem 9ten Vers dem Onan der Wille Gottes de ducenda fratria wohl bewust ware, und daß der mit der Fratria erzeugte erste Sohn müße vor den Sohn des verstorbenen denen Bruders gehalten werden, es ware Ihm aber solches so zuwider, daß Er darüber seinen Saamen verderbet hat, welches Gott so hoch aufgenommen, daß Er Ihn darüber getödtet hat, und ohngeachtet Juda darüber voll Angst und Schrecken ware, und besorgte, es würde sein dritter Sohn auch sterben müssen, wann Er die Thamar heurathen würde, so hat Er Ihro doch solches versprochen, als sichs aber mit Vollziehung der Ehe mit seinem dritten Sohn so lang verzogen, und indessen offenbar worden, daß die Thamar von einem andern schwanger seye, so hat Juda gedrohet, Sie auf den Tod anzuklagen, weilen Sie eine Verlobte ware, die Hurerey einer Verlobten aber nach dem rigore legis divinæ col. Deutr. 22, 23. 24. mit der Todes-Strafe angesehen wurde. Nachdem aber die Sach offenbar worden, und Juda hernach gesagt, die Thamar seye gerechter, als Er, so wollte Er nur so viel sagen, Sie habe mehr Ursach gehabt, sich an Ihm zu rächen, weilen Er Ihro seinen dritten Sohn so lang versagt, als Er Ursach gehabt, Sie zu beschlafen. Es ist also falsch, wanns in der Widerl. heißt *p. 201. seq.* Juda habe weder Gebots, noch *Dispensation* nöthig gehabt, seiner Schnur den zweyten und dritten Sohn zu geben, nachdem der erste verstorben ware u. und hernach p. 202. huren ware in dieser Familie so scharf verboten, daß die Feuers-

Strafe darauf geleget wurde *I. Mos. 38, 24.* &c. massen der 15. und 16. Vers offenbar widerspricht, wiewohlen das andere Extremum auch nicht zu billigen, wann einige hieraus col. v. 23. schliessen wollen, wie Grotius schon gethan, als wäre die Scortatio simplex im A. T. nicht verboten gewesen, massen der sensus nicht ist, als schämte sich Juda nicht dabey, wann es herauskäme, sondern Er wäre eben deswegen sehr besorgt, und bekümmert, und tröstete sich nur damit, daß es, wie Er hoffe, niemand wisse. Luther hats also nicht recht übersezet: Sie kan uns doch nicht Schande nachsagen rc. sondern: Sie mags haben, aber daß wir nur nicht Schande davon haben h. e. wann du nur nicht zu viel geplaudert hast, daß es nun erst möchte herauskommen rc. und darinnen steckt also auch die Ungerechtigkeit seiner seits, daß Er mit Ihro, als einer Verlobten, so hart verfahren, und Sie der Hurerey halber wollte verbrennen lassen, da Er Sie doch durch die widerrechtliche Vorenthaltung seines Sohns der Gelegenheit, in den Ehestand zu tretten, beraubet.

Es ist aber auch allerdings ungereimt, was der Herr Aut. der Widerl. *p. 83. 84. 174. 199. 200. 202. 204.* behaupten will. Gott hat wohl seinem Volk verboten, sich mit den Heyden zu vermischen, es ist aber dieses Gesez erst durch Mosen en gegeben worden, daher Abraham, Isaac, Jacob, Juda, Moses etc. heydnische Weiber genommen, die Thamar ware selbst eine Heydin; ja ohnerachtet die Cananiter von dem Bunde Gottes ausgeschlossen, verworfen und verflucht waren, nach I. Mos. 9, 25. C. 15, 16. weswegen Abraham durchaus nicht geschehen lassen wollte, daß Isaac eine Cananiterin heurathen solte. I. Mos. 24, 3. so nahm doch Juda selbst eine Cananiterin. Und wie dieses Verbot überhaupt nur die Absicht hatte die Verhütung aller Dissidiorum in der Ehe, und des Abfalls von der wahren Religion, also hat es auch hernach aufgehört, wann eine solche heydnische Person die wahre Religion angenommen hat, wie solches gezeiget hat Fecht in *Diss. de Religione Gibeonitarum* §. *XXIV.* da es heißt: „ratio hæc addita Devtr. 7, 3. 4. ne seducat te, sponte innuit, ubi hæc causa cessat, cessare & legem ipsam, adeoque Israelitam in matrimonium ducere posse eam, quæ per proselytismum in communionem sacrorum Judaicorum antea introiisset. Wollte Sie aber die jüdische Religion nicht annehmen, so muste Sie wieder entlassen werden, nach V. Mos. 7. Esr. 10. Neh. 13. daher redet auch Micha von denen Weibern seines Volks C. 2, 9. auf welche Art es dann der Nachkommenschaft Abrahams an Gelegenheit nicht gefehlet hat, sich auf diese oder jene Art verheyrathen zu können, ohne der Fremdschaft

schaft damit zu nahe zu tretten. Die Descendenz Nahors wäre ja auch sehr groß, wie Abraham und die Seinige wohl gewust und erfahren nach I. Mos. 22, 20-24. Die Söhne Jacobs haben gar frühzeitig geheurathet, wie dann die Suah dem Juda seine zwey erste Söhne gebohren in dem 21 Jahr seines Alters, daher haben Sie nicht nur viel Kinder zeugen, sondern es haben hernach auch Geschwistrig-Kind frühzeitig zusammen heurathen können. Daß Sara seye des Abrahams Bruders Tochter gewesen, ist nicht gewiß, nach I. Mos. 20, 12. col. I. Mos. 11, 31. doch wann deme auch so wäre, wie es mit Amram und Jochebed nach Ex. 6, 20. und Othniel und Achsa Jud. 1, 13. seine Richtigkeit hat, so beweisen diese und dergleichen Exempel nur so viel, daß solcherley Conjugia in linea collaterali dem Volke Gottes nicht zu allen Zeiten, auf einerley Art und Weise, seyen verboten gewesen, und daß die diese und dergleichen Conjugia betreffende Leges III. Mos. XVIII. & XX. nur als ein sepimentum & præmunimentum legum naturæ anzusehen seyen, mithin auch nur seyen leges positivæ particulares forenses. Nun können wir freylich nicht sagen, was Gott seinem neuen Volk vor leges connubiales möchte besonders vorgeschrieben haben vor denen Zeiten Mosis, daß aber Lex leviratus seye schon bey demselben eingeführt, und längstens bekannt gewesen, erhellet augenscheinscheinlich aus I. Mos. 38. wie oben gezeiget worden.

Die That Simeons und Levi I. Mos. 34. beweiset nicht, was sie nach der Absicht des Herrn Aut. der Widerl. *p. 200. 202.* beweisen sollte, dann es wäre eine höchst-schändliche That, nicht nur nach dem Zeugnuß des Geistes Gottes selbsten I. Mos. 34, 13. da das Wort *bemirma* vorkommt, welches heisset cum dolo, dolosè, welches Wort niemahlen in bonam partem genommen wird, sondern es hat auch solche Jacob verworfen, I. Mos. 34, 30. wiewohlen der Herr Aut. der Widerl. *p. 240.* behaupten will, es hätte diese Klage eine Angst und Furcht vor dem Tod zum Grund gehabt, nach der Juden Meynung aber solle es nur eine *Politic* bey dem Jacob gewesen seyn; daß aber diese Klage Jacobs aus einer guten und reifen Ueberlegung geflossen seye, Jacob aber auch nicht politisiret, sondern ganz ernstlich davon gesprochen habe, zeiget an, I. Mos. 49, 5. seqq. da Er diese That noch auf seinem Todt-Bette höchstens detestirt und verfluchet hat. Was aber der Herr Aut. der Widerl. *p. 200.* von denen Hethitern anführt, so zeiget wohl das Wort *morat* I. Mos. 26, 35. col. II. Mos. 1, 13. deutlich an, wie widerwärtig sich die Judith und Basmath gegen Isaac und Rebecca müssen aufgeführt haben, es wäre aber solche Widerwärtigkeit nicht unter denen

nen Eheleuten selbsten, sondern unter diesen Hethitischen Töchtern und ihren Schwieger-Eltern, und ware also nicht dem Geschlecht, noch dem Heydenthum an sich betrachtet, sondern denen Personen zuzuschreiben.

Was aber den Gebrauch betrift, den die Rebecca nach I. Mos. 27, 46. davon gemacht, so ware es ihrer seits eine grosse List, womit Sie Jacob zu entfernen, zu retten, und durch eine Heurath aus ihrer Freundschaft zu versorgen gesucht. Von den Levirats-Ehen hat besonders Herr Ritter Michaelis im Mosaischen Recht II. Th. §. 98. p. 138. ff. gehandelt. Gar schön ist gleich anfangs die Abhandlung von der Onomatologie. So hat auch Herr Ritter ganz deutlich gemacht die Ausübung des Rechts der Wittwe, auf den Fall, wann sich der überlebende Bruder weigerte, Sie zu heurathen. Nicht nur sagt Er p. 143. seye der Bruder, als ein unbilliger Verächter seiner Schwägerin, und als lieblos gegen seinem verstorbenen Bruder, dessen Nahmen Er nicht erhalten helfen wollte, angesehen, sondern auch, wann die Sache vor Gericht kame, durfte Sie Ihne, nach p. 145. f. öffentlich ausschelten, und der ausgezogene und der Wittib übergebene Schuhe gabe Ihm den Nahmen eines Barfüssers, mit dem Ihne hernach jeder belegen konnte, ohne daß darüber eine Klage statt fand. Er

zeiget

zeiget ferner *p. 141. f.* wie das Recht, daß ein Bruder des verstorbenen Bruders Frau heurathet, noch in Asien, unter den Mongolen üblich seye, unter den Juden aber ganz aufgehöret habe *p. 148.* Doch meldet Niebuhr in der Beschreibung von Arabien, daß das Levirats-Recht dorten noch unter den Juden beobachtet werde. Seine Worte lauten *p. 69.* also: im übrigen Arabien leben überall Juden unter dem Schuz des Landesherrn, und werden bey ihren Gesezen gelassen. Sie beobachten z. Ex. ihr Levirat. Wann der älteste von mehreren Brüdern ohne Kinder verstirbt, so muß der auf ihn folgende Bruder, wann Er auch schon verheyrathet ist, die Wittwe, wann Sie es verlangt, nehmen. Doch stehet es der Wittwe auch frey, die Famllie ihres verstorbenen Manns zu verlassen, und ihr Glück anderwärts zu suchen; will sich der hinterlassene Bruder nicht bequemen, so führt die Wittwe Ihn zum Rabbi, welcher Ihn, nach dem Gesez Mosis, zur Heurath der Wittwe nöthiget, oder bestrafet rc. Nur ist anstößig, daß Herr Ritter *l. c.* den ersten Ursprung dieses sonderbaren Rechts nicht bey dem Volke Gottes, sondern aus der Geschichte der Thamar, unter denen Cananitern, den Vorfahren der Israeliten, suchen will. Es seye auch damahls, sagt Er, viel strenger gewesen, als es Moses in seinem Gesez gemacht, indem Moses zwar den Israeliten ihr Herkommens-Recht gelassen, habe

aber

aber der Härte, und den üblen Folgen desselben, so viel möglich, durch Einschränkungen und Mäßigungen vorgebeuget. Indessen seye dieses Levirats-Recht hernach geblieben, welches das Exempel der Mongolen beweise, wiewohlen man aus den Mongolen weder Cananiter, noch Israeliten machen könne. Dieser Meynung ware auch Philo, *Judæus*, wie wir schon erinnert haben, zugethan. In der Hauptsache aber hält es Herr Ritter mit Marsham, Spencer, auch dem Toland, da dann besonders Spencer in seinem Werk *de Legg. hebr. ritualibus* sich alle Mühe gegeben hat, wo nicht alle, doch die meisten ritus des jüdischen Volks, aus den moribus & institutis der Heyden herzuleiten. Und eben diese Mühe hat sich auch Herr Ritter hier, bey den Levirats-Ehen gegeben, solche aus dem alten Herkommen der Cananiter herzuleiten. Es haben aber jenen schon zur Genüge Witsius, Heidegger, Basnagius, Leidegger, nebst andern, geantwortet. Es ist wohl wahr, daß wir den ersten Ursprung des Levirats-Rechts aus der Historie nicht bestimmen können; doch dürfen wir solchen nicht vor Mose, bey denen Cananitern suchen, einem Volk, das nach *p. 141.* in concubitu promiscuo gelebet haben solle. Dann wie können diese, ja wie kann auch Juda selbsten, etwas davon gewußt haben, daß nach *p. 143.* die Unzucht der Wittwe mit einem andern, dem Recht und

der

der Strafe nach, als Ehebruch angesehen werden solle, ohne besondere göttliche Offenbarung? Dieses Gesez lesen wir erst *V. Mos.* 22, 23. 24. Nun wollen Einige, wie wir schon gemeldet, dieses Levirats-Recht aus den Zeiten Adams herleiten, ohne Zweifel darum, weilen es rationem typicam gehabt, wie das Opfern *I. Mos.* 4, 3. 4. *Cap.* 8, 21. col. *Hebr.* 11, 4. wie dann die ganze Epistel Pauli an die Hebräer, besonders *Cap.* 10, 1. *ss.* ein plenissimus Commentarius ist über die Leges ceremoniales. Allein weilen die Verkündigung des Messias stufenweise gegangen ist, indem Er anfangs nur als des Weibes-Saame *I. Mos.* 3, 15. hernach aber dem Abraham, als sein Saame *I. Mos.* 22, 18. und dann dem David, als ein Sohn 2. *Sam.* 7, 14. 16. 19. *col. I. Chron.* 18, 13. & *Hebr.* 1, 5. verheissen worden ist, so scheinet es, als hätte dieses Levirats-Gesez erst zu Abrahams Zeiten seinen Anfang genommen, aus einer besondern Offenbarung Gottes, bey denen vielen und vielerley Erscheinungen des Herrn, und seye so fort in seiner Familie fortgepflanzet worden, welches das Exempel *I. Mos.* 38. beweiset. Es ist aber dieses Gesez in so fern ceremonialisch und typisch, in so fern die Absicht gehet auf den Messias, als den Erstgebohrnen, den ersten Sohn, den Allerhöchsten unter den Königen auf Erden. *Ps.* 89, 28. d. i. ich will Ihn zum Haupt machen, erheben unter den Königen auf Erden. Ein Erstgebohrner hiesse sonsten derjenige, der in seinem Geschlecht vor andern den Vorzug hat, von grösserer Autorität und Ansehen ist, doppelter Erbschaft geniesset, das Regiment führet. Eben dergleichen Vorrecht verspricht Gott hier dem Messias. Er solte seyn der rechte Hohepriester, König und Prophet, und zwar in einem ganz andern und höhern Grad, als alle Priester, Könige und Propheten auf Erden: Er solte seyn das Haupt der Kirche, und der Herr aller Kreaturen. Die Erfüllung lesen wir *Rom. 8, 29.* da Er heisset der Erstgebohrne unter vielen Brüdern, weil Er vieler d. i. aller Menschen Erlöser ist; der Erstgebohrne vor allen Creaturen, oder der Herrscher aller Creaturen *Col. 1, 15.* da dann die Rede ist, von der Majestät und Hoheit, die dem Heyland, als Gott und Menschen, zukommt; ja auch der Erstgebohrne von den Todten *Col. 1, 18.* d. i. Er seye nicht nur selbst nicht im Tode geblieben, sondern Er habe sich auch durch diesen Ausgang aus den Todten mächtig erwiesen, als der Sohn Gottes, und als ein Erbe der Welt. Dann die Erstgeborne im A. T. hatten nicht nur ihre Vorzüge und Vortheile, sondern auch ihre Pflichten. Es ist merkwürdig, daß Philo, *Judæus*, in seinem dritten Buch *de Vita Mosis*, das ganze Ceremonial-Gesez, mit allen dahin gehörigen Dingen, für lauter Bilder erkläret, darunter grosse Geheimnisse wären

ren angedeutet worden. So weit aber kommt Er nicht, daß Ers auf den Messias gezogen hätte; hingegen wissen wir, als Christen, die rechte Erklärung davon, besonders auch, was das Levirats-Recht betrift. Es ist uns aber auch die grosse *Cacozelie* der Heyden nicht verborgen, welche alles nachäffete. Diß ware der Ursprung ihrer Opfer. Daß es aber nicht könne umgekehrt gewesen seyn, lehret das Exempel Cains und Abels *I. Mos.* 4, 3. 4. indem damahls noch keine Heyden, keine Cananiter, keine Mongolen in der Welt waren, von denen Sie es hätten lernen können. Und weilen Abels Opfer Gott wohl gefallen, so muß Er göttlichen Befehl dazu gehabt haben, welches dann *Hebr.* 11, 4. weiters erkläret wird. So mag dann auch die Aufopferung der Kinder dem Gözen Moloch hergekommen seyn, theils von einem Ruf der Versöhnung der Menschen durch das Opfer des zukünftigen Messias, theils von einer unrichtigen Deutung der vorhabenden Aufopferung des Isaacs. Mit dem *Lege cibaria III. Mos.* 11. und *V. Mos.* 14. gienge es nicht anderst, welches auch einige heydnische Philosophen, besonders unter den Griechen, haben angenommen, nach Spencers Zeugniß selbsten in seinem Werk de *Legg. Hebr. ritualibus L. I. C. 5. Sect. I. p. 147. edit. tert. Lips. 1705.* Und so mag es dann auch eine Beschaffenheit haben mit dem *Lege Leviratus.* Dann daß dieses

Gesez ein göttliches Gesez müsse gewesen seyn, ist deutlich zu ersehen aus *I. Mos. 38, 9. 10.* Dann da Gott den Onan deswegen getödtet, und solches ex indignatione geschehen, so beweiset dieses Verfahren Gottes, daß Ihme der göttliche Wille in dieser Sache könne unmöglich verborgen gewesen seyn, wenigstens supponirt diese Indignatio eine göttliche Verordnung, wie hingegen *I. Mos. 4, 4.* von einem göttlichen Wohlgefallen geredet wird. Dieses mag auch Herr Ritter wohl eingesehen haben, dahero Er §. *98. p. 139.* diese Stelle nur so übersezet hat: Onan starb auch bald. Es heisset aber im *Hiphil:* der Herr tödtete Ihne aus äusserstem Mißfallen. Wir darfen uns aber über die Härte dieser Strafe, bey Uebertrettung eines Legis div. positivæ, nicht wundern, massen ein gleiches Exempel *2. Sam. 6, 7.* geschehen, wobey das Versehen nur darinnen bestunde, daß die Bundslade nicht von den Leviten, nach *IIII. Mos. 4, 15. C. 7, 9.* col. *I. Chron. 16, 15.* auf ihren Schultern getragen, sondern auf einem neuen Wagen geführt worden ist. Daß aber die Levirats-Ehen auch unter die Cananiter, und andere heydnische Völker, gekommen sind, mag die Ursach gewesen seyn, weilen Abraham mit seiner Familie, unter Ihnen, in so grossem Ansehen gestanden ist. Aus diesem Grund geschahe es dann, daß die Heyden haben aus dem Abraham den *Saturnum* gemacht, wie solches

solches *Huetius* anführt in *Dem. Evang. Prop. IV. C. 3. §. 2. p. 116.* Auch solle der vor 2000. Jahren lebende Persische Magus Zoroaster von dem Glauben, der Lehre, und der Religion des Glaubens geschrieben haben in seinem Buch von Anbetung Gottes im Feuer, welches Er das Buch Abrahams genannt, und solches noch in Persien zu finden seyn. Sonsten ist nicht zu läugnen, daß das Levirats-Recht, zu Judä Zeiten, viel strenger müsse gewesen seyn, als es hernach Moses in seinem Gesez gemacht hat col. *p. 139. 144.* wovon aber die Ursach mag gewesen seyn, weilen das Volk Gottes zu jenen Zeiten nur in gewissen Familien bestanden, zu Mosis Zeiten aber sehr zahlreich ware. Aber auch das ist anstößig, wenn Herr Ritter *l. c.* schreibet, es habe Moses den Israeliten ihr auf ein *Point d' honneur* sich gründendes Herkommens-Recht, das die ganze Unsterblichkeit des Nahmens in Nachkommen sezte, gelassen. Er bekennet ja selbsten im *I.* Th. §. *35. p. 136.* es seyen die Geseze der Israeliten von Gott gegeben worden. Diß wäre aber zu verkleinerlich von einem göttlichen Gesez gesprochen. Es ist wohl auch wahr, daß das Levirats-Recht mit grossen Unbequemlichkeiten verknüpft gewesen. Diß ist aber nur alsdann ein Tadel, wann dieses Levirats-Gesez ein blos bürgerliches, von den Heyden herstammendes Gesez gewesen wäre, nicht aber bey einem göttlichen Gesez, dahero es auch nicht in der Freyheit Mosis gestanden, solches aufzuheben. Man schlage davon nach, was stehet *p. 143. f.* wer solte also diese Ausdrücke des Herrn Ritters billigen können? Es stunde ja Moses in der grösten *Familiaritæt* mit Gott. *II. Mos. 33, 11. ff.* und da Moses alles in Gottes Nahmen gethan, der mit Ihme geredet, theils wie ein Freund mit dem andern, theils durch die Wolke und Engel, theils durch das Urim und Thumim, theils durch Inspiration, so ist dann nicht zu zweifeln, daß auch hierinnen, in Ansehung der Levirats-Ehen, alles von Mose geschehen seye, nach einer göttlichen Offenbarung. *Cunæus* in *Republ. Hebr. L. I. C. 1.* hat ganz andere Gedanken, als Herr Ritter, von dem Regiment Mosis. Er sagt: Moses Rempublicam conditurus, quæ in terris sanctissima foret, summam Rerum potestatem Numini detulit. Igitur regiminis quendam modum constituit, quem persignificanter *Flavius adversus Apionem* vocari posse *theocratiam* ait, quasi tu ejusmodi civitatem dixeris, cujus Præses Rectorque solus Deus sit. Quæ enim cunque gerebantur, hujus geri judicio ac nomine professus est. &c. Eine schöne Vorstellung von diesem *Statu theocratico* wird uns von Josua gemacht, *Cap. 24.* Nun beschreibt zwar Herr Hitter im Mos. Recht *I.* Th. §. *35. p. 135. ff.* das Sonderbare dabey, und sagt dann: zu Mosis Zeit zeigte sich freylich

die

die *Theocratie* auf eine ausnehmende Weise. Gott gab selbst Geseze, Er entschied die schwereren Gerichtssachen durch Orakel, Er war sichtbar in einer Wolke bey den Israeliten gegenwärtig, und übte nicht nach der geheimen Art der Providenz, sondern viel deutlicher, durch Strafen. Allein wann ich von dieser Zeit abgehe, und an die Republic denke, wie Moses sie auf das Künftige einrichtete, so zweifle ich, ob man nöthig haben wird, deßhalb, weil Gott den Nahmen eines Königs führte, eine neue sonst ungenannte Art des Staats, eine Theocratie, zu erdenken. Ein Titel war diß, und nicht eine von Monarchie, Democratie, Aristocratie, und gemischter Regierungs-Form, im Grunde verschiedene Einrichtung des gemeinen Wesens. Und *p. 141.* Gott nahm den Nahmen eines Königes, als einen Titel, an, der den Israeliten zur Ehre gereichte, und davon war der Hauptendzweck, die Abgötterey zu verdrängen ꝛc. Allein was soll man dann dabey aus dem Mose machen? Nur ein Knecht ware Er in dem Hause Gottes *Hebr. 3, 5.* mithin weit unterschieden von dem Herrn selbsten; wenn Er aber gleichwohl ein *Malæch* heisset *I. Mos. 36, 31. V. Mos. 33, 4. 5. IV. Mos. 20, 14.* so mag wohl Ihme, als einem Gubernatori populi, der Titel eines Königs gebühren, der König selbsten aber muß Gott der Herr seyn. Noch mehr wann wir mit Devtr. l. c. vergleichen C. 18, 15. C. 34, 10.

 so

so ware Er der oberste Vorsteher des Volks im weltlichen und geistlichen Dingen, vice Dei, wie bey dem Pharao. Ex. 7, 1. vid. D. Rehkofs Progr. 1772. von dem eigentlichen Begriff des Worts Prophet. Philo nennet auch würklich den Mose einen vortreflichen König und Gesezgeber. Wann wir aber auch die Republic betrachten, wie Moses sie auf das Künftige einrichtete, wie dann auch *I. Mos. 36, 31.* auf die künftige Einrichtung zugleich mag gesehen worden seyn, so treffen wir doch keine Haupt-Aenderung hierinnen an. Dann wenigstens vierthalb hundert Jahre stund es an, da sich die Geschichte *I. Sam. 8, 4. ff.* zugetragen, wornach das Volk, nach Art heydnischer Völker, einen König verlangte, worauf sich Gott der Herr *v. 7.* erkläret hat: Sie haben nicht nur dich, sondern auch mich verworfen, daß ich nicht soll König über dasselbe seyn; nemlich wie bißher. Und als der Prophet Hosea weissagte, zur Zeit, da Usias in Juda, und Jerobeam II. in Israel regierte, fande sich eben diese Klage *Hos. 8, 4. ff.* und *Cap. 13, 9. 10. 11.* da es dann im leztern Vers heisset: ich gab dir einen König im Zorn ꝛc. womit dann Israel zu Gemüth geführet wird, wie übel es gethan, daß es, mit Verwerfung der von Gott eingeführten Regierungs-Form, einen souverainen König von Ihme gefodert, wordurch das Volk sich in die Gefahr der Verführung zur Abgötterey gestürzet.

Es

Es wäre also eine besondere Regierungs-Form, von allen andern gar sehr unterschieden. Gott hat nicht blos den Nahmen eines Königs, als einen Titel, angenommen. Dann so verächtlich wollen wir von Gott nicht denken, sondern Er regierte würklich auch das Volk unmittelbar durch seine heilige Geseze. *V. Mos. 4, 6. ss.* wordurch Sie dann von andern Völkern unterschieden wurden, da hingegen nunmehr die Könige durch den Herrn regieren, nach seinen Gesezen. *Prov. 8, 15. s.* Es ist auch nicht genug zu sagen, wie stehet *p. 140. s.* es habe Gott sein Volk von allen andern Völkern unter der Sonnen unterschieden durch seine Verheissungen und Drohungen, wobey sich seine besondere Providenz gezeiget, und in diesem Betracht habe Er sich wirklich als König der Israeliten erzeiget. Dann præmium & pœna sind nur annexa Legum, und deren pünctliche Erfüllung hat nur rationem motivi gehabt bey dem Volk. Und wenn wir die heutige Regierungs-Formen dargegen halten, so zeiget sich, in Ansehung der Erfüllung der göttlichen Verheissungen und Drohungen, auch noch deutlich genug die göttliche Providenz, da sie ist bald generalis, bald specialis, und zwar magis vel minus specialis. Wann aber der Herr Ritter sagt: Gott nahm den Nahmen eines Königs, als einen Titel an, davon der Haupt-Endzweck wäre, die Abgötterey zu verdrängen; so wird uns in den zuvor angeführten Schriftstellen

len, die Verführung zur Abgötterey nur als eine böse Folge von der Verwerfung der von Gott eingeführten Regierungs-Form betrachtet, nicht aber als eine Absicht derselben. Dann diese gienge dahin, daß das von Gott zu seinem Eigenthum erwählte Volk sein Vertrauen allein auf Gott sezen solte. Dazu aber hat den Herrn Ritter sein Grundsaz verleitet, daß Er aus dem Mose, bey Einrichtung des Regiments, in Ansehung der Anwendung, und des Gebrauchs der göttlichen Gesezen, zu einem bloß bürgerlichen Gesezgeber machen will. Es hat also die *Theocratie*, d. i. die Göttlich-Königliche Herrschaft, den ganzen Zeitlauf über, von Mose an, bis zu dem lezten König, nemlich dem Zedekia, richtig fortgewährt. Davon zeuget besonders auch die Wahl und Bestimmung der ersten Königen, die Wahl und Verwerfung Sauls, die Wahl Davids, und die Succession Davids bey dem Salomo, wobey die providentia Dei theils immediata, theils mediata ware, nach *I. Sam. 10, 24. Cap. 15, 23. 26. Cap. 16, 1. 2. Sam. 3, 17. ff. Cap. 5, 1. 2. 3. 1. Reg. 3, 7. ff.* Nachdem aber, bey dem Volk, nach den Zeiten Zedekiæ, so viele Veränderungen, Fatalitäten und Abwechslungen erfolget, so bliebe doch noch ein status theocraticus, aber nicht in uno eodemque gradu, biß endlich die Propheten gar aufgehört, welche doch, nach dem Herrn Ritter §. 36. n. 5. p. 140. auch ein

Theil

Theil der Theocratie waren. Ja es hat Joh. Frid. Schröer in seinem *Imperio Babylonis & Nini*, nicht ohne Grund behauptet, daß auch vor der Sündfluth eine *Theocratie* gewesen seye, da Gott unmittelbar die Regierung über die Menschen geführet habe. Solche hat auch mit Christo wieder aufzuleben angefangen. S. Hessischen Anhang über rc. p. 279. col. p. 432. seq. 402. not.

§. 5.

Daß aber die Ehe mit des Bruders Wittwe, nach dem Gesez, und besonders in dem N. T. weder von Christo, noch von den Aposteln verboten, sondern bey gegebener Gelegenheit, durch ihr Stillschweigen, vielmehr gebilliget worden seye, zeiget der Herr Aut. des Bedenkens gründlich *p. 33-37. 39.* besonders aus *Ruth. 1. Math. 5. C. 22.* und *Act. 15.*

Nun läßt der Herr Aut. der Widerl. den Beweiß aus *Ruth l. c.* gelten, nach *p. 206.* die übrige Beweiß-Gründe aber ficht Er gar stark an, und zwar, sowohl quoad *Minorem*, als *Majorem*.

Was *Minorem* betrift, so hat der Herr A. des Bedenkens selbsten, die *Objection*, die in dieser Absicht, aus *Marc. 6, 18.* gemacht werden könnte, solidè beantwortet, und aus dem Josepho, Ægesippo und Eusebio bewiesen, daß

Jo-

Johannes, an Herode, besonders das von Ihme begangene adulterium gestraft habe *p. 34.* Darwider aber Gegentheil *p. 185. seqq.* vieles einzuwenden hat. Es wendet nemlich ein, es habe der Herr Aut. des Bedenkes in dieser Allegation nicht fideliter gehandelt, indem Josephus des väterlichen Gesezes, dabey auch des Umstands gedenke, daß diese beede Brüder einen Vater gehabt haben, der Herr Aut. des Bed. aber davon nichts melde, da doch Johannes damit dieses adulterium, mit dem besondern Umstand, in so fern es besonders auch cum incestu conjunctum ware, bestrafen wollen, dieser hier bestrafte incestus aber zeige an, daß Christus und die Apostel die Ehe mit des Bruders Weib nicht mit Stillschweigen gebilliget haben, zumahlen da zu glauben, Spener auch solches expressè behauptet, daß damahls, als Johannes den Herodem gestrafet, Philippus nicht mehr am Leben gewesen seye, wie dann auch Johannes nur von einem Haben in der Ehe rede ꝛc. Nun hat Selden ganz recht, wann Er sagt, daß es schwer zu determiniren seye, was eigentlich Johannes an Herode gestrafet habe, es hat aber auch, allem Ermessen nach, *Bellarminus* recht, wann Er behaupten will, ob gleich Herodes weder ein integer Judæus, noch proselytus perfectus gewesen seye, so habe Er doch legem integram profitiret, und sich zu dessen Beobachtung verpflichtet, welches dann die Ursach seyn

mag,

mag, warum Josephus davor gehalten, es hätte Herodes das väterliche Gesetz Lev. 18, 16. übertretten, welches dann keine andere Ausnahm bey den Juden hatte, als Devtr. 25, 5. stehet, welche Ausnahm aber hier nicht statt fande, indem Salome aus der Ehe mit dem ersten Mann da ware. Dann daß בן hier nicht præcisè filium, sondern überhaupt prolem utriusque sexus bedeute, hat Niemejer sen. bewiesen in *Diss. VI. de Conj. proh.* auch Pfaff in *notis ad Math.* 22, 24. Es kommt aber hierbey nicht darauf an, was Josephus an dieser Ehe zu tadeln gefunden, sondern was Er als Historicus hat erzehlt, woraus dann erst zu schliessen ist, was Johannes in seiner Straf-Predigt eigentlich möchte gemeynt haben, da dann genug ist, daß Josephus meldet, es seye Philippus bey Leben gewesen, als Herodes die Herodias hat geheyrathet, nachdem Er Sie seinem Bruder auf der Reise nach Rom entführet hatte, welcher Herodias, als einem ohnehin frechen und hochmüthigen Weibes nicht wird gefallen haben, bey Philippo, ihrem ersten Mann, als dieser seiner Mutter Verbrechen entgelten und privatisiren müssen, auszuhalten, Not.*) daher Sie

Not. *) Ein anderer Bruder, gleiches Nahmens, Philippus, ware es, welcher seine Herrschaft in Trachonitis ꝛc. hatte, mit deme Herodes Antipas in gutem Vernehmen gestanden und geblieben ist. S. Hessischen Anhang über die Lehren ꝛc. 1. Abschn. p. 15.

Sie lieber beym Ehebruch eine Zeit lang in Ehren schweben, als im rechtmäßigen Ehestand, ohne eine sonderliche Figur, ihr Leben in der Welt zubringen wollen, Not. *) daher dann kein Zweifel, es werde Johannes an Herode Diebstahl, Raub, öffentlichen Gewalt, Ungerechtigkeit, Ehebruch col. 2. Sam. 12, 1-9. und Untreue an seinem vorigen Ehegatten, welchen Er, wie Pfaff in *notis ad Math. 14, 4. p. 136.* davor hält, ohne Ursach verstossen und vertrieben, und an ihrer Stelle zu ihrem grösten Verdruß eine so stolze Hure genommen, vornemlich gestraffet haben. Es ist auch kein Zweifel, es werde Ægesippus eben das Verbrechen gemeynet haben, da Er gesagt, es hätte Herodes wider alle natürliche Ehrbarkeit gehandelt, weilen Er nemlich diesen öffentlichen Gewalt, Raub und Ungerechtigkeit nicht an einem Fremden, sondern an seinem leiblichen Bruder begangen, und Ihm nicht ein geringes, schlechtes Gut, sondern seinen Ehegatten gestohlen. Solte Johannes zugleich auf das väterliche Gesetz gesehen haben, und zwar auf legem leviratus, so hätte ja Herodes offenbar darwider gehandelt, indem ein proles aus der ersten Ehe vorhanden ware, es folgt aber hieraus nicht, daß Johan-

Not. *) Von dem Hochmuth auch nachzuschlagen im Hessischen Anhang über die Lehren 2c. I. Absch. p. 13. not.

Johannes damit auch die Ehe mit des Bruders Wittwe, wann Er kein Kind hinterlassen, habe bestrafen wollen. Und hätte gleich Philippus damahls nimmer gelebt, als Johannes diese Straf-Predigt gehalten, so wäre es doch bey Herode in diesem und jenem Betracht ein peccatum continuatum; wie dann auch das Wort haben Marc. 6, 18. sich auf die unrechtmässige Art und Weise beziehet, auf welche Er so wohl des Philippi Weib bekommen, als bisher in der Ehe gehabt. Weilen einige dieses Stillschweigen quoad *minorem* auch aus I. Cor. 5, 1. anfechten, indem Sie daraus wollen einen Schluß machen auf die Ehe mit des Bruders Wittwe, so hat solches der Herr Aut. des Bedenkens *p. 34.* zu præoccupiren gesucht, dargegen aber will der Herr Aut. der Widerl. *p. 189. seqq.* aus dem von Paulo gebrauchten Gewalt des Bannes schliessen, daß die leges connubiales III. Mos. 18. denen Corinthiern müssen bekannt gewesen seyn, weilen man aber gleichwohl nicht lieset, daß Christus oder die Apostel die Ehe mit der Stief-Mutter verboten, oder daß Sie die Leute überhaupt von denen legibus matrimonialibus III. Mos. 18. & 20. unterrichtet hätten, so seye daher zu schliessen, daß, wann ihnen der Casus mit des Bruders Wittwe vorgekommen wäre, so würden Sie solchen incestum so wohl gestrafet haben, als hier Paulus, und dorten Johannes. Allein wie das VII. Cap.

I. Cor.

I. Cor. deutlich anzeiget, daß Paulus seine Corinthische Gemeinde von der Ehe und Ehe sachen wohl unterrichtet habe, daher kein Zweifel ist, Sie werden auch wohl gewust haben, was nicht nur scortatio, sondern auch incestus seye, als wohin das VI. Cap. zu ziehen, also siehet man auch aus Cap. V, 1. daß Paulus dorten nicht nur von solcher Hurerey rede, die Sie als Christen vor Sünde halten ex lumine revelationis, sondern die auch die Heyden, welche nur das lumen naturæ, und nicht das lumen revelationis haben, nicht billigen können.

Indessen möchte man diesen besonderen Unterricht beweisen können, oder nicht, so wäre doch dieser gedoppelte Schluß falsch 1) man lieset nichts besonders von diesem Unterricht. E. ist nichts dergleichen geschehen. 2) Paulus straft hier den incestum in primo gradu affinitatis, lineæ rectæ III. Mos. 18, 8. E. würde Er auch in linea collaterali die Ehe mit des Bruders Wittib III. Mos. 18, 16. gestrafet haben, wann Ihm solcher Casus vorgekommen wäre. Jenes wird wohl ex lumine naturæ, als verboten erkannt, dieses aber nicht. Und n. jenes Suppositum des Autoris höchst falsch ist, wann Er *p. 190.* behaupten will, daß die Heurath mit der rechten Mutter nach dem Jure naturæ nicht verboten seye, also auch dieses Suppositum, als wären die leges connubiales

les per traditionem auf die Heyden fortgepflanzet worden.

§ 6.

So viel nun aber *Majorem* betrift, so sagt der Herr Verf. des Bed. *p. 34. 35. 36.* da Christus *Math. 5.* woselbsten Er vorgehabt, die Juden auf den rechten Gebrauch des Ehestandes zu führen, so gar auch auf den *Casum* der Ehe mit einer Abgeschiedenen gekommen, da Ihm *Math. 22.* eben der *Casus* des Heuraths mit des Bruders Wittib aus *Devtr. 25. propon*iret worden, Er aber doch an beeden Orten diese Ehe nicht vor verboten erkläret, so muß er solche auch nicht vor schändlich gehalten, mithin durch sein Stillschweigen gebilliget haben, wozu Er dann auch p. 36. setzet das Stillschweigen der Apostel auf der Kirchen-Versammlung zu Jerusalem. *Act. 15.* Nun hat zwar der Herr Aut. der Widerl. wiederum vieles dargegen einzuwenden *p. 191 - 197.* und sagt, die *ad Math. 5.* sich selbst gemachte *Instanz*, daß wie nicht folge, Christus habe auch von denen übrigen *Lev. 18.* verbotenen Blutschanden keine Meldung gethan, daher habe Er sie durch sein Stillschweigen gebilliget, also folge es hier auch nicht; was *Lev. 18. 16.* betreffe, habe noch mehr auf sich, als der Herr Aut. des Bed. in der Antwort zu verstehen gegeben, indem nicht zu erweisen seye, eines theils, daß die Juden zu denen Zeiten Christi, da Sie alle Greuel getrieben, nicht auch sollten im übrigen wider das Ehe-Verbot *Lev. 18.* gehandelt haben, andern theils, daß die Ehe mit des Bruders Wittwe damahls noch seye üblich gewesen, es handle auch *Math. 5. de Conjugio, non contrahendo, sed contracto*, und besonders wie man in Gedanken einen Ehebruch begehen könne, mithin wie der, der eine Blutsfreundin ansehe, Ihr zu begehren, der habe schon Blutschande mit Ihr getrieben in seinem Herzen ꝛc. So viel Math. 22. aber betrift, so wendet Er ein, die Sadducäer haben die Absicht gar nicht gehabt einige Nachricht wegen der Heurath mit des Bruders Wittib einzuziehen, sondern die Meynung des Heylandes von der Auferstehung der Todten *ridicul* zu machen, es seye nicht gewiß, obs eine wahrhafte Historie seye oder nicht, und da die bey denen Juden gültig gewesene *ratio legis* nun *cessire*, so *cessire* auch die Erlaubniß, des Bruders Wittib heurathen zu dörfen, es seye nicht *probabel*, daß der Heyland werde diese böse Buben einer umständlichen Rede gewürdiget haben in einer Sache, worinnen Sie nicht einmal Erläuterung begehrt, und seye genug, daß solches geschehen seye in

Ansa-

Ansehung des Zustandes der Seeligen nach dem Tod. Endlich sagt Er: weilen Sie der Lehre von der Auferstehung halber fragten, deswegen antwortete auch Christus nur, was diese Materie betrift, weil Sie aber der Heurath mit des Bruders Wittwe halber keine Erklärung forderten, deßwegen gab Er auch keine. Die Sadducäer fragten nicht: ists recht, daß man seines Bruders Weib nehme? sondern, welches Weib wird sie seyn unter den sieben in der Auferstehung? rc. Was aber Act. 15. betreffe, so seye daselbsten von ceremonialischen Dingen, und dann von solchen Anstössen und Hindernissen gehandelt worden, wordurch die Vereinigung der Juden und Heyden hätte gleich im Anfang können gestöret werden, ob dann also der *incestus* etwas ceremonialisches seye, oder das *Conjugium cum fratria* unter diese Hindernisse und Anstösse habe gehöret. ? rc.

Allein wie der Herr Aut. der Widerl. anfangs von lauter Möglichkeiten redet, massen wohl zu denen Zeiten Christi der Zustand des Judenthums in allen Ständen höchst verdorben ware, welches nicht zu läugnen, daher es freylich wäre möglich gewesen, daß Sie auch hätten allerhand Blutschand getrieben, wider das Eheverbot III. Mos. 18. Doch ist eine Möglichkeit noch keine Würklichkeit; auch wie Er hierinnen, da Er so wohl deßwegen, als auch wegen des Sazes, daß zu Christi Zeiten die Ehe mit des Bruders Wittib annoch seye üblich gewesen, Beweiß fordert, handelt wider den bekannten Canonem: affirmanti incumbit probatio &c. also ist es auch nicht glaublich, daß sich die Juden puncto incestus werden vergangen haben, nicht nur weilen der Heyland, ohngeachtet Er ihre Laster so hart gestrafet, doch davon nichts gedacht, sondern auch weilen Sie über dem ceremonial- und policey-Gesez, wie auch über ihren Traditionen so sehr gehalten, daß Sie darüber wohl gar des Moral-Gesezes haben vergessen; welches der Heyland Ihnen so oft vorgehalten Math. 5. c. 9. c. 15. c. 23. Luc. 18. col. Act. 21, 20. wie dann auch solches genugsam in ihrem Talmud versehen, daß im Heurathen die Personen in Acht genommen werden sollen, welche Moses zu freyen verbotten. vid. Christ. Gerson im Juden-Talmud *P. I. C. 20. p. 176. seq.* Daß aber die Ehe mit des Bruders Wittib seye unter denen Juden nicht lang üblich gewesen, auch schon zu, ja vor den Zeiten Christi, mithin der *locus Math. 22.* nur *per modum positionis* zu verstehen, suchet der Herr Aut. der Widerl. zu beweisen *p. 206-210.* Es ist aber eine vergebliche Bemühung, indem nicht nur dieser locus selbsten klar und deutlich ist, sondern auch hernach im Talmud ein be-

son-

sonderer Tractat hievon zu finden, welcher heisset מסכת יבמות. Ja es bezeugen die Juden, daß diese Gewohnheit gewähret habe bis auf 1040. da dann erst R. Gerson sowohl den legem leviratus, als die Vielweiberey, Ehescheidung ꝛc. abgethan. vid. Gerson im Juden-Talmud *l. c.* und Bodenschaz im *IV.* Th. der Kirchlichen Verfassung der heutigen Juden *p. 149.* gedenket nicht nur der Verordnung des grossen *Concilii* in Polen, nach welcher nunmehr gar kein Bruder seines ohne Erben verstorbenen Bruders Frau mehr heurathen, sondern, da solche Heurathen mehr aus Wollust, als nach der Absicht des göttlichen Gesezes zu geschehen pflegten, allezeit der überlebende Bruder der Wittfrau *chelizah* geben solle ꝛc. sondern Er führet dißfalls auch an die Worte des bekannten Venetianischen Rabbi *Leo de Modena* aus seinem Buch *de ceremoniis & consuetudinibus. &c.* Bey dem loco III. Mos. 22, 13. stehet expresse: und hat keinen Saamen ꝛc. III. Mos. 21, 14. ist ein besonderes Gesez, welches aber Ezech. 44, 22. erkläret worden. Was den Casum betrift, wann 5. oder 6. kinderlose Bruderswittwen wären vorhanden gewesen, so läßt sich solcher leichter denken, als sezen, doch da der Herr Aut. der Widerl *p. 208.* überhaupt das Befohlene V. Mos. 25. unter die odiosa rechnet, so bleibt es bey dem Canone: odiosa sunt restringenda. Posito aber, es hätte das Gesez V. Mos. 25.

 auf-

aufgehört, so würde nur daraus folgen, daß es alsdann wäre dem Bruder frey gestanden, die Fratriam zu heurathen, oder nicht. Math. 5. handelt de conjugio contrahendo & contracto, indem ja die Erklärung des Heylandes v. 32. eine Hindernuß in sich fasset ratione matrimonii contrahendi, wann nemlich die desponsanda eine Abgeschiedene ist; die Application auf eine Blutsfreundin, und daß mit solcher im Herzen Blutschand begangen werden könne, hat seine vollkommene Richtigkeit. Was aber Math. 22. betrift, so ist die Absicht der Sadducäer gewesen, den Heyland mit dieser Frage ad absurdum zu bringen, daß Er entweder bekennen müsse, es seye keine Auferstehung der Todten, oder gestehen, daß der lex leviratus nicht bestehen könne; daher ob Sie gleich keine Erläuterungen wegen der Heirath mit des Bruders Wittib verlanaten, so hat sich doch der Heyland mit ihnen einlassen müssen, um so mehr, als Sie ihr Argument, wordurch Sie den Heyland ad absurdum bringen wollen, aus dem lege Leviratus V. Mos. 25. genommen. In der Hauptsache hat freylich der Heyland den wahren Begriff von der Auferstehung festgesezet, und die Sadducäer wegen ihres Unglaubens beschämt; doch ware es dieser seits, nicht nur Anlaß, sondern Auffoderung, und ein aus dem Lege Leviratus genommener Einwurf, welchen der Heyland nicht wohl mit Stillschweigen hätte übergehen können,

nen, wann, in Ansehung dieses Legis, nunmehro solte eine Veränderung fürgegangen seyn. Daß aber der Heyland diese Irrige, Unwissende und Unverständige in der H. Schrift, einer umständlichen Rede würklich gewürdiget habe, zu dem Ende nicht nur von dem Zustand der Seeligen geredet, sondern auch die Auferstehung der Todten, wiewohl nur durch eine Folge, die Er aber für eine Schrift, für ein Wort und Kraft Gottes gepriesen, bewiesen, stehet ja im Text, da sich dann wohl ab esse ad posse schliessen lässet. Sonsten aber mag die Frage der Sadducäer eine würkliche Historie in sich fassen, oder nicht, so wäre es doch ein casus dabilis, und beweißt eins so viel, als das andere. Was aber der Herr Aut. der Widerl. hier von der ratione legis angeführt, so ist solches also beschaffen, daß der daraus gemachte Schluß ganz irrig und falsch ist, nemlich daß daraus folgen solle, als cessire bey uns cessante ratione legis, auch die Erlaubniß des Bruders Wittib heurathen zu dörfen, massen hier nicht die Rede ist von einer Freyheit und Erlaubniß, sondern von einer durchs Gesez benommenen Freyheit, da der Bruder nach dem lege Levirationis die Fratriam in dem bestimmten Fall heurathen muste. Wie sich aber nunmehr die Sach in der Absicht auf uns verhalte, ist eine andere Frage. Es wäre III. Mos. 18, 16. ein lex positiva particularis forensis, und V. Mos.

25. faßte eine auf diesen legem forensem sich beziehende Ausnahm in sich, da dann auf den Fall, wann kein proles vorhanden wäre, es nicht nur erlaubt, sondern vielmehr geboten wäre, die Fratriam zu heurathen, hingegen wann ein proles vorhanden wäre, so bliebe es bey dem Verbot III. Mos. 18, 16. welches dann, wie die Juden meynen, nicht nur in favorem prolis superstitis geschahe, sondern auch zu Vermeidung aller daher unter den Kindern 1. und 2ter Ehe entstehender Verdrüßlichkeiten. Nun hat freylich, adveniente & exhibito Messia, der lex samt seiner Ausnahm, si non quoad observantiam, tamen quoad obligationem, in der Absicht auf uns, cessiret, es hätte auch solches der Heyland mit Worten anzeigen können, weilen aber die Synagoga mit Ehren solte begraben werden, so hat der Heyland davon geschwiegen, indessen aber mit seinem Stillschweigen die bisher übliche Ehe mit des Bruders Wittwe, auf den Fall, wann kein Kind vorhanden wäre, als wovon eigentlich die Rede wäre, in der Absicht auf die Juden, zwar offenbar gebilliget, und damit wenigstens so viel zu verstehen gegeben, daß die Ehe mit des Bruders Wittwe nicht contrà legem naturæ seye, in der Absicht auf uns aber damit, daß Er seine Jünger und uns nicht mehr darauf verwiesen, hingegen vorher schon die Heyden bey ihren legibus romanis gelassen, nach Math. 8, 13. das

Ge-

Gesez Lev. 18, 16. mit seiner besondern, auf die Juden sich beziehenden Ausnahm aufgehoben, als welches silentium noch stärker zu urgiren ist bey denen Scriptoribus Sacris, nachdem Christus gen Himmel gefahren, obgleich die leges forenses überhaupt, quoad ipsum factum, haben erst aufgehöret destructa Republica judaica. Was demnach Gott in denen zwey ersten Oeconomien, bey einem gewissen Fall, in gewisser Absicht, geboten hat, das muß doch wenigstens, ausser dem Fall, und ausser dieser Absicht, in dem Meßianischen Periodo, erlaubt, mithin der Lex Lev. 18, 16. ein blosser Lex particularis forensis, und nun dispensations-fähig seyn. Ob also gleich der Herr Aut. der Widerl. Act. 15. nichts findet, das der Sache ein Gewicht geben könnte, so finden doch wir es, indem auf dieser Kirchen-Versammlung der in der Kirche zu Antiochia entstandene Streit von Haltung des Mosaischen Gesezes geschlichtet worden, mithin auch von diesem lege forensi in allweeg hätte gehandelt werden sollen, als einer Hindernuß, wordurch die kirchliche Gemeinschaft der Bekehrten aus dem Judenthum und Heydenthum gleich anfangs hätte gestört werden können, wann man nicht nunmehr bey dem Christenthum die vollkommene Freyheit haben solte, darinnen zu thun, was man wollte. Indessen da auch sonsten von der Gültigkeit und Ungültigkeit des argumenti negativi so viel disputiret worden, auch darauf in dieser Sache so viel ankommt, so will ich mich der Worte *Bilfingeri*, die in seinen *Variis* und zwar in der *Diss. de Speculo Archimedis, quo classem Marcelli dicitur incendisse* §. *IV*. *p. 132. seq.* zu finden, bedienen. Dann da *Livius* der Verbrennung dieser Schiffe mit keinem Wort gedenket, so fragt sichs, wie das silentium Livii anzusehen, und was daher zu schliessen seye? worauf es dann heißt: inquirenti enim, cur plerumque illi argumento historico, quod negans dicitur, & ex silentio Scriptorum ducitur, parum fidei tribuatur, mihi ratio sequens succurrit. Scilicet argumentum illud negans allegari sæpiuscule solet de circumstantiis sive rei ipsi, sive scopo scribentis minus principalibus, & circa illos quoque casus, ubi rationes silentii diversæ subsunt, & tales etiam, quæ studiosè scriptorem nonnulla tacuisse arguunt &c. und darauf folgt der Rath, das testimonium Scriptoris selbsten mit Fleiß zu lesen, tum enim, pergit, rationes illæ discriminis non solum, sed & ipsæ propositionis in argumento negativo generalis limitationes simul animo succurrunt, si non distinctè, sic, ut illius rei sibi conscii sint sigillatim, clarè tamen eousque, ut earum sit in animo legentium efficacia, scopo præsenti sufficiens, &c. wann wir nun dieses auf den casum substratum appliciren, und alles genau betrachten, so finden wir zwar bey Christo und denen Aposteln, rationes silen-

silentii diversas, in der Absicht auf die Juden, und uns, welche uns aber in unserer Meynung von der Ehe mit des Bruders Wittib im N. T. nicht irre machen, sondern vielmehr bestärken; es ist aber auch das, wovon hier die Rede ist, nicht so wohl ein die Sache begleitender Umstand, oder wohl gar Neben-Umstand, sondern die Sache selbsten. Dann es ist eben der Casus, der hier von denen Sadducäern dem Heyland proponiret, und von denen Evangelisten mit Fleiß aufgezeichnet worden, und wobey sich die Sadducäer expresse auf die Worte Mosis V. Mos. 25. beruffen, nach Math. 22, 24. Marc. 12, 19. worauf dann der Heyland nicht nur antworten müssen, sondern auch wirklich weitläufig geantwortet, und Sie gründlich belehret hat, bey welcher Belehrung aber der Heyland nebst seinen Feinden, wiewohlen Er auch dem Teufel aus der Schrift, nach Math. 4. geantwortet hat, auf das anwesende Volk Math. 22, 33. gesehen, als welches dann auch bey Act. 15. anzumerken ist. Man schlage auch weiters nach, was davon stehet in dem Hessischen Anhang über die Lehren, Thaten und Schicksale unsers Herrn, im 5ten Abschn. *p. 164.* wobey dann die Anmerkung gemacht worden, daß sich die Lehre der Sadducäer nicht so der Schule und Synagoge, bemächtiget habe, wie der Pharisäer ihre, auch daß sie nicht so ansteckend fürs Volk gewesen seye, und ohne diß häufigen Widerspruch gefunden habe ꝛc.

§ 7.

§. 7.

Nun folget das 7) Argument. Gleichwie dieses ein Stück unserer von Paulo so hoch gerühmten christlichen Freyheit ist, daß wir destructa republica Judæorum, urbe & templo excussis, ipso facto frey worden sind von denen legibus ceremonialibus & forensibus judæorum, worunter auch der lex connubialis III. Mos. 18, 16. gehöret, also haben die Christen in denen ersten Sæculis diese Freyheit auch genossen, biß die geistliche Tyranney ihren Anfang genommen, da man das gesezliche Joch successu temporis wieder auf der Jünger Hälse geleget hat. Es zeiget zu dem Ende der Herr Aut. des Bed. *p. 39-48.* daß die Ehe mit des Bruders Wittib in der ersten christlichen Kirche nicht seye verboten gewesen, und daß man hievon nichts finde bis ins IV. Sæculum, da dann in dem Concilio Neo-Cæsariensi dieser Canon gemacht worden: fœmina si duobus fratribus nupserit, extrudetur usque ad mortem, si matrimonium solvere non persuadeatur. &c. welches Kirchen-Gesez dann anzusehen seye als der Grund, worauf alle Verordnungen gebauet worden, welche wir in denen folgenden Zeiten wegen der Ehe-quæstionis antreffen. Aus was für einer Quelle aber dieses Kirchen-Gesez geflossen seye, zeigen die übrigen Canones an, da der erste die Priester-Ehe, der dritte die 2. 3. und 4te Ehe verbietet, über das berufen sich dabei die Väter

weder

weder auf die Schrift, noch mündliche apostolische Nachrichten, wie doch sonsten, und zwar bey dem XI. & XV. mithin letzten Canone geschehen seye. Hierauf beruft sich der bel. Herr Aut. des Bed. auf den zwischen *Basilio* und *Diodoro* hierüber entstandenen Streit, auf die von *Constantio*, *Valentiniano*, *Theodosio* und *Anastasio* gegebene politische Gesetze, worinnen zwar die Ehe mit des Bruders Wittib verbotten, dabey aber doch deutlich angezeiget worden, daß solche vorher in der Kirche erlaubt und zugelassen gewesen seye. Ja daß diese Ehe im VI. Sæculo nur nach denen menschlichen Rechten für verboten gehalten worden seye, zeiget der Herr Aut. so wohl aus legibus, als exemplis. Worzu wir noch setzen das Concilium Aurelianense I. da es Can. 20. heißt: nec superstes frater thorum defuncti fratris ascendat, nec quisquam amissæ uxoris sorori sociari audeat, quod qui fecerint, Ecclesiastica feriantur districtione &c. aus welch angehängter Kirchen-Straf dann zu schliessen ist, daß die Patres nicht müssen diese Ehen unter die Conjugia lege naturæ prohibita gezehlet haben.

Es verdienet aber auch zur weiteren Beurtheilung hier nachgeschlagen zu werden, was Jerusalem, in der Absicht auf die Zuläßigkeit der Ehe mit der Schwester oder Bruders Tochter, aus der Historie nicht nur von der jüdischen, sondern auch von der ersten christlichen Kirche *p. 91-102.* angeführet, und von den Abfällen und Veränderungen, die sich in dieser Sache von Zeit zu Zeit zugetragen haben, angemerket hat. Ich wende mich nun aber wieder zur Widerlegung des Gothaischen Bedenkens. Auf die daraus zuvor angeführte Gründe suchet dann der Herr Aut. der Widerl. *p. 210-228.* zu antworten. Er erkennet, daß der Aut. des Bed. sich viele Mühe hierinnen gegeben habe, wie es auch wahr ist, sezet aber dazu, nur allzu viele Mühe, weilen es in Sachen, wo wir ein göttliches Gesez haben, auf menschliche Verordnungen nicht ankomme rc. Es ist auch dieses wahr, aber die Frage ist nur, was III. Mos. 18, 16. vor ein Gesez seye? und ob es nicht seye lex forensis, so zwar in dem N. T. destructa republica Judæorum gänzlich aufgehoben, hernach aber ohne Noth und Ursach wieder eingeführet worden? Er gestehet zwar, daß man vor dem *Concilio Neo-Cæsariensi* in dieser Materie nichts eigentliches und *positives* finde, auch daß damahls schon Unordnungen und Misbräuche seyen eingerissen in der Kirche, wovon die *Canones* zum Theil zeugen, man habe aber vor dem *Concilio Ancyrano* die Gewohnheit nicht gehabt, das Abgehandelte *per Canones* schriftlich zu hinterlassen, sondern nur die Haupt-Materie summarisch zu berühren, um derent-

willen

willen ein *Concilium* gehalten worden, daher aus diesem *Argumento negativo* nichts gewisses zu schliessen seye, massen es wohl könne geschehen seyn, daß zwar die *Concilia* gar oft um einer einigen Materie willen zusamen berufen worden, welche aber doch noch andere Dinge mehr ausgemacht, von welchen man aber hernach keine Nachricht bekommen so lang man keine *Canones* abgefaßt ꝛc. es seye auch dieser *Canon* 2. *Conc. Neo-Cæsar.* nicht eine Würkung einer *Superstition*, sondern eines bewunderns- und lobenswürdigen Eifers wider die damals schon eingerissene *incestueuse* Vermischungen. Ja noch vorher habe der *Synodus* zu Eliberis in Spanien die Ehe mit des Weibs Schwester verbotten, und habe sich gleich der *Synodus Neo-Cæsariensis* selbsten nicht berufen auf die Schrift, so habe es doch *Basilius* gethan, welcher ein Schüler der Väter zu *Neo-Cæsarien* gewesen, mithin müssen die Väter zu *Neo-Cæsarien* und Eliberis gefunden haben, daß diese *Canones* schriftmäßig seyen ꝛc. Gleichwie aber nur allzu viele Concilia und Synodi im IV. Sæculo zusamen berufen, und gehalten worden, mithin der Sache hierinnen nur zu viel geschehen, also ist es hingegen ein bedaurungs-würdiger Mangel, daß wir von denen Conciliis älterer Zeiten keine *Canones* mehr haben, es ist aber auch kein Wunder,

der, wann man die elende Zeiten betrachtet, daher genug, daß wir doch noch etwas summarisches davon finden. Wir machen aber auch aus dem Stillschweigen der *Conciliorum* an sich keinen Schluß, und sagen durchaus nicht, wie in der Widerlegung *p. 216.* stehet, die Christen vor der *Neo-Cæsarian*ischen Kirchen-Versammlung glaubten, die Ehe mit des Bruders Wittwe seye erlaubt, so ware sie auch würklich erlaubt ꝛc. sondern argumentiren nur also: da wir kein Verbot wegen der Ehe mit des Bruders Wittib finden, biß ins IV. V. VI. Sæculum, diß Verbot aber theils eine unreine Quelle hat, woher es geflossen, theils selbsten anzeiget, daß, vor dem Verbot, die Ehe quæst. in der christlichen Kirche müsse eingeführt gewesen seyn, so zeiget dann diese Gewohnheit an, daß die Ehe quæst. müsse denen Christen vorher richtig erlaubt gewesen seyn, wenigstens daß das Gesez III. Mos. 18. 16. kein lex naturæ seyn müsse. Die zu Eliberis und Neo-Cæsarien abgehaltene Synodi sind von denenjenigen verwerflichen Synodis, in Ansehung der darinnen abgefaßten Canonum, welche entweder der Schrift, der christlichen Freyheit ꝛc. offenbar zuwider sind, wie dann Pfaffinder Beantwortung des *VI.* Scheffmacherischen Briefs an einen Edelmann *p. 495.* die Versammlung zu Neo-Cæsarien ausdrücklich darunter rechnet, oder welche doch wenigstens mit Recht allzustreng ge-

genannt werden könne, wie die Ellbertinische Versammlung mit ihrer auf die Ehe mit des Weibs Schwester gelegten 5. jährigen Busse solches deutlich gezeiget hat. Die Irrthümer, welche die *Canones* in sich fassen, zeigen an, daß die Väter kein Eifer, sondern Superstition dazu getrieben habe, da sich dann von einem Canone auf den andern, ja auf die ganze Versammlung schliessen lässet; haben sich auch gleich die Väter dabey expresse oder tacitè auf III. Mos. 18. und Eph. 5. berufen, so haben sie sich unbefugter Dingen und mit Unrecht darauf berufen, wie dann auch in denen *p. 219. seq.* so sehr angepriesenen Worten *Basilii* der von Ihm gemachte Schluß ganz falsch ist: quare per uxorem soror ejus transiit ad consanguinitatem. Quemadmodum enim uxoris matrem non accipiet, nec ejus filiam, quoniam nec suam matrem, nec suam filiam: sic nec sororem uxoris, quoniam nec suam sororem. Sunt enim in utrisque communia cognationis jura. Bey Gelegenheit des aus dem Cod. Theod. angeführten Gesezes Kaysers Canstantii, und der darinnen befindlichen, und im Bedenken wohl erklärten Worte: nuptiis fratrum solutis, wird *p. 218.* zur Ungebühr dem Herrn Aut. des Bedenkens der Vorwurf gemacht, der Verfasser bezeuge damit, daß Er in die Materie von der Ehescheidung nicht verliebt seyn müsse, dargegen machen wir mit grösserem Recht denen

Patribus Neo - Cæsariensibus, mit welchen es der Herr Aut. der Widerl. hält, den Vorwurf, daß Sie zwar in dem 7ten Canone gestatten, post divortia zu der andern Ehe zu schreiten, dabey aber doch dem unschuldigen Theil eine Busse auflegen, worinnen Sie dann ohne Zweifel die Meynung *Augustini* zum Grund gehabt, welcher zwar auch dem Mann, wann Er von seinem ehebrecherischen Weib geschieden worden, ad alia vota zu schreiten erlaubet hat, dabey aber behauptet, Er sündige damit doch venialiter, wie zu lesen in seinem Buch *de fide & oper. c. 19.* Wann aber der Herr Aut. der Widerl. die Erlaubnuß des Bruders Wittwe zu heurathen rechnet zum Anbruch der Finsternuß, das Verbot dargegen aber zum Anbruch des Lichts, daher dem *Anastasio* beystimmet, welcher deswegen mit einer Tyranney und *constitutionibus impiis*, in der Absicht auf die Zeiten vor Ihme um sich geworfen *p. 221.* so ist das eben eine petitio principii, wohin dann auch gehöret, was Er bey denen übrigen Allegationen einzuwenden hat, da vielmehr zu glauben, die auf die nuptias incestas, ohne Unterschied, gesezte Strafen zeigen an, was von denen Gesezen selbsten zu halten seye, und daß man nicht nur zur höchsten Ungebühr die leges connubiales an sich gar sehr confundiret, sondern auch mit denen aufgelegten allzuharten Strafen eine rechte Tyrannirannidem ausgeübet, mithin von denen vorherigen guten Zeiten, da die Lehre der Apostel von der christlichen Freyheit noch beybehalten worden und im Schwange gegangen, gar sehr deflectiret habe, wobey dann die Sache weiters zu urgiren, gar füglich die Worte der Widerl. *p. 224.* gebraucht werden können: nach aller Welt Geständnuß können geistliche Strafen oder Kirchen-Zucht um keiner Sache willen auferlegt werden, als wo wider Hauptlehren der Religion gesündiget wird 2c. Was aber diese Kirchen-Zucht und geistliche Strafen selbsten betrift, so wird die Sach vollends deutlich werden, wann wir anführen, was hievon stehet in Hildebrands *Tr. de nuptiis veterum Christianorum p. 20. seq.* in Concilio Illerdensi circa A. 525. ne cibum quidem cum his, qui incesta pollutione se commacularunt, quamdiu in detestando carnis contubernio perseverant, sumere Christiani jubentur, nec ita polluti in templis, nisi missæ Catechumenorum interesse permittuntur. In Concilio Agathensi nihil veniæ conjunctionibus incestis conceditur, donec separentur: Juxta Concilium Elibertanum ei, qui defuncta conjuge sororem ejus ducit, quinquennii pœnitentia imponitur, alibi uterque horum ad mortem usque à communione abstinere sunt coacti, in morte autem ex mera misericordia Viatico donati. Et ut in compendio rigorem veterum circa nuptias incestas spectes, Concilium Moguntinum profero, quo hæc sancita: Si quis fornicatus fuerit cum duabus sororibus, vel noverca sua, vel cum sorore sua, vel cum amita sua vel cum matre sua, vel cum filia patrui sui & avunculi sui, vel cum filia amitæ suæ, sive materteræ suæ, vel cum nepte sua, vel cum commatre aut filiola sua, quam de sacro fonte suscepit, vel ante Episcopum tenuit, abstineat ab ingressu Domus Domini per integrum annum, eodemque, exceptis diebus dominicis & festis, solum pane & aqua & sale utatur, arma non ferat, osculum nullum præbeat, sacrificium nisi pro viatico non sumat. Postea per sex annos ingrediatur quidem Domum Dei, sed carnibus & vino & sicera minime utatur, nisi festis diebus, de armis verò & osculo & sacrificio uti supra dictum est. His completis per biennium carne quidem vescatur, sed ab omni potu, qui inebriare potest, abstineat, vel si talem potum biberit, minimè carne vescatur, nisi primariis festis, de armis, osculo, sacrificio morum jam dictum teneat. Hinc usque ad obitum suum nisi prædictis festis, à carne abstineat, tres legitimas ferias omni hebdomade, & tres quadragesimas in anno legitimè custodiat, de armis verò ut supra dictum est, & nunquam conjugio aliquo copuletur &c. Deme dann Hildebrand beyfüget: *satis rigidè!* Ja wohl! *nimis*

mis rigidè! sonderlich da man in dem Concilio Moguntino auch die cognationem spiritualem hat eingemischt, wovon Hildebrand hernach weiters gehandelt hat *p. 21. seqq.* Das heist aber nicht nur Christen einen Strick an den Hals werfen, sondern gar alle christliche Freyheit aus der Kirche verbannen, und aus Freyen pur lautere Knechte und Sclaven machen, wiewohlen aber auch alsdann, wann die Kirchen-Gesetze gut und rühmlich sind, der Kirche und der Geistlichkeit es viel besser anstehet, wann Sie mehr cis, als trans rigorem bleibet. Wann aber übrigens *p. 46. seq.* im Bedenken es heist, es seye die Ehe *quæst.* dazumahl deswegen nicht erlaubt gewesen, weilen Sie wider des Königs Verordnung gegangen ꝛc. so hat es nicht die Meinung, wie der Herr Aut. der Widerl. *p. 225.* davor hält, als hätte man solche damahls als eine blosse *Civil*-Sache angesehen, indem ja bekannt, daß leges ecclesiasticæ auch ein objectum officii Magistratus politici sind, der Herr A. des Bed. auch *p. 46. seq.* sich genugsam erkläret hat, da es heist: auch im 6. Jahrhundert treffen wir deutliche Spuren an, daß diese Ehe nicht nach denen Göttlichen, sondern nur nach denen menschlichen Rechten für verboten gehalten worden seye.

§. 8.

Wir fügen noch das 8.) Argument hinzu, welches darinn bestehet. Hat sich der Herr Aut. der Widerl. durch diese Hypothesin, als wären die leges connubiales III. Mos. XVIII. & XX. leges positivæ morales d. i. leges naturæ zwar, aber nicht mehr von Natur, sondern durch die Offenbarung bekannt, auf dieses extremum bringen lassen, daß Er p. 163. seq. behauptet, *in jure naturæ* seye kein rechter Grund zu finden, daß *Sodomia & bestialitas* ein solches *Crimen* seye, das so groß und *capital* wäre, so giebt uns dieses absurdum, worauf der Gegentheil gebracht worden, auch gebracht werden müssen, und die daher entstandene Confusion den stärksten Beweiß, daß also diese leges matrimoniales nicht unius ejusdemque indolis & naturæ seyn können, sondern müssen theils leges naturales seyn, wie III. Mos. 18, 22. 23. C. 20, 13. 15. theils leges positivæ, arbitrariæ. Diesem fügen wir, propter analogiam, noch ein anderes Exempel von einem solchen extremo an, worauf man zuletzt fällt und fallen muß, welches ist die verkehrte Erklärung der Schriftstelle *V. Mos.* 25, 5. *ss.* in der Rauschenbuschischen *Diss. ad h. l.* Ueber das 9) die Vermischung, da der lex de re non habenda cum menstruata III. Mos. 18, 19. in der Mitte stehet, zwischen denen legibus matrimonialibus dubiis & naturalibus indubitato

bitato talibus, der 20. v. de adulterio handelt, und der Beschluß mit III. Mos. 20, 26. gemacht wird, immediatè vorher aber auch ein lex positiva particularis, nemlich v. 25. stehet, nicht aus der Acht zu lassen, welche wenigstens bey geübten Schriftforschern ein grosses Nachdenken erwecken muß. Endlich und 10) glauben die Juden selbsten, daß die leges consanguinitatis & affinitatis gradus concernentes, in so fern solche die Gojim angehen, kurz zusamen gehen, und daß der lex de non ducenda fratria, nicht unter selbige gehöre, wie solches Kahle sub præsidio *Wæhneri* in *Diss. de proselytis Ebræorum C. II. de alienigenis §. 18.* aus ihren Schriften erwiesen hat, da es *p. 12.* heißt: non in omnibus illis, in quibus Israelitas, cognationis & affinitatis gradibus Noachidas peccare statuunt, sed incestus eos tantummodo fieri reos, si rem habeant vel 1. cum matre. 2. vel cum noverca. 3. vel cum uxore alterius. 4. vel cum serore uterina. 5. vel cum mare. 6. vel cum animali bruto.

§. 9.

Noch weiters also zu gehen, so erhellet hieraus, daß dieser lex de non ducenda fratria III. Mos. 18, 16. kein lex divina positiva universalis, sondern particularis eaque forensis seye, welcher nur die Juden angienge, dahero auch mit dem Judenthum sein Ende erreichet hat.

Die Autores, welche bewiesen haben, daß die leges non naturales, welche III. Mos. XVIII, & XX. stehen, worunter dann auch dieser de non ducenda fratria gehöret, nur particulares eæque forenses seyen, hat Pfaff *in Diss. de non appropinquando &c. p. 4.* angeführt. Er hat aber auch schon vorher *p. 2. seq.* bey Berührung der Frage: num dentur leges divinæ positivæ universales? die Autores pro & contrà allegirt, worunter dann auch Canz stehet. Nun haben wir schon oben §. 2. aus *Canzii Disc. mor.* die hieher gehörige Stellen angeführt, wir wollen aber hier nur den §. *3467.* hinzufügen, da es heißt: ex adverso Deus quidem semper sequitur rationes objectivas, neque ex æquipollenti agit unquam arbitrio, quare & in legum particularium v. g. leviticæ, forensis, latione, rationes secutus est objectivas, sed tales, quæ à natura, non universali, ut positiva universalis, sed à natura particulari, populi hebræi, & ejus indolis specialis, desumtæ erant &c. Ob nun gleich dieses sehr deutlich und gründlich ist, so ist Canz doch, wann es auf den Ausschlag in dieser Sache ankommt, noch dubius. vid. §. *3478 - 3480.* Wir können uns zwar auch nicht weitläufig in den Streit einlassen, doch wie der Herr Aut. des Bedenk. *p. 52.* gar zu kurz abbricht, indem dieser Meynung noch heut zu Tag von vielen gelehrten Männern beygepflichtet wird, also tragen wir dann auch weitere ters kein Bedenken, die Characteres speciales hier anzuführen, woraus ein lex positiva universalis erkannt werden kan, nachdem wir oben die signa generalia haben nahmhaft gemacht. Es sind aber jene folgende 1. Si ante Legem Mosis, personis totum genus humanum repræsentantibus, data fuit lex, ut fuit Adam, Noah. 2. si gentes dicuntur punitæ ob actus prohibitos. 3. si a Christo lex fuit repetita & confirmata. Was den ersten Characterem betrift, so gehöret dahin der lex de arbore vetita, darwider aber Canz §. 3470 - 3473. vieles einzuwenden hat. Es scheint aber, als quadrire die Instanz in denen drey ersten paragraphis nicht wohl hieher, indem dieses nur ex pacto gienge, jenes aber ex pacto & lege zugleich. vid. Baumgarten *in Diss. de imputatione peccati Adamitici posteris facta.* §. *IX. XVIII. XIX.* was aber das §. *3473.* angeführte Exempel betrift, so waren weder die posteri Saulis causæ morales dieses facti pravi, wie die posteri Adami, welche des peccati Adami in allweg doch moraliter schuldig waren vid. Baumgarten l. c. §. 123. noch wäre auch dorten die pœna antea statuta, wie hier I. Mos. 2, 16. 17. sondern arbitraria & arbitrariè determinanda, und aus II. Mos. 20, 5. zu erklären. Was den Characterem IIdum betrift, vid. *Cauzil Disc. u. or.* §. *3461.* so wird davon hernach weiters gehandelt werden. Vom 3ten Charactere aber hat Müller *in Judaismo p. 586. seq.* Exempel angeführt, und darunter auch Math. 15, 4. col. II. Mos. 21, 17. & V. Mos. 21, 18. seqq. wovon besonders weiters nachzuschlagen *Franzii Tr. de Interpr. S. S, orac. 58. p. 517. seq.* Da nun aber hier, was den Casum substratum betrift, die Frage ist, ob die rationes hujus legis de fratria non ducenda herzuleiten seyen ex natura universali, oder ex natura particulari populi judaici ejusque indolis specialis? so findet sich vom ersten nec vota nec vestigium weder im Text, noch ausser demselben, hingegen ist ganz offenbar, daß dieser lex mit gehöre zu denen übrigen legibus Mosaicis, wordurch Gott sein Volk von andern Völkern unterscheiden wollen III. Mos. 20, 26. welche wann sie zusamen genommen werden, das Corpus Juris Israelitici ausmachen, wie Klemm in *Diss. de Judaismo Christianismo sublato p. 14.* und *Alethæus* in der gr. Erl. im 59. Vers. *p. 564.* geredet haben, und ob man gleich, wie auch Klemm *l. c. p. 16.* gezeigt hat, totam legem Mosaicam ganz wohl abtheilet in moralem, ceremonialem & forensem, so wird doch zugleich gezeiget, daß dies nur unterschiedliche partes seyen unius ejusdemque Corporis Juris, und daß dieser ganze Lex Mosaica mit allen seinen Theilen seye fœderalis, typica, adeoque temporaria, abrogabilis, imò abrogata, wie dieses durch die ganze Klemmische *Disputation* sehr gründlich gezeiget

wor-

worden ist, welches schon zuvor im 1. Cap. des 1. Th. §. 6. besonders in der not. angemerket worden ist. Diese nun zusamen genommene leges waren denen Juden ein unerträgliches Joch. Act. 15. eine militia admodum gravis, *Zapha*, wie es heisset Jes. 40, 2. col. IV. Mos. 4, 3. II. Mos. 38, 8. 1. Sam. 2, 22. da zwar Luther den ersten locum recht vertiret hat, die zwey leztere aber nicht, wie das auch Rus in *Harm. Evang. T. I. p. 218.* angemerket hat col. *Act. Scholast.* 5. St. des *VIII.* B. p. 346. *seq.* wovon auch l. c. §. 9. weiters nachzuschlagen. Und das machte eben ihren statum servilem aus, wovon wir im N. T. befreyet sind Gal. 4, 1. seqq. Rom. 7, 1. seqq. Dann es solte die scharfe Zucht, darinnen die Juden von ihren Gesezen gehalten wurden, eine Anzeige seyn, daß die Versöhnung Gottes und der gefallenen Menschen noch nicht geschehen, und daß für die Sünden der Welt noch nicht gebüsset wäre, Hebr. 9, 13. 14. C. 10. 11. 12. c. 11, 39. 40. Darum heisset auch der Heyland, der uns von diesem onere zugleich befreyet hat, als welche Befreyung ein besonderer gradus libertatis Christianæ ist, ein Sponsor & Mediator melioris & præstantioris pacti. Hebr. 7, 22. C. 8, 6. Wie nun *Flacius* in *Clave S. S. ad voc. testamentum p. 1612. seqq.* gezeiget hat, daß eigentlich 3. Testamenta seyen, nemlich Abrahami, Mosis & Messiæ, mithin den locum Gal. 4. besser erkläret, als

als der Herr Aut. der Widerl. p. 110. also schickt es sich auch hier gar wohl, daß, wie durante testamento promissionis s. Abrahami die Kirche Gottes ratione legum connubialium, eine grosse Freyheit gehabt, wie schon gezeiget worden, so aber denen Juden in fœdere legis benommen worden, also werde diese Freyheit bey dem leztern Testament, dem Testamento impletionis, nicht nur reviviscirt haben, sondern wohl gar vergrössert worden seyn, und wie man primo intuitu gleich siehet, daß der lex de non ducenda fratria zu denen legibus matrimonialibus forensibus III. Mos. XVIII, & XX, legibus naturæ superadditis, gehöre, also ist auch offenbar, daß er im neuen Bund mit der bemeldten militia gravi habe aufgehöret, und in eine Vergleichung komme mit denen Gesezen Hebr. 7. 16. 18. col. Cap. 9, 10. C. 10, 1. welches dann auch die Patres der ersten Kirche mag veranlasset haben, von dem Levitico überhaupt nicht zum Besten zu sprechen. vid. *Aleth. l. c. p. 565. seq. not. c)* mithin muß uns dieser lex so wenig oder weniger verbinden, als die Glaubige in fœdere Abrahamitico, folglich die immunitas davon ein Stück unserer christlichen Freyheit seyn. Und hätte auch dieser lex, als ein lex positiva universalis die Heyden obligiren sollen, so hätte ihnen solcher auch müssen promulgiret seyn, oder wäre eine Uebertrettung eines allgemeinen Gesezes bey denen Heyden

im

im A. T. vorgegangen, so hätten es Christus und seine Apostel müssen anzeigen, dieses Gesez wiederholen, mithin nicht können unberührt lassen, welches der Herr Aut. des Bed. wohl angemerket hat *p. 33. seq.* da es heißt: dieses vermeinte allgemeine Gesez musten die Juden auf ausdrücklichen Befehl Gottes, nemlich nach *Devtr. 25.* übertretten, welches die Heyden ebenfalls übertraten. Aus dieser Ursach wäre es allerdings nöthig gewesen, daß Christus oder die Apostel wider dieses Laster gezeuget hätten, wann es ein Laster gewesen wäre. Dann sonsten hätten weder Juden noch Heyden die Schändlichkeit dieser That erkennen können. Die Juden nicht, weil sie ihnen Moses befohlen hatte. Die Heyden nicht, weil sie keinen Grund dazu weder in der Vernunft, noch in der Natur der Sache fanden. Da nun Christus und die Apostel ein beständiges Stillschweigen in Ansehung einer solchen Ehe beobachtet haben, so schließt man mit Recht, daß sie dieselbe nicht für unerlaubt gehalten haben ꝛc. Ja wie die Juden von dem sepimento legis immerzu gar vieles zu reden pflegen, also wollen Sie auch selbsten in denen Worten III. Mos. 18, 30. *& custodietis custodiam meam &c.* dazu Grund finden, als hätte Gott der Herr damit anzeigen wollen, daß einige leges daselbsten auch nach der Absicht Got-

tes

tes nur rationem sepimenti haben, und instar προφυλακης & præmunimenti divini, ad reliquarum legum Violationem avertendam, dienen sollten; wie dann zu dem Ende die Worte *Maimonidis* aus dessen *præf.* über die Mischna angeführet hat Frischmuth in *Diss. de Sepimento C. I. §. 6.* daher wie Niemeier sen. in *Diss. VII.* sich ganz recht auf den Spener berufen, daß Er in einem *Consilio* davor gehalten habe, die Ehe mit des Weibs Schwester seye weder dem juri naturæ, noch dem juri divino positivo communi zuwider, also kan man das auch mit eben diesem Recht sagen von dem Conjugio cum fratria, zumahlen bey der angenommenen Hypothesi de paritate & æquidistantia graduum. Es wäre auch dieser Meynung Hildebrand in *Exerc. de ritibus sacris §. IV. p. 3. seq.* da es heißt: sicut enim hodie per orbem Christianum leges matrimoniales de gradibus prohibitis Lev. XVIII. in Rep. Judæorum olim latæ adhuc retinentur, ita non videmus, quid obstet, quo minus ex lege ceremoniali ritus quosdam pios atque innoxios retinere in Ecclesiæ Hierarchia liceat, licet rituum illa lex soli Synagogæ data sit &c. Desgleichen auch ex recentioribus Canz in Disc. mor. §. 853. credo tamen, sagt Er daselbsten, hæc matrimonia sc. cum defunctæ uxoris sorore, vel eum defuncti fratris uxore, jure naturali non prohibita, jus positivum verò universale non dari,

aliunde

aliunde explorata fide credo vid. Civ. Dei §. 973. woraus dann folget, daß das matrimonium cum fratria nur müsse jure positivo particulari verboten seyn, obgleich Canz, überhaupt davon zu reden, mit gänzlicher Verwerfung des juris positivi universalis zu weit gehet.

§. 10.

Nun wendet der Herr Aut. der Widerl. dargegen 1) ein, und spricht *p. 95. seq.* deutlicheres kan nichts gesagt werden, als dieses Verbot, wo nicht nur *lex expressa*, sondern auch *ratio legis* samt einem denen Uebertrettern angedroheten Fluch sich findet. *Ratio legis* heißt: Sie ist deines Bruders Schaam 2c. welches unmöglich anderst, als in andern Fällen auch erkläret werden kan: Sie ist der Blutsfreundschaft halber dir allzunahe verwandt. In diesem Verstand wird es wahrhaftig auch von des Vaters Weib, der Tochter Tochter, des Sohns 2c. genommen, und *v. 12.* bey des Vaters Schwester nach dem Hebräischen abermahlen erkläret: Dann sie ist deines Vaters Fleisch. Und aus dem Grund wird es auch *Lev. 20.* eine schändliche That genennet, weil *caro carnis* angegriffen wird. Der Fluch, der dabey stehet, heißt: ohne Kinder sollen Sie seyn. Wer da weiß, was das vor ein Fluch von Wich-

tigkeit

tigkeit bey denen Israeliten ware, der wird den Schluß daraus ziehen müssen: Die Israeliten durften ihrer Brüder Weiber nicht nur nicht heurathen, sondern, wann Sie auch ohngeachtet des Göttlichen Verbots, dieselbe würklich geheurathet hatten, so brachte es die Sache selbst so mit sich, daß man eine solche Ehe wieder trennen muste, weil sie *maculam infamiæ publicæ* an sich hatte, welche denen Israeliten laut vieler Exempel fast unerträglich ware, und nicht anderst, als unter dem Fluch Gottes fortgeführt werden konnte. vgl. p. 126. 161. 176. seqq. Es hält sich zwar der Herr Verf. des Bed. selbsten auch damit auf, aber in einer andern Absicht *p.* 23-28. Allein was das appositum anlangt: Sie ist deines Bruders Scham rc. so sind dergleichen additiones nicht unbekannt, auch bey denen legibus omnium confessione positivis particularibus, wie e. g. *Lev.* 17, 10. 11. *Devtr.* 12, 23. daher nicht allemahl vim exaggerandi haben, wie dann auch Niemeier *Diss. V.* auf die Einwendung aus *Lev.* 18, 14. geantwortet hat, non esse rationem specialem: amita tua est, sed ipsius legis repetitionem, factam, ut homines eò strictius legem hanc observent &c. welches dann auch hier zu appliciren ist.

Was aber das Wort עֶרְוָה betrift, *C.* 18, 16. so hat *Bellarmino*, der daraus beweisen will, inesse

inesse actui conjugii turpitudinem aliquam, geantwortet Hackspan in *not. phil. theol.* über *Lev.* 18, 6. da Er hat *p.* 431. *f.* gezeiget, daß es am besten per nuditatem übersezet werde, worauf Er dann weiters gesagt, wann mans auch per turpitudinem geben wollte, dici aliquid turpe vel ratione pœnæ, vel ratione culpæ, post lapsum, multa homo sustinet, wie es weiters dorten heisset, quæ ante lapsum non fuerunt, jam verò pœnæ locum obtinent-turpitudinem moralem hoc ipso Capite v. 17. Moses זמה & C. 20, 17. חסד, non verò ערוה appellitat &c. mithin heisset dieses appositum, dem Wort nach, nur so viel, es sind deines Bruders pudenda, folglich scheint auch die Bemühung vergeblich zu seyn, die sich der Herr Aut. des Bed. *l. c.* damit gemacht hat. Es beweiset auch weiter nichts in contrarium, daß dieses appositum auch v. 8. zu finden ist. Belangend aber das Wort נדה C. 20, 21. es ist eine schändliche That rc. so bedeutet dieses Wort eigentlich nur immunditiem & impuritatem mulierum menstruam, mithin zeiget solches hier nur eine levitische, einen legem positivam particularem zum Grund habende, und dem decoro civili repugnirende Unreinigkeit an, und involviret keine turpitudinem intrinsecam, und als wäre solche in der nimia propinquitate carnis III. Mos. 18, 6. zu suchen, wie oben schon erwiesen worden. Es will zwar *Varenius* in *Dec. Mos. in Devtr. 25. p. 162. 169.* eine rem exterminandam daraus machen, und das supplicium exterminii darunter verstehen, und siehet also damit auf originem vocis. Allein wanns gleich so wäre, so würde doch der daraus gezogene Schluß falsch seyn col. III. Mos. 17, 9. 10. 14. Es hat aber auch *Altheaus l. c. p. 584. litt. ee*) wohl angemerkt: cæterum hæc vox, sordes proprie denotans, occurrit Lev. 12, 2. C. 18, 19. col. amplius Lev. 17, 15. ast quia ferè omnibus prohibitis gradibus exprobratio aliqua addita est, non dubium est, & hæc verba eandem vicem hic gerere. conf. v. 12. 13. 14. 17. huj. cap. Hingegen hat der Herr Aut. des Bedenkens, welcher nicht nur mit denen Juden glaubt, es werde III. Mos. 18, 16. ein casus repudii supponirt, und damit angezeiget, daß so lang der frater repudians lebe, der andere Bruder die Abgeschiedene durch eine Ehelichung nicht wieder in die Familie aufnemmen dörfe, biß jener gestorben, da es dann nach V. Mos. 25. gehalten werden müsse, sondern auch im ganzen Tractätlein sich viele Mühe gegeben, solches zu beweisen, p. 28. gemeynt, einen parallelismum gefunden zu haben, zwischen III. Mos. 20, 21. und V. Mos. 24. der sich also erklären liesse, daß wie mulier menstruata col. III. Mos. 15, 19. & C. 18, 19. בנדת נטמאת. h. e. cum immunditia laborans separata est, hingegen nach Verfliessung dieser 7. tägigen Zeit der Beyschlaf dem Mann schon wieder erlaubet ist, also seye es auch dem Bruder erlaubet, die geschiedene Fratriam zu heurathen, wann der Bruder, ihr erster Mann, gestorben, nach V. Mos. 25. so lang aber dieser lebe, bleibe Sie, wie eine menstruata, nach III. Mos. 18, 16. separata, wie dann auch Arabs dahin gehet, nach der Anzeige in Alethæi Erl. 59. Vers. p. 583. not. dd) da es heißt: sicut & Arabs non incongruum conciliationis modum suppeditat, verba נדה הוא ad antecedentia referens, h. m. qui acceperit uxorem fratris sui, quæ ab eo remota est. Allein wie diese ganze Hypothesis keinen Grund hat, also will sich auch dieses mit der serie & ordine verborum III. Mos. 20, 21. nicht reimen. Ueber das wäre es contra accentuationem, indem sonsten der athnach bey בלה stehen müste. Es merket auch *Alethæus. l. c.* p. 584. an, daß die Worte נדה הוא in der Osiandrischen Bibel durch *rem illicitam facit &c.* übersetzt worden seyen, welches aber allzu *general* seye, und deswegen nicht angehe, weilen nicht das *masculinum*, sondern das *fœmininum* stehe. Allein was das leztere betrift, so ist wie sonsten allemahl, wann הוא stehet, also auch hier eine varians lectio darunter zu verstehen, da das cetiph heisset הוא, und bedeutet

 das

das masculinum, das keri aber היא, der sonsten gewöhnliche circellus aber ist deswegen weggelassen, und nicht, wie bey andern dergleichen Worten, gesezet worden, weilen es so oft vorkommt, wie bey dem Wort Jeruschalaim auch zu geschehen pfleget. Es füget aber *Alethæus* bey *l. c.* wann mans auch gebe: es ist eine garstige, unreine, schändliche, abscheuliche Sache rc. so seye es nicht also zu verstehen, als ob die Natur selbst davor *abhorrirte*, dann so würde Gott *Devtr.* 25. die Natur nicht zu einer Abscheulichkeit haben zwingen wollen. Was aber die angehängte Strafe betrift, so ist bereits geantwortet worden, daß solche nur eine sterilitatem moralem in sich fasse. Es urgiret zwar auch *Varenius l. c. p. 169. ipsam generalitatem s. limitationis talis negationem*, wie man *Devtr.* 25. findet. Es beweiset aber solches weiters nichts, als daß keine andere exceptio III. Mos. 18, 16. gelte, als die Gott der Herr V. Mos. 25. selbsten gemacht hat, ob aber hernach dieser lex connubialis III. Mos. 18, 16. nur die Juden angehe, oder omnes gentes & nationes? das muß aus einem andern Grund hergenommen und beurtheilet werden.

§. 11.

Man möchte aber 2) einwenden, es wären doch die leges dubiæ, worunter auch dieser de

nop

non ducenda fratria, mit denen legibus naturalibus, indubitatò talibus, dergestalten vermischet, daß sie also mit denenselben unius ejusdemque naturæ & indolis seyn müssen, wie dieses Argument besonders urgiret hat Gerhard *in L. L. Th. L. de Conjugio.* Es antwortet aber darauf Zeltner *in Diss. laud. p. 9.* also: alterum argumentum sua sponte corruit, dummodo inspiciamus Cap. 20. Exod. In eo & Decalogus, & inter alias lex quoque de certi generis altari exstruendo, continetur, quæ sane non universalis, sed omninò & sine dubio ceremonialis est, ne quid de septimo die Sabbathi in ipso Decalogo Judæis definito dicamus, cujusmodi & alia plura occurrunt. col. *Mœbii Theol. Canon. Cas. 122. p. 216. seqq.* it. *Hanneckenii Explic. Epist. ad Eph. c. 6, 3. p. 84. 85. 94.* welche zu Jena 1731. mit Noten und mit Rusens Vorrede ediret hat Laur. Reinhard. Es gehöret auch dahin der lex de primogenitis, welcher mit solcherley legibus, quibus intrinseca inest moralitas, vermischt zu finden ist II. Mos. 22, 29. 30. col. v. 18. 19. seqq. da doch jener lex offenbar nur ein lex positiva particularis ist; und so verhält es sich auch hier.

§. 12.

Es macht sich aber 3) der Herr Aut. des Bed. *p. 52.* selbsten die Objection, und argu-

 men-

mentiret also: ein Verbot, um dessen Uebertrettung willen die Heyden sind gestrafet worden, verbindet alle Menschen. Da nun die Heyden wegen der Ehe mit des Bruders Wittwe sind gestrafet worden nach *Lev.* 18, & 20. so ist diese Ehe allen Menschen von Gott verboten worden ꝛc. *col. p.* 27. *n.* 5. worauf Er dann *p.* 53. *seqq.* auch geantwortet hat. Nun sind wir zwar nicht der Meynung des *Autoris*, wann Er behaupten will, als wäre diese *propositio*: es ist alles denen Juden verboten, warum die Heyden gestraft worden sind ꝛc. *reciproca*, und man könnte also auch sagen: die Heyden sind um alles dasjenige gestrafet worden, was in diesem 18. *Cap.* denen Juden verboten worden; Sondern darauf kommt es an, wohin sich die versus 24. biß 28. III. Mos. 18. beziehen? Grotius, Selden, Wagenseil behaupten, es gehen diese versus nicht auf die leges matrimoniales, welche mit dem 18. v. zu Ende gehen, wie solches auch die Rabbinen mit ihrem *Setuvah*, wie zuvor schon gemeldet worden, eigentlich anzuzeigen scheinen, sondern auf diese Dinge, welche immediatè vorangehen v. 20-23. Es excipiret zwar Osiander in seinen Observationibus in Grotii Libr. de J.B. & P. *p.* 776. *f.* falsum est, quod respondet ad argumentum de peccato imputato Canæis, posse istam locutionem universalem restringi ad præcipua ejus capitis. Atqui contrarium habetur in ipsis terminis. Dicitur enim Lev. 18. ne polluamini in omnibus hisce, quibus contaminatæ sunt universæ gentes; dicuntur universaliter illa omnia abominationes coram Deo; dicitur, omnem animam obnoxiam fore eradicationi ex suppositione talis facti v. 24. 27. 29. 30. So raisoniret auch Rauschenbusch in seiner *Diss. de Lege Leviratus* §. 10. l. c.) p. 19. aliàs transgressiones singularum Legum abominationes non nominasset Moses: & frequens repetitio horum verborum: omnes has abominationes gentes, quas &c. sanè, si ullam causam inde eximas, inanis fuisset &c. Allein solle dann auf der Uebertrettung der Legum naturalium kein grösserer reatus haften, als auf der Uebertrettung der arbitrariarum.? gestehet dann Herr Rauschenbusch nicht selbsten ein, die naturales seyen indispensabiles, die arbitrariæ aber dispensabiles, und dann der gröste Theil davon seyen Leges arbitrariæ? vid. §. 10. p. 17. 18. col. §. 3. p. 5. Es hat hierauf überhaupt Niemeyer, sen. gar wohl also geantwortet *Diss. IX.* ea, quæ Lev. XVIII. & XX. prohibeutur, non unius ejusdemque esse rationis. Alia enim ipsi legi naturæ repugnant, quo pertinent quatuor illa flagitiorum genera Lev. XVIII. 20-23. nec non incestus lineæ rectæ. Alia vero decoro civili minus congruunt, licet honestati naturali non adversentur; quo pertinet sine

 dubio

dubio Lev. 18, 29. Nihilominus tamen utriusque generis facta communi nomine, de quo tamen inæqualiter participant, veniunt, ac abominationes vocantur, atque harum abominationum nonnullæ sunt ex se tales, quæ ipsi juri naturæ repugnant, aliæ verò sunt tales ex Voluntate Legislatoris tantùm, qui lege lata ostendit, quid magis sit honestum, aut magis decorum, ac proinde ab hujusmodi populo, qui sanctitate eximia alios antecellere debebat, sit sectandum vel fugiendum. Ea verò, quæ contra leges divinas positivas proprias committuntur, abominationes quoque vocari, patet ex Lev. 11, 10. Devtr. 17, 1. Cæterum de illis abominationibus id est capiendum, quæ juri naturæ repugnant, vel si etiam abominationes contra decorum civile huc sint referendæ, dicendum est, gentes illas propter omnia delicta, non sigillatim & seorsim, sed conjunctim sumta punitas esse &c. Auf dieses Argument hat Jerusalem in Beantwortung der Frage: ob die Ehe mit der Schwester Tochter nach denen göttlichen Gesezen zuläßig seye? *p. 28. seq.* also geantwortet: der Text erfodert es nicht, unter diese an den Heyden dergestalt zu rächende Greuel, alle die vorher angeführte und verbotene Fälle insgesamt zu begreifen, sondern fürnemlich nur die zulezt genannte sündliche Vermischungen, deren Unnatürlichkeit die Vernunft allerdings

dings erkennet, und die auch ohne alles ausdrückliche Gesez strafbar und abscheulich sind. Dann wann alle vorher benannte *Casus* ohne Unterschied hierunter zu begreifen wären, so müste auch die Annäherung zu einer unreinen Frau in eben diesem Grad unnatürlich seyn; so würde Gott ferner keinen Unterschied der Strafen darunter gemacht haben, welches doch ausdrücklich geschehen; und was die ganze Sache auf einmahl entscheidet, so würde Gott, wann alle diese Ehen der Natur unmittelbar zuwider wären, dieselben unter keinerley Umständen je haben veranlassen, noch je darinnen haben *dispensiren* können. Dann bey würklichen Gesezen der Natur kan beydes Gott nicht ꝛc. ꝛc. An statt nun daß Herr *Archi-Diac.* Gühling in seinen Anmerkungen hierauf hätte antworten sollen, so aber nicht geschehen, wendet Er *p. 30.* nur ein, und sagt: doch nicht ohne Schein: an welcher keinem sich die Juden verunreinigen sollen, an deme allem haben sich die Heyden verunreiniget. Nun aber sollen sich die Juden an keinem aller im ganzen Capitel erwähnten Puncten, ohne alle Ausnahm, verunreinigen, also haben sich die Heyden an allen, ohne Ausnahm, verunreiniget. Mithin gehet die Heyden auch das ganze Gesez an ꝛc. Dieser Syllogismus aber ist vitiosus, und zwar in Betracht der æquivocation, betreffend die Worte: kein, alle, indem sie in der Majore Propositione, als particulariter, und in der Minore, als universaliter genommen, ausgedruckt werden. Dorten sind die Uebertrettungen der Natür-Geseze der Gegenstand, hier aber zugleich auch der Legum positivarum. E. ist dahero die Minor Propositio also zu limitiren: nun aber sollen sich die Juden an keinem aller im *21. 22. 23.* v. dieses *Cap.* erwähnten Puncten, ohne alle Ausnahme, verunreinigen. E. haben sich die Heyden an allen diesen v. *21. 22. 23.* erwähnten Puncten, ohne Ausnahme, verunreiniget; ohne diese limitation aber ist auch die *Minor* falsch, mithin falsch, wann Herr Gühling behaupten will, es seye absolutè & simpliciter zu verstehen, da es doch, nach dem Sinn des Legislatoris, nur secundum quid zu verstehen ist. Der Beweiß ist 1) weilen denen Heyden die vorhergehende Leges connubiales forenses nicht gegeben worden sind. 2) weilen diese Einschränkung im *24.* Vers der Text selbsten macht, welches das darinnen, und zwar in beyden Hemistichiis, mithin zweymahl, gebrauchte demonstrativum, *elleh*, deutlich anzeiget, und damit uns auf das nächste v. *21. 22. 23.* mithin immediatè vorhergegangene, nach der fast allgemeinen Interpretations-Regel, verweiset, was aber das hebräische Wort כל betrift, so wird solches, wie auch das griechische πᾶς, nicht allemahl in der H. Schrift universaliter genommen, sondern bedeutet auch nur viele, die meisten ꝛc.

wir

wie zu lesen 2. *Sam.* 16, 22. C. 17, 14. 1. *Thess.* 5, 5. Uebrigens giengen freylich die Juden alle im ganzen Capitel erwähnte Puncten an, aber ex diversis obligationis fontibus, indem die Juden, nebst denen Legibus naturæ, welche nur die Heyden angegangen, auch die Leges pos. forenses betroffen haben. Es bleibt also der Unterschied zwischen denen Legibus positivis forensibus, und denen Legibus naturæ, auch in dieser Sache, quoad conjugia III. Mos. 18. & 20. prohibita, auf festem Fuß stehen. Wir wollen aber nunmehr weiter gehen.

Bey dem Wort, Greuel, hat Herr Abt Jerusalem *p.* 28. gar wohl angemerkt: weil auch die willkürlichen Geseze Gottes denen, welchen sie gegeben, eben so heilig, als das Gesez der Natur selbst sind — so hat Moses auch mit Recht, unter denselben nirgend einen Unterschied gemacht. Aber sie werden hier nicht allein Greuel, sondern solche Greuel genennet, die Gott auch an den Heyden rächen wolle; welches nothwendig vorauszusezen scheinet, daß Sie die Sträflichkeit dieser Verbindungen aus der Vernunft hätten erkennen sollen. Wider diesen Schluß aber *excipirt* Herr *Archi-Diac.* Gühling in der *not. p.* 29. f. es beweise solcher zu viel. Dann daraus würde folgen, als wenn die böse Lust des Menschen, der Unglaube an den Heyden, und die Sünden der

Kinder

Kinder nicht verdammlich wären, weilen die Vernunft davon nichts wissen kan rc. Allein es mag der Herr Abt diese *consequentiam similem*, unter Beobachtung gewisser Distinctionen, admittiren, oder nicht, so ist es doch kein absurdum. Es betrift ein anders forum, das forum merè theologicum, mithin confundirt Herr Gühling die natürliche Erkenntniß göttlicher Wahrheiten mit der geoffenbarten. Dann die Vernunft weißt von diesen merè theologischen Wahrheiten nichts.

Ob aber gleich die willkürlichen Geseze Gottes denen, welchen sie gegeben, billig eben so heilig, als das Gesez der Natur selbst sind, auch obgleich Moses mit Recht unter denselben nirgend einen Unterschied gemacht hat; so sind doch die grobe Vergehungen der Heyden wider das Gesez der Natur, in dieser Sache, besonders bemerket worden, so wohl an sich, als in Ansehung der über Sie verhängten Strafen, wie sich dann der Herr Abt *p. 28.* auch darauf berufen hat, daß Gott einen so merklichen Unterschied, in Ansehung der Strafen, unter denen Vergehungen wider das Ehe-Verbot, gemacht habe. Darum hat man Ursach, diesen Unterschied genau zu beobachten, massen die Absicht Mosis ware, die Juden zu warnen für denen per statuta & judicia divina prohibitis conjugiis, und Ihnen dabey zu Gemüth zu führen, wie Sie zulezt, wie die Heyden,

auf

auf die unnatürlichsten und greulichsten Vermischungen verfallen könnten, mithin auch am Ende, wie die Heyden, aus dem Land würden vertrieben werden, welches der 22. Vers *III. Mos.* 20. deutlich anzeiget, worinnen dann Ihnen, im ersten hemistichio der göttliche Befehl, in dem andern aber dieses göttliche Drohwort fürgehalten worden. Es hat dahero Herr Abt *p.* 34. den Schluß dieses gegebenen Gesezes III. Mos. 18, 30. gar wohl also umschrieben: alle diese (durch die besondere statuta & judicia verbotene) Verbindungen sollet Ihr überhaupt (und zusamen genommen) für unrein halten, damit Ihr so viel mehr (dardurch, als durch ein Gehege) von den sündlichen Vermischungen der Heyden abgehalten werdet, die, indem sie ihren unreinen Lüsten gar keine Schranken gesezt, in die unnatürlichsten und greulichsten Vermischungen verfallen sind, die ich durch die schrecklichsten Gerichte an Ihnen rächen will ꝛc. Warum will man dann, frage ich, dabey auf eine auch denen Heyden geschehene und fortgepflanzte Offenbarung aller dieser *III. Mos.* 18. und 20. befindlichen Ehegesezen fallen, und dann glauben, Sie hätten hernach derselben, wie es heißt *p.* 30. *seq. not. a*) & *b*) wieder gänzlich vergessen? warum will man darum das über die Heyden hernach ergangene Gericht, wie stehet *p.* 30. *not. b*) für unbegreiflich halten? Gott ist freylich ein verborgener Gott, verborgen in der

Regie-

Regierung der Welt, verborgen besonders in seinen Straf-Gerichten, da es immer auf eine andere Weise gehet, als wir denken und begreifen können *Jes. 28, 21.* doch ist so viel gewiß, daß seine Strafen mit den Sünden der Menschen in dem genauesten Gleichgewichte stehen.

Da nun die durch die Natur dem Menschen geoffenbarte göttliche Wahrheiten so tief in das Herz eingegraben sind, daß auch der Atheist unter den Heyden, wann Er nur eine Neigung hat, solche auszukrazen, als der gröste Thor angesehen werden muß *Ps. 14, 1.* da einen jeden Menschen von der Gerechtigkeit Gottes der Gewissens-Trieb überzeuget, und da sich Gott, in Ansehung seiner mittheilenden Güte, auch unter den Heyden nicht unbezeugt lässet *Act. 14, 17.* so sind zwar die über die Heyden gehende Gerichte Gottes unbegreiflich, aber doch gerecht, besonders alsdann, wann Sie ihren unreinen Lüsten ganz und gar keine Schranken sezen, sondern in die unnatürlichste Unreinigkeiten verfallen.

Der Herr Bühling sagt ferner *p. 31. not. b)* Gottes Gerechtigkeit beurtheilet die Welt nach dem Stande, in welchem Er sie erschaffen, und nach seinen Gesezen, die Er ihro in Adams und Noah Hütten gegeben, ohne darauf ɛc. ɛc. Der Ungrund des leztern aber ist bereits gezeiget worden

den, was aber das erste betrift, so muß die Sache besser auseinander gesezet werden. Nach *I. Mos.* 9, 15. wird uns Gott als ausgesöhnet vorgestellet; dahero die Frage ist, wie Er nunmehr die Menschen zu beurtheilen pflege? Gottes Gerechtigkeit beurtheilet die vernünftige und freye Geschöpfe, in Ansehung der Schöpfung, ob und wie Sie ihre Dependenz von Gott, besonders die Gegenwart Gottes erkennen, und derselben beständig eingedenk sind? darauf wird gesehen *Eccl.* 12, 1. *Sir.* 10, 18-21. *Act.* 17, 28. in Ihm h. e. *per Deum, substantialiter intimèque nobis praesentem*, leben, weben rc. Gottes Gerechtigkeit beurtheilet die Heyden, nach dem Gesez der Natur, welches alle Menschen überführet, daß Sie schuldig sind, dem Herrn, ihrem Gott, Liebe, Furcht und Gehorsam zu erweisen, sich und den Nächsten zu lieben, niemand zu beleidigen, und für allen unnatürlichen Vermischungen sich zu hüten. *Rom.* 1, 21.-27. Juden und Christen aber werden beurtheilt, nach dem geoffenbarten Gesez; ja nicht nur das, sondern auch nach dem Maaß der Gnade. Sodom und Gomorrha waren unstreitig die abscheulichsten und infamesten Städte, die in der Welt gewesen, und Gott zerstörte Sie auch durch ein recht merkwürdiges Gericht; weilen Sie aber die Gnade nicht genossen, welche die Juden genossen durch die Predigt des Evangelii, so solten Sie auch an jenem Tage ein erträgliträglicheres Gericht haben, als diese. *Luc. 10, v. 8-12.* Die bestrafte Uebertrettungen des Gesezes sezen in allweg, wie stehet *p. 31. not. b)* eine Offenbarung und Publication des Gesezes voraus. Aber was solle es für ein Gesez seyn? was für eine Offenbarung? bey den Heyden eine Offenbarung eines solchen Gesezes, davon Paulus geredet hat *Rom. 1, 19.* da dann selbst das Wort im gr. Text den Unterschied zwischen der Offenbarung des Willens Gottes durch die Natur, und dessen Offenbarung über die Natur col. *Ap. 1, 1.* anzeiget.

Unter den Uebertrettungen des natürlichen Gesezes aber bestraft Gott insonderheit die ganz unnatürliche Greuel und greulichsten Vergehungen wider das göttliche Ehe-Gesez, welches nicht nur aus *III. Mos. 18, 22. 23.* col. *Rom. 1, 24. 26. 27.* zu ersehen, sondern auch besonders das Beyspiel derer zu Sodom und Gomorrha anzeiget, nach *I. Mos. 19.* da dann in dem 5ten Vers das hebr. Wort, erkennen, ein nosse cum amore venereo ipsiusque effectu conjunctum, mithin constuprationem, Nothzüchtigung und Knabenschänderey bedeutet, womit dann noch weiters zu conferiren ist, was stehet *Jud. v. 7.* wobey noch wohl zu merken ist, daß, obgleich die abgefallene Engel, und die Einwohner der Städte Sodoms und Gomorrha, und der umliegenden Städte, eine ganz

ganz ungleiche Offenbarung des göttlichen Willens gehabt, auch die Engel *v. 6.* und ihre Vergehungen von ganz ungleicher Beschaffenheit gewesen, Sie doch *v. 6. & 7.* zusamengesezt, und mit einander verbunden werden, besonders aber zeigt sich auch eine solche Ungleichheit in Ansehung des statuirten göttlichen Straf-Exempels. Ganz andere sündigende Geschöpfe, ganz andere Versündigungen, und ganz andere Strafen. Und doch stehen sie nicht nur beysamen, sondern werden auch durch die part. ὡς mit einander verbunden. Und dieses mag dann auch die III. Mos. 18. geschehene Zusammensezung deutlicher machen. Und damit läßt sich also der Schluß wohl machen auf die Amoriter *I. Mos. 15, 16.* wie diese Verbindung auch Herr Gühling selbst *p. 31.* gemacht hat. Wann es aber *l. c.* heisset: die Missethat der Amoriter ist bis hieher noch nicht alle ꝛc. so wird damit angezeiget, daß Gott noch etlich hundert Jahre (dann das hebr. Wort, *dor*, heisset so viel, als *sæculum*) gewartet habe, ehe Er diese Völker heimgesucht, biß endlich ihre Sünden so groß waren, daß sie nicht höher steigen konnten. col. *Math. 23, 32.*

Wann aber die Schrift von denen Amoritern redet, so verstehet sie, ohne Zweifel, überhaupt die Cananiter, oder die Abkömmlinge des Canaans. Und wann die Schrift den grossen Verfall des jüdischen Volks beschreiben will, so spricht sie *Ez. 16, 3. 45.* als wolte sie sagen: dein Wesen ist aus den abscheulichsten Unarten der unreinsten Völker zusamengesezet, nicht anderst, als wann du von Ihnen entsprungen, und erzeuget worden wärest. col. *2. Reg. 21, 11.*

Der Schluß des Herrn Abts Jerusalem ist also vollkommen richtig, wann Er *p. 29.* also schliesset: bey den Erz-Vätern wurden solche Ehen, welche zwar *III. Mos. 18.* verboten waren, aber nicht unter die heydnische Greuel gezehlt werden konnten, nicht gemißbilliget; und wo der Bruder seine Wittwe, ohne Erben, hinterließ, wurde dem Bruder, nach *V. Mos. 25, 5.* die Ehligung derselben so gar anbefohlen. Wie hätte aber Gott alle dergleichen Ehen, ohne ein ausdrüklich vorhergegangenes Verbot, an den Heyden so hart strafen können, da Sie selbst in seinen heiligsten Verordnungen dieselben zugelassen fanden ꝛc.

Man kan also hier keinen andern Weg einschlagen, als diesen. Entweder muß man, ohne Unterschied, alle Leges forenses, und warum nicht auch die ceremoniales? wieder in das Christenthum einführen, und aus dem Christenthum wieder ein Judenthum machen, oder man muß genau forschen, von was für einer Art und Beschaffenheit die Leges connubiales sind? solle aber dieses tes geschehen, so müssen die Leges naturæ von denen positivis mit Fleiß und Sorgfalt unterschieden werden.

Und dieses mag dann auch Herrn Rauschenbusch zur Antwort dienen auf das, was stehet in seiner *Diss. de Lege Leviratus* §. 10. p. 19. lit. c) ex initio & fine Capitum *Lev. 18. & 20.* rectè colligitur, Mosen omnes Leges, quas in allatis capitibus promulgavit & sanxit, ne ulla causa excepta, quam exactissimè exequendas voluisse. Alias enim transgressiones singularum Legum abominationes non nominasset: & frequens repetitio horum verborum: omnes has abominationes gentes, quas terra evomit, perpetrarunt, neque facturi estis &c. *Lev. 18, 24-30. C. 20, 22-26.* sanè, si ullam causam inde eximas, inanis fuisset &c. Es hat aber der Herr Abt in der Beantwortung rc. *p. 27. f.* wohl angemerkt, daß auch die Uebertrettungen der willkürlichen göttlichen Geseze, vielfältig und mit Recht so genennet werden — aber weil hier die Rede ist von solchen Greueln, die Gott auch an den Heyden rächen wolle, so ist vorauszusezen, daß die Heyden die Sträflichkeit solcherley Verbindungen aus der Vernunft hätten erkennen sollen rc. Mithin machts das Wort, *abominatio*, allein nicht aus.

Wann aber Herr Rauschenbusch *l. c.* beyfüget: divinum Legislatorem interdictum de incestuoso connubio cum fratria quam egregiè collocasse. Quod enim, quo minus ex isto numero excipere possis, immediato nexu *Lev. 20, 21. ss.* qui inter eam causam atque comminationes intercedit, prohiberis &c. so bitte den Herrn Verf. nur, *III. Mos. XX. v. 21.* mit *v. 26.* zu vergleichen, und dann zu glauben, daß der Lex de fratria non ducenda, gehöre zu denjenigen Legibus Mosaicis, wordurch Gott sein Volk von andern Völkern unterscheiden wollen, wie auch *III. Mos. 18, 29.* mit *I. Mos. 17, 14.* zu vergleichen, welches keine pœna forensis ist, sondern überhaupt eine Ankündigung des Zorns Gottes gegen seinem Volk, oder eigentlich eine excommunication.

Wir kommen nunmehro auch wieder auf die Widerlegung des Goth. Bed. Wann nun der Herr Aut. der Widerl. auf das, was der Herr Verf. des Bed. *p. 54. seq.* gesagt, die Heyden haben aus keiner besondern Offenbarung wissen könn n, daß die Ehe mit des Bruders Wittwe verboten seye, nicht nur, weilen sie dieselbe nicht gehabt, sondern auch weilen ihnen das Volk Gottes, besonders das Geschlecht der Erz-Väter vor dem Gesez das Gegentheil selbst beygebracht ꝛc. replicirt flichkt, es beweise solches zu viel, und zur Instanz gibt das Blutbad der Söhne Jacobs, die Blutschande Juda 2c. und daraus schliesset, man könne sich einmahl auf die *praxin Patriarcharum* nicht berufen p. 240. so folgt zwar freylich hieraus, daß diese heydnische Völker werden dardurch geärgert worden seyn, und daß sich diese membra Ecclesiæ schwerlich damit versündiget haben, allein wie die Heyden deswegen vor Gott nicht entschuldiget gewesen, wann sie sich durch solche Exempel der Bosheit zur Nachfolge verleiten lassen, weilen sie den Greuel dieser Thaten aus dem Licht der Natur erkannt, also haben sie hingegen aus dem Exempel der Patriarchen, da die nuptiæ cum fratria unter ihnen üblich waren, schliessen können, daß eine solche Ehe, da sie dem Juri naturæ nicht zuwider, überhaupt nicht wider den Willen Gottes seyn müsse, dann daß die Heyden haben so weit kommen, also denken, und vernünftig urtheilen können, daher an dem Volke Gottes bey dem Umgang mit demselben alles bemerken, ist zu schliessen aus dem, was man dato von denen Heyden findet in denen Ost-Indischen Nachrichten, mithin bliebe dannoch auch bey denen Heyden praxis Patriarcharum ein lebendiges Gesez, weswegen nicht nur Jacob diese mörderische That seiner Söhne so sehr detestiret hat, sondern es ware auch Juda nur dafür besorgt, und deswegen so voller Angst, daß dieses begangene Scelus nicht offenbar werden, sondern verborgen bleiben möge.

§ 13.

Die 4te Einwendung. Es ist bekannt, daß, da auch aus denen recentioribus die meiste zu gründlicher Beurtheilung der graduum prohibitorum eine regulam generalem ausfindig zu machen gesucht, Sie dazu und zum principio unico & naturali omnium istarum prohibitionum diese Worte *III. Mos. 18, 6.* machen wollen, und zwar so, als würde hernach dieses principium durch die in diesem Capite folgende prohibitiones nur exemplificirt, von diesen Exempeln aber auf andere geschlossen, die jenen, was die gradus betrift, gleich seyen. Daß aber dieses eine solche regula generalis seye, wollen Sie besonders aus dem wiederholten איש beweisen, welches heisse: *quisquis etiam fuerit &c.* welches sich dann wohl hieher schicke, um daraus einen legem positivam universalem zu beweisen; worzu in der Widerl. *p. 86.* noch der Zusatz kommt: Ich bin der Herr rc. welcher allemahl, wie es dort heisset, pflege hinzugethan zu werden, wo sich die Göttliche Majestät sonderlich beleidiget befindet. Darauf fusset auch *Varenius* l. c. *p. 169.* wann Ers nennet ein fundamentum universale, und sagt hierauf: quod est caro carnis, per quam ductam profanatur tota terra, & peccatur in San-

Sanctitatem Dei &c. Mit *Varenio* aber halten es *Musæus*, *Buddæus*, *Kettnerus*, *Pfaffius*, der sehr weitläufig hierinnen ist l. c. *p. 9. seqq.* *Langius alii*; darunter auch gehöret Gerhard in *L. Th. T. XV. p. 254. J. Ed. Cott.* Es hat aber der Herr Canzler in der *not.* besonders angemerket, daß sich das Wort, *isch*, nach der Rabbiner Meynung, auch auf die *gentes* beziehe.

Es ist aber hier eigentlich die Rede nur von einer Offenbarung, deren die Juden gewürdiget worden sind, nach *Lev.* 18, 2. 3. 5. col. *Luc.* 10, 25-28. überhaupt aber verglichen mit *Ps.* 147, 19. 20. diß aber ausgenommen, was *Lev.* 18. im folgenden, denen Heyden aus dem Licht der Natur, als einer andern Offenbarung, offenbar ware. Und dahin gehet dann auch die Meynung des Herrn Aut. der Widerl. Es kommt aber hierinnen darauf an, wie diese Worte zu verstehen seyen? wir melden aber zum voraus, daß שאר hier nicht heissen könne reliquiæ, wie in des Ariæ Montani Bibel stehet, sondern caro, weilen es sub media radicali kein *kamez* oder *patah* sondern *zere* hat col. Ps. 73, 26. Prov. 11, 17. hernach daß das auf das כָּל folgende לא universaliter negire, wie stehet in Danzii Interpr. §. 133. edit. maj. Wann wir nun aber den rechten Wort-Verstand haben, so müssen wir weiters auf die Sache selbsten gehen, da dann die Frage ist, ob von beeden Worten, welche beede caro heissen, eins propriè, und das andere impropriè, zu verstehen seyen? Nun verstehet man insgemein beede Worte impropriè, und sagt, das abstractum stehe pro concreto, und heisse dann so viel: *nemo, quisquis etiam sit, accedat ad propinquam sive sanguine, sive affinitate.* Pfaff aber in *Diss. de non appropinquando &c. p. 11.* hälts pro synonymis, und will in der conjunctione dieser zwey substantivorum synonymorum eine besondere emphasin finden, wie es sonsten in der hebräischen Sprache sehr gemein ist, nach *Danzii Interpr.* §. *18.* Notanter, sagt Er, caro carnis dicitur, vocibus junctis, ut propinquitas carnis proximior indigitetur, & gradus consanguinitatis & affinitatis proximi &c. Hingegen will es Canz in *Disc. mor.* §. *858.* dergestalten restringiren, daß er daselbsten sagt: hæc locutio nusquam de personis, quæ fratrum sororumque naturam vel locum certè habent, adhibetur in doctrina de conjugio; quin potius de iis tantùm enunciatur, quibus debemus parentum reverentiam. Caro igitur carnis est omnis illa persona, quæ unam exhibet personam cum carnis nostræ ortu i. e. cum parentibus, aut iis, qui sunt parentum loco, quorsum pertinent parentes, eorum fratres & sorores, & horum rursus conjuges &c. Allein obgleich ganz recht gesagt wird, daß das abstractum hier stehe pro concreto, auch das Wort בשרו ganz richtig improprie genommen werden muß, so kan man doch solches nicht auch vom ersten sagen, welches dann proprie zu nehmen ist, daher also gegeben werden muß: *nemo, quisquis etiam sit, accedat ad ullam carnem suæ propinquitatis &c.* und zwar deswegen, weilen sonsten unter dem carne carnis nicht einmahl linea recta, sondern allein linea obliqua & collateralis verstanden werden müste, dann das wäre sonsten allein caro carnis, noch auch des Vaters Bruders Weib v. 14. darunter begriffen werden könnte, indem diese nicht caro carnis, sondern caro carnis carnis wäre wie solches wohl eingesehen hat der Herr Aut. der Widerl. *p.* 92. Was die Pfaffische Meynung betrift, so sind diese zwey Worte keine synonyma, und wann mans so erklären wollte, so müste eins von diesen beyden substantivis in der Uebersetzung adjective gegeben werden. Der Canzischen Erklärung aber ist III. Mos. 21, 2. 3. zuwider, da es ausdrücklich auch von Bruder und Schwester erkläret wird: Die entweder aus meinem Fleisch gebohren, oder von deren Fleisch ich gebohren, oder die mit mir aus einem Fleisch gebohren samt deren ihren nächsten Bluts-Freunden sind mein Fleisch; nicht aber, wie es heißt in der Widerl. p. 86. woselbsten diese Worte stehen: man kan unmöglich etwas anders darunter verstehen, als den nächsten Freund derjenigen Person, die mit mir ein

Fleisch ist *i. e.* die entweder aus meinem Fleisch gebohren ist, oder von deren Fleisch ich gebohren bin, oder die mit mir aus einem Fleisch gebohren ist. Alle die sind mein Fleisch, und ihre Nächste sind meines Fleisches Fleisch 2c. Was aber den daraus gezogenen Schluß betrift, da man hieraus beweisen will, es wäre das das unicum principium & ratio communis omnium interdictorum matrimonialium, so behauptet Brückner, es könne diese generalis clausula, ohne Absurditæt, ad ulteriora, quàm Parentum & Liberorum, fratrum & sororum matrimonia, nicht extendiret werden, oder wann man ja weiter gehen wollte, so gehe es nur auf die personas in legibus hisce expressè nominatas. *Alethæus* im 59. Vers. seiner Erl. *p.* 577. *seqq.* gehet eben auch dahin, und urgiret insonderheit III. Mos. 21, 2. Es heißt aber daselbsten: je mehr hinzukommt, daß aus der Einleitung in diese verbotene Grade *v.* 6. *c.* 18. nichts anders hervorleuchtet. Dann wiewohl es scheinen möchte, daß, weil die *l. c.* befindliche Worte: *omnis homo ad proximam sanguinis sui non accedet*, diejenigen, mit welchen man in Bluts-Verwandschaft stehet, zu heurathen schlechterdings verbieten, und solches zu keiner Zeit, auch nach dem Tod desjenigen nicht, welcher die Verwandschaft verursachet, verstatten, folglich auch unser Ort also, und

tan-

tanquam species hujus generalis interdicti anzunehmen, so zeiget dannoch *Lev.* 21, 2. wer dann eigentlich unter denen *propinquis* müsse und könne verstanden werden, nemlich blos Vater, Mutter, Sohn, Tochter, Bruder, Schwester, und weiter nicht, sogar, daß auch das Weib davon ausgeschlossen. Not.*) welches Er dann im folgenden weiters ausgeführet, und gezeiget hat, daß da die *Fratria* nur *mediatè*, nemlich *mediante fratre meo*, meine *propinqua sanguinis*, oder vielmehr blos *affinis* [illegible] ge-
[illegible]

Not. *) Wann es hier heisset: sogar, daß das Weib davon ausgeschlossen ꝛc. so wird damit gesehen auf v. 4. welchen WOCKENIVS erkläret hat in Tract. de Ellipsibus &c. ad h. l. p. 59. da Er contra DACHSELIVM wohl erinnert hat, daß dessen Uebersezung in Bibl. accent. P. I. p. 292. non polluet se Dominus in domesticis suis &c. mit der Accentuation nicht übereinkomme, indem sonsten Baal mit dem verbo cohæriren müste; hingegen wann es so übersezt wird; ne se polluat, ut maritus in populo suo &c. so können von dem verbo wohl distinguirt werden die Worte: ut maritus in populo suo, weilen das subjectum im verbo steckt, und obgleich diese Worte: ut maritus in populo suo &c. zu dem prædicato gehören, mithin mit dem verbo eigentlich cohæriren, so ist doch der nexus zwischen ihnen noch grösser, dann es ist eine constructio regimini haud dissimilis.

gewesen, so könne sie unter das *General-Verbot v. 6.* nicht gezogen werden, immassen auch die *prohibitio graduum in affinitate* mit zu einem Gehege und Zaun verordnet worden, um die Geilheit des Volks desto eher von *gradibus in consanguinitate* abzuhalten, und weil jene doch mit diesen eine genaue Verwandschaft, oder Aehnlichkeit haben 10. Und daß wenigstens hierinnen keine turpitudo intrinseca zu suchen, mithin daraus an sich, und ohne Unterschied kein lex naturalis, noch positiva universalis zu machen seye, ist daher zu erweisen, nicht nur weilen diese phrasis, nach dem Gebrauch der Schrift, eine phrasis generalis ist, welche auch bey remotioribus cognationibus utriusque generis iisque minus interdictis gebrauchet wird col. I. Mos. 29, 14. 2. Sam. 5, 1. C. 9, 12. sondern auch weilen damit die remotiores denen, propinquioribus contradistinguirt werden. III. Mos. 25, 49. IIII. Mos. 27, 9-12. vid. Zeltner in *Diss. cit. p. 38.* woraus dann folgen würde, daß Leute aus einem Volk einander nicht mehr heurathen durften. Es sagt auch Zeltner *l. c. p. 12.* à quibus sit abstinendum, neutiquam verò rationem, ob quam sit abstinendum, ea indicant — ut taceam, quodsi verba hæc ad omnia sequentia interdicta extenderentur, necessariò etiam pertinerent ad Sodomiam, adulterium & similia, quod nemo facile defendere audebit.

Was

Was aber das wiederhohlte wir betrift, so hat eben auch Zeltner aus III. Mos. 15, 2. angemerkt, daß diese formula auch von denen legibus positivis particularibus gebrauchet werde. Den Zusaz aber: Ich bin der Herr ꝛc. hat gar wohl also erkläret Niemejer sen. *Diss. II.* Deus hoc pacto Israelitas voluit admonere, ad observandas has leges, non tantum, quia ipse sit Deus summus, sed & quia ipsorum Rex sit &c. wird also damit besonders gesehen auf die theocratiam, wie solches auch Pfaff in *Diss. laud. p. 25.* gezeiget hat. Es ist also das Wort *III. Mos. 18, 6.* kein unnüzes Wort, sondern hat seine Bedeutung. Es bedeutet nemlich einen nexum sanguinis, eine relationem, & vinculum relationis, aber wie solches erkläret werden müsse, darauf kommt es an, es ist eine clausula generalis, worunter alle übrige leges matrimoniales begriffen sind, welche aber diversimodè erkläret werden muß, nach Beschaffenheit dieser darunter begriffenen legum matrimonialium selbsten, und nach der unterschiedenen proximitate der propinquorum ratione consanguinitatis & affinitatis, auch nach dem unterschiedlichen Betracht des Worts Herr, da Er freylich ein Herr ist aller Menschen, daher Er III. Mos. 18. und 20. solche Geseze gegeben, die alle Menschen angehen, aber auch nur solche Geseze, die die Juden angiengen, deren König Er in besonderem Betracht ware. Ich will

hier

hier nachhohlen aus Herrn R. Michaelis Mos. Recht, was stehet im *II.* Th. §. *102. p. 162.* Er sagt: *scheer basar* könnte man buchstäblich, leibliche Verwandte, halb hebr. Verwandte fleisch dem Fleisch, geben. Weitere Geheimnisse, oder Sach - Entscheidungen stecken nicht in der Derivation, und welche Ehen Moses erlaubt, oder befohlen habe, kan man nicht aus dem weit über seine Ehe. Geseze hinausgehenden *scheer basar*, sondern man muß es aus seinen eigenen deutlichen Verordnungen, in denen Er saget, welches *scheer basar* d. i. welche Verwandte verboten sind, ausmachen, wie zuvor schon angeführet worden ist, aber nicht ohne Ursach wiederholet wird.

§. 14.

Man könnte auch 5) einwenden, es wäre die Bestrafung Johannis, da Er Herodem Math. 14, 4. gestrafet, zu anfang des N. T. geschehen. Nun hätte Herodes Johannem leicht mit dem jüdischen Levirat abweisen können, weilen Er aber solches nicht gethan, so seye daher zu schliessen, es seye der lex Leviratus V. Mos. 25. damahls in der Kirche aufgehoben, dargegen aber erst der lex III. Mos. 18, 16. zu einem lege positiva universali gemacht worden, wie das ehmalige Scheidung - Recht der Juden V. Mos. 24, 1. seqq. durch Christum seye aufgehoben, und die causa matrimonii ad primævam institutionem reducirt

worden,

worden, nach Math. 19. wie dann der Herr Aut. der Widerl. auch dahin stehet *p. 184.* es ware an dem, daß alle *Distinction*, welche Juden und Heyden bisher getrennet hatte, sollte aufgehaben werden. Wer wollte dann behaupten, daß der Leviratus allein noch wäre stehen geblieben? würde aber der Leviratus auch aufgehoben, so hatten sich alle Juden und Heyden nimmer an *Deutr. 25.* sondern *simpliciter* an *Lev. 18.* zu binden rc. Es ist aber nicht nur lex leviratus, sondern auch der lex III. Mos. 18, 16. im N. T. aufgehoben worden. Wie aber? ist bereits gezeiget worden.

Warum sich also Herodes nicht auf legem leviratus berufen, können Ursachen genug angegeben werden, es ist aber nicht nöthig, daß wir uns da weiters einlassen; Johannes aber hat in Ansehung des göttlichen Gesezes nichts ändern können, noch wollen, weilen alle Weissagungen von Christo biß auf Johannes gegangen sind, mit welchem sie dann erst haben aufgehöret Math. 11, 13. col. Joh. 3, 29. seq. Daß der Juden Scheidungs-Recht im A. T. seye erdichtet und falsch gewesen, ist bereits gezeiget worden, hingegen hat die Leviratio ein göttliches Gesez zum Grund gehabt, und hat daran niemand jemahls gezweifelt. Was sonsten aber noch für argumenta, wie in genere, also bey diesem casu in specie, könnten angeführt werden in contrarium, solche sind, und zwar zugleich beantwortet zu finden bey dem Zeltner in *Diss. cit. p. 6-13.* und Pfaffen in *Diss. laud. p. 4. seqq.* Wir wollen aber hier noch kürzlich anhängen die *Disputation* des Gerhards mit dem *Bellarmino*, welche zu finden ist in den *Loc. Theol. Tom. XV. p. 306. seqq. Edit. Cott.* Es wirft freylich *Bellarminus* alles untereinander, in der Absicht, dem Römischen Pabst damit sein Dispensations-Recht beynahe in allen Gradibus prohibitis, oder doch in so vielen, erweislich zu machen. Und darauf will Gerhard antworten, und sagt deswegen *l. c. p. 310.* Pontificis Romani nullas hic agnoscimus partes, nullum jus, potestatem nullam, cui tamen unicè cavere hac dissertatione Bellarminus voluit. Und vorher *p. 309.* confert Bellarminus tanquam paria dispensationem divinam ac dispensationem pontificiam, ac quia illa in Vet. Test. fuit licita, etiam hanc in Nov. Test. locum habere arbitratur. Sed quanto intervallo hæc invicem distent, ignorare nequit, qui novit, quantum distet in aliis etiam quæstionibus judicium Pontificis à judicio divino in sacris literis proposito &c. Es ist aber dabey nicht zu läugnen, daß Gerhard, wann Er Beweiß führen solle, darinnen öfters zu weit gehet, so, daß Er nicht nur die in favorem des Römischen Pabsts gezogene Conseqenz, sondern auch wohl den von Bellarmino gebrauchten medium

medium terminum selbsten läugnet, und damit das ganze Argument einer fallaciæ beschuldigen will.

Bellarminus urtheilet einmal ganz recht, wann Er *l. c. p. 306.* also argumentirt: Lex *Deutr.* 25, 5. nihil jubet contrà Jus naturæ, quid enim absurdius, quam ut naturæ auctor contra naturam pugnet? Ergò quod in Levitico legimus *Cap.* 18. ne quis ducat uxorem fratris sui, non est naturale præceptum &c. Jedoch hat auch Gerhard recht, wann Er den Bellarminum aus seinen eigenen sich widersprechenden hypothesibus refutirt *p. 307. seq.* Indessen bleibt doch das zuvor angeführte Argument des *Bellarmini* auf seinem Fuß stehen. Und wenn Gerhard *p. 308.* ex similibus exemplis wider Ihne argumentiren will, so ist ja bekannt, quod non dentur perfectè similia, etiam quoad exempla. Das Exempel *II. Mos. 12, 35. seqq.* beweiset nichts, wie schon zuvor gezeiget worden ist. So auch was das Exempel des *Jacobs* betrift, in Ansehung seines conjugii cum duabus sororibus, so wäre es keine dispensation, sondern eine blosse, doch dabey solche Toleranz, daß sich Gott hernach diese Ehe doch hat gefallen lassen müssen, weilen Er sie besonders hat gesegnet. Die *Polygamie* hat Gott in *Vet. Test.* erlaubt. Von den conjugiis *fratrum & sororum in prima mundi creatione* sagt ja Gerhard selbsten *l. c.* multiplicato au-

 tem

tem genere humano prohibitio matrimonii inter fratres & sorores nihilominus est juris naturalis, mithin hypothetici. Davon aber lässet sich auf die prohibitionem *III. Mos. 18, 16.* nicht schliessen, als wäre diese auch Juris naturalis, sondern es ist dieser Lex *III. Mos. 18, 16.* ein Lex merè positiva ac judicialis, soli Judaico populo proposita. Wann aber *Bellarminus l. c.* weiters also schliesset: ista exceptio (*Devtr. 25, 5.*) sive Lex exceptiva & declarativa alterius Legis apertè demonstrat, Legem illam Levitici (*Cap. 18, 16.*) non fuisse naturalem, sed judicialem. Nam Lex ista *Devtr*, quæ est Legis Leviticæ declaratio sive exceptio, vel est naturalis, vel judicialis. Non potest dici naturalis, quia etiam hoc tempore servanda esset, quod tamen omnes negant. Si verò est judicialis, ergo & Lex, à qua fit exceptio, judicialis, exceptio enim fit ab iis, quæ sunt ejusdem naturæ & ordinis &c. so ist der Schluß an sich betrachtet ganz richtig. Wann wir aber des *Bellarmini* weitere und besondere *Hypotheses* dabey betrachten, so kan dem Gerhard nicht widersprochen werden, wann Er solche dem Bellarmino vorhält, und widerlegt, wiewohl in der Absicht, dardurch das ganze Argument zu invertiren. Dann so ist es ohne Grund, wann *Bellarminus* behaupten will, divina dispensatione, quæ per internam inspirationem Patribus fuerit nota, licuisse plures simul uxores du-

ducere &c. Dispensatio enim non datur, nisi in ordine ad actus Lege definitos. Nun aber wäre davon im A. T. kein Lex vorhanden. Dann die Polygamie hat Gott in Vet. Test. simpliciter erlaubt, in Nov. Test. aber simpliciter verboten, wie dann, was das *Vet. Test.* betrift, sowohl *Dispensatio*, als *Tolerantia* grossen Schwierigkeiten unterworfen ist; hingegen wie Christus im N. T. novas Leges positivas ceremoniales, easdemque universales gegeben hat, wo hingehöret Tauffe und Abendmahl, indem bey Stiftung derselben zu finden sind imperativi à Legislatore summo provenientes, cum vi obligandi conjuncti, also auch Leges positivas forenses, easdemque universales, worunter dann auch gehöret die verbotene Polygamie. Indessen sehen wir doch auch nicht, wie Gerhard dem Bellarmino dieses dilemma könne entgegensetzen: illa dispensatio erat aut naturalis, aut judicialis. Si naturalis, ergò adhuc hodie servari potest. Si exceptio est judicialis, ergò etiam Lex polygamiam prohibens erit judicialis. Dann so kan bey dem ersten *Membro* desiderirt werden, daß, da Bellarminus von einer dispensatione, Patribus per internam inspirationem nota, redet, der Satz, daß sie zugleich solte naturalis seyn können, von selbsten wegfalle. So ist auch die daraus gezogene Consequenz kein absurdum, weilen das fœdus impletionis s. Messiæ mit dem fœdere promissionis in einer genauen Verwandtschaft stehet; mithin könnte man sagen: ergò adhuc servari posset, nisi Messias aliter disposuisset. Bey dem andern *Membro* dieses dilemmatis aber ist in allweg der Lex polygamiam prohibens in Nov. Test. judicialis s. forensis, atque universalis. Bey diesem allem aber bleibt doch der Saz Bellarmini, Legis generalis & exceptionis specialis esse eandem rationem, auf festem Fuß stehen. Dann wann man den Legem generalem *III. Mos.* 18. & exceptionem specialem *V. Mos.* 25. betrachtet, ratione *generis*, so sind beyde Leges, nach der Wahrheit, Leges positivæ particulares forenses, soli Judaico populo datæ, welches dann der Lex *III. Mos.* 18. mit dem Lege *V. Mos.* 25. gemein hat; der Lex *V. Mos.* 25. aber ist zugleich ceremonialis, typica, und stehet auf die distinctionem tribuum & familiarum, ut cognosci posset, ex qua familia Messias esset exspectandus. vid. Gerhard *l. c. p.* 308. & 309. Dieses aber ist ein *proprium*, welches diesem Legi eigen ist. Wann wir aber dabey behaupten, es seye auch der Lex *V. Mos.* 25. ein Lex judicialis & forensis so wohl, als ceremonialis & typica, so berufen wir uns hieben auf den Canonem: unius rei plures posse esse fines, subordinati, diversaque habitudine.

Es gehet aber *Bellarminus* weiter, und schliesset *p.* 309. also: qualiscunque sit illa exceptio

(Devtr.

(*Devtr. 25.*) convincit, conjugium cum fratris uxore non esse per se & intrinsecè malum, non enim quod est intrinsecè malum, per ullam circumstantiam potest fieri bonum &c. Rursus eadem exceptio evincit, conjugium cum uxore fratris non esse malum semper &c. nam iste casus in Devtr. exceptus erat pietas quædam in fratrem mortuum &c. Nun widerspricht zwar Gerhard *l. c.* dem letztern mit gutem Grund, und sagt, esse fallaciam causæ. Neque enim, fährt er fort, causa hujus exceptionis est pietas in fratrem (dann es wäre etwas beschwerliches für den hinterlassenen Bruder, wie die Geschichte *I. Mos. 38.* anzeiget) sed conservatio & distinctio familiarum, in der Absicht auf den Messias. Wann aber Gerhard *p. 310.* weiters fortfähret, und den *Bellarminum* einer *fallaciæ consequentiæ* beschuldigen will, so trift man bey beyden falsche supposita an, und zwar bey diesem, wann Er nur auf eine turpitudinem extrinsecam verfällt, bey jenem aber, wann Er behauptet, conjugium cum fratria in se ac intrinsecè, extra casum divina Lege speciali exceptum, esse & manere malum, illicitum, & naturali Legi repugnans &c. dann, in Ansehung des Gerhards, und so viel Ihne betrift, so hat *Bellarminus* ganz recht, wann Er sagt: non enim, quod est intrinsecè malum, per ullam circumstantiam, potest fieri bonum, quare habemus ex hac exceptione, Le-

 gem

gem Leviticam non esse naturalem primi ordinis. *p. 309.* Die Ursach davon ist diese: quae enim sunt intrinsecè turpia, nullam subire queunt dispensationem vel exceptionem, ne divinam quidem. Wann aber Gerhard Beweiß führen sollte, so ist solcher *p. 310.* eben so unkräftig. Er fährt nemlich also fort, und sagt: quia enim maritus & uxor per conjugium fiunt una caro, ideò Lex naturae docet fratri, qui est fratris defuncti caro per consanguinitatem, abstinendum esse ab ea, quae cum fratre facta est una caro per copulam, & consequenter facta est illius etiam caro per proximam affinitatem &c. Es kommt also dabey an auf die Worte *I. Mos. 2, 24.* sie werden seyn ein Fleisch &c. ob nemlich solche propriè, oder impropriè zu nehmen sind? Solten sie nun gleich propriè genommen werden müssen, so kan wider die Folge, wann Gerhard sagt: eam, quae cum fratre facta est una caro per copulam, consequenter etiam factam esse alterius fratris carnem per proximam affinitatem &c. Einwendung gemacht werden. Denn da die Consanguinitas ein Respectus ist, quem habent inter se personae ex uno sanguine oriundae, die affinitas aber einen respectum, quem habent personae quaedam ex nuptiis ortum, bedeutet, so zeiget diese diversa definitio eine distinctionem realem eandemque positivam an, quae non tantum est inter rem & rem, sed etiam inter duos duarum

rerum

rerum modos, auch ist hier die Relatio nur realis in uno relatorum, in altero aber nicht. Ueber das könnte man noch, wann die Worte *I. Mos.* 2, 24. solten propriè verstanden werden müssen, bey Bestimmung der proximitatis, fragen, ob nicht die consanguinei unius conjugis mit den consanguineis alterius conjugis auch unter dieser proximitate affinitatis zu verstehen wären? Es sind aber diese Worte quæst. in der That nur *impropriè* zu verstehen, nemlich so: *erunt una caro, sive homo, morali æstimatione, & quoad vinculum conjugale;* wie dann, bereits angezeigter Massen, *Alethæus* in der gr. Erl. im 80. Vers. mit Exempeln H. Schrift bewiesen hat, daß sie eigentlich von der Vereinigung zu der grösten und nächsten Freundschaft, welche da ist unter Eheleuten, zu verstehen seyen. Nun aber ist der Freundschafts-Nexus des Fratris mit der Fratria weit nicht so groß und nahe, als zwischen den beyden Brüdern, sondern weit davon entfernet, noch viel weit entfernter aber ist solcher von dem erst dorther entstandenen Freundschafts-Nexu zwischen den Eheleuten selbsten. Es solle ja, wie Gerhard p. 237. selber sagt, die Affinitas nur ein simulacrum consanguinitatis seyn überhaupt. Endlich ist es sehr ungereimt, wenn *Bellarminus*, nach p. 310. gar läugnen will, Legem *V. Mos.* 25. esse exceptionem quandam, eamque divinam Legis *Lev.* 18. latæ, und noch ungereimter die beygefügte Ursach. Es ist aber auch ungereimt, wann Gerhard *p. 311.* von den gradibus prohibitis, insgemein behauptet, Legem illam fuisse mentibus hominum in prima creatione naturaliter insitam, post lapsum etiam ante Mosen repetitam, tandem per Mosen solenniter promulgatam &c.

§. 15.

Nun kommt es 11) darauf an, wie dann *III. Mos. XVIII, 16. XX. 21.* mit *V. Mos. XXV.* zu vereinigen seye. Man schlage davon nach *Gerh. L. Th. T. XV. Ed. Cott. p. 306. ss.* besonders aber gibt sich hierinnen unser Herr Aut. des Bedenk. viele Mühe, schlägt darzu allerhand Weege für, und fällt endlich darauf, es werde wie *Devtr. 25.* von des verstorbenen Bruders Weib, dem Buchstaben nach, also *Lev. 18, 16.* von des noch lebenden Bruders Weib, dem Verstand nach geredet. Er sagt, es finde weder *Dispensatio* statt, noch auch eine *Exceptio*, man könne auch *Lev. 18. & 20.* weder zu einem allgemeinen Gesez, noch zu einem allgemeinen willkührlichen Gesez, und *Devtr. 25.* weder zu einem besondern, noch zu einem besondern willkührlichen Gesez machen, sondern man müsse wohl diesen Weeg erwählen, den Er hier erwählet habe. Es stimmet auch mit Ihme, wiewohl nicht vollkommen, überein *Alethæus l. c. p. 574. 582.* da es heisset: *Lev. 18.* redet von dem Weib des noch leben lebenden, Devtr. 25. aber von der Wittwe des verstorbenen Bruders. Jener theils von dem Weib des Bruders, welcher Er einen Scheide-Brief ertheilet hat, dieser von dem Weibe des Bruders, dem der Tod selbsten einen Scheide-Brief gegeben; jener von dem noch lebenden Bruder, Er habe Kinder oder nicht, dieser von dem Weibe des verstorbenen Bruders, wann Er kein Kind verlassen; jener vom würklichen Ehebruch, dieser von der andern Heurath; jener theils von dem Fall, wann Levir schon verehlichet, dieser, wann derselbe noch unverehlichet ꝛc. und in der nota cc) heißt es: ceu concludit Gerhardus in h. l. ex phrasi; si habitaverint simul &c. Not. *) Was

Not. *) Auch Levir, conjugatus, muste die Fratriam heurathen, welches beweiset Varenius l. c. p. 164. f. und die noch fortdaurende Gewohnheit unter den Juden in Arabien col. §. 4. Den Einwurf aber, wanns heisset: Si habitaverint simul &c. hat gründlich beantwortet der Hackspan in Not. phil. theol. ad Devtr. 25. p. 588. seqq. Er beruft sich nicht nur auf den Abenesram, der diese Phrasin also erkläret hat: si fuerint in eadem provincia, aut in atrio, vel villa eadem, aut si diligat alter alterum, sondern beweiset solches auch aus Ps. 133, 1. Gen. 13, 5. 6. C. 36, 6. 7. und sagt darauf: itaque qui simul habitare dicuntur, non necessario communi

Was aber der Herr Aut. der Widerl. darwider einzuwenden hat, das bestehet entweder in blossen Worten, oder fasset in sich solche supposita, welche offenbar falsch sind, wohin dann gehören seine Säze von der sclavischen Niederträchtigkeit der Israelitischen Weiber, und hoch-

ædificio includuntur, nedum paterno, sed certo quodam loci intervallo, aut intercapedine certa. Es wendet zwar Pfeiffer in Dub. vex. ad Devtr. 25. p. 360. seq. darwider ein: interim innuit hæc phrasis, nondum duas habere familias, adeò, ut opus habeant separari. Allein diese zwey loca I. Mos. 13, 5. 6. C. 36, 6. 7. sind gar zu deutlich, da Abraham und Loth, Esau und Jacob zweyerley Familien hatten, und doch diese Phrasis von ihnen gebraucht wird; weilen aber Hackspan gesagt, habitare simul heisse auch habitare in eadem provincia, so nemmt Pfeiffer daher Gelegenheit zu fragen: quid si non habitent in eadem provincia, num eô casu liber fuerit frater à ducenda fratria? und schliesset dann: itaque habitare simul hic potius certum vitæ statum supponit &c. Man hat aber dieser seits nicht nöthig, in diese Frage sich einzulassen, wiewohlen es richtig ist, daß dieser Umstand den Levirum nicht frey gemacht, auch daß die Fratria schuldig gewesen seye, Ihme, cæteris paribus, zu folgen, massen es genug ist, daß diese Phrasis nicht so viel heisset, als eodem domicilio uti, woraus man jener seits hat schliessen wollen, daß der Levir habe müssen cælebs seyn. Das übrige handelt von lauter Probabilitäten.

hochmüthigen Gewaltthätigkeit ihrer Männer ꝛc. es seye *Lev.* 18. & 20. von lauter wollüstig-fleischlichen Vermischungen, und einer blossen *expletione libidinis furiosæ* bey dieser, oder jener Person die Rede, dergleichen aber seye nicht zu beförchten bey dem *Casu Deutr.* 25. Man lese weiters nach, was stehet p. 102-128. So viel nun die Sache selbsten betrift, so hat zu dem Lege Leviratus *V. Mos.* 25. keineswegs Gelegenheit gegeben das, was stehet *IV. Mos.* 27, 1. *ff.* und *Cap.* 36, 1. *ff.* wohl aber beziehet sich im Gegentheil dieses auf die consuetudinem Levirationis, indem es hart schiene, daß mit dem verstorbenen Bruder auch Nahme und Familie zugleich absterben solte, daher haben es die Töchter Zelophchad erlanget, daß sie Antheil am Väterlichen Erbgut haben solten, nach *IV. Mos.* 27. auch daß des Vaters Nahme, unter Ihnen, und durch Sie, in ihrem Geschlecht erhalten, und auf die Nachkommen gebracht werden solte, nach *IV. Mos.* 36. Dann, wie Müller auch anmerket im *Judaismo p.* 574. so ware Israel getheilt in zwölf Stämme, ein jeglicher Stamm in Geschlechter, ein jegliches Geschlecht in Väter-Häuser, ein jedes Haus hatte seinen eigenen Hauswirth *Jos.* 7, 17. *f.* 1. *Sam.* 10, 21. Die Erb-Güter aber musten nicht von einem Stamm auf den andern fallen, darum musten auch die Töchter, welche keinen Bruder hatten, und ihres Vaters Erbe besitzen sien wollen, ausser ihres Vaters Stamm und Geschlecht nicht heurathen. *Num.* 36, 6. Da dann von diesem und den folgenden Versen weitläufig gehandelt hat Joh. Tarnov *in Exerc. Bibl. ad h. l.* Es ist also nicht nur damahls aus dem, was stehet *IV. Mos.* 27. & 36. ein allgemeines Gesez entstanden, sondern Gott der Herr hat auch *V. Mos.* 25. das, was in Ansehung der nuptiarum cum fratria, nach *Gen.* 38. in dem fœdere Abrahamitico, bereits schon angeführet ware, durch ein förmliches Gesez wiederholet. Wir sind aber dabey der Meynung des *Aug. Varenii*, nicht nur wann Er in *Dec. Bibl. ad Devtr.* 25. p. 162. schreibet: errant, qui LL. in Levitico restringunt ad casum fratris viventis, cujus uxorem ducere prohibeatur, prout in Devtronomio mortui fratris uxorem ducere conceditur &c. sondern auch, wenn Er ferner *l. c.* behauptet, es seye *III. Mos.* 18. 16. der Lex, und *V. Mos.* 25. exceptio à Lege &c. obgleich der Herr Aut. des Bedenkens glaubet, es könne durch diesen Unterschied, welchen einige machen zwischen einer allgemeinen Regel, und der Ausnahme von der Regel, der Widerspruch zwischen *Lev.* 18, 16. & *Devtr.* 25. nicht gehoben werden 2c. Wir haltens also auch nicht mit denen, welche aus *III. Mos.* 18. & 20. ein allgemeines, oder allgemein-willkührliches, und aus *V. Mos.* 25. ein besonderes, oder besonder-willkührliches Gesez machen wollen, wovon nachzuschlagen, was im Bedenken *p. 13. 15. 16.* stehet. Und so glauben wir auch, es habe der Herr Aut. des Bed. die Meynung, daß *V. Mos. 25.* eine Dispensation, in Ansehung des Verbots *III. Mos. 18.* & *20.* enthalten, mit gutem Grund verworfen, obgleich die angeführte Ursach nicht zu beweisen scheinet, was sie beweisen solle. Dann wäre dieses gleich nicht zu Gunsten des Leviri geschehen, so wäre es doch geschehen zu Gunsten der Wittib, wie solches auch in der Widerl. *p. 158. f.* angemerket worden, wie denn auch noch der expressa litera Canonum dahin gehet, daß die Kirche in Causis viduarum allen favorem beweisen solle. Ob uns also gleich das, was Herr Rauschenbusch in seiner *Diss. §. 10. p. 17. ss.* wider die Erklärung von einer Dispensation einwendet, nichts angehet, so können wir doch nicht unangezeigt lassen, daß Er darinnen irre, wenn Er nicht nur glauben will, als könnte man dieser seits die Stelle *Deutr. 25.* nicht anderst erklären, sondern auch, als müste man dargegen seine falsche Erklärung annehmen. Damit wir aber aus dieser Diss. den §. *11.* mit dem §. *10.* verbinden, so merken wir hier noch ferner an, daß die Einwendung, welche Herr Rauschenbusch §. *11. p. 24. ss.* gemacht hat, nicht viel zu bedeuten habe, wann Er das Wort chotænæt *V. Mos. 27, 23.* nicht von einer socru erklären, sondern solches latius nehmen will,

und

und dann hieraus schliesset *p. 24.* ex quibus cum intelligi possit, Mosen ea matrimonia, quæ cum iis contrahantur, qui arcto vinculo affinitatis nos contingant, execratum esse & devovisse, planè credere non possum, Legem de Leviratu ad fratres ex iisdem parentibus susceptos attinere &c. und *p. 26.* cum denique Chobabus חתן Mosis nominetur, necesse est, ut inde evincamus, homines doctos frustra laborasse, ut everterent argumentum, quo graviter obligatio ad nostram ætatem omnium Legum de matrimoniis incestis à Mose latarum vindicari & evinci potest. Dann da Herr Rauschenbusch *col. §. 10. p. 20.* so viel auf das Arabische bauet, so wird Ihme auch bekandt seyn, daß das verbum חתן im Arabischen heisse: instruxit convivium vel nuptiale vel propter circumcisionem, dahero, da sich die Anstellung eines solchen convivii besser schicket auf socerum & socrum, als auf einen affinem quemcunque, so kan die Uebersezung des Luthers, der chotænæt *V. Mos. 27, 23.* Schwieger gegeben, gar wohl behalten werden. Es habe aber gleich der significatus strictior oder latior hier statt, als welcher col. *Jud. 4, 11.* nicht geläugnet werden kan, so würde doch der angehängte Fluch nur auf das fœdus Mosaicum gehen, wie der auf das *V. Mos. 27, 15. Cap. 4, 16. 25.* verbotene Bilder-Machen gelegte Fluch, insofern damit auf das Machen der Bilder col. Ex. 20, 4.

allein

allein gesehen wird, welcher dann in dem Novo fœdere davon wieder weggenommen worden. Und so bliebe dann auch, dessen ohngeachtet, der Lex *III. Mos.* 18, 16. ein Lex pos. part. forensis, *V. Mos.* 25. aber eine exceptio à Lege, in der Absicht auf die Fratriam. Was aber die obligationem ad nostram ætatem betrift, so kommt es abermahlen darauf an, ob nicht der Lex *III. Mos.* 18, 16. so wohl, als die exceptio à Lege *V. Mos.* 25. seye nicht nur ein Lex arbitraria, sondern auch temporaria, abrogabilis, ad V. T. spectans, & in N. T. abrogata?

Solchemnach wird *III. Mos.* 18, 16. C. 20, 21. des Bruders Weib zu heurathen verboten, es mag ihr Mann, der Bruder, noch leben oder nicht, das Weib geschieden seyn, oder nicht, auch dieser, der andere Bruder, geheurathet seyn, oder nicht. Weilen aber zweifelsohne einige dieses Verbot in so weitläuftigem Verstand angenommen haben, daß Sie geglaubt, es wäre damit die consuetudo Levirationis auch aufgehoben worden, so ist das förmliche Gesez *V. Mos.* 25. gegeben, und damit der Fall, wenn kein Kind aus der ersten Ehe vorhanden wäre, ausdrüklich ausgenommen, und dann dem Bruder gebaten worden, die Fratriam zu heurathen, wann Er auch gleich selbsten schon uxoratus seyn solte. D. Pfaff hat in *Diss.* sæpius laud. *p.* 15. *f.* die Sache also vorgetragetragen: sie easdem nuptias Leviri cum fratria, si frater liberos ex ea suscepisset, prohibuisse Deum in favorem liberorum prioris matrimonii, ne illi parte hæreditatis paternæ per liberos succedaneos defraudarentur, & ne duo primogeniti ex duobus fratribus concurrentes in rixas & contentiones dilaberentur, fratre autem defuncto, ἀτέκνῳ, cessantibus prohibitionis rationibus cessavisse prohibitionem ipsam, imo ad conservanda bona in familia Levitum cum fratris defuncti vidua, nisi infamiæ notam incurrere maluerit, matrimonium contrahere debuisse *Deutr. 25, 5. ss.* damit aber hat Pfaff der Sache, auf den Fall, wann keine Kinder vorhanden waren, noch keine Genüge gethan, sondern wir behaupten, es stecke darunter vornemlich eine ratio mystica & typica, so, daß, wie der Goel der Juden ein vierfaches Recht gehabt, nemlich seinen Blutsfreund aus der Knechtschaft zu erlösen, das von seinem Geschlechte verlohrne Erbtheil wieder einzulösen, den Tod seines Blutsfreundes zu rächen, und die ohne Kinder hinterlassene Wittwe seines Bruders zu heurathen, um Ihm einen Saamen in Israel zu erwecken, also könne dieses auch von Christo auf eine geistliche Art gesagt werden, da Er sich dann, nach dem vierten Vorrecht, mit seiner Kirche vermählet, auch einen sehr reichen Saamen erhalten. *Jes. 53, 10.* vid. D. Rieslings Auslegung des Br. an die Ebr.

15. Abh.

15. Abh. 2. Abth. Daß aber deme also seye, wie wir zuvorgesagt, nemlich daß das Verbot *Lev. 18, 16.* indistinctè zu verstehen seye, ist daher erweißlich zu machen, daß 1) pro hac sententia militirt der Canon tritissimus: ubi Scriptura non distinguit, ibi nec nos distinguere debemus &c. welchen Canonem *Mœbius* in *Theol. Canon. Can. XX. p. 55.* ganz recht also erkläret hat: ubi Scriptura in interpretatione dicti cujusdam nullam exceptionem affert, aut monstrat, ibi nec nobis licere, tale quid tentare, & proprio ausu distinctiones formare &c. Nun aber distinguirt hier bey *III. Mos. 18, 16. Cap. 20, 21.* die Schrift nicht. Ob demnach gleich *Aug. Varenius l. c. p. 169.* darinnen zu weit gehet, wann Er ex hac generalitate s. limitationis negatione beweisen will, es seye dieser Lex ein Lex naturalis, omnes nationes & gentes obligans, so bleibet doch dieses zum Fundament, daß keine solche Erklärung hier statt finden könne, welche diese generalitatem dergestalten einschränket, daß die Ehe mit des noch lebenden Bruders Weib auf den Fall solle verboten seyn, wenn sich dieser von derselben geschieden, wie der Herr Aut. des Bed. *p. 19. 20. 21.* sagt. Und da alle übrige Leges connubiales sind Leges generales, so ist nicht abzusehen, wie man aus diesem Lege de non ducenda fratria *v. 16.* allein solte einen Legem specialem machen können. Nun ist zwar

dieser Lex hernach *V. Mos.* 25. ausdrücklich eingeschränket worden, aber eben daher wird der Beweiß desto stärker, quia casus exceptus firmat regulam in casu non excepto. Dazu kommt noch 2) daß die Schrift in casu simili *v.* 18. expressè hat distinguirt. Hat Sie nun aber hier expressè distinguirt, so hätte Sie auch bey dem 16. *v.* expressè distinguiren sollen.

Nun will zwar der Herr Aut. des Bedenk. *p.* 21. das Gegentheil daraus schliessen, wenn Er sagt: da nun einerley Verbote in einerley Grade sind, und eins davon ausdrücklich auf den Umstand, daß es nur bey Lebzeiten gelten solle, eingeschränket ist, so folget, daß das andere, welches in allen übrigen Stücken mit dem erstern übereinkommt, auch auf den Umstand, bey Lebzeiten, eingeschränket seye rc. Allein wie sich dieses Argument auf die Hypothesin von der æquidistantia graduum gründet, welche, in Ansehung der lineæ collateralis, wenn solche auch dahin extendirt werden will, noch nicht richtig ist, also könnte man eines Theils mit noch grösserem Recht schliessen: ubi est prohibitio analogica, ibi non potest habere locum directa &c. folglich wäre der 18. *v.* gar überflüßig, und eine unnöthige Wiederholung, andern Theils aber werden wir à pari ganz recht also schliessen können: wie hier bey dem 18. *v.* die Schrift

Schrift distinguiret hat, also solte es auch bey dem *16. v.* geschehen seyn, wenn derselbe nur von dem lebenden Bruder, wie der *18. v.* von der lebenden Schwester, solte verstanden werden. Es hat Gerhard in *L. Th. T. XV. p. 306. Ed. Cott.* auf die Einwendung: in Levitico non prohiberi conjugium cum fratria absolutè, sed tantum cum uxore fratris viventis, quemadmodum in eodem loco prohibetur conjugium cum sorore uxoris, & additur: illa vivente &c. also geantwortet: atqui conjugium cum uxore fratris adhuc viventis est adulterium, quod in eodem *Cap. v. 20.* distinctè prohibetur. Præterea ut prohibitio uxorem patrui concernens *v. 14.* ad demortui patrui uxorem spectat, ita de prohibitione fratriæ idem statuendum. Was aber *V. Mos. 25.* betrift, so wird daselbsten der Tod des Bruders nur supponirt, der Fall aber ausdrücklich so gesezet: wenn Er kein Kind hinterlassen ꝛc. Die Wiederholung aber geschiehet nur deswegen, damit der Lex *III. Mos. 18, 16.* nicht dem Willen Gottes, ante legem, de ducenda fratria, nulla prole superstite, möchte, nach dem Tod Mosis, entgegen gesezet werden. 3) weilen der locus *V. Mos. 25.* so gar klar und deutlich ist, mithin ganz offenbar, daß das weiter nichts, als eine exceptio seye von dem allgemeinen Verbot *III. Mos. 18. & 20.* Ja wenn es so wäre, wie der Herr Aut. des Bedenkens davor hält, und den casam formirt, wenn es z. E. p. 14. heisset: Ihr Juden, Ich gebiete Euch, daß der Bruder unter Euch seines Bruders Wittwe heurathe 2c. p. 20. da Er nun hier ausdrücklich bezeuget, daß Er von dem Weib des verstorbenen Bruders rede 2c. so wäre es alsdann schon recht. So aber muß es heissen: Ihr Juden, Ich gebiete Euch, daß der Bruder unter Euch seines Bruders Wittwe heurathe, *NB.* wann kein Kind von dem Bruder vorhanden ist 2c. Er redet also nicht allein von dem Weib des verstorbenen Bruders allein, sondern auch und vornemlich von dem besondern Fall, wann kein Kind von Ihnen da ist. Wann aber der Herr Aut. des Bed. *p, 18.* sich berufet auf III. Mos. 18, 9. 11. und damit erweisen will, daß wie bey diesen zwey Versen eine Erklärung müsse angenommen werden, also verhalte es sich auch hier, so können wir Ihme hierinnen nicht Beyfall geben, indem, dem Buchstaben nach, der 9. v. von einer Schwester von beeden Banden, der 11. v. aber von einer Halb-Schwester zu erklären, massen die particula או nicht allemahl disjunctivè, sondern auch manchmahlen copulativè zu nehmen ist, das *moledæt* aber v. 11. nicht auf *æschæt*, wie *Böhlius* gemeynt hat, sondern auf das folgende *aphicha* gehet, massen es im *hiphil* nicht pariens, sondern parere faciens s. gignens, folglich hier

so

so viel heisset: quæ genita est à patre tuo &c. wie solches Danz in *Gramm. Hebr.* §. *46.* 1. 2. *α.* in *nota*, & Niemejer in *Diss. II.* angemerket hat, und beygefüget, daß einige ein participium daraus machen, andere aber ein nomen, sensum passivum habens. Es ist aber in der That ein participium fœm. gen. aus dem *hophal.* Als ein verbum *pe joth* hat es in *niphal* und *hiphil* ein cholem, in *hophal* aber ein *schureck*, es stehet aber hier das *cholem* an statt des *schurecks* ob euphoniam, wovon wir ein gleiches Exempel haben 2. Sam. 18, 22. an מצאת, welches eigentlich von יצא herkommt, und nicht heisset, wie es *Junius* in seiner lateinischen Bibel gegeben: cum tibi non sit nuncius conveniens, sondern: cum tibi non lætum nuntium proferretur. Man hat also nicht Ursach, um deswillen, gleichsam aus Desperation, mit Zeltner aus dem vermeynten *hiphil* ein *hophal* zu machen, und an statt מֹולֶדֶת zu lesen, מוּלֶדֶת, daher an dem Origine punctorum divina zu zweifeln, wie zu finden in seiner *Disp. cit. p. 48.* Und solte auch gleich hier de diversis subjectis die Rede seyn, so wäre es deswegen noch keine *Tavtologie*, indem es sehr frequent ist, daß die Schrift eine Sache wiederholet ob rationes satis graves, dann eine Tavtologia ist eine Repetitio otiosa, quæ fit citrà rationem. 4) Weilen die in dem Fœdere Abrahamitico

mitico eingeführte Freyheit, die Fratriam, wann Kinder vorhanden waren, zu heurathen oder nicht zu heurathen, in fœdere legis durch diesen legem connubialem eingeschränket worden, doch so, daß es auf den andern Fall, wann keine Kinder vorhanden waren, bey dem bereits eingeführten lege Leviratus V. Mos. 25. bleiben solte, wovon dann weiters nachzuschlagen, was *Alethæus* geschrieben hat *l. c. p. 576.*
5) Kommt hier auch in consideration der Dissensus aliorum, massen *Alethæus l. c.* den legem Lev. 18, 16. sowohl von dem geschiedenen als nicht geschiedenen Weib des noch lebenden Bruders erkläret, und sagt, es seye dieses Verbot de non ducenda fratria eine species subordinata des im 20. v. verbotenen gemeinen Ehebruchs, da hingegen der Herr Aut. des Bed. *p. 20. seq.* die Sache also vorstellet: weil Moses unter dem allgemeinen Gesez von dem Ehebruch, die Ehe mit der nicht geschiedenen Frau des Bruders deutlich genug untersagt hat, so bleibt keine Ehe mit des noch lebenden Bruders Weib mehr übrig, die hätte verboten werden können als in dem Fall, wann das Weib einen Scheide-Brief von dem Bruder erlanget hat. Es sagt Gerhard in *Loc. Theol. Tom. XV. p. 306. Ed. Cott.* quidam volunt, in *Lev.* prohiberi conjugium cum uxore fratris viventis, sed repudiata. Er antwortet aber: at nulla

nulla ibi repudii sit mentio, sed prohibitio est generalis, quam si restringere liceret ad repudiatam, possent etiam reliqua præcepta eodem modo restringi. Wozu noch 6) kommt Consensus Theologorum, massen diese Meynung, daß III. Mos. 18, 16. lex generalis, V. Mos. 25. aber Exceptio à lege ista generali seye, Augustinus, Varenius, Walther, Calov, Hafenreffer, Pfeiffer, Bellarminus, alii gehabt. Augustinus sagt: Exceptio intelligenda est &c. wie dessen Worte auch im Bedenken *p. 29.* angeführet werden; und Pfeiffer in *Dub. Vex. ad Devtr 25.* qui, leviratus, exceptio quædam fuit à regula. Lev 18 ad Ebræorum politiam adstricta &c. Nun sagt zwar der Herr Aut. des Bed. *p. 19.* wann der Gesezgeber sagt: du sollt deines Bruders Weibs Schaam nicht blössen; wann jemand seines Bruders Weib nemmt, das ist eine schändliche That, so verbietet Er mit denen allerdeutlichsten Worten, diejenige Person nicht zu nehmen, welche des Bruders Weib ist, und der Bruder also noch als ihr Mann angesehen wird, und folglich noch am Leben ist ꝛc. wie dieses Agument auch urgiret hat *Alethæus*, und gesagt *l. c. p. 58* so würde hier des Bruders Weib weder seine Schaam haben genennet, noch zu verstehen gegeben werden können, daß ihm hierdurch einiges Unrecht widerführe oder ange-

 than

than würde, wann dieser Ort von dem verstorbenen, und nicht vielmehr noch lebenden Bruder müste verstanden werden, dann nach dem Tod höret sie auf seine Schaam zu seyn ꝛc. Es hat aber *Varenius l. c. p. 162.* gar wohl schon also geantwortet: nec probat additum ibi de revelata nuditate fratris, quia incestus cum noverca sub eodem venit addito revelatæ nuditatis Patris v. 8. unde male infertur. E. concubitus cum noverca tantum prohibitus est, vivente Patre non autem defuncto. Wann aber der Herr Aut. des Bed. *p. 27.* vorgibt, auf solche Art, wie Ers erkläre, bleibe das Verbot in dem Zusamenhang mit dem Eingang und Beschluß des *18. & 20. Cap.* und sondere es nicht im geringsten davon ab, so beweiset dieses Argument zu viel, dann daraus würde folgen, daß dieser lex III. Mos. 18. 16. ein lex naturæ, oder doch positiva universalis, omnes gentes ac nationes obligans wäre, welches doch der Absicht des Autors zuwider ist, darwider Er selbsten hat gestritten, wie dann des *Bellarmini* Argument: aut exceptio illa Devtr. 25. est naturalis, & nunc servanda, aut lex ipsa de non ducenda fratris uxore, est saltim judicialis &c. exceptionem enim, sagt Er, ejusdem ordinis & naturæ esse cum ipsa lege &c. dem *Varenio* viel zu schaffen gemacht *l. c. p. 162. seq.* Es hat aber auch der Herr Aut. des Bed. ferner

ner ohne Grund supponirt, daß *III. Mos. 18. 16.* von einem geschiedenen Weib die Rede seye. it. daß das Scheiden unter denen Cananitern seye gewöhnlich gewesen, auch daß solche üble Folgen bey ihnen daraus entstanden seyen, wie Er hier hat angeführt, und wie ihm in der Widerl. *p. 170.* entgegen gehalten worden, welches Er dann wenigstens beweisen müste. Was Er aber weiters von denen Juden sagt *p. 29.* das beweiset auch weiter nichts, dann von ihnen haben wir wohl das Gesez unverfälscht bekommen, aber nicht die richtige Erklärung desselben, als worinnen eben noch heutiges Tags das Verderben der Juden zu suchen ist. Und wann *Alethæus l. c. p. 579. seqq.* col. *571.* sagt, das Gesez *Lev. 20.* habe zur Absicht, wann es einige verbotene Grade in der Freund- und Schwägerschaft nahmhaft macht, nicht so wohl die *Gradus* an und vor sich selbsten zu verbieten, als vielmehr nur zu zeigen, wie viel härtere Strafe der verdiene, welcher nicht etwan nur seines Nächsten, sondern gar seines nahen Anverwandten Weib zu schänden und zu beschlafen sich unterstehen würde rc. auf welche Art dann auch v. 16. III. Mos. 18. zu verstehen seye, nemlich von einer verstohlenen, listigen und leichtfertigen Entdeckung oder Schändung des Bruders Weibs, in Abwesenheit des folglich noch lebenden Bruders rc.

zu dem Ende sich berufet auf die Worte גלה und לקח, welche von *Abimelech* und *Lamech* vorkommen, davon der erstere dem Abraham sein Weib entwendet, der andere aber zwey Weiber genommen um sein unrechtmäßiges, ungewöhnliches und gewaltsames Verfahren hierdurch an den Tag zu legen ꝛc. so hält solches ebenfalls keinen Stich. Dann wann III Mos. 20. lauter species subordinatæ des v. 10. verbotenen gemeinen Ehebruchs enthalten wären, so müste sich ein gleiches auch vom 18. Cap. sagen, und müste daselbst das Verbot vom Ehebruch auch zu erst stehen, und nicht erst v. 20. da hingegen der 6. Vers, und die darinnen enthaltene prohibitio generalis deutlich anzeiget, daß hier von nuptiis legitimis earumque impedimentis die Rede seye, tum ratione consanguinitatis, tum affinitatis, welches auch III. Mos. 18, 8. beweiset col. V. Mos. 22, 30. mit welch letzterm loco aber noch weiters zu conferiren Ruth. 3, 9. da hingegen von einer violatione tori & cupiditatibus hujusmodi inordinatis geredet wird III. Mos. 18, 3. C. 19, 29. C. 20, 10. Es müste auch, wann hier Lev. 18, 16. von einer verstohlenen Ehebrecherischen Schändung des noch lebenden Bruders-Weibs die Rede wäre, die Strafe III. Mos. 20, 21. viel grösser seyn, als eine blosse Ehebruchs-Strafe III. Mos. 20, 10. wovon aber v. 20. & 21. das Gegentheil sich findet, wiewohlen sich *Alethæus*

thæus l. c. p. 589. seqq. viele Mühe gibt, darauf zu antworten, da Er dann *p. 589 seqq.* es eines Theils mit der versione samaritana & 70. virali halten will, welche pro יהיו haben ימותו gelesen, oder mit denen, welche statt ערירים lesen עריים. Es ist aber bekannt, wie öft sowohl der Samaritanus, als die 70. Interpretes neben das Ziel geschossen haben, dahero es höchst gefährlich wäre, um einer blossen Version willen von dem hebräischen Text abzugehen, es wäre auch ein schlechter Unterschied unter dem Seyn ohne Kinder, und unter dem Sterben ohne Kinder, wie es vorher heisset v. 20. woselbsten auch das ערירים stehet, wie v. 21. Wann aber *Alethæus* sagt *p. 590.* die Erfahrung lehre ein anders, und zu dem Ende auf Exempel sich berufet, welche nicht verworfen werden können, so ist zu wissen, daß das Wort ערירי nicht nur de ἀτεκνία gebrauchet werde, wie stehet I. Mos. 15, 2. sondern auch überhaupt de statu infelici, wie das Exempel Jechoniæ lehret Jer. 22, 30. da das Wort ערירי von Ihme gebrauchet, und doch v. 28. seines Saamens und I. Chron. 3, 16 - 19. seiner Kinder gedacht wird, dahero es Luther gar schön gegeben: ein verdorbener Mann, bey dem es nirgends fort wolle, sondern dem alles unglücklich gienge, und dessen Kinder zu keinem Ansehen kommen sollen 2c. wie solches an-

gemer-

gemerket hat Rus in *Harm. Evang. Tom. I. p. 107.* da es heißt: ex quibus addiscimus, τὸ עֲרִירִי in Jer. 22, 30. de Jechonia adhibitum non posse explicari eo, in sensu, quo quidem occurrit Gen. 15, 2. per ἄτεκνον, sed potius per infelicem, & cujus liberi non sint felices habituri rerum suarum successus, ut ipse interpretatur Propheta l. c. v. 28. & in v. 30. verbis immediatè τῷ עֲרִירִי postpositis. Quo in significatu forte etiam Lev. 20, 21. accipitur rectissimè &c. Was aber sonsten noch das *revelare nuditatem* heissen solle, stehet v. 11. III. Mos. 20. das Wort *gillah* aber wird weder von *Abimelech*, noch *Lamech* gebrauchet, sondern das Wort *lakach*, welches aber auch von Isaac I. Mos. 25, 20. vorkommt. Und was I. Mos. 20, 2. betrift, so übersetze ich lieber v. 2. *vajikkach*, *ut acciperet*, und dann v. 3. *ascher-lakachtah*, *si sumeres eam &c.* vid. *Danzii Interpr.* §. 45. *11.* edit. min. Daß man aber hier dem *Lamech*, um seiner zwey Weiber willen, so Er genommen, so schandlich thun will, dazu hat man auch nicht Ursach in Betracht der damaligen Zeit. Umständen. Uebrigens hat den Legem Leviratus V. Mos. 25. durch angehängte und erörterte viele schöne Fragen weiters erläutert *Varenius l. c. p. 164-170.*

Cap. III.

§. 1.

Nun kommt es auf die Frage an: ob es rathsam seye, zu unsern Zeiten, nicht nur überhaupt von denen *Legibus divinis matrimonialibus positivis particularibus*, sondern auch besonders von dem göttlichen Gesez *III. Mos. 18, 16. & Cap. 20, 21.* abzuweichen?

Die erste Frage ist eine General- die andere eine Special-Frage. So viel die erste Frage betrift, so merke ich 1) zum voraus, überhaupt so viel an. Es hat freylich die Abweichung von der alten-längsteingeführten Meynung, vielen Anstoß, Verwirrung und Zerrüttung in der Evangelischen Kirche verursachet, nachdem indessen gar viele von der gemeinen Meynung abgewichen, andere aber dabey geblieben sind. Es betrift zwar dieser Dissensus keinen Articulum fidei, es ist auch ganz richtig, daß der titulus præscriptionis hier keine statt findet, actionum enim moralium non datur præscriptio; sondern davon ist allein die Frage: ob die rationes eines jeden Theils,

Theils, seyen rationes sufficientes, vel saltim insufficientes? und solte es gleich scheinen, als ob diejenigen, die der alten Meynung zugethan sind, einigermassen, in Ansehung des grauen Alters, im Besiz der Wahrheit wären, so ist doch non omnis doctrina sana auch zugleich cana, nec omnis cana etiam sana. Auf der andern Seite aber ist hingegen auch so viel gewiß, daß die Dissentientes, in Ansehung der alten Meynung, noch manchen nodum Gordium aufzulösen haben. Um aber dem Zweck einmahl näher zu kommen, so wäre mein Rath dieser. Eine gründliche Untersuchung wird vorausgesezt, frey von allen præjudiciis, hernach aber solte man, in einer so wichtigen Sache, nicht allzuschüchtern, aber auch nicht allzufrech seyn, ohne Noth, ohne Grund, ohne genugsame Fürsichtigkeit, ein Loch durch diesen Wild-Zaun zu machen. 2) Kommt es dabey besonders auf eine wahre Einsicht in den Zusamenhang der hier einschlagenden Wahrheiten an. Weilen aber dabey die Gefahr zu irren, bey unsern gegenwärtigen Umständen, nicht gering ist, so kans nicht anders seyn, es muß doch noch, wenigstens manchmahlen, an einer völligen Gewißheit in dieser Sache fehlen. Die hieher gehörige vornehmste Wahrheiten habe ich zuvor angeführt im *I. Th. Cap. I. §. 5. & 6.* Will man aber zu einer wahren Einsicht in den Zusamenhang dieser Wahrheiten gelangen, so will nöthig

seyn,

seyn, daß man dem Rath folge, welchen Herr Past. Jacobi in der Vorrede zu dem 2ten Theil seiner Betrachtungen über die weisen Absichten Gottes p. 1-13. gegeben hat. Ueberhaupt aber gehet dieser sein Rath dahin, wie es dorten unter anderm heisset: will man die vermischte Vernunft glücklich gebrauchen, muß man das völlig Gewiße von dem Wahrscheinlichen recht unterscheiden lernen. it. wer die Vernunft in Erklärung der Schrift zu gebrauchen gedenket, der bemühet sich billig, eine Einsicht in die Grundsprachen, Alterthümer 2c. zu erlangen. Er übet sich im Ueberlegen, Unterscheiden, Vergleichen, und in Schlüssen, und wendet dieses alles an, den Sinn der Offenbarung zu erfahren 2c.

In Ansehung der andern *Special*-Frage, ist der via tutior derjenige, welchen die einschlagen, die zwar die Ehe quæst. nach dem göttlichen Gesez, für zuläßig erkennen, und solche doch dabey mißrathen, wie Alethæus gethan im 59. Vers. p. 600. seqq. da Er zwar p. 602. seq. sagt: es folget also aus allem angeführten, daß man auch heutiges Tags keine Ursache aus Gottes Wort habe, zu verbieten, daß diejenige, welche nur *affines* sind, zumahlen wo durch den Tod desjenigen, welcher die Schwägerschaft gemacht, die *affinis* aufhöret zu seyn, was Sie ware, einander alsdann nicht

nicht heurathen dürfen, vielweniger daß man des Bruders Wittwe zu nehmen untersagen wolle ꝛc. hernach aber: gleichwohl gibt es unterschiedene wichtige Ursachen, welche uns verbinden, dergleichen Heurath dannoch lieber zu unterlassen; eben wie solches auch gethan Zeltner in *Diss.* sæpius laud. *p. 39.* in Ansehung des conjugii cum sororia, und Pfaff in Ansehung der Frage de paritate graduum *l. c. p. 19.* cum causa, sagt Er, in utramque partem sit disputabilis, nemoque sit in his terris, qui interpretationem legis avthenticam, dare valeat, nil restat, quàm ut dicamus, ad tranquillandas conscientias scrupulosas satius esse, in casu dubio tutiorem eligere partem, quæ pro similibus gradibus prohibitis pugnat. Nimium quippe hîc in vitium haud vertitur, nec nocent superflua. Concurrunt hîc id, quod probabile est ratione tutioris & ratione argumentorum fortiorum ex textu sacro petitorum. Ubi, quid, re adhuc integra, rectè agatur, facile patet, sed quid, re non amplius integra agendum, & num ejusmodi conjugia toleranda aut rescindenda sint, difficilior quæstio est.

§. 2.

Rationes dubitandi sind, indem 1) doch noch dabey viel obscur und verborgen ist, daher auch heimliche scrupuli & dubia übrig bleiben, zumahlen

len da uns von diesem und dergleichen Matrimonial-Verboten, in quibus nulla comparet intrinseca turpitudo, die wahre Ursachen, wo nicht gar verborgen, doch nicht völlig bekannt sind. *Alethæus* sagt deswegen *l. c. p. 604.* aller *Probabilitæt* ohngeachtet bleibt es doch zimlich dunkel und ungewiß, wie weit sich eigentlich die göttliche Geseze wegen verbotener Heurath erstrecken. Zeltner aber schreibt in *Diss. cit. p. 4.* ipse propositarum legum intuitus & perlustratio, earumque concisa brevitas, obscuritatis ut plurimùm mater, nihil aliud sperare nos jubent, quàm difficillimam in earum fundamenta inquisitionem, tametsi Majestatem Legislatoris, notam divinitatis haud obscuram, præ se ferant. Atque hinc propemodum aliter fieri non potuit, quin cuncti studia sua atque curas eò conferentes, conjecturis indulgendo, modò hoc modò aliud Legis istius fundamentum, tanquam certissimè sibi cognitum, statuerent — quod ipsum vicissim maximæ illius difficultatis atque obscuritatis luculentissimum testimonium esse posse, nemo temerè negare poterit. 2) Weilen auch in dergleichen legibus divinis, indubitatò forensibus, iisque abrogatis, annoch eine Moralitas zu suchen ist. Sontag hat in 10. besondern *Diss.* Decas Decalogica s. Comment. de *moralitate legum ceremonialium & forensium 1708.* solches zu zeigen gesucht, wo-

 hin

hin auch gehöret, was stehet in seiner *Disp. de Synagoga cum honore sepulta Sect. II. §. 10. p. 41.* da es heißt: ostendam quoque, quo pacto ceremoniæ leviticæ, utpote ad primam Decalogi tabulam reducibiles, specialem legi morali explicationem ac determinationem temporariam addiderint, suamque ex illa originem habuerint. Insbesondere gehöret hieher, was stehet in der 7. biß 10den *Disp.* worinnen die forensia abgehandelt worden. Ueberhaupt gehet die Absicht des gelehrten Altdorfischen Theologen in allen 10. *Dispp.* dahin, um zu zeigen, wie das Moralische Gesez der Grund des Ceremonial- und Gerichtlichen Gesezes seye, so, daß allemahl entweder ein Gebot Gottes aus dem Decalogo, bey diesen zum Grund liege, oder von dem Ceremonial- und Gerichtlichen Gesez erläutert werde, oder zum wenigsten eine gute moralische Application gebe rc.

Nun können zwar 1) die Beweißthümer von dem Grund des Ceremonien- und Gerichtlichen Gesezes, als probationes sufficientes nicht angesehen werden, sondern sind nur blosse allusiones. 2) muß man auch einen grossen Unterschied machen inter parallelismum homileticum & exegeticum. 3) sind im A. Test. die Leges ceremoniales & forenses besonders notabenisirt worden, zum Zeichen, daß sie einmahl ihre Endschaft erreichen würden; wie man sich dann wegen der

Juden, in Ansehung des Beweises, zur Verhütung alles Anstosses, wohl in Acht zu nehmen hat, welche diese Geseze für immerwährend halten. So ist z. Ex. der neuere Chiliasmus denen Juden anstößig, wovon ein Beyspiel geben mag der an den Petrum *Jurieu* zu Rotterdam geschriebene Brief der Amsterdamer Juden, wornach Sie in ihrer Meynung von Erwartung des Meßias in einer grossen weltlichen Glorie gestärket worden. 4. schreibet Moses nach der Wiederholung des Decalogi V. Mos. 5, 22. es habe Gott nichts weiter hinzugethan d. i. es seye in den 10. Worten ein solches vollkommenes Sitten-Gesez enthalten, daß Gott nichts weiter habe därfen hinzuthun. Indessen bleibet doch aliqualis moralitas des Mosaischen Ceremonien- und Gerichtlichen Gesezes auch im N. T. noch übrig. Und Canz schreibt in *Disc. mor.* §. *3462. s.* zwar von dem lege divina positiva universali: quoniam divina est, non omni ratione objectiva carebit, omne enim divinum institutum, sapiens est &c. Man kan aber auch solches von dem lege divina positiva particulari sagen, wie der §. *3467.* anzeiget; dahero auch einige Theologen gewünschet, daß man bey denen legibus Mosaicis forensibus besser und näher bleiben möchte, wie dann *Franzius* in *Tr. de Interpr. S. S. orac. 58. p. 521.* die Worte *Hafenrefferi*, wiewohl in einer andern Absicht, hat angeführt: Si quis tamen Magistratus aliquas foren-

forenses leges — revocare vellet, id non tantum liberum, sed maximo cum applausu bonæ conscientiæ, quæ ista in divina ordinatione jucundissimè acquiescit, conjunctum esset &c. welches dann in Ansehung der legum Mosaicarum matrimonialium und deren Beybehaltung dem geistlichen Israel N. T. unserer christlichen Freyheit unbeschadet, um so mehr zukommen möchte, als die Christen an statt des leiblichen Israels, von Gott sind erwählt worden, nach 1. Petr. 2, 9. dahero es billig ist, daß uns eine besondere Heiligkeit, auch quoad externa, von andern Völkern unterscheidet. Es ist dahero nicht ohne Grund, was stehet im Rechtlichen Gutachten, die Ehen mit der Stief-Tochter und Schwieger-Mutter betreffend, Halle *1770. I. Resp. p. 14. f.* es seyen die Christen aus dem Judenthum entstanden, und, nach der Lehre Seldeni und Bœhmeri, seye der Christianismus ein reformatus per Christum Judaismus, folglich alle Geseze, so weder formam Reipublicæ Judaicæ, noch sacra, sondern die mores Judæorum betreffen, weil sie auch unter Christen schicklich sind, bey denenselben billig als morales angesehen werden müssen, und pro obligatoriis gehalten werden — welche Wahrheit die ersten Christen wohl erkannt, ob Sie wohl wusten, daß Sie von dem Joch der Ceremonial-Geseze durch Christum befreyet wären ꝛc. ꝛc. 3) wellen einige davor halten, es gehöre dieses

Ge-

Gesez III. Mos. 18. 16. unter diejenige Gesetze, welche von dem Messias wiederholt, und im N. T. bestätiget worden, wie Müller schreibt in *Judaismo p. 587.* dieweil Gott verboten habe, seines Bruders Weib zunehmen, *Lev. 18, 16.* darum und wegen keiner andern Ursach redet Johannes dem Herodes also zu *Marc. 6, 8.* 4) weilen der lex III. Mos. 18, 16. ein lex negativa, der lex V. Mos. 25. aber, welchen wir vor eine exception halten, ein lex affirmativa ist. Von dem Unterschied aber zwischen denen legibus negativis & affirmativis hat Maichel in *Diss. II. de Jure necessitatis. §. 15. p. 32. s.* gar recht also geschrieben: licet verò, hanc distinctionem nonnulli flocci pendant, eam tamen meritò retineri existimamus. Differunt enim inter alia, uti rectè Thomasius aliique contendunt, leges affirmativæ à negativis in eo, quod illæ requirant occasionem, ad quam vulgò referunt objectum, locum, tempus, vires. — At verò leges negativæ nullam ejusmodi conditionem supponunt. — Huc pertinet, quod Scholastici veteres, barbaro quidem loquendi modo, dicere consueverunt: leges affirmativas obligare semper, sed non ad semper, negativas verò semper & ad semper, quo nihil aliud dicere voluerunt, quàm hoc, quod leges quidem affirmativæ requirant occasionem, negativæ autem non item &c.

 Und

Und da 5) unsere Evangelische Kirche dieses Mosaische Verbot III. Mos. 18, 16. bißher beybehalten hat, indem nicht nur das Jus Canonicum, nicht nur das Jus Civile diese und dergleichen Ehen verbieten, sondern auch Concilia, Synodi und vornehmlich unsere ordinationes Ecclesiasticæ, womit auch die meiste Evangelische Theologen, Casuisten und Rechtsgelehrte, älterer und neuerer Zeiten, einstimmen, so stehet dann einzeln membris, auch cœtibus & Ecclesiis nicht frey, davon unbedachtsamer Weiß abzugehen, nach Eph. 5, 21. wie dann auch Niemejer sen. schreibt: licet quidem hæ leges Dei forenses, destructa republica Hebræorum, vim obligandi non amplius habeant, benè tamen ab Ecclesia, liberè quidem fuerunt receptæ usu & consuetudine, accedentibus Ecclesiæ Decretis, vim Christianos quoque obligandi sunt consecutæ — imo ad harum legum munimentum Christiani has prohibitiones benè ulterius extenderunt &c. Und *Thummius* schreibt in *Diss. de Libertate Christiana th. 29. p. 9.* ex quibus patet, illa, quæ per naturam in se libera sunt & manent, usu quandoque libera non esse, sed naturam pro circumstantiarum ratione ita mutare, ut per Ecclesiæ præceptum quasi necessaria fiant — juxta illud Augustini: ne quis in conscientia puram aquam bibat, sed pedibus fontem conculcet, ut omnes non possint bibere, nisi turbidam.

Und

Und obgleich 6) einige Theologen und Juristen anderer Meynung sind, wovon besonders in dem Gothaischen Bedenken *p. 58. seqq.* nachzuschlagen, so ist doch solche dato von der gesammten Evangelischen Kirche nicht angenommen worden, sondern die bisherige Evangelische Kirchen- und Ehe-Ordnungen, welche die Ehe quæst. als eine Blutschand betrachten, dahero auch bey Leib- und Lebens-Strafe verbieten, sind noch fast durchgängig ungeändert, und bleiben in ihrem alten valore. Es heißt im vorgedachten Rechtlichen Gutachten *Resp. I. p. 15. f.* zu geschweigen, daß dieses Principium durch so viele Jahrhunderte bestätiget, und alle vorgefallene Fälle darnach bißher entschieden worden, als woraus wenigstens eine usualis interpretatio, quæ vim Legis perfectæ habet, entstanden, und so viel würket, daß, weil unsere Vorfahren gedachte graduum prohibitionem nicht arbitrariè, sondern ex opinione necessitatis, und in qualitate Legis divinæ angenommen, nunmehro davon, absonderlich wo personæ expressæ verboten, nicht abgegangen werden kan. Es ist zwar bekant, was dißfalls vor eine Veränderung recentiori ætate vorgegangen, und was besonders bey dieser Gelegenheit, Ayrer zu Göttingen 1742. in *Diss. de jure dispensandi circa connubia jure divino non disertè prohibita*, geschrieben, wie auch was Canzler von Ludewig denen Hallischen gelehrten Anzeigen *Tom. II.*

 num.

num. 183. p. 998 - 1031. Tom. III. n. 52. p. 312. eingerücket hat; ob aber die Vollziehung dieser Vorschläge via juris, und nicht via facti geschehe? auch ob dieses Verfahren, da es eine Sache betrift, welche die ganze Evangelische Kirche angehet, nicht dem gleich komme, da man, zur Beförderung der Vereinigung der Protestanten, schon vor vielen Jahren bey gemeinschaftlich-abgehaltener Communion, den Anfang von der Praxi machen wollen? davon müssen andere urtheilen. Es beruft sich zwar Jerusalem in der Beantwortung rc. p. 112. s. auf die vielfältige Dispensationen, die in denen strittigen Ehen quæst. von den respectabelsten Gerichtsstülen in denen Ländern unserer Kirche hin und wieder gegeben sind, und füget bey, es seyen jezo schon ganze Provinzen darunter, wo ohne Widerspruch der venerabelsten Collegiorum und Facultæten, alle Ehen, die in diesem göttlichen Gesez nicht nach dem Buchstaben verboten sind, ohne alle Dispensation, für erlaubt und rechtmäßig gehalten werden. Es kan und will aber solches Gühling in denen beygefügten Noten l. c. nicht eingestehen. Ueberhaupt also von der Sache zu reden, so gebühret zwar denen Ecclesiis particularibus nicht nur der Nahme Kirche, quia sunt partes homogeneæ, da der pars eodem nomine gaudet, quo totum, sondern auch einerley Recht, dann eine jede Kir-

che,

che, wie Pfaff schreibt im Kirchen-Recht *I.* Ab-schn. *C. II.* §. *6. p. 214.* hat ihre *avtonomiam*, die Kirchen sind untereinander an Rechten gleich, Sie stehen untereinander *in statu naturali;* allein wie Pfaff *l. c.* eben daher schliesset, daß es ein Jus Ecclesiarum universale gebe, gleichwie es ein Jus gentium gibt, also wird bey Ausübung des Juris, so eine jede Particular-Kirche hat, grosse Vorsichtigkeit erfodert, damit denen andern Ecclesiis particularibus, ratione doctrinæ autem unitis, kein Anstoß gegeben werde, dahero man die Regul Pauli 1. Cor. 10, 23. immer vor Augen haben muß, und nach 1. Cor. 12, 27. ist der independentismus, wornach wir von andern Ecclesiis quoad harmoniam gar nicht dependiren wollen, nullus. Wann demnach eine Ecclesia particularis eine Aenderung vornehmen will circa res Ecclesiæ externas, worunter nicht nur ceremoniæ, certæ formulæ cantionum, feriæ, ritus nuptiales, baptismales &c. sondern auch sanctiones legum & constitutionum Ecclesiasticarum, etiam quoad causas matrimoniales, gehören, so müssen dabey nicht nur die Umstände der Particular-Kirche selbsten wohl erwogen, sondern es muß auch dabey auf die übrige Ecclesias, ratione doctrinæ conjunctas & unitas, mit Fleiß gesehen werden, zumahlen wann es einen typum doctrinæ & disciplinæ betrift, der sich auf consensum mutuum & communem gründet. Wobey dann die Erinnerung *Thummii* wohl zu beobachten, wann Er in *Diss. cit. p. 5.* geschrieben: ceremoniæ non ab uno Ecclesiæ ordine aut privatis, qui pars tantum Ecclesiæ sunt, & consequenter potestatem rituum fabricandorum sibi nec vindicare, nec Ecclesiis invitis Prætoria Authoritate inventa obtrudere possunt, sed à tota Ecclesia, cui jus hoc competit, omnibusque ejus ordinibus introducendæ (mutandæ s. abrogandæ) sunt. Es haben zwar die Alten gesagt: dissonantia in jejunio non tollit consonantiam in fide &c. Doch solle auch die dissonantia in solcherley rebus externis, von Ecclesiis particularibus, ratione doctrinæ aber cum aliis unitis & compositis, mit höchstem Fleiß verhütet werden. Ob es also nicht zu wünschen wäre, daß in solcherley vorhabenden Veränderungen nichts hauptsächliches, ohne vorherige Communication mit anderen Particular-Kirchen, vorgenommen werden möchte? überlassen wir zwar der Beurtheilung anderer, doch sind wir dieser Meynung, wenigstens würde solches, wann eine Kirche nach der andern sich mehr richten würde, gar vieles beytragen zur Erhaltung der fraternæ communionis in externo vitæ consortio, wovon besonders nachzuschlagen *Pfaffii* Kirchen-Recht *I.* Abschn. *C. II.* §. *19. p. 226. seqq.* Auch hat Schomer schon in *Collegio Noviss. Controv. in univ. Theol. p. 193.* davon also geschrieben: Ecclesiæ omnes par-

particulares, quia sunt unius corporis membra, quantum fieri potest, mutuam sibi unionem conservare tenentur, communicatione consilii & auxilii Eph. 4, 16. — Et licet propter varia, variarum gentium intervalla, imperia & mores patrios, universalis communicatio, aut exacta rituum harmonia coli nequeat, quanta tamen in quavis natione aut provincia coli potest, observari debet, exemplo Apostolico 2. Cor. 1, 1. Col. 4, 16. 17. Was 7) die Apostel, das Concilium zu Jerusalem, und folgende Synodi gethan in Ansehung der Synagogæ Judaicæ, da Sie die ceremonias judaicas haben beybehalten, wovon Carpzov in *Diss.* sub Præsidio *Sontagii* hab. *de Synagoga cum honore sepulta Sect. II* §. *5. p. 31.* geschrieben: præter hæc verò & alia occurrunt quàm plura, in insequentium sæculorum Synodis definita, vel etiam continuo nec interrupto usu ad nostra usque tempora transmissa, quæ suum Synagogæ si non ortum debent, locum tamen etiam in ea tenuerunt. Quæ tamen non ob legis ceremonialis, ad quam quondam pertinebant, auctoritatem, sed prorsus liberè, & concordi Ecclesiæ suffragio, citra ullam infirmiorum fratrum offensionem fuerunt recepta &c. worunter Er hernach das jejunium, die noch übliche prælectionem textus biblici in conventibus sacris rechnet, wovon Er dann weiters gehandelt §. 5. & 7. wozu aber noch, was

was das leztere betrift, hinzuzufügen ist, was Dieeman in *Misc.* Predigten *P. II. p.* 128. *seqq.* davon geschrieben hat ꝛc. Eben das hat die christliche Kirche auch gethan in Ansehung der bißher freywillig beybehaltenen Legum Mosaicarum matrimonialium. Gleichwie es nun keinem zukommt, die pericopas Evangelicas & epistolicas preprio ausu abzuschaffen, sondern es müste solches communi Ecclesiæ consensu geschehen, ob man gleich immer daran besonders heut zu Tag rüttelt, also müste diß noch vielmehr hier beobachtet werden, weilen es doch leges divinæ sind, obgleich positivæ particulares, à Christo abrogatæ: Ein solches also 8) bey uns decenter & cum honore zu bewerkstelligen, wäre ein Werk und Geschäft vor ein Kirchen-Concilium. So lang dahero dergleichen nicht geschiehet, so kan in diesem und andern dergleichen Matrimonial-Fällen wegen des im Weg stehenden von der Kirche einmahl recipirten Legis Mosaicæ forensis, ohne offenbaren Anstoß des Gewissens, zu keiner würklichen Abänderung geschritten werden, weilen Paulus bey einem casu simili, da die Rede ist von dem im Levitischen Gesez gebotenen aber auch aufgehobenen Unterschied der Speisen, mithin zwar von Mitteldingen, doch nicht an sich, sondern in gewisser relatione & respectu betrachtet, und in dem Fall, wann sich der Nächste an dem zwar nunmehr an sich freyen Gebrauch derselben ärgern

ärgern würde, schreibet *Rom. 14, 22. 23.* seelig ist rc. wovon *Musæus* nachzuschlagen im teutschen *Tract.* von der Busse *p. 551.* In der applicatione aber auf den casum substratum schreibt *Alethæus l. c. p. 604.* und so lang jemand noch an der gemeinen Meynung vom Verbot *Lev. 18, 16.* hanget, oder noch nicht völlig *convinc*iret ist, so lang kan *contrà conscientiam scrupulosam* nichts unternommen werden rc. und Spener schreibt in einem seiner Bedenken: daher in solchem Zustand freylich kein ander Mittel ist, als den sichersten Theil zu erwählen, und also die zweifelhafte Sache zu unterlassen, dann darinnen ist Er gewiß, daß Er nicht sündige, obs auch schon sonsten keine verbotene Sache wäre rc. vid. Widerl. des Bed. *p. 254.* und Pfaff schreibt, wiewohl in anderer Absicht, in *Diss.* sæpius laud. *p. 19.* ad tranquillandas conscientias scrupulosas satius esse, in casu dubio tutiorem eligere partem &c. wozu wir noch fügen die Worte *Kettneri* aus seinem *Comment.* über *Lev. XVIII. & XX.* von den göttlichen Ehe-Gesezen *p. 92. seq.* nach der Recension der unsch. Nachrichten ad *ann. 1709. p. 469.* diejenige, welche in strittige Ehen tretten wollen, sollen diejenige Meynung wehlen, die der Schrift und Vernunft am meisten gemäß, die am wenigsten zum rohen Leben Anlaß gibt, und die Ehrbarkeit

am

am besten befördert, welche dem Gewissen am ruhigsten und sichersten ist, die am wenigsten dem Nächsten ärgerlich, dem Stand und Beruf eines jeden am anständigsten ist, dem Evangelio ehrlich, und dem Schwachen nicht anstößig ist ꝛc. zumahlen wann man die exempla tristia in solcherley Fällen, da man hierwider gehandelt hat, dazu nemmt, woraus dann deutlich erhellet, was für eine schwere Gewissens-Last solche Leute ohne Noth auf sich nehmen, und was für schweren Versuchungen Sie sich geflissen exponiren, aber auch in was für Versuchungen Sie die Prediger sezen bey verlangender Copulation, wann diese selbst noch hæsitiren, oder wohl noch gar von dem Gegentheil in ihrem Gewissen überzeuget sind, wie dann ihnen hierinnen so wohl Baumgarten in seinem Bedenken *l. c.* als auch Hoffmann in einem besondern theologischen Bedenken 1743. zu rathen gesucht hat. Wozu noch 9) kommt, daß das Ansinnen solcher Leute, welche hierinnen Dispensation suchen, keine erlaubten Absichten zum Grund hat, indem es gemeiniglich in solchen Fällen nach dem trito gehet: nitimur in vetitum &c. und ist entweder nur eine Caprice und Eigensinn, oder ein gar offenbarer Muthwille und Boßheit, man siehet mehr auf Nebendinge, Vermögen ꝛc. als auf den rechten Endzweck des Ehestandes, und weilen die Welt ohnehin so sehr mit Leuten angefüllet ist, so ist es nicht

nicht nöthig, mit Anstoß des Gewissens, in re saltim dubia, ohne Noth etwas zu erlauben, das doch dato noch von der Evangelischen Kirche vor verbotten gehalten wird, wie dieses auch bemerket hat *Alethæus l. c. p. 604.* da es heißt: man kan ja wohl andere *Partien* haben, als daß man sich mit dergleichen einen so grossen *Scrupel* ins Gewissen sezet rc. wie Er dann hernach noch mehr dergleichen Bedenklichkeiten in contrarium hat angeführt, und endlich *p. 606.* mit der regula *Modestini*: maximè modesta geschlossen, da Er gesagt, in nuptiis non solum quod liceat, sed etiam quod honestum sit, semper esse respiciendum &c. wenigstens ist es 10) meines Erachtens, mit dieser und andern, legibus divinis forensibus verbotenen Ehen, noch nicht so weit gekommen, daß man glauben solte, es bleibe bloß allein die Frage übrig von dem Wohlstand der christlichen Religion, ob nicht durch die Erlaubung solcher verbotenen Ehen dieser Wohlstand verlezet oder beleidiget werde? welches dann Jerusalem in oft bemeldter Beantwortung der Frage: ob die Ehe mit der Schwester Tochter, nach den göttlichen Gesezen, zulässig seye? *p. 109. seqq.* behauptet, und solche Verlezung nicht glauben will. So schön aber die ganze Ausführung, und so wenig wider die daselbst befindliche Beschreibung des Wohlstandes einzuwenden ist, wann der Herr Verf. sagt: der

der Wohlstand ist das bestätigte Urtheil des klügsten und besten Theils der *Societæt*, worinnen wir leben, wie weit gewisse äusserliche, oder an sich unschuldige und gleichgültige Dinge, der *Moralitæt* gemäß sind. Wir sind dem *Publico* und uns die Hochachtung schuldig, daß wir uns diesem Urtheil, so viel es unsere wahre Wohlfahrt zuläßt, in unseren Handlungen gemäß bezeugen rc. So nöthig auch die gleich folgende Erinnerung ist: die Religion hat ebenfalls ihren Wohlstand; und der Apostel Paulus hält denselben so wichtig, daß Er deswegen an mehr, als an einem Ort, die ernstlichsten Ermahnungen ertheilet rc. so wenig kan ich doch dem Herrn Verf. alsdann beystimmen, wann Er *p. 110. seqq.* zur Application dieses Satzes schreitet, indem es nach dem, was ich zuvor erinnert, noch nicht ausgemacht, ob die Ehen mit der Schwester Tochter, mit des Bruders Wittib rc. unter die gleichgültige Dinge gehören oder nicht? wenigstens wird diesem von mehr dann dem grösten Theil der Theologen und Juristen auf Universitäten und in *Consistoriis* unserer Evangelischen Kirche, dato noch widersprochen, und so lang dieser Widerspruch dauret, so lang ist auch alles vergeblich, was von Erörterung der Frage: ob das christliche *Decorum* durch die Erlaubung dieser verbotenen Ehen beleidiget werde oder nicht?

rc.

geschrieben wird. Der Herr Verf. gestehet *p. 110.* selbsten ein, daß diese Ehen *dato* unter uns nicht sehr gewöhnlich seyen, und wann wir in der Zeit zurückgehen, so waren sie noch ungewöhnlicher, ja es ist die Meynung, wornach sie für unerlaubt gehalten werden, von den Zeiten der Reformation an biß auf die neuere Zeiten, besonders in dem vorigen Sæculo, in unserer Kirche so gemein gewesen, daß man denjenigen, der der gegenseitigen Meynung zugethan gewesen, vor ein ingenium novaturiens gehalten, obgleich nicht zu läugnen, daß dardurch einem manchen rechtschaffenen Mann, der von grosser Einsicht, Redlichkeit und Gelehrsamkeit gewesen, zu viel geschehen. Es ist auch, wie ich glaube, die vormalige Beybehaltung der Legum Mosaicarum quæst. wornach man sich von solcherley Ehen enthalten muste, nicht eine blosse *Accommodatio* nach den Zeit-Umständen gewesen, wie es heisset *p. 112.* sondern eine solche freywillige Beybehaltung, welche zwar ohne Zwang, wie solches die freye Sentiments des Luthers bezeugen, doch nicht ohne Grund geschehen, welchen Grund der Herr Verf. selbsten angezeiget *p. 36-40.* col. *p. 110.* und welche hernach in vim sanctionis pragmaticæ erwachsen, wie ich zuvor gezeiget habe. Und in diesem Betracht einer sanctionis pragmaticæ bleibet dann der Lex Mosaica forensis, in seiner Ausdehnung nach der æquidistantia & analogia

 gra-

graduum, bis die gesammte Evangelische Kirche, wenigstens ein Theil davon, einen andern typum bestimmen wird. Nun wäre allerdings zu wünschen, wie der Herr Abt Jerusalem *p. 118. f.* gar wohl selbsten gesagt, daß unsere Kirchen, mit Zustimmung der höchsten Obrigkeit, sich einmahl über die rechtmäßige Festsezung dieser Grenzen vergleichen möchten, und die für unerlaubt erklärten nie zuliessen, die Zulässigen aber zur Beruhigung der Gewissen, und Aufhebung aller daher genommenen Anstösse, auch ohne alle vorher zu suchende *Dispensation* frey liessen ꝛc. womit dann weiters zu conferiren, was ich zuvor *n. 7. & 8.* angemerket habe. So lang demnach dieses nicht geschiehet, so bleibet auch denen, die zu solchen verbotenen Ehen quæst. verhülflich sind, der Vorwurf *p. 115. f.* woselbsten es heisset: aber da, wo ich aus geringen Ursachen, dergleichen, worüber mein schwacher Nächster geärgert werden könnte, unternehme; da, wo Er noch gar nicht dazu vorbereitet ist; da, wo Er noch viele wichtige Gründe, als eine durchgängige *Observanz*, oder eine allgemeine Uebereinstimmung der Kirche vor sich hat; da, wo ich durch mein Unternehmen die wahre Grenzen der Religion Ihm so ungewiß mache, daß ich Ihn dardurch in die würkliche Gefahr, oder wenigstens in die beständige

Furcht

Furcht seze, sein Gewissen zu verlezen, da kan eine solche Lieblosigkeit nicht sündlich, nicht sträflich genug gehalten werden ꝛc. Es ist auch nicht minder das bekannte Aergernus in der ersten Kirche mit dem Gözen-Opfer *Rom. 14, 13. 1. Cor. 8, 13.* dem gegenwärtigen Fall allerdings ähnlich, obgleich von Jerusalem, *p. 116. f.* solchem widersprochen wird. Dann es wäre dorten, wie hier, die Frage von dem, was öffentlich zu thun erlaubet? die Membra der Evangelischen Kirche in andern Landen sind davon so wenig genugsam informirt und vorbereitet, als die neu-bekehrte Juden in und bey jenem Fall, und ein scandalum reale ist ein solches factum vel dictum malum, quo quis vel in vita vel in doctrina deterior redditur vel reddi potest, das factum oder dictum mag hernach malum heissen per se, oder per accidens, wie das leztere hier ist, und wobey sich der Nachtheil in vita & doctrina zugleich äussert, wenigstens ist es doch ein scandalum in sensu latiori sumtum, in so fern solches quamvis rem alteri gravem & ingratam bedeutet col. *Matth. 16, 23. 1. Cor. 1, 23.* Es ist aber auch damit, was stehet *p. 118.* denjenigen, die in solche verbotene Ehen quæst. würklich tretten, nicht genugsam prospicirt und gerathen. In thesi ists schon gut und recht, in hypothesi aber betrachtet fehlt und mangelt es bald da, bald dorten, nach dem ungleichen Betracht der

Menschen, und des menschlichen Gewissens. Indessen kan ich doch auch nicht billigen, wann Herr Gühling *p. 111. nota a)* in dem Fall, wo man bey grossen Herrn in dergleichen Ehen quæst. dispensirt, daraus eine sträfliche Menschengefälligkeit machen will col. Gal. 1, 10. Nulla enim regula sine exceptione, welches sich dann auch hier behaupten lässet. Dann da Gott den Grossen dieser Welt einen so grossen Vorzug vor andern Menschen eingeraumt, da Gott selbsten bey David *2, Sam. 12, 8.* einen solchen Ausspruch den Worten nach gethan, es seye aber ferne, daß ich, was die Polygamie betrift, hievon auf die Zeiten N. T. schliessen wollte; und da Sie nicht allemahl andere Partien ihrem hohen Stand gemäß haben können, wie andere Personen, so glaube ich allerdings, es finde hier, wann ich die Sache im Ganzen betrachte, eine Exception statt. Herr Ritter Michaelis führet auch im Mos. Recht im *II.* Th. §. *101. p. 154. seq.* in der Not. eine Stelle aus dem *Conc. Trident.* an, welche hieher gehöret, wann es heisset: in secundo gradu nunquam dispensetur, nisi inter magnos Principes, & ob publicam causam &c. füget aber noch bey: diese Arten von Dispensationen im 2ten Grad werden jezt zu Rom nicht blos grossen Herren, sondern sehr oft auch Adelichen gegeben, von denen das Concilium nichts verordnet hat ꝛc.

§ 3.

§ 3.

Aber auch dabey, was bisher gesagt worden, bleibet alles noch zweifel- und räzelhaft, und in der Ungewißheit. Dann ob es gleich in thesi ganz gut ist, wenn man solche Ehen in dem neuen Bund zwar für zuläßig erkennet, dabey aber doch mißrathet, so ist das nur ein *judicium suspensivum*, und nicht *decisivum*, und bleiben doch noch *in hypothesi* grosse Schwierigkeiten übrig. Dann damit wird weder gerathen dem Gewissen derjenigen, die eine solche Ehe suchen wollen, noch weniger aber dem Gewissen des christlichen Ehe-Richters. Dann der, welcher z. E. die Ehe mit des verstorbenen Weibs Schwester, suchen will, schlage D. Zeltners Altdorf. Bibel nach, so wird Er bey *III. Mos. 18, 18.* diese gründliche Anmerkung finden. Anfangs gibt er diese Erläuterung: aus welcher Ordnung der Worte deutlich erhellet, daß solches nur von der Ehe, neben der lebendigen Schwester (denn von der Vielweiberey insgemein wird hier nicht gehandelt, da ja augenscheinlich von der besondern Verwandschaft durchaus die Rede ist) zu verstehen, weil so gleich es mit dem Leben der Ersten erläutert wird. *Lutherus* hat die Worte versezt. Der Zusaz: weil sie noch lebt, ist allerdings bedenklich, und eher für eine Einschränkung, als Erklärung zu halten; doch auch *v. 16.* merklich. Endlich folget die Erinnerung: ein zartes Gewissen unterläs-

 set

set dennoch, was nicht seyn muß, damit es nicht in Versuchung und Stricke falle, denen man bis in die Todes-Stunde unterworfen ist. Wolte man aber den Zusaz für keine Einschränkung, sondern Erklärung annehmen, welches Einige aus der verbötenen Frauen Schwester Tochter, so doch nicht so nahe verwandt ist, schliessen; so wären alle diese Beysäze nur anzusehen als Erinnerungen, daß in solchem benannten Fall diese Heurath noch viel weniger gelte, da jene solche nur erträglicher mache rc. Aber auch damit ist der Sache doch noch nicht abgeholfen. Dann da man schon so viele Dispensations-Exempel hat, in diesem und jenem Lande, so kan der Unterthan denken, werden solche Ehen in dem neuen Bund für zuläßig erkennet, warum werden sie denn in diesem Lande verboten, und in andern Landen erlaubet? Sind solcherley Leges matrimoniales nun nicht mehr verbindlich, so gehören diese Ehen unter die Mitteldinge, wie essen und trinken, oder solche indifferente Handlungen, welche den sittlichen, die allemahl gut, oder böse sind, entgegengesezet werden; zumahlen da die Ehen, an sich und in abstracto betrachtet, nach der in der Moral gegründeten Regel, unter die *limites Majestatis* gehören, wovon Canz in *Disc. Mor.* §. 1192. geschrieben: non habet imperans potestatem in Civium thorum, bona, Jura, nisi quousque inde aliquid ad publicam necessitatem curandam con-

contribuendum sit, *Thori* verò planè nulla potestas est, quia nunquam ejus communionem Principi scopus civitatis assignant. Befindet sich aber der Unterthan in einem Lande, worinnen die Sache mit andern Augen angesehen wird, und Er lebt würklich in einer solchen Ehe, so kan sein Gewissen erst dadurch irre gemacht werden, wann Er denkt, in andern Landen werde ein solcher Ehe-Casus, nach dem göttlichen Gesez, für indispensabel gehalten, wie dann Herr Ritter im Mos. Recht *II.* Th. §. *101*, *p. 155.* dißfalls an dem König von England, Heinrich *VIII.* als etwas merkwürdiges anführet. Er sagt, der König hatte, wie es scheint, bona fide, einen ernsthaften Gewissens-Zweifel, ob die Päbstliche Dispensation göttliche Geseze aufhebe? und Er seines Bruders Wittwe, Catharina, die Er auf Päbstliche Dispensation geheurathet hatte, ohne Sünde beywohnen könnte — In der That würde eine richtige und überzeugende Beantwortung des Zweifels, die das Gewissen des Königes befriediget hätte, dem Pabst sehr wichtig gewesen seyn. Denn nach dem, wie ich Mosis Geseze verstehe, war diese Ehe würklich dispensabel, und blos im Kirchen-Recht verboten: gesezt aber, sie wäre zu Anfang nicht dispensabel gewesen, so solte sie doch, und das selbst nach dem Mosaischen Recht, fortgesezt werden, wenn sie einmal angefangen war rc. die Erinnerung aber im I. Th. C. I. §. 9. gehört auch dazu.

Der Rath ist wohl gut, den wir in Herrn Abts Jerusalem Beantwortung der Frage: ob die Ehe mit 2c. *p. 118.* lesen: demnach kommt es lediglich hierauf an, ob diejenigen, die eine solche Ehe einzugehen sich entschliessen, sich vor ihrem Gewissen mit der Rechtmäßigkeit und Wichtigkeit ihrer Absichten und Bewegungs-Gründe rechtfertigen können; und dann, ob Sie durch die angeführten Gründe von der Zuläßigkeit dieser Ehen überhaupt sich in ihrem Gewissen redlich überzeugt halten, so, daß Sie darinn nichts gegen ein zweifelhaftes Gewissen thun 2c. Aber wie veränderlich ist das Gewissen in seinem Ausspruch? wie gehet es alsdann, wenn, nach vollzogener Ehe, morsus conscientiæ folgen ex dissensione conscientiæ antecedentis & consequentis?

Noch beschwerlicher aber wird die Sache für einen christlichen Ehe-Richter, wann die Frage ist, was alsdann zu thun seye, wann der Casus mit so vielen, vielerley und unterschiedenen Umständen begleitet ist, so, daß auch, wie Jerusalem *p. 50.* sagt, sich leicht ein Umstand hervorthun kan, wodurch die Analogie nicht gänzlich mehr dieselbe bleibt, und wann ein solcher Casus würklich entstehet, und Dispensation gesuchet wird, oder aber wann ein incestus vorfällt, wie solcher alsdann anzusehen und zu bestrafen seye? Ist der Ehe-Richter in einem solchen Lande, worinnen

ein

ein solcher Casus für dispensabel angesehen wird, und ist bey solchen Umständen genöthiget, auch ja zu sagen, es geschiehet aber conscientia dubitante, so macht alsdann seinem Gewissen einen grossen Vorwurf die Warnung Pauli *Rom.* 14, 23. wobey wir schon erinnert haben, daß durch den Glauben *fides*, *certitudo & persuasio conscientiæ*, *dubitationi opposita*, zu verstehen seye. Dann Er isset mit Anstoß seines Gewissens, als welches Ihme widerspricht, und sagt, Er solle, wegen des befindlichen Zweifels, ob Ers befugt seye, nicht essen, und Ihne also verdammet. Es zeiget auch der ganze Context an, daß der Apostel nicht rede de *habitu*, sondern de *nudo actu peccandi*.

Eben der Casus ist auch der gegenwärtige, ja noch mehr, weilen Paulus hier eine rem aliâs licitam, ohne Widerspruch, voraussezet, bey dem gegenwärtigen aber noch viel darüber disputirt wird. Fället aber ein *Casus incestus* für, so wird die Sache noch beschwerlicher, wann die Frage ist: wie solcher anzusehen, und zu bestrafen seye? Man weißt ja, wie die Herrn Juristen bey Erklärung des *Juris criminalis Carolini*, und der hieher gehörigen Stelle, in der Absicht auf die *lineam collateralem*, dato nicht einig sind, indem es dabey auf die *diversitatis gradus atrocitatis*, in Ansehung der Dictirung der Strafe, welche ein solches crimen verdient, ankommt; welcher gradus aber allerdings aus der eigentlichen Beschaffenheit des göttlichen Gesezes, und dessen Erklärung, bestimmet werden muß. So hat z. Ex. bey dem *incestu cum matertera commisso*, die Hochl. Juristen - *Facultæt* zu Jena *ao.* 1764. Die Relegation, sine fustigatione, dictirt. vid. das der Salzmännischen *Diss.* de *Actore forum rei haud semper sequente &c.* angehängte *Programma* des Herrn Prof. Heimburgs. Daß neuerdingen Herr Prof. Schott zu Erlangen in seinen gelehrten Observ. de Leg. connub. &c. über das confuse Systema Legum connubialium, und die daher entstehende viele incommoda, überhaupt und gleich §. 1. p. 4. gar sehr klage, ist zuvor schon gemeldet worden. Darunter gehöret auch; wenn ein Casus parricida in proprii vorfällt, in unterschiedl. Betracht. Ja denen Herren Juristen will ich noch beysezen die copulirende Priester, wann Sie eine solche Ehe copuliren sollen, dabey aber noch so sehr hæsitiren. Die Klagen der Priester hierüber sind bekannt. Herr Rauschenbusch führt sich selbsten zum Exempel einer solchen Person an, die sich bißher daran gestossen. *Diss.* §. 1. *p.* 1. *s.* ob Er gleich noch nicht zum Priester aufgestellt worden ist zur selbigen Zeit. Das blosse Widerrathen aber in diesem Fall, welches man lieset in D. Baumgartens und D. Hofmanns theol. Bedenken rc. rc. ist

ist hier nicht zureichend. Dann es schüzet nicht wider gegenseitige schwere Versuchungen.

§. 4.

Daraus folget nun von selbsten, daß Herrn Abts Jerusalem sein Wunsch wohl gegründet seye, wenn Er in der Beantw. *p. 118. seq.* schreibet: wobey es sehr zu wünschen, daß unsere Kirchen, mit Zustimmung der höchsten Obrigkeit, sich einmal über die rechtmäßige Festsezung dieser Grenzen vergleichen möchten, und die für unerlaubt Erklärten, nie zuliessen, die Zuläßigen aber zur Beruhigung der Gewissen, und Aufhebung aller daher genommenen Anstösse — frey liessen rc.

Ja es wäre höchstnöthig, daß man einmal auf eine gemeinschaftliche Annehmung einer Interpretationis Doctrinalis, mit Approbation der Kirche, und derjenigen, denen die directio Ecclesiæ zukommt, den ernstlichen Bedacht nehmen solte. Und wenn ich diesen Endzweck betrachte in dem Verhältniß, worinnen die ganze Sache gegen demselben stehet, so entstehet daraus eine moralische Nothwendigkeit, und nach Beschaffenheit solcher Legum divinarum matrimonialium, wovon hier die Rede ist, eine Verbindlichkeit der Klugheit, bey dem Vorschlag, den man zur Vereinigung der einander hierinnen widersprechenden Partien machen will.

Ur-

Ursprünglich bleibt also die Sache der Kirche überlassen, welche nunmehr, unter Beystimmung der höchsten Obrigkeit, darinnen zu sprechen hat; weilen aber diejenigen, denen die directio negotiorum Ecclesiæ übergeben ist, in ihren Gesinnungen und Meynungen so sehr getheilt sind, so solten diese zuvorderst auf legitima principia bedacht seyn, woraus Sie dann die richtige Erklärung dieser Legum matrimonialium herleiten könnten.

Herr Ritter Michaelis handelt im Mos. Recht *II.* Th. §. *101.* *p.* *156.* *ff.* vom Verbot naher Heurathen. Wann Er aber kommt auf dieses grosse divortium sententiarum, und auf die æquitatem in interpretando, welche bey diesen uns so wichtigen göttlichen Ehe-Gesetzen zu beobachten ist; so erinnert Er anfangs, es seyen Theologen sowohl, als Juristen, gemeiniglich in zwey Meynungen getheilt. 1) sagt Er, es halten Einige aus beyden Facultæten keine Ehen für verboten, als die Moses ausdrücklich genannt und verboten hat. Z. Ex. Sie halten die Ehe mit der Tante für verboten, weil Moses sie verbietet, die hingegen mit der Niece, ohngeachtet sie eben so nahe ist, für eine von Mose nicht verbotene Ehe, folglich für dispensabel. Dieser Meynung, fährt Herr Ritter fort, trete ich, in Absicht auf die Auslegung der Gesetze Mosis selbst, bey: sie wird

wird auch jezt an vielen Orten, und zwar nicht blos von Juristen, sondern auch von Theologen angenommen. Im Preußischen gilt sie unter dem jezigen Könige. Not.*) Im Hannöverischen ward schon seit langer Zeit wegen der Ehe mit der Frauen Schwester dispensirt, die von Mose nicht verboten ist, ob Er gleich die eben so nahe Ehe mit des Bruders Wittwe verboten: und der Hochseel. König Georg *II.* pflegte seit *1755.* auch die Ehe mit der Niece zu erlauben ꝛc. 2) Andere, die strenge sind, dehnen die Geseze Mosis durch Folgerungen aus, und glauben, es seyen nicht einzelne Ehen, sondern Grade verboten. Z. Ex. weil die Tante verboten seye, so sey auch unerlaubt, die Niece, als welche eben so nahe mit uns verwandt ist, zu heurathen. Diß ist die gewöhnliche Meynung der Theologen. Im Hannöverischen ist sie seit einigen Jahren so fern gültig, daß in diesen Ehen keine Dispensation gegeben wird, den Fall mit der Frauen Schwester ausgenommen. Worauf dann die Ursach dieser Abänderung folget. Da galt endlich das *argumentum à tutiore.* Das *Consistorium* antwortete: weil die Sache zweifelhaft seye, wäre

Not.*) Herr Pr. Ayrer zu Göttingen hat das K. Pr. Edict zu erläutern gesucht in der Abh. de jure dispensandi circa connubia jure divino non disertè prohibita. 1742.

wäre am besten, das sicherste zu wählen, und gar nicht zu dispensiren.

Die 3te Meynung, als die allergelindeste, gehet dahin, Moses rechne nicht alle Ehen, die Er verbietet, unter die Greuel, die Gott auch an andern Völkern strafe, sondern blos die allernächsten, mit Eltern, Kindern, und Geschwistern. Man müsse also unter den Ehe-Gesezen Mosis einen Unterschied machen, einige seyen moralisch, und von denen könne der Fürst nicht mit gutem Gewissen dispensiren, andere aber blos bürgerlich, und für die Israeliten gegeben, und bey denen habe Er das Dispensations-Recht. Er dürfe also, um ein Beyspiel zu geben, auch die Ehe mit der *Tante* erlauben, obgleich Moses sie verboten hat.

Dieses System hat der seel. Baumgarten in seinem theologischen Bedenken. Herr Ritter füget bey: ich kan nicht läugnen, daß es mir, um der Gründe willen gleichfalls wahrscheinlich vorkommt. Allein es ist sonst sehr ungewöhnlich, und wird nicht leicht, bey Ueberlegung einer Dispensations-Frage, an Fürstlichen Höfen, zum Grunde gesezt.

Endlich folget auch die Meynung des Herrn Ritters selbsten *p. 158.* Er sagt: ein Landes-Herr hat bey zweyerley Gattungen von Ehen ein Dispensations-Recht.

1) bey

1) bey solchen, die Moses nirgends ausdrücklich verboten hat, und die man nur durch gewisse aus seinen Gesetzen gezogene Folgerungen für verboten ausgibt. Und diese Dispensationen werden häufig von Evangelischen Fürsten gegeben, auch von manchen *Facultäten* z. Er. der Theologischen und Juristischen zu Göttingen, angerathen.

2) bey solchen, die Moses zwar verboten hat, aber (so viel ich wenigstens glaube) nicht unter die Greuel rechnet, welche Gott an den Cananitern strost, sondern blos bürgerlich den Israeliten untersaget. Ueber das hat Gott selbst in einem gewissen Fall von ihnen dispensirt, folglich es Ihm wohlgefällig seyn muß, wenn in ähnlichen Fällen, bey gleich wichtigen Ursachen, von ihnen dispensirt wird. Diese Dispensationen werden aber nicht häufig von Evangelischen Fürsten ertheilet, weil man sie meistens für unerlaubt, und der Bibel zuwiderlaufend hält. Herr Prof. Schott theilet diese quæstiones in den Obs. de Leg. connub. &c. §. 3. p. 9. wenn Er reden will von der adplicatione Legum Mosaicarum hodierna, in zwey Classen ein, die eine, sagt Er, betrift die obligationem harum Legum, die andere, die rationem graduum prohibitorum.

§. 5.

Nun wollte ich gern auch Herrn Ritters Meynung annehmen, wenn mich nur nicht das

Ar-

Argumentum à tuto davon ableite, nach dem Exempel des Hannöverischen *Consistorii*, wovon im Mos. Recht, *II*. Th. §. *101. p. 157.* nachzuschlagen. Es wird ja das Argumentum à tuto auch in den wichtigsten dogmatischen Lehren gebrauchet, noch wichtiger ist der Gebrauch in *moralibus*, wann die Frage ist de actionum honestate vel turpitudine. Es hat zwar Herr Canzler von Mosheim in seinen Primitiis Juliis, wider dessen Gebrauch in der Theologie Einwendungen gemacht, dabey aber doch den Nuzen davon nicht ganz verworfen. Mosheim sagt, es seye doch in der Theologie gefährlich, sagen wollen, daß zwey entgegengesezte Meynungen von gleichem Gewicht wären. In der Moral aber wird die Sache viel wichtiger, dann da will der Verstand vorher überzeuget seyn, ehe er ein Urtheil fällen kann. Zum Ex. mag dienen die theol. Controvers: ob auf das furtum Gott die pœnam capitalem gesezt habe? Es folget also von selbsten hieraus, daß man gegenwärtig bey Beurtheilung und Erklärung der göttl. Ehe-Gesezen, alle Fürsichtigkeit zu gebrauchen habe. Doch kann man auch darinnen allzu scrupulös seyn, so, daß wenn man ein extremum zu verhüten suchet, man hernach auf das andere fället. Ein grosser Lehrer unserer Kirche schreibt: cavendum, ne vel rigor vanus atque præposterus laqueos injiciat conscientiæ, mentesque conturbet teneras, rās, vel laxitas remissior pulvinar substernat levitati, tepori, ignaviæ, securitati. Wir sezen also zum voraus, daß die Mosaische Ehe-Geseze *quasi*. lauter willkührliche Geseze seyen. Jerusalem schreibt in der Beantw. *p*. 5. wann das Wort, moralisch, in einem weitläuftigen Verstand genommen wird, so wird kein vernünftiger Mensch den willkührlichen göttlichen Gesezen überhaupt, noch auch diesen Ehe-Gesezen, ihre Moralität absprechen.

Wann Er aber *l. c.* weiter fortfähret, und sagt: Gott hat bey allen seinen Verordnungen, die Vollkommenheit zum Endzweck, und Er kan nach seiner unendlichen Weißheit, nie nach einem blinden Willkühr handeln. Es folgt aber nicht, daß alles, was gut ist, oder zu einer grössern Vollkommenheit führet, so nothwendig gut sey, daß die Vernunft es auch unmittelbar dafür erkennen müsse rc. Allein diß sind zwar wohlgegründete Abstractionen, die wir uns von Gott machen, aber keine Regel, weilen es an einem Erkenntniß-Grund hierinnen fehlet. Die Vernunft ist es nicht, wie der Herr Verf. selber sagt, und die Offenbarung gibt auch keinen Ausschlag. Wenn wir demnach den Saz annehmen, daß diejenigen göttliche Ehe-Geseze, von welchen hier die Rede ist, willkührliche Geseze seyen, so ist die Beobachtung derselben auch nur willkührlich, und die Folge davon diese, daß es geschehen, oder nicht geschehen darf, welches dann eine moralische Möglichkeit ist. Damit aber fället man zulezt auf eine gewisse Art eines *Scepticismi*, in so fern solcher betrift die *Methode*, die Wahrheit zu erfinden. Diese Art des Scepticismi aber zu verhüten ist wie überhaupt, also auch hier besonders nöthig, daß man alle vorgefaßte Meynungen fahren lasse, daß man den Affecten den Zügel nicht schiessen lasse, sondern solche in Ordnung zu bringen suche, welches das Beyspiel des in der Vorrede bemeldten Streits zu Hamburg lehren kan, daß man alles in richtige principia resolvire, und dann ein Glied von dieser Kette der Wahrheiten nach dem andern, mit Attention, examinire, biß man endlich zu einer Ueberzeugung kommt. Man schlage weiters nach *Buddei Diss. de Scepticismo morali*, welche in den *Analectis Hist. philos.* §. 18. stehet.

Da nun die Unnatürlichkeit der Ehen in gerader Linie so groß ist, daß auch die Vernunft solche erkennet, da auch, in Ansehung der Seiten-Linie, die Ehen unter Geschwistern, Lege naturali hypothetica, richtig verboten sind; so halte ich, meines geringen Erachtens, dafür, daß man nunmehr in weiterer Beurtheilung und Erklärung der übrigen Legum divinarum matrimonialium in linea collaterali; solche principia legitigitima aufzusuchen habe, welche den Leitfaden dazu geben können. Zu einem Beyspiel mag uns dienen die Vorschrift *Pauli* in der wichtigen Lehre von dem heiligen Abendmahl *1. Cor. 10.* da Er *v. 15.* eine kluge Beurtheilung der Christen verlangt, wobey Sie von einem auf das andere schliessen sollen, nicht nur, sondern auch *v. 18.* selbsten den Leitfaden dazu angibt, nach den Umständen des damaligen Vorfalls. Es erfordert solches auch das breviloquium der göttlichen Ehe-Geseze. Wie bey dem breviloquio Decalogi die Erklärung aus andern Stellen H. Schrift genommen werden muß, also müssen noch mehr hier andere Hülfs-Mittel gesuchet werden.

Ehe aber dieses geschiehet, muß ich mich zuvor über der Frage: ob bloß die Ehen von Mose verboten sind, die Er genannt hat, oder auch andere, ihnen dem Grade nach gleiche? etwas näher erklären. Die Argumenta für die erste Meynung habe ich zuvor schon angeführt, und sind solche zu finden bey Joh. Barth. Niemejer *sen.* zu Helmstädt, in *Diss. de Conjugiis prohibitis*, *Diss. X.* und bey dem Herrn Ritter im Mos. Recht *II.* Th. §. *117. p. 224. ss.* Es sind auch solche von nicht geringen Gewicht; doch können die Folgerungen hier nicht vorbeygelassen, noch für ganz ungültig und unkräftig erkannt werden. 1) weilen die Folgerungen auch sonsten in der H. Schrift gegründet sind. Diß ist

ist ein theologischer Grundsaz, wovon die deutlichste Exempel in der H. Schrift vorhanden sind. *Math.* 2, 14. 15. *C.* 15, 4. 5. 6. *C.* 22, 31. *ff.* *Act.* 13, 34. *col.* *Jes.* 55, 3. 1. *Joh.* 2, 21. *Gal.* 2, 17. *Cap.* 5, 2. 4. 2) weilen der Gegentheil selbsten die Folgerungen in linea recta gelten lassen muß. 3) ist hier wohl zu merken die D. Canzische Erinnerung, welche ich schon zuvor angeführt habe, in denen *Disc. Mor.* §. 859. *p.* 285. non est sequenda nuda Graduum analogia, sed rationum maximè paritas spectanda est. &c. 4) sollen aber bey denen Legibus matrimonialibus quæst. in linea collaterali, die Folgerungen nicht für ganz unkräftig erkannt werden, so müssen die consequentiæ richtig aus dem Wort des Gesezes fliessen, und nicht nimis remotæ seyn. 5) wann wir den Saz, den Herr Ritter im Mos. Recht *II.* Th. §. 117. *p.* 223. *ff.* behauptet hat, halten gegen dem, was stehet §. 101. *p.* 158. da es heisset: Gott hat selbst in einem gewissen Fall dispensirt, folglich muß es Ihm wohlgefällig seyn, wenn in ähnlichen Fällen, bey gleich wichtigen Ursachen, von Ihnen dispensirt wird 2c. so ist ja diß eben der Weeg, den Herr Ritter verworfen hat, und den Er doch hier selbst einschlägt. Ja, was noch mehr ist, so ist die Folgerung dorten viel richtiger, als hier. Dann dorten bleibt der Lex in suo valore, hier aber nicht. Dann bey der Dispensation, gehet eine exceptio personæ à Lege vor, und hebt dißfalls die Obligation, die da ist, auf, welches aber eigentlich allein dem Legislatori zukommt. Ist also jenes erlaubt, noch mehr dieses, vermittelst des Weegs der Folgerung. Es zeiget also das Exempel des Herrn Ritters selbsten, daß man sich bey Erklärung der Ehe-Gesezen Mosis, nicht anderst helfen könne.

Die Gründe aber, welche Herr Ritter wider diese Folgerungen angeführet hat, stehen im *II.* Th. §. *117. p. 224. ff.* Nun scheint es allerdings, als sehe Er auch hier Mosen, als einen blos bürgerlichen Gesezgeber an, da es doch göttliche Geseze sind, die Gott durch Mosen, den treuen Knecht in seinem ganzen Hause nach *IV. Mos. 12, 7.* gegeben hat. Aber auch ausser dem, lassen wir solche harte Censuren, die sich mit der prudentia Legislatoria Legatoris summi, longèque sapientissimi atque optimi, nicht reimen wollen, wann Er nemlich bey seiner Demonstratione Apogogica, von unnüzen Wiederholungen, von einem Vortrag, der vernünftiger gewesen wäre, redet. Diß heisset aber klug seyn wollen über die Schrift, wenn man nicht nur mit der Offenbarung nicht zufrieden seyn, sondern auch so gar Rechenschaft fodern will, warum es so, und nicht anders ist? die Absicht Gottes, die er dabey gehabt, können wir, überhaupt nach Beschaffenheit

 un-

unsers stumpfen Erkenntnisses 1. *Cor.* 13, 9. nicht gänzlich erreichen, und die blos willkührliche Geseze hatten zu ihrem Gegenstand das Israelitische Volk, von dessen Umständen wir das wenigste wissen, und diß und jenes erst aus den Sitten der Morgenländer herhohlen müssen, wovon Herr Ritter selbst ein Exempel angeführet hat §. 117. *p.* 225. *l. a.*) Es hält also die Einschränkung und Ausdehnung dieser Geseze sehr schwer. Es will aber eben deswegen nöthig seyn, daß wir beydes auf gewisse *principia* reduciren, zumahlen da überhaupt unsere Cognitio in dieser Unvollkommenheit nur *abstractiva* ist, indem wir von dem einen auf das andere schliessen müssen.

Herr Ritter sagt beym ersten Grund wider die Folgerungen, §. 117. *p.* 224. *seq.* wann Moses wollte nicht von einzeln Ehen, sondern auch von Graden verstanden seyn, was brauchte Er dann, nachdem Er des Vaters Schwester verboten hatte, noch der Mutter Schwester zu verbieten, wenn diß zweyte Verbot schon in dem ersten lag? antw. ich zweifle nicht, es habe dieses auch seine weise Ursachen, welche uns auf eine kluge Ueberlegung führen sollen, und zwar darauf, wie Moses habe damit den *horrorem naturalem* zum Grund legen, und desto nachdrücklicher uns zu Gemüth führen wollen.

Der

Der zweyte Grund *p. 225.* bestehet in der Wiederhohlung der Ehe-Geseze, da Moses die *III. Mos. 18.* eben und gerade benannte Fälle, hernach *Cap. 20.* wiederhohlet hat ꝛc. Aber eben diesen Einwurf könnte man auch dem Mose machen, bey der Wiederhohlung des *Decalogi V. Mos. 5, 6. ff.* col. *II. Mos. 20, 2. ff.* Nun kan zwar hievon eine wichtige Ursach angeführt werden, weilen nemlich die alten Israeliten, welche bey der Promulgation des Gesezes, anwesend waren, durch den Tod abgegangen waren, dahero bey dem neuen Volk eine Wiederholung nöthig ware; eine gleich wichtige Ursach aber kan auch hier seyn bey Wiederhohlung dieser Ehe-Geseze, ob wir gleich solche nicht angeben können, wiewohlen diese Wiederholung, und zwar die nemliche, ein Beweiß seyn mag, wie Gott von seinem Volk, und zwar nicht nur von den geweiheten, von welchen vorher die Rede ware, sondern auch von gemeinen Personen, eine grosse Reinigkeit und Heiligkeit erfodere. Wann aber Herr Ritter fortfähret und §. 117. *p. 225.* sagt, es wäre aber doch vernünftiger gewesen, abzuwechseln, und z. Ex. wann das erstemal stand: du solst deines Vaters Schwester nicht heurathen ꝛc. zum zweytenmal den umgekehrten Fall zu sezen: du solst deines Bruders Tochter nicht heurathen ꝛc. so wäre dieser Wechsel nicht gleich, sondern sehr ungleich gewesen. Und diß ist also die Ursach, warum Mo-

 ses

ses zum zweytenmal blos des Vaters Schwester nennet, nicht aber, was Herr Ritter *l. c.* zur Ursach angegeben hat. Dann es betrift 1) bey des Vaters Schwester, die lineam rectam, wobey der respectus parentelæ gar zu deutlich ist, und zu sehr in die Augen fället, welches aber bey des Bruders Tochter nicht so deutlich ist. So ist auch die Ehe mit des Bruders Tochter, ante Legem latam, erlaubt gewesen, welches das Exempel Mosis und des Othniels beweiset. Es ist auch die Ehe mit des Bruders, oder Schwester, Tochter. Tochter, eigentlich nur Lege Ecclesiastica verboten, obgleich dieses Verbot sonsten seinen guten Grund hat.

Es gibt aber auch 2) diß einen Beweiß von dem, was stehet §. *117. p. 225. n. 3. l. a.*) wornach bey denen Morgenländern die *Niece* für eine weitläuferige Verwandte geachtet wird, als die *Tante.* Nun will zwar Herr Ritter den Grund davon suchen nicht in dem natürlichen Grad der Verwandschaft, sondern in der Verhütung des Umgangs mit der *Niece*, und der daraus entstehenden Gefahr der Verführung, bey der Hofnung der Ehe. Und daraus schliesset dann Herr Ritter noch weiters, daß nicht nur daher die Morgenländische Gewohnheit kommen solle, daß man wohl die *Tante*, nicht aber die *Niece*, ohne Schleyer sehen dürfe, sondern Er behauptet auch,

auch, es betreffe dieser Unterschied gerade das Wesentliche der Ehe-Verbote.

Allein diß ist eine Argumentatio nimis acervata, da dann durch solcherley Ausschweifungen die deutliche Verordnungen Mosis undeutlich gemacht werden. Es scheinet auch die Bemühung zu beweisen, daß der Grund nicht in dem natürlichen Grad der Verwandschaft zu suchen seye, darum vergeblich zu seyn, wellen ja in diesen Mosaischen Ehe-Geboten ganz augenscheinlich von der besondern Verwandschaft durchaus die Rede ist. Dieses zeiget auch an die Vorrede derselben *III. Mos. 18, 6.* wobey Herr Ritter selbst im *II.* Th. §. *102. p. 162.* wohl erinnert hat: welche Ehen Moses erlaubt, oder befohlen habe, kan man nicht aus dem *scheer basar*, sondern aus seinen eigenen deutlichen Verordnungen, in denen Er sagt, welches *scheer basar* d. i. welche Verwandte verboten sind, ausmachen. Der Sprung von denen jezigen Morgenländischen Gebräuchen auf die Zeiten Mosis ist zu groß, und ein wesentlicher Einfluß derselben in die Mosaischen Ehe-Verbote ist, bey diesem Casu, nicht wahrscheinlich; hingegen ist der Gefahr der Verführung durch andere göttliche Geseze vorgebogen worden. Das Alter der *Tante* ist Ihro Schleyers genug. Was aber die *Niece* betrift, so ware ihre Decke das Unterscheidungs-Zeichen ihrer würklichen Verheurathung. Dann diß ware eine alte

Morgenländische Gewohnheit, daß die verheuratheten Weibs-Personen mit verhülltem Angesicht, die unverheuratheten aber retecta facie ausgiengen, oder gar nicht ausgiengen. Dieses lehret schon die Geschichte *I. Mos. 20, 16.* da es heisset: *veet col venochachat*, welches dann das *partic. conj. kal benoni* ist, à *rad. Arab. nachach*, und, in der Absicht auf eine Manns-Person, uxorem ducere, in der Absicht auf eine Weibs-Person aber, jungi marito, heisset. Luther macht den tiphcha, unter *col*, grösser, als den vorhergehenden atnach. Der sensus aber ist: *omnia autem hæc*, suppl. *faciebat*, *quia Marito juncta erat*. Es sind also diese Worte verba *Mosis*. Es ist die Anmerkung des Herrn Ritters, daß die *Niece* bey denen Morgenländern für eine weitläufigere Verwandte geachtet worden, als die *Tante*, gewiß schön, fragt man aber nach der Ursach und dem Grund, so ist solcher, wie wir glauben, besser zu finden in dem *horrore physico*, welcher der Verheurathung mit der *Tante* wenigstens mehr im Weg stehet, als der Verheurathung mit der *Niece*. Merkwürdig ist noch, daß bey denen Armeniern, nach ihrer Absonderung von der Griechischen Kirche, die Grade der Blutsfreundschaft genau beobachtet werden.

Was aber Herr Ritter beym 3ten Grund *l. h.) p. 226. seq.* anführet, enthält eine grössere Schwierigkeit, wenn Er sagt: ein eben so grosser, oder

oder noch grösserer Unterschied wäre zwischen der Wittwe des Vater-Bruders an einem Theil, und der Wittwe des Mutter-Bruders, oder der Wittwe des Bruders- oder Schwester Sohns am andern Theil, Denn wenn nach demjenigen alten Recht, von dem die Levirats-Ehen ein Ueberbleibsel seyn mögen, die Wittwe mit als ein Theil der Erbschaft angesehen ward, so bekam ich, wenn mein Vater nicht mehr lebte, seines Bruders Wittwe in der Erbschaft, nicht aber meines Mutter-Bruders seine, weil Er zu einer ganz andern Familie gehörte, auch ordentlich nicht die, welche meines Bruders- oder Schwester Sohn hinterlassen hatte, denn die Erbschäften pflegen nicht aufwärts zu gehen, am wenigsten aber eine Erbschaft von dieser Art. rc. Fragt man aber nach der Ursach dieser grossen Schwierigkeit, so kommt solche daher, weilen hier in die Mosaische Ehe-Geseze einschlagen die abgetheilte Familien, mit denen liegenden eigenthumlichen Gütern, ferner das typische bey dem Levirats-Recht, und dann die dabey in Consideration kommende Strafe *III. Mos. 20, 20.* zumahlen wann die angedrohete *Sterilitas* moraliter verstanden wird, daß die aus solcher Ehe erzeugte Kinder nicht sollen pro *legitimis* gehalten, noch denen *Genealogiis* eingetragen werden, oder excommunicirt seyn. Ob nun aber gleich bey der ganzen Ausführung *l. b.) p. 226. seq.* eins und das andere könnte

erin-

erinnert werden; so ist doch gegenwärtig so viel gewiß, daß man nunmehro, da nun alles im N. T. destructa Republica Israelitarum, in einem ganz andern Verhältniß stehet, auch zum Theil ganz wegfället, auch einen ganz andern Weeg einschlagen müsse.

Endlich 4) siehet Herr Ritter *p. 227. f.* die Vergleichung der Ehen eines Theil mit der verstorbenen Frauen Schwester, andern Theils mit der Wittwe des Bruders für die allerstärkste Entscheidung an wider die Folgerungen und Berechnung der Grade, da jene dem Grade nach, uns eben so nahe verwandt, als diese, und doch verbietet Moses die Ehe mit des Bruders Wittwe, und hingegen erlaubt, oder, welches noch mehr, sezt als erlaubt zum voraus die Ehe mit der verstorbenen Frauen Schwester ꝛc. Nun ist nicht zu läugnen, daß die Israeliten hätten so schliessen können, so lang ihre Republic gedauert hat. Gleichwie sich aber die Sache mit den Juden selbsten hernach sehr geändert hat, und Sie anders zu denken angefangen, besonders von der Zeit an der *Constitution* des R. Gersons, da Sie dann erkennen, es habe wenigstens der Endzweck Gottes bey der *Leviration* längstens aufgehöret, auch da Sie hingegen die Ehe mit der verstorbenen Frauen Schwester für erlaubt halten, und überhaupt nunmehr die verbotenen Grade, nach dem Gesez, und dann, nach denen Lehren der Rabbinen,

beson-

besonders berechnen; also ist es dann auch billig, daß die Christen nunmehr von dieserley Legibus positivis particularibus einen solchen Gebrauch machen, der Ihnen, als Christen, anständig und gemäß ist, nach Beschaffenheit der darinnen noch befindlichen Moralitæt, in so fern es doch vormahls göttliche Geseze waren, zumahlen da man doch, nach aller Geständniß, die Grade in Linea recta berechnen muß, indem Moses nur den ersten und andern Gradum verboten hat, und es solle doch in infinitum gehen. Es ist dahero, daß ich nur dieses hier anhänge, sehr rühmlich in der Rußischen Kirche, daß, nach dem 1721. publicirten geistlichen Reglement, denen Bischöffen ernstlich befohlen worden, die Grade der Bluts-Freundschaft und Verwandschaft, bey Verheurathungen, wohl zu beobachten, und in schweren Fällen anzufragen bey dem dirigirenden Synodo.

Wir müssen aber auch hier aus Herrn Abts Jerusalem Beantwortung ꝛc. *p.* 50. etwas nachhohlen. Er wendet ein: da bey aller moralischen Absicht, die ein willkührliches Gesez haben mag, die würkliche Verbindlichkeit desselben, sich nicht nothwendig über die vom Gesezgeber ausdrücklich bestimmten Grade erstrecket, und der Unterthan folglich auch nicht eigentlich verbunden ist, sie weiter auszudehnen; so ist es allezeit von der Weißheit und Güte eines Gesezgebers ehe zu vermuthen, wann die Beobachtung seines Gesezes, in allen ähnlichen Fällen, zu seiner Absicht nothwendig, daß derselbe die allgemeine Beobachtung auch ausdrücklich fodere, als daß Er die Erfüllung seiner weisen Absichten der willkührlichen Auslegung seiner Unterthanen überlasse ꝛc. Allein diese Einwendung gründet sich auf blosse Probabilitæten, worauf man nicht sichert fussen kan, so, daß nicht wichtige Zweifel solten übrig bleiben, hingegen haben wir dieser seits vor uns den deutlichen Schrift-Gebrauch, wovon zuvor geredet worden ist. Es sind auch diese Ehe-Gesetze, obgleich in einer Ordnung, doch nicht systematisch von Mose vorgetragen worden, wie Herr Ritter überhaupt vom Mosaischen Recht wohl angemerket hat im *III.* Th. §. *148. p. 31.* Es finden sich auch hier, wie sonsten bey weltlichen Gesetzen justæ præsumtiones & conjecturæ, welche uns veranlassen, diese Ehe-Gesetze über die bestimmten Grade auszudehnen, wohin dann gehöret die Vergleichung dieser Ehe-Gesetze, hernach die Hauptabsicht Gottes dabey im ganzen betrachtet, und dann die Mannigfaltigkeit derselben, welche doch gleichwohl, ohne eine solche Ausdehnung, nicht zureichend wäre, wie auch die generalis negotii hujus natura. Es zielet zwar auch darauf die Antwort des Herrn *Archi-Diac.* Gühlings *p. 50.* in der *Nota*, wann Er sagt: die allgemeine Beobachtung fodert der Innhalt der Worte *Lev. 18, 6.* daher die Auslegung von Graden

den nicht willkührlich ist ꝛc. Allein es ist der Innhalt dieser Worte *III. Mos.* 18, 6. viel zu general, als daß daher ein Beweiß genommen werden könnte, gleichsam, fast eben möchte ich sagen, wie in der Schöpfungs-Geschichte der 1. Vers *I. Mos.* 1. nur eine *General*-Beschreibung der Schöpfung, nur die *Summa*, und den Titul dieses Capitels in sich fasset, weiter aber nichts bestimmet.

§ 6.

Was möchte dann also hiebey zu thun seyn? Natur und Offenbarung sind beydes ein Licht von Gott, ein Stern- und Sonnen-Licht. Müssen nun Dinge, die über die Natur gehen, so beschaffen seyn, daß sie, nach gewissen Gründen, so die Offenbarung davon gibt, auf eine redliche und vernünftige Weise können angenommen werden, und nicht blindlings, noch vielmehr gilt solches von rebus mixtis, wie hier, unter Beobachtung des Unterschieds der Oeconomien. Als ein Grund-Saz mag hiebey angenommen werden das, was *Chemnitius* in denen *Loc. Theol. P. II. C.* 4. bey andern Legibus forensibus angemerket hat. Dann eben das könnte auch von denen Legibus matrimonialibus posit. particularibus gesagt werden, nemlich daß nur das *Genus* davon bleibe. Er schreibt dorten: in Legibus forensibus genus plerumque est morale, ut: turbantes societatem generis humani, furtis, cædibus, sunt punien-

di;

di; determinatio autem pœnæ pertinet ad Leges forenses. Ita Paulus ex ceremonialibus sumit genus: qui altari serviunt, de altaribus habeant victum. Ergò justum est, ut, qui Evangelio serviunt, de Evangelio vivant. Qua ratione autem Ministris prospiciendum sit de victu, liberum relinquit. Ita ex illa Lege: bovi trituranti non obligabis os, Paulus sumit genus, quod est naturale seu morale, dignus est operarius mercede sua. Ita ostendit, quomodo & quatenus Leges positivæ Deo probentur, & quæ Leges bona conscientia possint condi &c.

So möchte dann auch hier das *Genus* seyn: es sind göttliche Gesetze, welche herkommen ab uno omnis veræ sapientiæ auctore, die Determination aber bliebe einem christlichen Ehe-Gericht überlassen, wobey dann ferner die præjudicata weiser Gerichts-Stühle, in ähnlichen Fällen, immer billig gelten, damit man nicht, ohne Ende, immer untersuchen und disputiren müste, wobey aber auch die Monita des Herrn Prof. Schotten in den Obs. de Leg. connub. §. 9. & 10. p. 29. seqq. überhaupt davon zu reden, nicht zu verwerfen sind.

Es will also nöthig seyn, daß man, in dieser wichtigen Sache, gewisse Grund-Sätze annehme. Als dem Herrn Verfasser der kurzen Fragen aus der Kirch. Hist. N. T. in 12. bey Gelegenheit

heit über der Frage: ob der Streit im Grunde exegetisch seye? ein Vorwurf gemacht worden, so antwortete Er darauf also: ich will nicht erst fragen, was die Rechtschaffenheit bey einer solchen Untersuchung zu thun habe? Einsicht gehört dazu, und kaltes Geblüt im urtheilen. Aber ich wiederhohle es, dieser Streit ist im Grunde exegetisch, nicht deswegen, weil er aus der Bibel entschieden werden muß, sondern weil es, bey vielen andern, auf die streitige Erklärung und Ausdehnung der Haupt-Stelle im 3ten Buche Mosis ankommt ꝛc. S. Vorrede zu der 7den Forts. der 2ten Abth. in 12. Und so ist es auch in der That. Es ist aber kein Zweifel, daß der Verf. damit zugleich auf die Annehmung gewisser Grund-Säze gesehen habe. Nun bleiben allgemeine Grund-Säze in solcherley Ehesachen unveränderlich, ohne daß dabey die dreyerley Oeconomien solten einen Unterschied machen können. Was aber Gott in denen drey Oeconomien besonders und particulariter disponirt hat, das muß auch, nach Beschaffenheit des Unterschieds dieser Oeconomien, besonders betrachtet werden, ob nemlich und in wie fern solche besondere Verordnungen so wohl miteinander, als auch mit denen allgemeinen Grund-Säzen in einer, oder in keiner grundmäßigen Verbindung und Verknüpfung stehen?

Ich nehme demnach bey Erklärung der Mosaischen Ehe-Gesezen, welche hieher gehören, und von welchen eigentlich hier die Rede ist, so viel den Gebrauch davon in dem N. T. betrift, folgende Haupt-Principia an.

1) daß von denen strittigen Legibus particularibus forensibus quæst. keiner in denen Schriften N. T. wiederholet worden seye, welches hier vorauszusezen, wie hingegen bey einigen andern Policey-Gesezen der Juden geschehen ist, wovon nachzuschlagen Joh. Müllers *Judaismus p. 586. seq.* Dann obgleich der Heyland auf Erden, mit seinen Aposteln, in der Gemeinschaft der Jüdischen Kirche geblieben, so ist doch eine solche Wiederhohlung anzusehen, als eine Handlung des Sohns ins Vaters Hauß.

2) darf man die paritatem & æquidistantiam Graduum, bey denen sechs *Consequenz*-Ehen, wovon Herr Ritter geredet hat im *II.* Th. §. *117. p. 225. n. 3.* nicht ganz aus den Augen sezen.

4) daß man aber doch dabey den grossen Unterschied inter consanguinitatem & affinitatem wohl beobachte. Gerhard selbst nennet die affinitatem nur ein *simulacrum consanguinitatis. Loc. Theol. Tom. XV. p. 237. & 272. Ed. Cott.* Es kan aber nicht seyn *perfectum*, sondern nur *imperfectum*, quod nimirum quædam saltem habet, quæ similia sunt exemplari. Wo aber nur *quædam*, so bleibt die Bestimmung in vielen Fällen

ten einem christlichen Ehe-Gericht überlassen. Es ist nur eine mediata Propinquitas.

Es bleibt zwar bey der Regel: quoto gradu, & linea prohibitum est matrimonium in consanguinitate, toto gradu & linea prohibitum est in affinitate; aber nicht eodem rigore. Dann der Respectus in der *affinitate* ist doch nicht so naturalis & propinquus, als in der *consanguinitate*. Weswegen Gott auch grössere Strafen gesezet hat auf die prohibita matrimonia in consanguinitate, als in affinitate. Ja es gibt eigentlich in affinitate keine gradus & lineas. Die Ursach ist, weil in der affinitate solche Personen eine Relation und Respectum untereinander haben, die sonsten einander nichts angehen. Es geschieht also blos ad analogiam consanguinitatis. Dahero behauptet *Alethæus* im 59. Vers. *p.* 578. *seq.* es seye die *prohibitio graduum in affinitate* nur zu einem Gehege und Zaun verordnet worden, um die Geilheit des Volks desto eher von den gradibus in consanguinitate abzuhalten. Das Fundament davon ist zu suchen in der Redensart der H. Schrift, wanns *I. Mos.* 2, 24. col. *III. Mos.* 18, 6. heisset: durch das ehliche Band werden Mann und Weib ein Fleisch. Es gehet also in Dispensations-fähigen Fällen solche in affinitate leichter her, als in consanguinitate, eben deswegen, weilen der nexus dorten nicht so naturalis & pro-

 pinquus

pinquus ist, als hier. Es sind auch beym Ehebruch die Strafen gelinder.

4) hat überhaupt die Beobachtung des Unterschieds der von Gott selbst auf die Uebertrettung der Geseze gesezten Strafen, einen nicht geringen Einfluß in die Beurtheilung der Geseze selbsten. Heißt es nur: *portabunt suas iniquitates &c.* so wird damit nur auf eine *pœnam peccati civilem* gesehen, wie dann peccatum manchsmahlen pœnam peccati anzeiget. Es sind manchsmahlen nur pœnæ arbitrariæ. Manchsmahlen wird damit gesehen auf die Judicia divina occulta, wann die gedrohete *Sterilitas* solte physicè genommen werden. Es wird aber auch moraliter genommen. Es heisset sonsten wohl *ariri*, *sterilis*, *sine liberis* e. g. *I. Mos.* 15, 2. ob es aber auch *III. Mos.* 20, 20. 21. diese Bedeutung habe? ist eine andere Frage. Es ist davon bereits schon gehandelt worden im *II.* Th. *I. Cap.* §. 15. Die *III. Mos.* 18, 29. *C.* 20, 17. gedrohete Strafe der Ausrottung bedeutet eine *Excommunication.* Wann wir aber damit vergleichen *I. Mos.* 17, 4. *II. Mos.* 12, 15. *III. Mos.* 7, 20. *f.* so ist aus dieser Vergleichung offenbar, daß damahls schon die Excommunication in der Jüdischen Kirche ihre Gradus gehabt habe, da dann dorten ein geringerer Grad, hingegen *III. Mos.* 18. & 20. ein höherer, ja der höchste Grad derselben verstanden werden muß, wernach ein solcher für einen gröblich abgefallenen

Isra-

Israeliten, für einen gänzlichen Heyden, mit Belegung eines sehr schweren Fluchs, öffentlich erklärt werden solle, der ausser der Bürgerschaft Israels ist, mithin von der Kirche ganz abgesondert ist. col. *1. Cor. 5, 2. 13.* dann was der Apostel v. 13. befiehlt, in der Absicht auf die Bösen und Gottlosen insgemein, das hätte die Corinthische Gemeinde, nach v. 2. insbesondere, mit dem grösten Eyfer, an dem Blutschänder thun sollen. Man vergleiche auch damit, was stehet *Math. 18, 17. Eph. 2, 11. 12.* So auch, wann das Wort, *Abominatio*, gebrauchet wird, so hat dieses schon vieles auf sich. Es schreibet, wie schon zuvor im II. Th. Cap. I. §. 12. angemerket worden ist, Niemejer sen. in *Diss. de Conjugiis prohibitis. Diss. IX.* harum abominationum nonnullæ sunt ex se tales, quæ ipsi Juri naturæ repugnant, aliæ verò sunt tales ex voluntate Legislatoris tantum, qui Lege data ostendit, quid sit magis honestum, aut magis decorum, ac proinde ab hujus modi populo, qui sanctitate eximia alios antecellere debebat, sit sectandum, vel fugiendum? Es läßt sich die Sache, wie schon zuvor erinnert worden ist, einiger massen deutlich machen durch das *Ceremonial*-Gesez von denen Opfern, und Opfermahlzeiten, wann wir mit *III. Mos. VII.* vergleichen, was stehet 1. Cor. 10, 15, 18. obgleich das Verhältniß das Ceremonial-Gesezes gegen der christlichen Kirche, von anderer Beschaffenheit ist, als das Verhältniß der

 Le-

Legum forensium gegen derselben. Es betrachtet der Apostel Paulus die Opfermahle A. T. l. c. als ein Vorbild des H. Abendmahls, sezet dieses an jener Stelle, erfordert aber dabey eine kluge Beurtheilung, so, daß man zwar von einem auf das andere schliessen, dabey aber den grossen Unterschied darunter nicht ausser Augen sezen solle. Das Wesentliche der Apostolischen Vergleichung wäre demnach dieses. Es haben zwar die Opfermahle A. T. als ein Vorbild, gänzlich aufgehört und sind nunmehr im N. T. gar verboten, doch bleibe dabey noch das Morale dieses Vorbilds, und zwar in Ansehung des Muzens, welcher ist die Gemeinschaft mit Christo 1. Cor. 10, 16, aber auch in Ansehung der Communicanten. Pflichten 1. Cor. 11, 28. col. III. Mos. 7, 19. 20. 21. und dann in Ansehung des grossen Schadens, und der darauf gesezten Strafen, bey der Uebertrettung. Dann wie die Unreinigkeit bey dem Essen, nach III. Mos. 7, 18-21. dem Herrn abominable wäre, also auch, nach 1. Cor. 11, 27. 29. der unwürdige Genuß des H. Abendmahls. Solchergestalten wird dann auch eine kluge Beurtheilung erfordert, in Ansehung des Gebrauchs der Legum forensium particularium im N. T. wann man nemlich von den Verbindungs-Kraft derselben im A. T. auf eine Verbindungs-Kraft derselben im N. T. schliessen will, bey einer vorwaltenden Analogia, in der Rücksicht auf andere besonders Natur-Gesetze, wobey dann der Unterschied unter

Ju-

Juden und Christen im 2. und 3. Periodo immer vor Augen bleiben muß. Es haben zwar, destructa Republica Israelitarum, die Leges forenses, besonders aber auch die Leges matrimoniales positivæ particulares, nunmehro aufgehört; doch bleibet das Morale, daß die Christen, nach Beschaffenheit des Neuen Bundes, einen solchen Gebrauch davon machen sollen, der ihrem Christen-Stand gemäß und anständig ist, wobey Sie dann besonders den Unterschied der Strafen, welche auf die Uebertrettung solcherley Gesezen gesezt worden sind, nicht aus den Augen sezen sollen.

5) wo ein *horror physicus* vor einer solchen Ehe vorhanden ist, da findet keine Dispensation statt. Solchen zu erklären habe ich schon zuvor etlichemahl im *I.* Th. §. *4.* §. *9.* Gelegenheit gehabt. Auch so, und nicht anderst verstehe ich den horrorem physicum. Nur füge ich dem, was ich §. *9.* bey *I. Mos. 5, 3.* col. *Cap. 3, 10. 11.* angemerket habe, noch etwas weiters bey. Damahls ware es, in Ansehung dessen, ein status præternaturalis. Nachdem aber solcher fortgepflanzet worden ist, und noch fortgepflanzet wird, so ist er nunmehr etwas dem Natürlichen ähnliches. Es macht denselben aus eine natürliche, innerliche Empfindung in dem Verstand, ein innerliches Bewußtseyn in Ihme. Dann durch die innerliche Empfindung werden wir uns desjenigen bewußt, was in unserer Seele vorgehet. Wann die Fra-

ge ist, woher wir wissen, daß wir sind? so antwortet *Cartesius* darauf: ich denke, darum bin ich. Es solte aber heissen; ich bin mir bewußt, daß ich denke, darum bin ich. Es läßt sich zwar dieser natürliche Abscheu, den wir bey uns selbst fühlen gegen so nahe Verbindungen nach dem Fall, wordurch die Natur selbst anzeiget, daß sie sündlich sind, so genau nicht bestimmen, weilen es an einer distincta repræsentatione fehlet. Deswegen aber läßt er sich doch nicht läugnen. Ich frage, läßt sich wohl die *notitia Dei insita* deswegen läugnen, weilen man den modum, quomodo insit? nicht so genau bestimmen kan? und solle man darum denen Socinianern gewonnen Spiel geben, wann Sie von dem dissensu, der sich darüber unter unsern Theologen zeiget, zu profitiren suchen? Man kan auch nicht zum Vorwurf machen andere vorgegebene gute Trieben und Empfindungen des Herzens, welchen nicht allemal zu trauen ist, indem sie, ohne eine höhere Regel, von denen Würkungen der Einbildung und der Leidenschaft, nicht leicht unterschieden werden können. Die Ursach ist, weilen die Empfindung *quæst.* ein moralisches Gesez zum Grund hat, woraus die Verabscheuung des Gegentheils entstehet, daher man dann wissen kan, was dißfalls recht oder unrecht ist, weilen der Grund davon ist die Empfindung einer gesezlichen, und von Gott herrührenden Verbindlichkeit.

Es

Es will zwar Herr Ritter im Mos. Recht 2. Th. §. *104. p. m. 166.* behaupten, wann deme so wäre, so würde dieser natürliche Abscheu auf einen sehr unsichern Grund gebauet, indem nur die Vernunft die reine Quelle der Sittenlehre seye, und nicht Triebe, oder Abneigungen. Aber wo bleibt dann, frage ich dabey, das Gewissen, welches nicht nur in einem Bewußtseyn, sondern auch in einer natürlichen Erkenntnuß des Guten und des Bösen bestehet, welches aber nicht nur eine innerliche, sondern auch eine schnelle und plözliche Empfindung ist von dem, was recht, oder unrecht ist? Es vertritt ja das Gewissen hierinnen gar oft die Stelle des Gebrauchs der Vernunft. Wir sprechen oft: das ist wider mein Gewissen, ohne vorher die Handlung nach denen Regeln der Sittenlehre beurtheilt zu haben. Es hat auch, wie ich glaube, und wie wider Herrn Ritter im Mos. Recht. 2. Th. §. 104. p. m. 168. zu merken ist, der Legislator selbsten einen solchen horrorem physicum, und zwar bey dem Verbot *III. Mos. 18, 12. 13. 14.* zum Grund gelegt, welches die beygefügte Ursach anzeiget, wovon der sensus ist: bedenke, daß es die nächste Anverwandte deines Vaters, deiner Mutter, deines Vaters Bruders ist, dahero ein natürlicher Abscheu dich davon abhalten solle *III. Mos. 20, 20.* hat der Vulgatus auch den avunculum dazu gesezt, und zwar nicht ganz unrecht. Dann obgleich im he-

 bräi-

bräischen Text dessen nicht ausdrüklich gedacht ist, so ist doch das matrimonium mit des avunculi vidua implicitè & virtualiter hier verboten. Es stehet auch die Conjunctio causalis, *ci*, *III. Mos.* 18, 13. nicht vergebens, welche auch *v.* 12. & 14. mit darunter zu verstehen ist. Es excipirt zwar Niemejer *sen. Diss. V.* und sagt, non esse rationem specialem *v.* 14. wenns heisset: amita tua est (dann wie *dod* patruus heisset, also auch *dodah* amita) sed ipsius Legis repetitionem, factam, ut homines eò strictius Legem hanc observent &c. Allein diß wäre eine repetitio otiosa, mithin tautologisch; hingegen ist es dem Text viel gemässer, wenn man bey der proprietate literæ, und der eigentlichen Bedeutung der conjunctionis causalis, bleibet, und nicht davon abweicht, indem keine urgens necessitas dazu da ist. Es siehet auch Herr Abt Jerusalem die Sache gar wohl ein, in der Beantwortung *rc.* p. 74. f. wenn Er schreibet: daß nun diese moralische Relation bey dem Verbot der Ehen *III. Mos.* 18, 12. 13. 14. zum Grunde liege, ist mit aller Mühe, die man sich auch geben möchte, nicht zu verneinen. Es suchet aber Herr Abt den Grund theils in dem *horrore morali*, theils in dem *respectu parentelæ*, so Er aber hier genau miteinander verbindet. Er hat vorher schon p. 8. 11. f. von dem *horrore morali* gehandelt, da es *l. c.* unter anderm heisset: einen physicalischen Abscheu darf man

darun-

darunter nicht verstehen; aber der moralische deucht mir so viel unläugbarer ꝛc. Und doch gestehet Er *p. 16.* und sagt: so stark aber als die Unnatürlichkeit dieser Ehen in gerader Linie sich erweisen lässet; so schwer würde es dagegen werden, von einiger Ehe in der Seiten-Linie, dieselbe daraus mit eben der Stärke herzuleiten. Er fährt fort, und sagt: die Ehen unter den Geschwistern werden zwar, wegen der unvermeidlichen Unordnungen und Sünden, die aus ihrer Zulässigkeit entstehen würden, allen gesitteten Völkern jederzeit abscheulich seyn. Indessen, sagt Er ferner, ist keine Ehe in den Seiten-Linien, nach der gegebenen Erklärung, dergestalt unnatürlich, daß die wesentliche Relationes der verschiedenen Stände dadurch aufgehoben würden, wovon hier nur eigentlich die Rede ist ꝛc. Aber eben daraus folget, daß es um so viel nöthiger seye, den *horrorem physicum* zu behaupten. Wir reden aber auch hier von gesitteten Völkern, und von Völkern, welche die Offenbarung haben. Dahero das Exempel der Heyden uns hierinnen nicht entgegen gehalten werden kan.

Aber auch diejenige Völker, welche die Offenbarung haben, haben, wie darinnen, also auch in denen erlaubten, oder verbotenen Ehen überhaupt, eine Erklärung nöthig. Wir finden in der Offenbarung dißfalls nicht alles genau, völlig und ausdrücklich bestimmet, weilen vieles aus der

Natur, und dem Natur-Licht præsupponiret wird, dahero beydes miteinander verbunden und vereiniget werden muß. Ja bey der Offenbarung selbst zeiget sich ein grosser Abfall, in Ansehung der Oeconomien. Dann obgleich die Sache, in Ansehung der erlaubten, oder verbotenen Ehen, in der Offenbarung näher bestimmet worden ist, durch die dem Jüdischen Volk gegebene Matrimonial-Geseze, so ist doch unläugbar, daß nicht alle diese Geseze für allgemein zu halten, sondern zum Theil nur Particular- und Zeit-Geseze sind, welche auf den vormahligen Zustand des Landes, nemlich des Jüdischen Landes und Volks gerichtet waren, hernach aber, mittelst Zerstörung der ganzen Jüdischen Policey-Ordnung, aufgehöret. Es ist dahero auch unläugbar, daß die christliche Kirche vor der Jüdischen, eine grosse Freyheit zu geniessen hat, indem sich die jüdische Kirche unter mancherley Joch und Zwangs-Mitteln befunden hat, davon die christliche Kirche durch Christum völlige Freyheit erlanget. Ob auch gleich der General-Saz richtig bleibet, daß die christliche Kirche, die Kirche N. T. seye eine reformirte jüdische Kirche, so ist doch auch auf der andern Seite, der Saz richtig, daß sich nicht alle im A. T. dem jüdischen Volk fürgeschriebene Ordnungen auf uns und unsere Zeiten schicken. Dieses vorausgesezt, und wieder auf den *pudorem*, oder *horrorem naturalem* zu kommen, so wird nunmehr

eine

eine genaue Untersuchung erfodert, ob? und welche von denen zweifelhaften Ehe-Gesezen der Juden auf diesen *pudorem*, apertè, oder doch tectè führen und hinweisen, so, daß alsdann solcher, als eine Ursach des Mosaischen Verbots anzusehen wäre?

An einem legitimo principio, woraus wir solchen schliessen, fehlt es nicht, weilen uns die Schrift selbsten davon Unterricht gibt, und wir daher an der Sache selbst nicht zweifeln därfen. Ob aber die Interpretatio eines solchen Mosaischen Ehe-Verbots, und der angegebene sensus desselben richtig seye? davon ist dann die Frage, da dann casu quo die Ehe zu allen Zeiten, mithin auch im N. T. für verboten zu halten ist. Wo sich aber hierinnen ein Anstand findet, so kommt es auf eine Vergleichung mit andern Mosaischen Ehe-Verboten, mithin darauf an, ob ex analogia propinquitatis, per legitimam consequentiam, auf den gegenwärtigen casum similem, ob valorem ejusdem rationis, geschlossen werden könne? wobey dann die *Æquitas* zur Hülfe genommen werden muß, da dann der Lex ad æqualem tenorem, auf den Fall zu reduciren ist, wenn es etwan scheint, daß die ab horrore naturali desumta ratio hier, bey dem gegenwärtigen Casu, weniger anschlage, als bey dem andern. Wann aber doch noch einiger Zweifel dißfalls übrig

bleib-

bleiben solte, so erfodern es die *regulæ prudentiæ*, welche denen Legibus honestatis nicht können zuwider seyn, daß man lieber *trans*, als *cis rigorem*, bleibet, sowohl abseiten der contrahirenden Theile, als auch des Ehe-Richters, weilen man gemeiniglich glaubt, daß die Æquitas eine restrictivam tantum Legis interpretationem erfodere, und nicht leicht eine extensionem & ampliationem juris vel legis erlaube.

Damit wird dann einem Protestantischen Ehe-Gericht im Röm. Reich gar vieles eingeraumt. Es ist zwar diese Macht des Ehe-Gerichts nur eine Macht der menschlichen Ordnung, jedoch aber, weil sie die Macht einer guten Ordnung ist, so hat sie vor sich des Herrn Willen *1. Petr. 2, 13.* der auch dazu Weißheit schenken will und wird.

Nunmehro gehöret bey uns die Anordnung solcher Gerichts-Höfe zu denen *Annexis Exercitii Religionis Evangelicæ*, wovon auch nachzuschlagen, was stehet in denen *Art. Smalc. de pot. & jurisd. Episc. p. 354. f. Ed. Rech.* Dem Ehe-Richter kommt also das Jus zu, die Leges, besonders divinas, wovon hier die Rede ist, auf die vorfallende Matrimonial-Casus, cum effectu, zu appliciren. Ob nun aber gleich die Anwendung, zumahlen bey der vorliegenden General-Instruction Christi, und seiner Apostel, öfters gar

schwer

schwer wird, so sind doch dieserley Schwierigkeiten nicht unüberwindlich an sich, und ausser dem bleibet es noch, was das Wesentliche betrift, nach der gegenwärtigen Neu-Testamentlichen Haushaltung, bey der göttlichen Verheissung *IV. Mos.* 11, 17. col. *II. Mos.* 22, 9. Uebrigens ist das, was wir von dem pudore, oder horrore naturali bey Ehe-Verbindungen, angeführt, ein Beyspiel, wie sich noch manche Wahrheiten in der Welt müssen vieler Dunkelheit beschuldigen lassen, die doch eben so annehmungswürdig sind, als andere.

6) wo der respectus parentelæ entgegen ist, da findet auch keine Dispensation statt. Herr Abt Jerusalem behauptet mit gutem Grund den respectum parentelæ bey denen Mosaischen Ehe-Gesezen, und bemerket solchen, angezeigter massen, besonders auch bey *III. Mos.* 18, 12. 13. 14. ob es gleich nicht der Haupt-Grund ist, sondern der Haupt-Grund ist der *horror physicus*. Auch wenn Er *p.* 75 die Anmerkung macht, daß nach den Sitten der jüdischen und aller Orientalischen Völker, die Rechte der Verehlichten von beyderley Geschlecht, von weit grösserer Erheblichkeit seyen, als nach unsern Sitten; so ist zwar die Anmerkung nicht zu verwerfen, doch redet Er ex hypothesi, welche sich allein gründet auf den horrorem moralem.

Niemeier sen. schreibt in *Diss. V.* davon al-so: Respectus Parentum & Liberorum, in Linea collaterali, non est verus & naturalis, sed tan-tum putativus, & Inventum Legis civilis. Aliud enim est, verum esse Parentem, & aliud esse quodammodo parentem; quam distinctionem Ter-tullianus desponsatæ accommodat, dicens, eam non veram, sed quodammodo uxorem esse &c. Es wird also der Respectus parentelæ von Ihme nur quodammodo erkannt. Herr Ritter aber ge-het im Mos. Recht *II.* Th. §. *107. p. 175. ss.* noch weiter, wann Er sagt, Er glaube, daß die Römischen Juristen, die gemeiniglich der Stoischen Philosophie zugethan waren, das alte Römische Recht mit einer Ursache aus ihrer Philosophie be-schenkt haben mögen. Allein, fährt Er fort, wir müssen Mosaisches und Römisches Recht nicht miteinander vermischen. Moses nennet den Re-spectum parentelæ nirgends: und wenigstens bey denjenigen Ehen, die Er für einen Greuel erklärt, welchen Gott auch an den Cananitern strafe, kan Er schwerlich auf ihn gesehen haben :c. Ich fra-ge aber: solle dann z. Ex. ratione affinitatis, *Lev. 18, 8.* unter dem Nahmen der *Novercæ*, nur allein Patris uxor secunda verstanden werden? und nicht auch des Avi & proavi uxor secunda? wer wollte das läugnen in linea recta? indem ja bekannt, daß im hebräischen Text Vater und Mut-ter omnes in linea recta ascendentes, und Sohn

und

und Tochter omnes in linea recta descendentes bedeuten. Was ist aber wohl der Grund davon? Ist es nicht der? weilen hier, bey einem, wie dem andern, ein *Respectus Parentum & Liberorum* vorwaltet, dessen zwar Moses nicht ausdrücklich gedenket, doch aber solchen supponirt. Und so kan man dann mit Recht auch, per analogiam, schliessen auf die *lineam collateralem*, wovon wir zuvor Exempel angeführt aus *III. Mos. 18, 12. 13. 14.* Das deutlichste Exempel ist, daß Gott der verstorbenen Frauen Schwester zu heurathen erlaubet, und hingegen deren Tochter zu ehelichen verbietet, indem keine andere Ursach angegeben werden kan, als diese, weilen hier ein *Respectus parentelæ* vorwaltet, dorten aber nicht, ohngeachtet ja die Tochter der Schwester nicht so nahe verwandt ist, als die Schwester selbsten. Wann sich aber Herr Ritter auf die *v. 20-23. col. v. 3.* angeführte, und von Gott an den Cananitern gestrafte heydnische Greuel berufet, und sagt, Moses könne dabey schwerlich auf den *Respectum parentelæ* gesehen haben, so wird zwar diesem nicht widersprochen, doch aber auch beygefüget, daß Moses nicht einmal Gelegenheit dazu gehabt habe, wobey dann weiters zu merken, daß zwar diese Greuel *seorsim* angeführt werden, aber nach *v. 24. conjunctim* zu nehmen sind. Es hätte aber Gott diese Greuel an seinem Volk noch härter strafen müssen, als an den Heyden, weilen

len es sonsten, nach *v. 21.* col. *Am. 2, 7.* zur Geringschäzung des geoffenbarten grossen Gottes würde gereichet haben, indem es sonsten das Ansehen hätte haben mögen, als wenn Er solche Greuel an seinem Volk nicht strafen wollte. Dann *lemaan* zeiget hier nur das *consequens* an, und ist mithin nicht *causaliter*, sondern *illativè* zu verstehen. it. *Rom. 2, 24.* Wann aber Herr Ritter die Stoische Philosophie mit einmischen will, als eine Quelle, so waren wohl unter denen *Stoicis* ehrbare, und der äusserlichen Tugend beflissene Männer, woran uns die Exempel Senecæ, Epicteti &c. nicht zweifeln lassen. Man lieset auch bey Ihnen viele hochtrabende Aussprüche von Gott, von der Vorsehung Gottes, von der Nachjagung der Tugend, und Vermeidung der Laster, überhaupt; daß aber ihre Philosophie an sich betrachtet solte so weit gegangen seyn, mit so genauer Vorschreibung der Ehe-Geseze, wie wir sie beym Mose lesen, davon findet man keine Spur. Und solten wir auch hierinnen Herrn Rittern etwas zu Gefallen glauben wollen, so könnte ja doch der Ursprung aus denen Mosaischen Ehe-Gesezen selbsten hergeleitet werden, indem die *Stoici* vieles mit dem Pythagoras gemein gehabt haben, dieser aber, da Er fast die Welt durchgereiset, auch dardurch mit dem Propheten Ezechiel solle bekannt worden seyn. Es könnte aber auch gar wohl ein Stück der natürlichen

lichen Erkenntniß seyn, und einen *horrorem physicum* zum Grund haben, welches besonders von den Römern zu vermuthen seyn möchte, welche sehr civilisirt waren, wie dann die Gelehrsamkeit, in der Absicht auf die Grammatic, Poesie, Oratorie und Historie, von denen Römern auf uns Teutsche gekommen ist. Und hat Herr Ritter zu behaupten Ursach, es habe das Mosaische Recht manche Lücken, die aus dem Herkommen zu ersezen wären, wie zu lesen im *I.* Th. §. *3. p. 8.* §. *16. p. 43.* so ist die Frage, ob man das nicht vielmehr solte sagen können von der Lücken in denen Mosaischen Ehe-Gesezen, wann Moses des Respectus parentalis mit ausdrüklichen Worten nicht gedacht hat, es seye solche aus der mündlichen Erklärung entweder des Mosis selbsten, oder, der Leviten zu ersezen? wer wollte glauben, daß Moses, da Er neunmahl auf dem Berg Sinai gewesen und das Gesez von den vielerley Opfern vom Herrn, auf dem Berg, empfangen *III. Mos. 7. 37. 38.* solte solches ohne Erklärung gelassen haben? und davon können wir mit Recht auch schliessen auf die Mosaische Ehe-Geseze. Wann die Juden den Ursprung ihres Talmuds daher deriviren, indem Moses eine mündliche Erklärung von Gott empfangen habe, welche dann dem Josua, denen 70. Aeltesten, denen Propheten, und so weiters mitgetheilt worden seye, so ist diß eben der Grundsaz, den wir hier angenommen haben, und dem nicht zu widersprechen ist. Wenn Sie aber eine propagationem oralem perpetuam, & non interruptam, auf eine so lange Zeit, bis der Talmud verfertiget worden bey ihren grossen Zerstreuungen, nach der Zerstörung Jerusalems, behaupten wollen, so irren Sie freylich darinnen offenbar obgleich der erste Ursprung ihres schebaal pe richtig ist, wie dann auch II. Mos. 34, 27. wo das Wort, *os*, auch stehet, nicht verba Decalogi zu verstehen sind, über das auch manchsmahlen etwas im N. T. ex traditione allegiret wird. Z. Ex. Hebr. 12, 21. und was Moses nicht selbst gethan hat, das können doch die Leviten, die bey den Israeliten wohneten, und Sie unterrichteten, gethan haben. Herr Ritter schreibet selbsten von Ihnen im Mos. Recht *I.* Th. §. 52. *p.* 189. Sie haben das Gesez abgeschrieben, und in zweifelhaften Fällen erklärt — wenigstens konnten Sie auf Anfrage, Unterricht in der Religion geben rc. Indessen sind diß freylich Lücken, die nimmer zu ersezen sind. Daraus aber ziehen wir dann den richtigen Schluß, daß Gott, da Er in den Zeiten N. T. diese Lücken hat unersezt lassen wollen, nunmehr, in Ansehung der Erklärung, einem christlichen Ehe-Gericht habe eine desto grössere Freyheit lassen wollen. Es ist uns also genug, daß der *Respectus parentelæ* in den *Institutionen* ausdrücklich genannt wird, er mag nun

nun ursprünglich darein gekommen seyn, woher er will. Es ist auch keine Ursach da, davon abzuweichen. Die Einwendungen, die Herr Ritter macht, betreffen die *Status adventitios*, und die dabey sich ereignenden besondere Fälle, welche den natürlichen Betracht des Respectus parentelæ nicht verändern können. Wir haben zuvor das Exempel der Stief-Mutter angeführt, wovon uns aber Herr Ritter im *II.* Th. §. *107. p. 177.* eine ganz andere Vorstellung macht. Allein wem sollen wir hierinnen mehr glauben, dem Herrn Ritter? oder, nach 1 Cor. 5, 1. dem Apostel Paulus? wegen der Benennung wollen wir keinen Streit mit den Hebräern anfangen. Was aber die Concubine betrift, so ist uns Erklärung genug, was stehet *I. Mos. 49, 4.* col. *35, 22. Clericus* hat zwar dorten eine corruptionem Textus statuiren wollen, weil einmal die zweyte, das anderemal aber die dritte Person stehet. Es ist aber das eine nicht ungewöhnliche constructio Prophetica, welche eine grosse Emphasin hat, indem Jacob den Ruben nicht mehr anreden mochte. Was aber den *Respectum parentalem* betrift, so zeugen davon die angeführte Stellen klar und deutlich. Uebrigens mag die *Tante* jung oder alt seyn, so bleibt der *Respectus parentelæ* einmahl, wie das andere, und das ex silentio Scripturæ genommene Argument ist ein Argumentum negatigativum, welches hier nichts beweisen kan, theils bey der grossen Kürze der Mosaischen Ehe-Gesezen, theils weilen etwas natürliches, ein horror physicus, dabey supponirt wird. Nur einen gewissen Fall nimmt Herr Ritter im *II.* Th. §. *107. p. 178.* aus, da dann per accidens, der Respectus parentelæ nur eine Mitursache des Verbots, unter dem Zusaz, wenn die Eltern noch lebten, könnte gewesen seyn. Allein wie kan ich von dem extraordinario reden, wann nicht das ordinarium vorausgesezt wird?

Bey diesem allem aber hat man wohl zuzusehen Ursach, daß der *Respectus parentelæ* nicht zu weit ausgedehnet werde. Dann wo man verbieten wolte, was doch Gottes heiliges Gesez frey gelassen hat, so hiesse das, in einer so freyen Sache, denen Leuten einen Strick an den Hals werfen wollen. So erlauben dann mit Recht die Römischen Geseze ausdrücklich die Ehe der Geschwister-Kinder, vid. *Instit. L. I. Tit. X. §. 4.* Wenn aber doch da und dorten, bey dem Ehe-Gericht, hierinnen Dispensation gesucht werden muß, so ist es gleichwohl, um anderer Ursachen willen, nicht unrecht. Ueberhaupt sagt *Lutherus*, dessen Zeugnuß Herr Gühling *p. 120.* angeführet hat, gar wohl: der Glieder der Freundschaft halber wäre mein Rath, man ließ es bey weltlichen Rechten bleiben.

Wenn

Wenn ich nun dieses voraussetze, so ziehe ich daraus diesen Schluß: die Ehe mit der verstorbenen Frau Schwester ist zu erlauben, weilen der Buchstabe des göttlichen Ehe-Gesezes solche erlaubt, und Moses als erlaubt zum voraus sezet; doch nicht anders, als unter einer vorhergemachten Gegen-Vorstellung, und ernstlicher Mißrathung, und dann, wo solches nicht fruchten wollte, mit einem starken Tax. Es gehöret hieher besonders Wagenseils Bedenken ꝛc. das Gegentheil aber hat Kettner in einem Tract. weitläuftig zu behaupten gesuchet. vid. Unsch. Nachr. 1708. p 735. 1709. p. 846. So möchte auch die Ehe mit des verstorbenen Bruders Wittib wahrscheinlich *dispensabel* seyn, weilen Gott selbsten *dispensirt*, nicht nur in gewissem Fall erlaubt, sondern auch geboten, mithin solche für *dispensabel* erkläret hat, auch da solche mit der vorhergehenden Ehe in gleichem Grade stehet; doch aber mit einem noch stärkern Tax, als dorten, wordurch dann verhütet werden kann, daß es nicht allgemein wird. Es verdiene aber, wie ich hier noch beyfügen muß, eine noch weitere, und ganz genaue Ueberlegung, was besonders *Alethæus* in der gründlichen Erläuterung der dunklen Oerter Alt. und N. Test. im *59.* Vers. *p. 598, seqq.* sehr gründlich hievon geschrieben hat.

Daß aber doch diese beede Fälle mögen für *dispensations* - fähig gehalten werden, ist die Ursach, einers Theils weilen kein *Respectus parentelæ* dabey varwaltet, andern Theils weilen es nur die *affinitatem* betrift, wobey der Nexus nicht so naturalis & propinquus ist, wie bey der Consanguinitate, auch weilen sie eigentlich die *formam Reip. Jud.* und nicht die *mores Judæorum* betreffen. Dann die *mores* haben nicht zum Gegenstand actus Lege definitos.

Hingegen halte ich die Ehe mit des Bruders- oder Schwester-Tochter für unerlaubt, weilen hier der *Respectus parentelæ* im Weeg stehet, und ein *horror naturalis* zum Grund liegt.

§. 7.

Daß die Ehe-Gerichts-Praxis hierinnen, in unserer Evangelisch-Lutherischen-Kirche, sehr ungleich seye, ist bekannt.

So beruft sich Herr Abt Jerusalem in Beantwortung der Frage: ob die Ehe mit der Schwester Tochter, nach den göttlichen Gesezen, zuläßig seye, nebst den Güldingischen Anmerkungen *p. 112. f.* auf die vielfältigen Dispensationen, die von den respectabel holsten Gerichts-Stühlen in den Ländern unserer Kirche hin und wieder gegeben sind 2c. wie ich dieses und das weitere schon zuvor angeführt habe. Es widerspricht aber Herr *Archi-Diac.* Gühling, und sagt *p. 113. l. b.)* in Sachsen gewiß nicht, und so viel ich weiß, in den Braunschweigischen und Hannöverischen Landen auch nicht 2c. Herr Ritter schreibt angezeigter massen im Mos. Recht *II.* Th. §: *101. p. 156. f.* Einige aus beyden Facultæten halten keine Ehen für verboten, als die Moses ausdrücklich genannt und verboten hat. Diese Meynung gilt im Preußischen unter dem jezigen Könige. Im Hannöverischen ward schon, seit langer Zeit, wegen der Ehe mit der Frauen Schwester dispensirt, auch pflegte man seit 1755. die Ehe mit der Niece zu erlauben. Andere, die strenger sind, dehnen die Geseze Mosis durch Folgerungen aus. Z. Ex. weil die Tante verboten seye, so seye auch unerlaubt, die Niece zu heurathen. Diß ist die gewöhnliche Meynung der Theologen. Im Hannöverischen ist sie seit einigen Jahren so fern gültig, daß in diesen Ehen keine Dispensation gegeben wird, den Fall mit der Frauen Schwester ausgenommen. — Das *Consistorium* antwortete: weil die Sache zweifelhaft seye, so wäre am besten, das sicherste zu wählen, und gar nicht zu dispensiren 2c. 2c. So will man auch behaupten, daß, was besonders vers die Ehe mit der verstorbenen Frau Schwester betrift, davon Dispensations-Casus im Durlachischen und Ulmischen vorhanden seyen, doch mit aufgelegtem sehr starken Tax.

Daß es aber an einer richtigen und gewissen Erkenntniß der Mosaischen Ehe-Geseze noch dato fehlen müsse, beweiset eben diese ungleiche Ehe-Gerichts-Praxis, nachdem so viel darüber bisher disputirt worden ist, und noch disputirt wird.

Nun sind freylich die rationes dubitandi, welche von den Theologen vorgetragen worden, und welche ich selbst auch zuvor im Spec. Th. angeführt habe, von grosser Wichtigkeit, und bisher von solchen Folgen gewesen, daß unsere Kirche, mich der Worte des Herrn Abts Jerusalem *p. 117.* zu bedienen, sich biß hieher noch nie einmüthig hat vergleichen können, wo sie die rechten Grenzen der Zuläßigkeit und Unzuläßigkeit dieser Ehen, wenn man den Buchstaben des Mosaischen Gesezes dafür nicht annehmen will, fest sezen solle? Indessen da aber doch die Dispensationen in solchen Fällen, welche man vor Zeiten, nach der gemeinen Meynung, für indispensabel gehalten hat, immer gemeiner werden, so wäre zu wünschen, man möchte einmal näher zusamentretten, sich miteinander verglei-

chen,

chen, und einen gemeinschaftlichen Schluß abfassen. Dann so lang sich die Kirche nicht einmüthig verglichen, und einen gemeinschaftlichen Schluß abgefaßt hat, so geschehen alle Dispensationen conscientia dubia. Conscientia enim est applicatio Legis ad facta: Quomodo itaque Lex ad facta applicabitur, nisi eandem cognoscas. Man vergleiche damit, was zuvor stehet §. 2. Num. 6. 7. 8. 9. 10. & §. 3. §. 4. und §. 5.

§. 8.

Es ist also nichts anders übrig, als daß sich die Kirche darüber einmüthig vereinige, zur Aufhebung des bisherigen Widerspruchs, und zur gemeinschaftlichen Annehmung einer *Interpretationis doctrinalis*. Es entscheidet zwar, wie Herr Abt Jerusalem *p. 91.* geschrieben hat, das menschliche Ansehen bey göttlichen Befehlen nichts. Allein da uns die Interpretatio authentica dieser Legum matrimonialium quæst. mangelt, wir haben keine Leviten, keine Propheten mehr, so müssen wir uns, um hierinnen alle weitere Confusion in unserer Kirche zu vermeiden, desto mehr nach einer *Interpretatione doctrinali* sehnen. Und da schon so viele Doctores, so viele scharfsichtige und gewissenhafte Männer, wie Herr Abt *p. 91.* gleich darauf also geur-

geurtheilet hat, diese Leges auf eine gelindere Art erkläret, und von der Strenge des gegenseitigen Sazes nicht haben überführt werden können, so ist dieses eine Sache von nicht geringem Gewicht. Ob aber nicht einige darunter sich in den Verdacht eines Leichtsinns, oder einer Menschengefälligkeit, gesezt haben, wie Herr Gühling p. 111. diese Beschuldigung machen wollen? davon können wir, indem es Ihr eigen Gewissen betrift, nicht urtheilen.

Hingegen sondern wir uns ab von denenjenigen, die überhaupt von der Ehe sehr irrig gelehret haben, und noch lehren, wie z. Ex. Gichtel, Arnold, Jacob Boehm, die *Observatores Hallenses*, *Jo. Sam. Stryckius*, *junior*, und andere. Es ist auch diß kein præjudicium autoritatis, weilen es nicht etwan nur diesen oder jenen einzelnen gelehrten Mann betrist, sondern einen grossen Theil der Kirchlichen Societæt. Indessen ist so viel gewiß, daß hier grosse Behutsamkeit erfodert werde. Ist Behutsamkeit nöthig bey Veränderung blosser *Rituum* der Kirche z. Ex. bey dem *Exorcismo*, als einem Tauf-Ritu, warum nicht vielmehr bey wirklichen Gesezen Gottes? ohngeachtet man, was den *Exorcismum* betrist, keine Spur bey den ersten Patribus findet, daß solcher seye bey der Taufe im 1sten und 2ten Sæculo gebräuchlich gewesen,

wob

wohl aber bey Besessenen, und ohngeachtet erst im 3ten Sæculo der Stolz der Lehrer selbigen ausgebrütet hat, welches in einer zu Jena 1735. unter Herrn Stollens *Præsidio* gehaltenen *Disp.* s. t. *de origine Exorcismi in Baptismo*, gezeiget worden ist; wie auch in den K. Fragen aus der K. Hist. N. T. in 12. im 3. Th. der 4. Forts. p. 2311. ss. So schreibt doch Hülsemann in *Præl. ad F. C. p. 495.* utilius fore, si, *totius Ecclesiæ Consensu*, apostrophe illa imperativa converteretur in Epiphonema, sive doctrinam de modo, & mediis exeundi è potestate Satanæ. Von vorgedachter Behutsamkeit stehet eine schöne Abhandlung im 2ten Stück des *XI.* Bandes des Pred. *Journals* p. *129. ff.* besonders *p. 137. f.* woselbst auch des *Exorcismus* gedacht wird.

§. 9.

Nun bleibt also die wichtige Frage übrig, wie dann, bey Erklärung der hieher gehörigen Mosaischen Ehe-Geseze, der *Consensus Ecclesiæ* möchte zu erlangen seyn?

An ein grosses, will nicht sagen, allgemeines *Concilium* ist nimmer zu gedenken. Dann wer wollte die Kosten dazu hergeben? Es hat auch Luther zimlich frey davon gesprochen; welches

Ihme

Ihme besonders ein Pragischer Jesuit vorgeworfen hat in der Beantwortung der Frage: ob der *Pietismus* von der Evangelischen Kirche könne der Kezerey überwiesen werden? vid. Unsch. Nachrichten *ad ann. 1703. p. 639. ss.*

Die *Colloquia charitativa,* wären schon gut, haben aber nie einen wahren Nuzen gehabt; die Commercia literaria, die Correspondenzien, wie z. Ex. die Theologen zu Tübingen und Giessen, bey einer bekannten Controvers, miteinander gepflogen, sind auch abgegangen; hingegen könnte ein *Provinzial-Synodus* den Weeg dazu bahnen. Es schreibt Herr *Past.* Fuchs im *I,* Th. §. *114. p. 248. f.* seiner Bibliothec der Kirchen-Versammlungen des *4*ten und *5*ten Jahrhunderts, von den Schlüssen auch nur der *Provinzial-Synode*n also: Sie waren für die Gegend, für welche sie gemacht wurden, gültig; oder sie erstreckten auch ihr Ansehen so weit, als sie von andern Gegenden und Provinzen angenommen wurden. Daher suchte man in wichtigen Fällen den Beytritt anderer Gemeinden, die ausser der Gerichtsbarkeit einer solchen Synode lagen, und anderer Bischöffe, sonderlich der Höhern rc.

Was aber dißfalls in den ältern Zeiten geschehen, das sucht man auch heutiges Tags wieder herfür, und zwar nicht nur in der Catholischen, sondern auch in der Protestantischen Kirche. So macht *Contini*, ein Theatiner, in den Betrachtungen über die Nachtmahls-Bulle, übersezt zu Freyberg *1770.* den Vorschlag *p. 331.* mit diesen Worten: es solte ein neues Corpus Juris Canonici, mit Auslassung aller den Fürsten nachtheiligen- und blos Päbstlichen Gesezen, verfertiget werden. — Man solte zwar nicht durch ein allgemeines Concilium, welches schwerlich zu Stande kommen möchte, jedoch durch Provinzial-Concilien, neue Kirchen-Geseze machen, dabey aber die Untersuchungen und Verordnungen solcher Concilien nur auf bestimmte Gegenstände einschränken rc.

Was aber unsere Evangelische Kirche betrift, so ist erst *1780.* zum Vorschein gekommen ein gedrucktes unterth. Gutachten wegen der jezigen Religions-Bewegungen, besonders in der Evangelischen Kirche, wie auch über das Kayserliche *Commissions-Decret* in der Bahrdtischen Sache rc. da es dann *p. 48.* heisset: doch dürfte unterth. ohnmaßgeblich, wie in andern dergleichen Fällen, so auch dermalen, nicht undienlich seyn, wann Euer rc. gnädigst beliebten, vorläufig mit andern hohen Evangelischen Reichs-Ständen, besonders denen, von welchen bekannt ist, daß Sie an denen jezigen Reli-

Religions-Neuerungen kein Wohlgefallen tragen, aus der Sache zu communiciren, auch, auf Verlangen, Sich dahin zu äussern: daß Höchstdieselbige des D. Bahrdts Betragen auf alle Weise mißbilligten, auch nicht entgegen seyn wollten, daß gegen Ihne um so mehrers nach Vorschrift derer Reichs-Geseze verfahren werde, damit andere sich daran spieglen, und in Religions-Sachen behutsamer, als bishero, gemacht werden möchten ꝛc.

Und so könnte dann auch der Schluß eines *Provinzial-Synodi* in dieser wichtigen Sache, wenigstens ein blosses Gutachten eines solchen *Provinzial-Synodi*, und dessen hernachmahlige *Communication* mit andern benachbarten Evangelischen hohen Reichs-Ständen, sehr nüzlich seyn. Nicht nur aber das, sondern wir haben auch vor uns das Exempel der allerersten christlichen Zeiten und Gemeinden, da nicht nur benachbarte, sondern auch weiter entlegene Gemeinden zusamengehalten, besonders in dem Fall, wann Irrung, Spaltung und Streitigkeiten in Religions-Sachen entstanden. Col. 4, 16, col. Act. 15, 23. 24. 25. Jedoch wird auch dabey grosse Fürsichtigkeit erfodert. Zum Grund muß geleget werden die allgemeine Regel des Apostels Pauli 1. Cor. 14, 40. wornach Er nicht nur eine Ehrerbietung gegen solcherley Zusammenkünfte,

künfte, sondern auch Ordnung dabey haben will, nachdem Er im vorhergehenden, aller Unordnung, beym Gebrauch der damahligen ausserordentlichen Gaben des Geistes vorzubeugen ernstlich beflissen ware. Er räumet vieles ein, denen, die die Gabe hatten, die Schrift zu erklären, und die Evangelische Lehren daraus zu beweisen, noch mehr aber denen, welche das donum discretionis hatten, und von der Schrift-Erklärung, ob sie dem Sinn des Geistes Gottes gemäß seye, oder nicht, urtheilen konnten, da dann diejenige, die eine Schrift-Erklärung angebracht, sichs gefallen lassen musten, selbige dem judicio derer, welche das donum dijudicandi hatten, zu unterwerfen, besonders, wann jene noch junge Doctores waren, wie Timotheus. Wann man aber diese General-Regel Pauli v. 40. vergleichet mit dem ganzen Capitel, besonders seinem Ausspruch v. 32. so kan man davon schliessen auf die Einrichtung der Provinzial-Synoden und das Verhalten dabey. Die Haupt-Absicht des Apostels v. 32. gienge auf die finiendas lites, und wie man bey denen Zusamenkünften dazu gelangen könne. Es sollen nemlich die vota plurium eine grosse auctoritatem haben, eine obligationem externam, & quoad exercitium, so viel die res in ejusmodi Conventu definitas betrift, um die Ruhe in der Kirche wiederherzustellen, oder zu erhalten; welches hingegen nicht geschehen könnte, noch würde, wann denen heterodidascalis erlaubet wäre, den majorem partem suffragiorum, in Judicio ordinario latorum, umzustossen. Dann man muß hier einen Unterschied machen inter auctoritatem internam & externam, convictivam & exercitii, so, daß auch die inviti & in conscientia reluctantes schuldig sind, sich, nach dem gefallenen Ausspruch der Meisten, zu richten.

Es wollen zwar die Fanatisch-Gesinnten in diesem Cap. vieles finden zur Vertheidigung und Behauptung der unmittelbaren göttlichen Offenbarungen in Glaubens-Sachen noch heutiges Tags, wie solches gethan hat Tob. Pfanner, Goth. Hof-Rath in dem unparth. Bedenken von J. G. Rosenbachen, einem bekannten Sporergesellen von Heilbronn, welcher in der Kirche viele Unruhen verursachet, weswegen Er auch in verschiedenen Städten in Arrest gesezet worden, und dann hernach in der Verantwortung seines Bedenkens rc. woselbsten Pfanner sich besonders berufet auf *v. 30.* und *31.* da Er dann aus *v. 31.* schliessen will, als wären die vorhergehenden Worte von allen Christen zu Corinth zu verstehen. Ob nun aber gleich uns dieser Streit, nach unserer gegenwärtigen Absicht, nichts angehet, so können wir doch dabey nicht unbemerkt lassen, daß der *v. 29.* und *32.* deutlich anzeigen, wie nur von denen damahligen

Pro-

Propheten, und ihren ausserordentlichen Gaben in der ersten Kirche die Rede gewesen seye. col. 1. Cor. 12, 1. ff. Es ware nemlich damahls der Propheten-Nahme kein Amts-Nahme, welcher nur denen zukame, die in der Kirche das öffentliche Lehr-Amt begleiteten, wie dann Eph. 4, 11. ein Prophet von einem Lehrer deutlich unterschieden wird, sondern es ware eine Wundergabe. Diejenigen nun, welche damit begabet waren, konnten schwere Schriftstellen, als Weissagungen und Vorbilder, auslegen, und künftige und heimliche Dinge offenbaren. Sie hatten zwar auch die Gabe, von Religions-Wahrheiten zu predigen, doch mit dem Unterschied zwischen denen öffentlichen Zusamenkünften, dabey die Absicht ware, öffentlich zu lehren, und dann denen Privat-Zusamenkünsten derer, welche mit solchen ausserordentlichen Gaben ausgerüstet waren. In jene durfte kein Prophet reden, sondern nur Apostel, Lehrer und Hirten, in diesen aber wohl. Was aber besonders den 32. v. betrift, und das, was dorten gesagt wird von denen Propheten, und der Unterthänigkeit der Geister der Propheten, so geschieht solches, wie es scheint, in der Rücksicht und nach der Art der ehemaligen alten Propheten-Schulen, welche nach Samuels Zeiten errichtet worden, wovon sich aber auf unsere Zeiten und Schulen, wo nur menschliche Hülfsmittel statt finden, nicht schliessen läs-

 set.

set. So lang man aber sich nicht verglichen hat, noch sich vergleichen kan, so lang thut man wohl, wenn man bleibet bey der gemeinen Meynung, welche der Herr Verf. der Widerl. des Goth. Bed. wie auch Herr *Archi-Diac.* Gühling, und erst neuerdingen Herr *Past.* Moser zu Oettingen im Würtembergischen, in seinen *Vind. Grad. prohib.* vertheidiget haben. Solte man aber sich vergleichen können und wollen, so wäre dabey die Erinnerung des Herrn Ritters Michaelis, die Er bey Gelegenheit der Ehescheidung im *II.* Th. §. *120. p. 250.* gegeben hat, überhaupt nicht aus den Augen zu setzen.

Corrigenda.

p. 34. ist hineinzusetzen: nach s. Himmelfarth rc. p. 46. soll es heissen: aus der K. Hist. N. T. p. 49. horroris physici &c. p. 55. not. & famæ &c. p. 58. ehrlich rc. p. 61. Papo-Cæsaria &c. p. 78. *vers.* 4. eine rc. p. 79. *vers.* 4. p. 89. not. wie Sie diesem rc. p. 93. not. efferventiæ *præcipitis &c.* p. 94. gestattet, statt erstattet rc. p. 104. *vers.* 3. läßt sich rc. p. 142. umgekehrt rc. p. 183. divellirt sie rc. p. 213. diese divisionis notæ &c. p. 215. fühlt der Herr Verf. p. 223. *per* promulgationem Mosis &c. p. 224. casus dabiles &c. p. 253. Weib nicht wird gefallen haben rc.

www.ingramcontent.com/pod-product-compliance
Lightning Source LLC
Chambersburg PA
CBHW020858130726
47900CB00014B/1048

* 9 7 8 3 7 4 1 1 8 4 2 2 2 *